BASTEI
LÜBBE

S. Molstad

DER PATRIOT

Der Roman zum Film

Aus dem Amerikanischen
von Cécile G. Lecaux

BASTEI
LÜBBE

BASTEI LÜBBE TASCHENBUCH
Band 14 429

1. und 2. Auflage: August 2000
3. Auflage: Oktober 2000

Vollständige Taschenbuchausgabe

Bastei Lübbe Taschenbücher ist ein Imprint der
Verlagsgruppe Lübbe

Deutsche Erstveröffentlichung
Titel der amerikanischen Originalausgabe: THE PATRIOT

Deutsche Lizenzausgabe 2000 by
Verlagsgruppe Lübbe GmbH & Co. KG, Bergisch Gladbach
Umschlaggestaltung: QuadroGrafik, Bensberg
Titelillustration: Columbia Pictures Industries
Satz: hanseatenSatz-bremen, Bremen
Druck und Verarbeitung: Ebner Ulm
Printed in Germany
ISBN 3-404-14429-5

Sie finden uns im Internet unter
http://www.luebbe.de

Der Preis dieses Bandes versteht sich einschließlich
der gesetzlichen Mehrwertsteuer.

1. Kapitel

An einem warmen Frühlingstag im Mai 1776 jagte ein junger Reiter in der wichtigsten Mission seiner bisherigen Laufbahn über eine rote Lehmstraße durch das Küstengebiet South Carolinas. In seinen ledernen Packtaschen befanden sich Bündel von Briefen, die um jeden Preis noch an diesem Tag an die vier gewählten Mitglieder des Provinzrates übergeben werden mussten, die in Berkeley County residierten.

Er war noch vor Tagesanbruch von Charles Town, der Hauptstadt der Kolonie, aufgebrochen, und der Ritt hatte ihn streckenweise durch die üppigsten und reizvollsten Landschaften geführt, die er je gesehen hatte. Im Dunkeln hatte er mit der Fähre den Cooper River überquert und war dann am gegenüberliegenden Ufer den Plankenwegen gefolgt, die in der Küstenregion angelegt worden waren, um das den Gezeiten unterworfene Sumpfland passierbar zu machen. Das dumpfe Poltern der Pferdehufe hatte ihn durch endlose Seegrasfelder begleitet, die von Blaureihern bevölkert waren, so groß wie ein ausgewachsener Mann. Bei Sonnenaufgang erklomm er die sanften grünen Hügel und folgte der gewundenen Straße durch urzeitliche Wälder hochaufragender Baumriesen. Spanisches Moos baumelte in langen Bärten von den Ästen uralter knorriger Eichen, deren Stämme einen Umfang von bis zu sechs Metern erreichten. Leuchtendbunte Vögel segelten kreischend durch die Luft, und überall wucherten die verschiedensten großblättrigen Grünpflanzen. Unzählige kristallklare Bäche durchzogen das Hügelland, speisten kleine Seen oder strömten ins sumpfige schwarze Flachland. Majestätische Zypressen unvorstellbarer Höhe ragten aus dem Moor auf und spiegelten sich in der Wasseroberfläche. South Carolina mit seinem feuchtwarmen subtropischen Klima und der reichhaltigen roten Erde war eins der fruchtbarsten Länder der Erde und erschien den Europäern, die sich dort als Landwirte niederließen, wie ein Paradies.

Auf seinem Weg ins Landesinnere kam der Kurier an riesigen, Tausende von Hektar umfassenden Plantagen vorbei sowie an Weilern, die nur aus einigen primitiven Häusern und einer Kirche bestanden. Er war fremd in dieser Gegend, und obgleich er eine Karte bei sich hatte, gab es nur wenige Geländepunkte zur Orientierung. So musste er ab und an Halt machen und Leute, die sich in der Gegend auskannten, nach dem Weg fragen.

Fast jeder, mit dem er unterwegs sprach, war ein afrikanischer Sklave. Er begegnete ihnen bei der Arbeit auf den Reisfeldern der großen Plantagen oder in den Straßen der kleinen Ortschaften, in die sie geschickt worden waren, um für ihre Besitzer das eine oder andere zu erledigen. Da es den meisten Sklaven verboten war, die Grenzen des Besitzes zu überschreiten, konnten die meisten ihm den Weg nur über kurze Strecken weisen, und auch wenn sie etwas wussten, widerstrebte es ihnen, einem Fremden Auskunft zu geben, erst recht, wenn dieser ein Weißer war.

Selbstverständlich gab es auch Kuriere, die mit der Gegend vertraut waren, aber dieser spezielle Reiter arbeitete für eine neue, ehrgeizige Gesellschaft namens Continental Mail Service, die ein Drucker namens Benjamin Franklin in Philadelphia gegründet hatte. Franklin erwartete von seinen Männern, dass sie »beherzt, ehrlich, scharfsinnig und unermüdlich« waren. Außerdem war es hilfreich, wenn sie Patrioten waren, so wie dieser spezielle Mann in seinen Diensten. Tatsächlich waren es die politischen Ansichten des Reiters, die den Wortführer des Rates bewogen hatten, ihn für diese Mission auszuwählen. Der Vorgänger des Boten war gefeuert worden, weil er ein Tory war, der mit England und dem König sympathisierte, sodass man ihm keine Briefe anvertrauen konnte, die patriotisches Gedankengut enthielten – Gedankengut, das auf seine Weise explosiver war als trockenes Schießpulver; Gedankengut, das die Beziehungen zwischen den Kolonien und dem Mutterland radikal verändern könnte; Gedankengut, das sie bereits an den Rand eines Krieges geführt hatte.

Von Franklins Männern wurde erwartet, dass sie ihre erledigten Aufträge in das Logbuch eintrugen, das ihnen mit auf den Weg gegeben wurde, und dort war später nachzulesen, dass der Reiter um drei Uhr am Nachmittag des 19. Mai auf der Fresh Water Plantage eintraf und seine Briefe *»einer Negerin«* übergab, *»die sich Abigale nannte«*. Am Rand der Seite vermerkte er seinen persönlichen Eindruck: *»Eine wirklich prachtvolle Plantage.«*

Es gibt Orte, die erwecken den Eindruck, als befänden sie sich außerhalb und geschützt vor der restlichen Welt, Orte, die zumindest vorübergehend eine gewisse Perfektion erlangen. Die Fresh Water Plantage war in jeder Beziehung ein solcher Ort. Sie gehörte einem Mann namens Benjamin Martin, umfasste hundertsechzig Hektar offenes fruchtbares Land und vierzig Hektar Obstgärten. Das Ganze lag am Ufer eines trägen Nebenflusses des Santee.

Auf den sorgfältig gepflegten Feldern, deren willkürliche Anordnung an das Muster eines gut durchdachten Quilts erinnerte, wurden ein Dutzend verschiedener Pflanzen angebaut, um sich die naturgegebenen Vorzüge des Landes zu Nutze zu machen. Brombeeren rankten durch den stabilen Bohlenzaun, der das Anwesen einfasste. Die Außengebäude waren von solider Bauart und wurden jedes Frühjahr geweißt. Der Geruch nach Pferden und frisch umgegrabener Erde hing in der Luft.

Reis und Indigo waren die beiden Haupterzeugnisse der Region und brachten Benjamins Nachbarn spektakuläre Profite ein, aber auf Fresh Water wurde weder das eine noch das andere angebaut. Die Ernte des blauen Indigo-Färbemittels war von furchtbarem Gestank und einer wahren Fliegenplage begleitet, die den Aufenthalt im weiten Umkreis unerträglich machte, und um Reis zu einem wettbewerbsfähigen Preis anbieten zu können, hätte man auf Sklavenarbeit zurückgreifen müssen. Wie überall wurden auch die Felder von Fresh Water von Afrikanern bestellt, aber es war kein einziger Sklave unter ihnen. Es war allseits bekannt, dass Benjamin Martin ausschließlich Freigelassene für sich arbeiten ließ – eine Praxis, mit der er sich bei vielen der anderen Plantagenbesitzer unbeliebt gemacht hatte. Und so baute er verschiedene Kürbisarten an, Erbsen, Gerste, braune Sorgumhirse, Perlhirse, Tabak, Spargel im Winter sowie auf zahlreichen Feldern die Wunderpflanze der Neuen Welt: Mais. Tatsächlich brachte die Farm vor allem zweierlei hervor, nämlich Mais und Kinder, und beide wuchsen gerade, aufrecht und in Hülle und Fülle.

Benjamin Martin war nicht als Farmer geboren worden, hatte sich jedoch mit großer Entschlossenheit im Laufe von zwei Jahrzehnten alle erforderlichen Fachkenntnisse angeeignet. Dank einer Kombination von sorgfältiger Planung und Glück nahmen die Erträge seiner Plantage stetig zu, und das neue Jahr versprach noch einträglicher zu werden als das vergangene. Im Frühjahr reichten die Maispflanzen einem großen Mann bereits bis zur Schulter.

Zwei außergewöhnlich imposante Eichen beherrschten das Anwesen. Die eine spendete dem Farmhaus Schatten, während die zweite jenseits der Scheunen für sich alleine stand und von einem weißen Lattenzaun umgeben war.

Das Haupthaus war klein, verglichen mit den extravaganten Herrenhäusern von Middleton Place oder der Blake Plantage, aber es wurde in ganz Berkeley County bewundert wegen seiner Proportionen und der herausragenden Bauqualität. Das Haus war weiß gestrichen, mit dunklen Fensterläden und einem grauen Holzschindeldach. Es war ein geräumiges zweistöckiges Gebäude im traditionellen architektonischen Stil mit vier Zimmern im Erdgeschoss und weiteren vier in gleicher Anordnung darüber. Um das Haus zog sich auf drei Seiten eine breite, einladende offene Veranda; es strahlte Behaglichkeit und Opulenz aus, ohne im Geringsten prätentiös oder protzig zu wirken. Seine Lage auf einer kleinen Anhöhe erlaubte der Familie einen weiten Blick über das umliegende Land.

Sobald der Kurier zwischen den Backsteinpfeilern hindurchgeritten war, die die Grenze des Anwesens markierten, begannen zwei weiße Jungen, die zusammen mit den Afrikanern auf dem Feld arbeiteten, zu rufen und die Hüte zu schwenken. Gleich darauf rannten sie quer über den Acker und folgten dem Reiter in Richtung Haus.

Margaret Martin, neun Jahre alt, saß an jenem Nachmittag draußen auf der Veranda und unterrichtete ihren sechsjährigen Bruder William im Lesen. Sie klappte das Buch zu und ging zur Vordertreppe, als sie den Reiter bemerkte, der sich dem Haus näherte. Kurz darauf öffnete sich die Haustür hinter ihr, und Abigale kam heraus. Die schwarze Hausangestellte trocknete sich die Hände an einem Küchentuch. Sie und das Mädchen trugen beide schlichte, gut geschnittene Kleider mit Leibchen und bauschigen Unterröcken aus unbedruckter Baumwolle. Abigale, eine einfache Frau mittleren Alters, hatte sich ein Tuch um den Hals gebunden.

»Ich habe einen dringenden Brief für Mr. Benjamin Martin«, verkündete der Kurier und ließ sein Pferd einfach am Rand des unbepflanzten Vorgartens stehen. »Ist er da?«

Abigale blickte in Richtung der Scheunen. »Heute ist Donnerstag«, bemerkte sie. »Mr. Martin arbeitet an jedem Tag außer am Sabbat. Ist Mr. Abernathy krank? Normalerweise bringt er die Post.«

Der Mann griff in die Packtasche und holte ein Bündel mit Kordel verschnürter Briefe heraus. »Das ist Post aus Boston und Philadelphia. Und ein dringender Brief vom Vorsitzenden der Assembly ist auch dabei.« Er warf einen Blick über die Schulter und sah die beiden Jungen näher kommen. Sie riefen immer noch und schwenkten die Arme.

»Ich verstehe«, sagte Abigale. »Aber es lässt sich nicht ändern. Mr. Martin hat einen festen Tagesablauf. Er öffnet seine Post immer erst abends nach dem Essen, niemals früher.« Sie streckte die Hand nach dem Bündel aus. Der Reiter hatte zuerst Bedenken, die Briefe einer Afrikanerin auszuhändigen, aber da Abigale für den Haushalt zuständig zu sein schien, gab er sie nach kurzem Zögern doch heraus.

»Sind Sie hungrig?«, fragte sie. »Heute ist Backtag. Kommen Sie herein und essen Sie eine Kleinigkeit.« Kuriere waren ausgezeichnete Quellen für allerlei Neuigkeiten und Tratsch, und Abigale ließ sich nie eine Gelegenheit entgehen, ihnen möglichst viele Informationen zu entlocken. Aber der Fremde lehnte dankend ab und erklärte, er müsse vor Einbruch der Dunkelheit noch drei weitere Postbündel überbringen. Er erkundigte sich nach dem Weg nach Pembroke.

Als er sich gerade zum Gehen wandte, erreichten endlich auch die Jungen das Haus, völlig verschwitzt und nach Luft ringend. In ihrer Aufregung stießen sie beinahe mit dem Besucher zusammen. Der ältere der beiden, der elfjährige Nathan Martin, kam schlitternd zum Stehen und stellte atemlos das Offensichtliche fest.

»Ein Kurier!« Wie sein Vater hatte er einen kräftigen Unterkiefer, dickes dunkles Haar und einen stämmigen Körperbau.

»Gibt es einen Krieg?«, fragte der jüngere der beiden, Samuel. Er war zehn, hager und hatte den hellen Teint seiner Mutter geerbt. »Ist etwas passiert?«

»Allerdings«, schalt Abigale die Jungen. »Dieser Gentleman hier tut seine Arbeit, so wie alle anderen hier außer zwei ungezogenen Jungen namens Nathan und Samuel, die aussehen, als hätten sie im Fluss geschwommen.«

»Wir haben gearbeitet!«, protestierten die Jungen im Chor.

Abigale musterte sie abschätzig und schüttelte den Kopf. Sie glaubte ihnen nicht, ließ die Angelegenheit jedoch auf sich beruhen und ging zurück ins Haus, während der Reiter sich wieder in den Sattel schwang und zu seinem nächsten Ziel aufbrach.

»Woher hat sie das gewusst?«, fragte Samuel, als Abigale drinnen verschwunden war.

Die Jungen sahen dem Reiter hinterher, der die Zufahrt hinuntergaloppierte, bis ihnen plötzlich beiden gleichzeitig ein Gedanke kam. Sie rannten in die entgegengesetzte Richtung los, auf die Scheune zu, in der ihr Vater arbeitete.

Wie alle Gebäude der Fresh Water Plantage war auch die Scheune von Benjamin Martin persönlich entworfen und mit Hilfe seiner Nachbarn und Angestellten erbaut worden. Es war ein ansehnliches und ungewöhnliches Gebäude. Die oberen Wände und das Dach waren in traditioneller Bauweise aus Kiefernholz gefertigt, das auf dem Anwesen selbst zu Brettern verarbeitet worden war, aber die unteren Außenwände waren aus großen Steinen und Zement gemauert. Benjamin hatte die Steinbrocken bei der Rodung der Felder ausgegraben, und anstatt sie nur herumliegen zu lassen, hatte er sie sinnvoll verwenden wollen. In der hinteren Hälfte der Scheune waren Ziegen und Pferde untergebracht, während die vordere Hälfte als Möbelschreinerei diente.

An diesem Nachmittag stand Benjamin Martin hochkonzentriert an seiner Drechselbank und fuhr mit einem kleinen

Beitel an einem Stück Esche entlang. Das Holz war bereits sehr dünn, aber er fuhr fort, mit jedem Strich des Werkzeugs ganz feine Holzlocken abzuschaben, wobei er darauf achtete, mit seinen unglaublich starken und ruhigen Händen nicht zu viel Druck auszuüben.

Seine unerschütterliche Ruhe war seine hervorstechendste Eigenschaft, das, was an ihm als Erstes auffiel. Sie äußerte sich in seinem gemäßigten Gang, in der Art, wie er einem Mann die Hand schüttelte und ihm dabei unverwandt in die Augen sah, in seinem Auftreten als Ratsmitglied und nicht zuletzt in der Beschaulichkeit, die auf seinem Anwesen herrschte.

Er war mittelgroß, aber Brust und Schultern waren breiter als bei den meisten anderen Männern. Er hatte blaue Augen, gesunde Zähne, einen kantigen Unterkiefer und eine klassisch geformte Nase – alles in allem ein Gesicht, bei dessen Anblick die Damen von Charles Town vor zwanzig Jahren reihenweise ins Schwärmen geraten waren.

Jetzt, Anfang vierzig, war er immer noch sehr attraktiv, aber Zeit und harte Arbeit hatten ihre Spuren hinterlassen. Er fand in Abständen immer neue graue Strähnen in seinem langen dunklen Haar, das er im Nacken zu einem Pferdeschwanz zusammenfasste. Seine Haut war gebräunt und ledrig von der vielen Zeit, die er in der Sonne verbrachte, und seine Augen waren von kleinen Fältchen umrahmt, wenn er lächelte. Sein Arzt und seine wohlhabenden Freunde versuchten immer wieder, ihn dazu zu bewegen, weniger hart zu arbeiten. Sie waren der Ansicht, dass er die Leitung der Plantage einem Verwalter überlassen und sich ein Haus in Charles Town kaufen sollte, wo er sich kulturellen Genüssen hingeben konnte, aber Benjamin wollte nichts davon hören. Er verbrachte heute weniger Zeit hinter dem Pflug als früher, überwachte jedoch weiterhin die Arbeit auf den Feldern und arbeitete täglich in seiner Möbelwerkstatt. Er war glücklich mit seinem Leben auf der Fresh Water Plantage und beabsichtigte nicht, von hier fortzugehen.

Bei der Arbeit an der Drehbank trug er eine alte Lederschürze und hatte ein Paar alte Socken über die Handgelenke gestreift, damit seine Hemdmanschetten sich nicht in der Drechselbank verfingen. Auf seinem Gesicht lag ein verhalten optimistisches Lächeln, ein Lächeln, das sich immer öfter zeigte, je näher die Fertigstellung des Objektes rückte, an dem er gerade arbeitete.

Er war sicher, dass es diesmal gelingen würde. Die lange dünne Holzspindel, die er so sorgfältig drechselte, war, wie er hoffte, das letzte Teil einer Aufgabe, die er seit Jahren zu lösen versuchte: der Dreipfund-Schaukelstuhl. Er stand in der Mitte der Werkstatt, ein filigranes Machwerk aus Holz, das ohne Leim oder Nägel zusammengesetzt war. Sitzfläche, Armlehnen, Rückenlehne und Kufen waren wegen der Haltbarkeit aus feingemaserter Esche gefertigt. Der drei Pfund leichte Schaukelstuhl war die schwerste Prüfung seiner Geschicklichkeit, der Heilige Gral der Möbelschreinerzunft, und nach zahlreichen misslungenen Versuchen war er diesmal ziemlich sicher, alles richtig gemacht zu haben.

Nach dem Tod seiner Eltern war Benjamin in die Obhut eines örtlichen Geistlichen gegeben worden und von dort als Lehrling zu einem Möbelschreiner gekommen, der nicht ganz richtig im Kopf gewesen war. Er war ein Schweizer namens Rosenast gewesen, der lange Selbstgespräche führte, und teuflisch lachte, wenn er sich mit dem Hammer auf den Daumen schlug. Aber er galt auch als der beste Schrankbauer und Drechsler in ganz South Carolina und war dem jungen Benjamin ein guter Lehrer gewesen.

Rosenast hatte mehrfach versucht, einen Dreipfund-Schaukelstuhl zu bauen, hatte sich jedoch jedes Mal geschlagen geben müssen. Benjamin dachte bei der Arbeit an seinen alten Lehrmeister. Er war umgeben von einer voll ausgestatteten Werkstatt, die über jedes Werkzeug verfügte, das ein Möbelbauer sich nur wünschen konnte: Ablängsägen, Spaltsägen, Schwalbenschwänze, Gehrladen, Laubsägen, dazu eine große Auswahl verschiedener Hobel und schwere Holzzwingen. In diversen Schubladen waren Reißahlen, Winkelmaße, Teilzirkel und Winkeleisen untergebracht, dazu eine breite Auswahl von Hand- und Schneckenbohrern. Außerdem waren Hämmer und ganze Kisten von Nägeln vorhanden, mit und ohne Kopf, die er selbst in der Schmiede gleich hinter der Scheune angefertigt hatte. Aber das bei weitem beste Werkzeug in seinem Besitz, die Krönung seiner Werkstatt, war jenes, das er gerade benutzte, um die Spindel fertigzustellen: die große Drechselbank. Sie stammte ursprünglich aus Holland und gehörte zu den hochwertigsten ihrer Art in den ganzen Kolonien. Das Hauptrad war über einen Meter achtzig hoch und über einen Ledergurt mit der Welle verbunden. Benjamins Gehilfe, Abner, stand am Rad und drehte langsam die Handkurbel, wodurch das eingespannte Holzstück sich rasend schnell drehte.

»Es wird durchbrechen, wenn Sie es noch dünner machen«, warnte Abner, ein grauhaariger Mann mit einem langen, fleischigen Gesicht, das graue Bartstoppeln verunzierten. Er trug eine Arbeitsschürze und seinen Lieblingshut, ein altes, zerfleddertes Ding aus Stroh. Er war Abigales Vater. In Afrika geboren und in die Sklaverei verkauft, wusste nicht genau, wie alt er war, schätzte aber, dass er an die sechzig sein musste. Er war vor einigen Jahren nach Fresh Water gekommen, als die Martins Abigale geholfen hatten, ihn von seinem früheren Besitzer freizukaufen. Jetzt war er ein so genannter *freedman*, ein freigelassener Sklave.

»Ganz gleichmäßig«, entgegnete Benjamin, ohne sich bei der Arbeit stören zu lassen. »Dreh weiter.«

»Er hat Recht, Mr. Martin. Sie haben zu viel gegessen, um

in diesem zerbrechlichen Stuhl zu sitzen«, meinte Joshua, ebenfalls Afrikaner, lachend. »Ich will ja nicht behaupten, dass Sie dick würden, aber ...« Abner kicherte bei der Bemerkung.

Joshua war ein dünner, sehniger Mann in den Zwanzigern, der für seinen Humor bekannt war und gerne flirtete. Er trug gerade Tabakpflanzen oben auf den Boden, um sie dort zu trocknen.

»Herzlichen Dank für deine Meinung«, sagte Benjamin, hob den Blick von seiner Arbeit und bedachte Joshua mit einem vernichtenden Blick. »Aber du irrst dich. Dieser Stuhl ist stark genug für zwei Männer.«

»Natürlich, Mr. Martin«, erwiderte Joshua und begann, die Leiter hinaufzusteigen. »Geben Sie mir nur Bescheid, wenn Sie ihn ausprobieren, damit ich mich in Sicherheit bringen kann.«

Benjamin, der sich nicht weiter ablenken lassen wollte, fuhr noch einige Male mit dem Beitel an der dünnen Holzstrebe entlang, schloss die Augen und konzentrierte sich auf geringste Unebenheiten.

Abner verdrehte die Augen und blickte quer durch die Werkstatt auf das jüngste von Benjamin Martins Kindern, die zweieinhalb Jahre alte Susan. Sie saß an einer der Werkbänke und überwachte alles wie ein kritischer Vorarbeiter. Der Blick, den sie mit Abner tauschte, ließ keinen Zweifel daran bestehen, dass weder der alte Mann noch das kleine Mädchen damit rechneten, dass der Stuhl halten würde.

»Gut«, verkündete Benjamin befriedigt. Er trat von der Maschine zurück und ging zu der Werkbank hinüber, an der seine Tochter saß. »Ich glaube, diesmal wird es funktionieren«, sagte er. »Du nicht?«

Er rechnete nicht mit einer Antwort und bekam auch keine. Susan war ein hübsches blondes Kind mit Augen, die so groß und rund waren, dass es aussah, als sei sie permanent erstaunt. Sie war ein artiges Kind, und einiges deutete darauf hin, dass sie ziemlich intelligent war. In vieler Hinsicht schien es, als würde sie sich ganz normal entwickeln, aber sie war kein normales Kind. Mit fast drei Jahren sprach sie immer noch kein Wort, und ihr Vater wusste sich diesbezüglich keinen Rat.

Als er sich anschickte, das letzte Einzelteil des Stuhls einzufügen, ertönte das Geräusch laufender Schritte aus der Richtung des offenen Scheunentors. Nathan und Samuel kamen hereingestürmt und bremsten in einer roten Staubwolke.

»Vater«, sagte Nathan keuchend. »Eben war ein Kurier da!«

»Ja«, bekräftigte Samuel. »Er hat ein ganzes Bündel Briefe gebracht.«

Benjamin benutzte einen Holzhammer, um die oberste Strebe der Rückenlehne einzufügen, wobei er sorgfältig darauf achtete, sie auch gerade einzupassen. »Seid ihr mit dem Bestellen des südlichen Feldes fertig?«, fragte er, ohne die Jungen eines Blickes zu würdigen.

»Ja«, antwortete Samuel. »Das heißt, noch nicht ganz.«

»Mehr als zur Hälfte«, versicherte ihm Nathan.

Benjamin trat zurück, um sein Werk zu begutachten. »Diese Schwimmpausen wirken sich spürbar auf das Tagespensum aus, nicht wahr?«

Samuel verzog das Gesicht. »Woher weiß eigentlich jeder ...«

Nathan legte seinem kleinen Bruder eine Hand auf den Mund, ehe er zu Ende sprechen konnte. »Wirst du den Stuhl jetzt ausprobieren, Vater?«

Benjamin schickte sie mit einer ruckartigen Kopfbewegung fort. Die Jungen entfernten sich missmutig. Sie taten so, als würden sie zu ihrer Arbeit auf dem Feld zurückkehren, liefen jedoch dann um die Scheune herum zum Hintereingang. Ihr Vater hatte seit Tagen von nichts anderem gesprochen als von diesem Stuhl, und jetzt wollten sie sehen, ob er auch hielt.

Jetzt, da er fertig war, hob Benjamin den Schaukelstuhl hoch und hängte ihn an eine Federwaage. Es schien, als würde er schwerelos in der Luft schweben, und als die Feder sich ausgependelt hatte, verkündete Benjamin voller Genugtuung, dass der Stuhl exakt drei Pfund wiege. Er fügte hinzu, dass man seiner Meinung nach im Himmel auf solchen Stühlen säße.

Susan, Abner und Joshua wechselten einen skeptischen Blick.

Die Stunde der Wahrheit war gekommen. Benjamin ging um den Schaukelstuhl herum und inspizierte ihn ein letztes Mal. Ehe er jedoch dazu kam, sich zu setzen, stürzte ein weiterer seiner Söhne herein. Der dreizehnjährige Thomas keuchte nach dem langen Lauf, und sein dickes braunes Haar fiel ihm in die Augen. Er hielt in der einen Hand ein Gewehr und in der anderen zwei frisch erlegte Vögel.

»Vater, ein Kurier! Wir haben ihn auf unserem Rückweg durch die Obstgärten gesehen. Es ist Post gekommen.«

»Ja, ich habe es schon gehört.« Der Tonfall seines Vaters verriet Thomas, dass die Angelegenheit bereits entschieden war – die Post würde zur üblichen Zeit geöffnet werden und keine Minute eher. Es war ein Tonfall, den die Kinder gut kannten und den sie auch respektierten. Dennoch protestierte der Junge, dass dies keine gewöhnliche Post sei und darum besondere Aufmerksamkeit verdiene. Aber noch bevor er widersprechen konnte, trat ein weiterer von Benjamins Söhnen ein und legte Thomas einen Arm um die Schultern.

Gabriel war mit achtzehn Jahren das älteste von Benjamins Kindern und sogar noch attraktiver, als sein Vater es in diesem Alter gewesen war. Das blonde Haar, das er mit einem Band zusammengebunden hatte und das unter seiner schief sitzenden Pelzmütze hervorschaute, reichte ihm bis zu den Schultern. Er hatte ebenfalls ein Gewehr bei sich sowie die Jagdausbeute dieses Nachmittags – sechs Wachteln und vier ansehnliche Fasane. Zusammen mit Thomas' zwei Vögeln würde das Fleisch eine Abendmahlzeit abgeben, die für alle auf Fresh Water reichte.

»Gehen wir, General«, sagte Gabriel und zog seinen Bruder in Richtung Haus. »Wir müssen uns bis nach dem Abendessen gedulden.« Er hatte von ihnen allen am meisten von der Geduld und Sensibilität seiner Mutter geerbt.

»Nein, warte!«, knurrte Thomas und schüttelte den Arm seines Bruders ab. Er kam von allen Kindern am meisten auf seinen Vater und hatte auch dessen aufbrausendes Temperament und Impulsivität – Eigenschaften, die zu unterdrücken Benjamin tagtäglich große Willenskraft kostete. »Vielleicht gibt es Neuigkeiten, die nicht warten können. Vater, wir könnten die Briefe lesen, während du arbeitest, und dir dann berichten, was drinsteht!«

Benjamin blickte von seiner Arbeit auf und warf Thomas einen strengen Blick zu, der diesen sofort zur Ordnung rief.

»Komm«, sagte Gabriel und führte ihn weg. »Ach, übrigens, Vater«, meinte er dann mit dem Anflug eines Lächelns, »dein Stuhl sieht diesmal wirklich stabil aus.« Benjamin glaubte, die Jungen kichern zu hören, als sie davonliefen.

Unbeirrt holte er tief Luft und ließ sich langsam und vorsichtig auf den Schaukelstuhl sinken, indem er diesen nur Stück für Stück belastete.

Nicht ein Knarren erklang.

Unendlich vorsichtig lehnte Benjamin sich zurück, und als die drei Streben der Rückenlehne seinem Gewicht standhielten, gestattete er sich ein Lächeln und wünschte, der alte Rosenast könnte ihn sehen. Er begann, vor und zurück zu schaukeln, zuerst zögernd, dann mit wachsender Zuversicht. Dann bog er abrupt den Kopf zurück und lachte. Er hatte es geschafft! Aus mickrigen drei Pfund Holz hatte er ein Möbelstück gebaut, das so präzise zusammengesetzt und stabil war, dass es ...

Er hielt unvermittelt inne und legte lauschend den Kopf schräg. Sein Lächeln verwandelte sich in ein unwilliges Stirnrunzeln, als er beim Zurückschaukeln ein ganz leises Knarren hörte. Er schaukelte noch schwungvoller zurück, und da war es wieder. Er murmelte verhalten ein paar Worte, die nicht für Susans Ohren geeignet waren, und schaukelte noch kräftiger, bis zum äußersten Ende der gebogenen Kufen. Es war ein kaum wahrnehmbares Geräusch, eins, das ein anderer möglicherweise gar nicht bemerkt hätte. Aber Benjamin entging es nicht. Der Bau dieses Stuhls hatte ihn zu große Mühe gekostet, als dass er eine lose, knarrende Verbindung geduldet hätte. Entschlossen, den Ursprung dieses irritierenden Lautes zu ergründen, beugte er sich weit zur Seite, drehte sich auf dem Sitz seitwärts und schaukelte ein letztes Mal zurück.

Eins der dünnen Hinterbeine brach in der Mitte durch, und Benjamin wurde ein paar Zentimeter zur Seite geschleudert. Einen kurzen Augenblick lang saß er mit einem schockierten Ausdruck auf dem Gesicht auf dem wackligen Sitz, dann brach das zweite Bein. Er streckte die Beine aus, um sich auszubalancieren, aber es war zu spät. Die restlichen Einzelteile des Stuhls krachten zusammen, und Benjamin landete unsanft auf dem Allerwertesten, in einer sehr unvorteilhaften Position, die Beine über dem Kopf angewinkelt.

Susan riss die Augen noch weiter auf als gewöhnlich, und ihre Kinnlade klappte herunter. Abner wandte sich ab, um sein Lachen zu verbergen, und Joshua oben auf dem Boden kreischte vor Vergnügen.

»Verflucht!«, brüllte Benjamin so laut, dass es bis zum südlichen Feld zu hören war. Frustriert rappelte er sich auf, griff ein paar Stücke des Stuhls und schleuderte die Einzelteile wütend gegen die Scheunenwand. Dann schnappte er sich eine der Armlehnen und wollte diese gerade mit aller Kraft von sich schleudern, als er Susans missbilligenden Blick bemerkte, der jenem ihrer Mutter, seiner Ehefrau Elizabeth, in nichts nachstand. Die Wirkung des Blickes auf Benjamin war ebenso schnell wie radikal. Er ließ die hölzerne Armlehne fallen und wurde ganz ruhig. Er war keinen Deut weniger zornig oder frustriert als noch vor wenigen Sekunden, aber der Blick hatte ihm geholfen, seine Beherrschung wiederzuerlangen.

»Es tut mir leid«, sagte er angespannt in den Raum hinein. Er strich die Arbeitsschürze über der Brust glatt, ging zielstrebig zu seinen Holzvorräten hinüber und holte sich ein neues Stück. Sehr ruhig trug er es zur Drechselbank und spannte es ein, entschlossen, noch einmal ganz von vorn anzufangen.

»Abner, würdest du mir bitte helfen?«

Achtzehn Jahre zuvor, am 9. Juli 1758, hatte Elizabeth Putnam Benjamin an ihre Tante Prudence Putnam, eine wohlhabende Witwe, die in der Kolonie Rhode Island lebte, folgenden Brief geschrieben:

Liebste Tante,

du musst mich für schrecklich unhöflich halten, nachdem ich mir solche Zeit gelassen habe, deinen Brief zu beantworten und dir für dein Geschenk zu danken. Zu meiner Rechtfertigung kann ich nur anführen, dass ich mehr zu tun hatte, als ich je für möglich gehalten hätte. Unsere Trauung hat am Samstag, den 1. Juni, in der Schottisch-Presbyterianischen

Kirche in der Meeting Street stattgefunden, der anschließende Empfang bei uns daheim. Wir waren ebenso überrascht wie erschrocken von der großen Zahl der Gäste, die sich einfanden. Vater beklagte sich lauthals, dass halb Charles Town seine Geschäfte geschlossen habe, um sich nicht die Gelegenheit entgehen zu lassen, sich kostenlos von ihm verköstigen zu lassen. So gut wie du ihn kennst, wirst du sicher wissen, dass er kein Wort davon ernst gemeint hat, sondern es vielmehr genossen hat, im Mittelpunkt eines solchen Ansturmes zu stehen. Die meisten Leute waren Fremde, die kamen, um Benjamin zu sehen. Er ist der Held von Charles Town seit seiner siegreichen Heimkehr vom Grenzkrieg gegen die Franzosen und Cherokees und ein begehrter Dinnergast in den besten Gesellschaftskreisen der Stadt. Er wird auf offener Straße von Ladeninhabern, Händlern und sogar Sklaven erkannt, die stehen bleiben, um ihm die Hand zu schütteln und ihn zu befragen. Ich schätze außerdem, dass sein Ruhm noch gewachsen ist, nachdem er, ein Schreiner von der Küste, in unsere angesehene Putnam-Familie eingeheiratet hat.

Ich werde versuchen, deinen Wunsch, mehr über ihn zu erfahren, zu erfüllen.

Er war noch sehr jung, als er seine Eltern unter mir nicht bekannten Umständen verlor. Er wurde in die Obhut eines örtlichen Geistlichen gegeben, eines Quäkers aus Philadelphia. Dann, im Alter von zwölf Jahren, wurde er Lehrling eines Möbelschreiners, eines Schweizer Gentlemans, den er mir als verrückten, aber fachlich ausgezeichneten Mann beschrieb. Nach Abschluss seiner Dienstzeit in der Armee kam er auf Arbeitssuche hierher nach Charles Town, zog aber kurz darauf in den Krieg. Er hat keine klassische Erziehung genossen und hat keine Verwandten mehr.

Ich könnte es dir nicht verdenken, wenn du glauben würdest, ich hätte den Verstand verloren, dass ich einen solchen Mann geheiratet habe. Tatsächlich wäre mir dies auch für mich bis vor kurzem selbst undenkbar erschienen. Wir haben uns bei den Gadsdens kennen gelernt, die uns zu einer musikalischen Darbietung eingeladen hatten, einem Konzert des berühmten Londoner Pianisten Robert Maudley. Benjamin fiel mir sofort auf, da er inmitten der feinen Gesellschaft derb und bäurisch wirkte. Er war nicht nach der gängigen Mode gekleidet, hatte dringend einen Haarschnitt nötig und hatte eine Flasche Apfelwein mitgebracht, die er den anderen Gästen anbot. Ich hielt ihn für einen Trunkenbold, aufbrausend, laut, leicht erregbar, völlig unbegabt in Sachen Konversation und ohne jede Manieren. Es war mir unsäglich peinlich, als er mitten im Konzert aufstand und zu mir herüberkam, um sich mit mir zu unterhalten. Lauthals, man stelle sich das vor, erkundigte er sich nach meinem Namen etc.

Als er am darauf folgenden Nachmittag mit Geschenken bei uns zu Hause erschien, vertraute ich darauf, dass Vater ihn wegschicken würde. Die beiden zogen sich ins Arbeitszimmer zurück, wo sie mehrere Stunden verbrachten, lachten und ihr Dinner einnahmen. Als sie herauskamen, stanken sie nach Schnaps, und Vater hatte seinem zukünftigen Schwiegersohn einen Arm um die Schultern gelegt. Die beiden führen sich immer noch auf wie ungezogene Schuljungen, wenn sie zusammen sind, kichern über unhöfliche Scherze und debattieren lautstark über politische oder geschäftliche Belange.

Er fuhr fort, mir den Hof zu machen, bis mein Widerstand zu bröckeln begann. Eines Abends tauchte er dann mit Blumen auf, die er im Garten der Nachbarn geklaut hatte, sowie mit einigen schauderhaften selbst ersonnenen Liebesgedichten. In einem von ihnen verglich er sich mit einem Segelschiff, das sich bei Sturm verirrt hat, und mich mit dem Polarstern, der am Himmel erscheint, um das Schiff in den sicheren Hafen zu führen. Welch furchtbares Gefasel! Als ich mich erbot, Vater zu holen, sank er vor mir auf die Knie und eröffnete mir, dass er beschlossen hätte, mich zu heiraten, dass es für ihn nie eine Andere geben werde und so weiter. Noch mehr Geschwätz! Meine Antwort bestand darin, ihm die Tür vor der Nase zuzuschlagen.

Ich habe viele Gründe, mich zu beklagen! Und doch muss ich gestehen, dass ich eine unerklärliche Zuneigung zu ihm entwickelt habe, eine Zuneigung, die ganz sicher bis ans Ende meines Lebens andauern wird. Tatsächlich hat sich meine Meinung über ihn radikal gewandelt. Heute achte ich ihn so sehr, dass es schon fast an Anbetung grenzt. Er ist fleißig und intelligent, extrem gut aussehend, ehrgeizig und gutherzig. Er hat von dem Geistlichen, der ihn aufgezogen hat, lesen gelernt und hat die Werke des einen oder anderen Dichters gelesen. Wenn auch aufbrausend, besitzt er die seltene Fähigkeit, nachzugeben, wenn er einsieht, dass er sich geirrt hat, sogar dann, wenn er es mit einer Frau zu tun hat. Er ist klug genug, die Intelligenz und überlegene Sensibilität anzuerkennen, die unserem Geschlecht eigen sind. Und wenngleich er in Gesellschaft seiner männlichen Freunde derb und laut ist, benimmt er sich recht manierlich, wenn wir allein sind. Wir kommen gut miteinander aus und sind in den meisten ehelichen Dingen, wie beispielsweise der Kinderfrage, einer Meinung. Wir planen, ein Kind zu bekommen, höchstens zwei.

Wir bauen ein neues Haus auf einem Stück Land, das Benjamin vom Gouverneur für seine Kriegsverdienste übereignet bekommen hat. Es liegt einen ganzen Tagesritt von meinem geliebten Charles Town entfernt, gehört aber zu den schönsten Fleckchen Erde, die ich je gesehen habe. Offene Felder an den Ufern eines Flusses und mit zwei gewaltigen Eichen die einander zugeneigt sind und schon von weitem zu sehen sind. Mit Hilfe unserer neuen Nachbarn und Freunde aus Charles Town haben wir bereits das Gerüst fertig gestellt.

Außerdem werden wir tatkräftig von einer Frau namens

Abigale unterstützt. Sie ist eine Sklavin, die uns von Vaters Geschäftspartner, Mr. Van Heynis, zur Hochzeit geschenkt wurde. Wie du weißt, teile ich deine Abscheu gegenüber der Sklaverei, ebenso wie Benjamin, und so haben wir beim Gouverneursbüro den Antrag gestellt, ihr mit amtlichem Siegel die Freiheit zu schenken. Zurzeit bewohnen wir eine Zwei-Zimmer-Hütte, die Benjamin ganz allein gebaut hat. Die Vorhänge, die du uns zur Hochzeit geschickt hast, sind zu kostbar, um sie in einer so bescheidenen Behausung aufzuhängen, aber in unserem Haus werden sie sich zweifellos wunderschön ausnehmen.

Dieser Brief ist schrecklich lang geworden, und ich werde zum Abendessen gerufen, nachdem ich auf das Schreiben mehr Zeit verwandt habe, als meine Pflichten mir eigentlich erlauben. Ich freue mich schon von Herzen darauf, dich bald wieder zu sehen. Bitte besuche uns hier, damit du dir selbst ein Urteil darüber bilden kannst, ob der südliche Zweig der Putnams wahrhaftig den Verstand verloren hat!

In Liebe, deine Nichte
Elizabeth Putnam Martin

PS: Meine Schwester Charlotte besteht darauf, dass ich dir ganz liebe Grüße von ihr bestelle und dir ausrichte, dass sie ganz vernarrt in Benjamin ist wegen seines guten Aussehens und seines Humors. Sie wächst unglaublich schnell und ist schon beinahe so groß wie ich.

An diesem Abend nahmen die Martins ihr Dinner wie gewöhnlich an dem großen Tisch in der Küche ein. Ein großer Backsteinofen an einer Wand beherrschte den ganzen Raum, und Abigale hatte auf ihm Fasanen-Stew mit gekochtem Mais und Obstkuchen als Nachtisch zubereitet. Für sie war auch ein Platz am Familientisch gedeckt, aber sie war zu sehr damit beschäftigt, alle zu umsorgen, um sich zu setzen und zusammen mit ihnen zu essen. Als die Mahlzeit beendet war, halfen die älteren Kinder beim Abdecken und Spülen des Geschirrs, während die jüngeren nach oben gingen, um noch etwas zu spielen und sich bettfertig zu machen. Benjamin ging wie so oft um diese Zeit nach draußen, um nachzudenken.

Ein leuchtender Vollmond warf einen buttergelben Schimmer auf die Felder. Er verließ die Veranda und hielt am Himmel Ausschau nach dem Nordstern, etwas, das er aus Gewohnheit jeden Abend tat. Als er sicher sein konnte, dass die Kinder beschäftigt waren, schlich er sich vom Haus fort und folgte dem Pfad, der hinter die Scheunen führte. Die Pferde begrüßten ihn schnaubend und folgten ihm so weit es ging am Koppelzaun entlang. Überall zirpten die Grillen im hohen Gras. Er setzte seinen Weg fort bis zur zweiten der riesigen Eichen, die ganz für sich allein stand, eingefasst von einem weißen Gartenzaun. Er stieß das Törchen auf und trat ein. Das mit einer Kette mit einem Gegengewicht versehene Tor schwang hinter ihm zu.

Dieser kleine Garten war Benjamins Zuflucht und sein Heiligtum. Spanisches Moos hing in dicken Bahnen von den knorrigen Ästen, und aus der Ferne hörte man das Rauschen des Flusses. Der Baumstamm war so dick, dass ihre Fingerspitzen sich nur knapp berührt hatten, als er und Elizabeth versucht hatten, ihn mit den Armen zu umspannen. Unter diesem Baum hatte sie schließlich seinem Werben nachgegeben, und hier war dann später Gabriel gezeugt worden. Obgleich sie beide nie darüber gesprochen hatten, hatte er gewusst, dass sie gern an diesem Ort begraben werden wollte. Ihr Grabstein aus Schiefer stand hier, nur wenige Schritte vom Fuß des Baumes entfernt. Benjamin hatte ihn selbst angefertigt und mehrere Versuche gebraucht, ehe er seinen Vorstellungen entsprach. Oben befand sich eine runde Fläche, die aussah wie das Zifferblatt einer Uhr, aber tatsächlich eine

Miniaturkarte des Nachthimmels darstellte mit dem Polarstern Polaris in der Mitte. Er hatte dieses Bild sehr sorgfältig von ihrem Lieblingsschmuckstück kopiert und darunter die Worte eingemeißelt:

Zum Gedenken an ELIZABETH Putnam MARTIN
von uns gegangen am 19. Februar AD 1773
im Alter von 35 Jahren

Benjamin hatte bei keiner seiner vorangegangenen Arbeiten solche Sorgfalt walten lassen wie bei der Anfertigung dieses Grabsteins. Er setzte sich ins Gras und lehnte sich an den Stamm der Eiche. Er ließ in Gedanken noch einmal die Ereignisse des Tages Revue passieren und entschuldigte sich bei ihr dafür, dass er in der Scheune die Beherrschung verloren hatte. Für ihn war Elizabeth noch sehr lebendig.

Ihre Ehe war von Liebe erfüllt und doch nicht einfach gewesen. Nach einem Jahr berauschenden Glücks und der Geburt ihres ersten Kindes hatte der Honigmond ein abruptes Ende gefunden, als Benjamin nach erheblichem Rumkonsum ihrer beharrlichen Fragerei nachgegeben und ihr einige Einzelheiten aus seinen Soldatentagen im Krieg gegen die Franzosen und Indianer erzählt hatte. Dinge, von denen er wusste, dass er sie niemals hätte aussprechen dürfen. Danach hatte sie sich von ihm abgewandt. Vier lange Jahre hatte sie kaum ein Wort mit ihm gewechselt und auf getrennten Schlafzimmern bestanden.

Benjamin hatte sich in diesen vier Jahren der Fertigstellung des Hauses und der Bestellung der Felder gewidmet und darüber hinaus gelernt, seine Vorliebe für Schnaps und leichtsinnige Unternehmungen zu beherrschen. Er hatte Elizabeth nie einen Vorwurf gemacht wegen ihrer Reaktion auf das, was er ihr erzählt hatte, und er war willens, alles zu tun, was notwendig war, um ihren Respekt und ihre Zuneigung zurückzugewinnen. Schließlich waren sie einander doch wieder näher gekommen, und Thomas wurde geboren.

Aber auch nach ihrer Versöhnung waren sie beide weiterhin zwei willensstarke Individuen mit unumstößlichen Prinzipien, und sie stritten und liebten sich mit der gleichen Intensität. Trotzdem hatte Benjamin auch in weniger harmonischen Zeiten sich stets auf ihre Intelligenz und ihr gesundes Urteilsvermögen verlassen.

Ihre siebte Schwangerschaft verlief am unproblematischsten. Elizabeth hatte Freunden gegenüber gescherzt, dass sie, nachdem sie so viel Übung hatte, vermutlich gar nichts davon merken würde, wenn das Kind kam. Als dann jedoch die Wehen eingesetzt hatten, hatte Susan sich in der Steißlage befunden, und bei Elizabeth hatten Blutungen eingesetzt. Die Hebamme hatte Benjamin versichert, dass kein Grund zur Sorge bestünde, ihn aber dennoch für alle Fälle losgeschickt, den Doktor zu holen. Als er einige Stunden später zurück war, war Elizabeth tot und Susan auf der Welt.

Das war vor knapp drei Jahren gewesen. In den Kolonien war es üblich, dass jemand, der seinen Ehegatten verloren hatte, sehr bald wieder heiratete, vor allem, wenn Kinder da waren, aber Benjamin war noch nicht so weit. Für ihn war Elizabeth noch lebendig, und er beschwor weiterhin ihren Geist herauf, wenn er in schwierigen Situationen Rat brauchte. Und an diesem Abend brauchte er ihre Hilfe.

Er war besorgt wegen der Briefe, die heute eingetroffen waren. Er kannte den Inhalt bereits im Großen und Ganzen, und ihr Eintreffen war ein weiteres Indiz dafür, dass der Kampf in den nördlichen Kolonien sich weiter ausweitete. Mit jedem neuen Dekret des englischen Parlamentes und jeder rebellischen Antwort der radikalen Kolonisten spitzte sich der Konflikt mehr zu. Der vergangene Krieg gegen die Franzosen und Cherokees erschien ihm rückblickend unklug. Aber dieser neue Krieg war etwas anderes. Hier ging es um mehr als nur Landbesitz. Es war ein Kampf um Prinzipien, und Benjamin als Veteran, Kriegsheld und einer der gewählten Führer der Kolonie, stand fest aufseiten der Patrioten. Die Menschen in South Carolina hatten bereits begonnen, sich zur einen oder anderen Seite zu bekennen und schlossen sich entweder den Torys an, die England unterstützten, oder den Whigs, die für die Unabhängigkeit waren. Erbitterte Auseinandersetzungen entbrannten unter Nachbarn, und politische Debatten entzweiten Familien. Obgleich noch kein Schuss gefallen war, wurde eine kriegerische Auseinandersetzung immer wahrscheinlicher. Und je näher dieser Tag rückte, desto dringlicher und schwieriger wurde eine bestimmte Frage: Was sollte Benjamin tun, wenn der Krieg South Carolina erreichte?

Nachdem er etwa zwanzig Minuten lang unter der Eiche gesessen hatte, lenkten Gelächter und Kinderrufe seine Aufmerksamkeit auf das Haus. Er klopfte mit der flachen Hand auf die Erde an seiner Seite, erhob sich dann und ging zurück.

»Möchtest du wissen, wie man ihn findet?«, fragte Margaret. Susan schwieg wie gewöhnlich, nickte jedoch kaum merklich mit dem Kopf. Die Mädchen standen am Fenster ihres Zimmers, das nur von einer einzigen Kerze und vom hereinströmenden Mondlicht erhellt wurde. Sie trugen beide Nachthemd und Schlafhauben, und keine von beiden bemerkte den Vater, der hinter ihnen in der Tür erschien.

»Du fängst bei den zwei vordersten Sternen des Großen Bären an, da und dort«, sagte sie, mit ausgestrecktem Finger auf die beiden Lichtpunkte zeigend. »Das ist der Griff. Dann hältst du die Finger so. Nein, das ist zu nah. So. Gut. Und jetzt zählst du fünf Finger ab, und das ist er. Der Polarstern.

Wenn du weißt, wo er ist, kannst du dich nie verirren, weil du immer weißt, wo Norden ist.«

Benjamin räusperte sich und trat ein.

Ohne ein Wort kehrten die Mädchen dem Fenster den Rücken zu, knieten neben dem Bett nieder, in dem sie gemeinsam schliefen, und beteten einen Augenschlick stumm, bevor sie unter die Bettdecke schlüpften. Benjamin gab erst der kleinen Susan einen Gutenachtkuss und kam dann um das Bett herum auf Margarets Seite. Sie blickte zu ihm auf und flüsterte:

»Ich glaube, sie versteht es. Es hilft ihr, zu wissen, dass Mutter dort ist.«

Benjamin nickte mit einem leisen Lächeln. Er setzte sich auf den Rand der mit Federn gefüllten Matratze und betrachtete das neunjährige Mädchen. Sie war ein ausgesprochen hübsches und hilfsbereites Kind, das sich seit dem Tod der Mutter benahm wie eine verantwortungsvolle Erwachsene. Elizabeths Tod schien die Mädchen mehr getroffen zu haben als die Jungen. Er hatte Margarets Kindheit ein abruptes Ende bereitet und war, wie Benjamin argwöhnte, auch der Grund dafür, dass Susan nicht sprach. Er hatte den Eindruck, dass das Mädchen sehr wohl sprechen könnte, wenn es nur wollte, sich aber bewusst für das Schweigen entschieden hatte. Er wünschte den Mädchen Gute Nacht, nahm die Kerze und ging den Flur hinunter, um nach den Jungen zu sehen.

Das Zimmer der Brüder Nathan, Samuel und William betrat jeder auf eigene Gefahr. Ihr Vater hatte inzwischen gelernt, nicht einzutreten, ohne gewisse Vorsichtsmaßnahmen getroffen zu haben. Hinterhalte waren keine Seltenheit. Seinen Nachbarn war Benjamin Martin als gebildeter Mann mit philosophischen Neigungen bekannt, ein vollendeter Handwerker und gewählter Staatsmann, aber wenn er das Zimmer der Jungs betrat, war er nur noch Freiwild. Die drei Mungos, die dort hausten, griffen oft im Rudel an, wobei sie vorzugsweise Kissen als Waffen einsetzten. An diesem Abend schliefen sie jedoch bereits. Nathan und Samuel lagen in ihren Betten, während der kleine William beim Spielen mit einem Holzpferd auf dem Fußboden eingenickt war. Benjamin stellte die Kerze ab und trug den Jungen in sein Bett. Als er gerade das Zimmer verlassen wollte, bewegte sich Samuel und hob verschlafen den Kopf von seinem Kissen.

»Die Post, Papa ...«

»Schlaf jetzt«, entgegnete Benjamin leise, ehe er die Tür hinter sich schloss.

Als er die Treppe hinuntergestiegen war und das Wohnzimmer betrat, fand er dort eine Schwadron von Soldaten in roten Uniformen vor, die sich zum Kampf gegen eine gleiche Anzahl von Patrioten aufgestellt hatte. Thomas, von seinen Geschwistern mit dem Spitznamen »Der General« versehen, lag vor dem Kamin auf dem Bauch und befehligte die Truppenbewegungen. Die englischen Kanonen feuerten und schleuderten einige Rebellen unter einen Stuhl. Aber ein mutiger Patrioten-Infanterist stürmte vor und machte mit seinem Bajonett das gesamte Korps der englischen Kanoniere nieder. Thomas lieh den sterbenden Männern leise seine Stimme.

Die drei versammelten sich jeden Abend in diesem Raum. Bienenwachskerzen brannten in Wandnischen, die das Licht reflektierten, und Gabriel hatte im Kamin ein Feuer entzündet. Auf dem Kaminsims standen zwei blauweiße Merriman-Teller, jeweils mit einem Teil eines Verses versehen, und an den Wänden hingen einige kleine Ölgemälde, darunter ein Porträt von Elizabeth und ihrer Schwester Charlotte als junge Mädchen. Vor den Fenster hingen Holzjalousien, und der Raum war mit gemütlichen eleganten Möbeln eingerichtet, allesamt aus der eigenen Werkstatt.

»Wer gewinnt?«, fragte Benjamin und stieg auf dem Weg zu seinem Schreibtisch über Thomas und das Schlachtfeld hinweg.

»Die Patrioten natürlich!«, entgegnete der Junge und warf einen verstohlenen Blick auf den Dielentisch mit der ungeöffneten Post.

Benjamin entkorkte eine Flasche an den Briten vorbeigeschmuggelten Jamaica-Rums und schenkte sich eine halbe Tasse voll ein, ehe er sich dann mit einem tiefen Seufzer auf seinem Lieblingssessel niederließ. Er nippte an seinem Drink und blickte quer durch den Raum auf seinen ältesten Sohn. Gabriel saß steif in einem Lehnsessel und gab vor, ganz in eine Ausgabe von Jean-Jacques Rousseaus »Abhandlung über den Ursprung der Ungleichheit unter den Menschen« vertieft zu sein. Benjamin lächelte und richtete den Blick auf das Feuer, gerade als Gabriel über den Rand des Buches hinweglinste. Einige quälende Minuten lang war nur das leise Knistern des Feuers zu hören.

Schließlich räusperte sich Benjamin und fragte beiläufig: »Was war in der Post?«

Winzige Soldaten segelten durch die Luft, gefolgt von Jean-Jacques Rousseaus Werk, als beide Jungen gleichzeitig aufsprangen und auf den Tisch in der Diele zustürzten. Gabriel war als Erster dort. Er entfernte die Schnur von dem Bündel und begann, hastig die Post durchzusehen, wobei er die weniger wichtigen Sendungen an Thomas weiterreichte. Dann faltete er eifrig eine in Boston gedruckte Zeitungsseite auseinander, die er anschließend ins Wohnzimmer herüber brachte.

»Die Räte in New York und Pennsylvania debattieren über die Unabhängigkeit, und für Mitte Mai wird mit einer Abstimmung gerechnet.«

»Mitte Mai? Das ist jetzt«, bemerkte Thomas. »Sie müssen bereits abgestimmt haben.«

»Was ist mit Neuengland?«, wollte Benjamin wissen.

Gabriel schien belustigt von dem, was er las. »In Chestertown haben sie das Zollhaus niedergebrannt und zwei hohe

Beamte geteert und gefedert. Sie sind an ihren Verbrennungen gestorben.«

»Dummköpfe«, brummte Benjamin düster.

Gabriel blickte auf. »Wer, die Aufrührer oder die Beamten?«

Benjamin ignorierte die Frage. »Irgendetwas über den Kontinentalkongress?«

Gabriel nickte, als er die Notiz las, und langsam breitete sich ein Lächeln auf seinem Gesicht aus. »Hier steht, dass es bis Juli eine Unabhängigkeitserklärung geben wird.«

»Unabhängigkeit?«, wiederholte Thomas ein wenig lauter als beabsichtigt. Der Klang des Wortes stimmte ihn so froh, dass er einen kleinen Freudentanz vollführte. Er stemmte die Hände in die Seiten und machte drei Schritte eines Jig, ehe er abrupt innehielt und zu Boden blickte. Er konnte den strengen Blick seines Vaters spüren und wusste, dass ungezügeltes Benehmen wie dieses für ein Kind der Familie Martin der schnellste Weg war, auf sein Zimmer geschickt zu werden. Dennoch blieb das Lächeln auf seinen Lippen, als er sich darauf konzentrierte, was Gabriel weiter vorlas.

Benjamin nahm eine zerbrechlich wirkende Lesebrille aus einem hölzernen Etui und bedeutete seinem Ältesten, ihm die übrigen Briefe zu geben. Er rückte seinen Sessel so, dass er das Licht des Kaminfeuers einfangen konnte, und begann zu lesen.

»Vater«, sagte Gabriel, »erinnerst du dich an meinen Freund Peter Cuppin?«

»Aus Orangeburg?«

»Genau der. Er hat geschrieben, dass ein Rekrutierungsoffizier bei ihnen in der Stadt war.«

»Ach ja?«

»Er hat sich der Bürgerwehr angeschlossen. Mit Erlaubnis seiner Eltern.«

»Tatsächlich?« Benjamin musterte seinen Sohn unverwandt, als wartete er darauf, dass dieser auf den Punkt kam, obgleich allen Anwesenden bereits klar war, was er damit hatte sagen wollen. Thomas blickte verstohlen von einem zum anderen, er spürte den sich anbahnenden Streit. Nach einer Weile angespannten Schweigens betrachtete Benjamin die Angelegenheit als erledigt. Er faltete den nächsten Brief auseinander und fing an zu lesen.

Aber Gabriel nahm nun seinen ganzen Mut zusammen und hakte nach. »Peter Cuppin ist siebzehn, Vater, ein Jahr jünger als ich.«

Benjamin fuhr fort zu lesen und zeigte keinerlei Reaktion. Obwohl er nach außen hin völlig ruhig blieb, kostete es ihn in Wirklichkeit große Willenskraft, Gabriel nicht entgegenzuschleudern, dass er ihm *niemals* die Erlaubnis erteilen würde, die Familie zu verlassen und in den Krieg zu ziehen.

Gabriel gab es auf und wandte sich wieder dem Brief zu, den er in den Händen hielt. Die drei Männer verbrachten die nächsten Minuten schweigend und reichten sich die Seiten gegenseitig weiter, wenn sie sie gelesen hatten.

Der letzte Brief, den Benjamin öffnete, war jener vom Ratspräsidenten. Als er ihn gelesen hatte, verkündete er: »Jungs, für übermorgen wurde eine außerordentliche Dringlichkeitssitzung einberufen. Ich wurde gebeten, daran teilzunehmen. In ...«

»Charles Town?«, fielen ihm seine Söhne ins Wort.

Er nickte. »Wir werden gleich morgen früh aufbrechen und bei eurer Tante Charlotte übernachten.«

»Charles Town?!«, wiederholte Thomas laut. Der Name der Stadt weckte in ihm die gleiche freudige Reaktion wie vorhin erst das Wort Unabhängigkeit. »Wir fahren nach Charles Town!«, rief er aus, legte erneut die Hände auf die Hüften und legte ein übermütiges Tänzchen aufs Parkett. Diesmal untermalte er seine Darbietung sogar mit Gesang.

»Wir fahren nach Charles Town! Wir fahren nach Charles Town!«

»Gabriel, würdest du bitte zu Abigale gehen und sie bitten, uns zu begleiten. Und du, General, ab nach oben! Und zwar ohne die Kleinen zu wecken.«

Thomas steuerte sofort gehorsam die Treppe an, ließ sich jedoch unterwegs reichlich Zeit. Er tänzelte im Gehen weiter und sang leise vor sich hin: »Wir fahren nach Charles Town. Wir besuchen Tante Charlotte. Wir fahren nach Charles Town ...«

2. Kapitel

Als im ersten fahlen Tageslicht die schwarzen Umrisse der Hügel im Osten sichtbar wurden, verließ Abigale die Reihe von Häuschen, in denen die befreiten Sklaven lebten, und trug, begleitet von Joshua und ihrem Vater, ihre Reisetasche hinauf zum Haupthaus. Sie trafen Benjamin Martin draußen vor dem Haus an, in einem eleganten Reiseanzug. Er hatte ein Pferd vor einen offenen Güterwagen gespannt und ein zweites vor einen zweirädrigen Buggy. Margaret, seine unermüdliche Helferin, brachte Decken und Lebensmittel, legte sie in den Wagen und ging dann zurück ins Haus, um die anderen Kinder zu wecken. Sie stolperten verschlafen nach unten, rieben sich die Augen und knöpften ihre Kleider zu, in der Erwartung, das Frühstück vorgesetzt zu bekommen. Aber ihr Vater war bereits abfahrbereit, und nach einer kurzen Absprache mit Abner und Joshua, die sich in den nächsten Tagen um die Farm kümmern sollten, fuhren sie los. Benjamin fuhr im Buggy voraus, Samuel an seiner Seite. Die anderen folgten in dem von Gabriel kutschierten Wagen.

Als die Sonne schließlich über die Baumwipfel stieg, hatten sie die Kuppe des Aussichtspunktes in Wakefield erreicht und machten wie immer Halt, um die Aussicht zu genießen. Hinter ihnen lag das Tal, das ihr Zuhause war. Vor ihnen lag die Ortschaft Wakefield mit den von den Kochfeuern rauchenden Schornsteinen, umgeben von einem farbenfrohen Muster kleiner Felder.

Von Thomas' Begeisterung vom Vorabend war nicht viel übrig geblieben. Er hatte in der Nacht kein Auge zugetan. Nun hatte er sich unter einer Decke zusammengerollt, die er sich bis über den Kopf gezogen hatte, und versuchte, das Rumpeln des Wagens, das Quietschen der Räder und das immer lauter werdende Gezwitscher der Vögel zu ignorieren.

Die Kinder wachten langsam nacheinander auf. Als sie Rankinsburg erreichten, winkten sie Passanten zu und riefen ihnen die aufregende Neuigkeit zu, dass sie zur Hauptstadt unterwegs waren. Aber es war eine lange Fahrt, und schon bald ließ ihr Enthusiasmus nach. Als sie schließlich die ausgedehnte Joseph Blake Plantage durchquerten, für sich alleine schon eine beträchtliche Wegstrecke, war ihr komplettes Repertoire an Volksliedern, Seemannsliedern, Wiegenliedern und Kirchenhymnen erschöpft. Eine Weile blieben sie stumm, dann wurden sie ungeduldig.

»Wie weit ist es noch, Vater?«

»Noch ein kleines Stück.«

»Sind wir bald da, Vater?«

»Bald.«

Als sie den breiten Cooper River erreichten, fuhren sie Kutsche und Wagen auf die Fähre und wurden gegen ein kleines Entgelt übergesetzt. Bald darauf führte die Straße über eine Kuppe, und die Großstadt tauchte vor ihnen auf.

Die ein Jahrhundert zuvor gegründete Stadt Charles Town befand sich auf einer schmalen Landzunge in Form eines ausgestreckten Fingers, dort, wo die Flüsse Cooper und Ashley zusammenströmten. Ein tiefer natürlicher Hafen wurde von einer Reihe von der Küste vorgelagerten Inseln, die in der Ferne schemenhaft zu erkennen waren, gegen die See abgeschirmt. Es war eine kompakte Stadt voller hochaufragender Privathäuser und noch höheren Geschäftsgebäuden, und über die Hälfte der schmalen Straßen waren mit Steinen oder

Backsteinen gepflastert. Charles Town war ein Ort, in dem rege Händler und wohlhabende Familien, denen riesige Plantagen gehörten, residierten. Erst kürzlich hatte Charles Town Boston und Philadelphia überrundet und galt nun als die reichste Stadt der Kolonien.

Mit wachsender Erregung rollte die Familie durch die ersten Siedlungen und gleich darauf auf der Hafenstraße durch die eigentliche Stadt. Der Hafen war überlaufen, schmutzig, laut und strotzte von Leben. Schiffsglocken bimmelten, und Schauerleute riefen einander auf Holländisch und Spanisch zu, begleitet vom Ächzen der Winschen, die Kisten von den Schiffen luden, deren Masten und Takelagen sich hoch über das Getümmel erhoben. Kläffende Hunde liefen neben dem Wagen her. Schmutzige kleine Jungen, darunter einige, die nicht älter waren als William, arbeiteten Seite an Seite mit erwachsenen Männern, schrubbten Decks oder reichten Kisten weiter, von Hand zu Hand wie bei einer Löschbrigade, in Reihen, die sich vom Wasser bis zu den Lagerhäusern erstreckten. Menschen aller Hautfarben und Nationalitäten liefen durcheinander, zu sehr auf ihre Arbeit konzentriert, um einander zu grüßen. Zwei sonnenverbrannte Männer in schwarzen Anzügen und mit langen gepuderten Perücken, von denen der eine eine Geldkassette trug und der zweite ein ledergebundenes Register, liefen gestikulierend über die Straße und wären um ein Haar überrollt worden. Ein Stück weiter kamen sie an einer Sklavenauktion vorbei, wo ängstliche, mit Ketten gefesselte Afrikaner von einer Horde potenzieller Käufer begutachtet wurden. Abigale, die vorn neben Gabriel saß, hielt den Blick starr geradeaus gerichtet, als sie vorbeirumpelten, wobei der Wagen auf dem unebenen Kopfsteinpflaster von einer Seite auf die andere schwang. In der Luft hing ein unangenehmer penetranter Geruch, eine Mischung aus Fisch, Urin, Brackwasser und Kochdünsten, und die Menschenmenge wurde immer dichter, je mehr sie sich der Börse näherten, dem Herzen des Handelsbezirks von Charles Town. Die Börse, die als imposantestes Gebäude den Hafen beherrschte, war ein beeindruckendes Beispiel palladianischer Architektur, umgeben von einem offenen, mit Backsteinen gepflasterten Platz. Dort hatten die Briten ihre verhasste Steuer auf Import- und Exportwaren erhoben. Zwei Monate zuvor hatte dann ein zorniger Mob aufbegehrt und die königlichen Steuereintreiber aus der Stadt gejagt.

Eine Gruppe von Patrioten war gerade dabei, ein Loch auszuheben, das tief genug war, um einen Freiheitsbaum zu errichten, wobei es sich aber nur um einen großen, von seinen Ästen befreiten Baumstamm handelte. Freiheitsbäume waren in radikalen Städten im Norden bereits weit verbreitet und dienten als Versammlungsort für patriotische Reden und Rekrutierungen. Im Süden hingegen war das Symbol ein Novum.

Vom offenen Platz vor der Börse bogen die beiden Wagen in die schmale Tradd Street ein, einer engen Schlucht zwischen zwei- und dreistöckigen Herrenhäusern, die bis an die unbefestigte Straße heranreichten. Durch Schlitze in den hohen Einfriedungsmauern und Toren erhaschten die Martins flüchtige Blicke auf die gepflegten privaten Gärten, die die Wohnsitze umgaben. Noch bevor sie das Ende des Häuserblocks erreicht hatten, entdeckten die Kinder das Haus ihrer Tante Charlotte.

Das von Charles Putnam, dem Großvater der Kinder, unmittelbar gegenüber des Charles Town Society Clubs erbaute zweistöckige Backsteinhaus umfasste zwanzig Zimmer. Wie viele Stadtresidenzen lag es hinter schmiedeeisernen Toren und kehrte der Straße die Breitseite zu. Zwei lang gestreckte Balkone, der eine oben, der andere im Erdgeschoss, nahmen zum Garten hin die ganze Länge des Hauses ein.

»Matthew! Hallo, Matthew!«

Rufend und die Arme schwenkend machten die Kinder den

würdevollen Butler auf sich aufmerksam, der auf dem oberen Balkon stand und einer Hausangestellten beim Ausklopfen eines Teppichs behilflich war. Er lächelte, als er sie sah, und grüßte mit einer knappen Geste zurück. Dann legte er den Teppich ordentlich an seinen Platz zurück, bevor er im Haus verschwand.

»Miss Charlotte, die Kinder sind da.«

Er fand sie lesend auf einem Sofa im oberen Salon, umgeben von gerahmten Kunstwerken und einer fast zwei Meter hohen Harfe. Sie hatte den ganzen Tag auf ihre Ankunft gewartet. Obgleich sie keinen Brief von Benjamin erhalten hatte, wusste sie, dass für den kommenden Tag eine Ratsversammlung einberufen worden war. Sie legte ihr Buch aus der Hand und eilte hinaus auf den Flur, um sich dort in einem Wandspiegel davon zu überzeugen, dass ihre Erscheinung auch tadellos war.

Sie war eine groß gewachsene, attraktive Frau Anfang dreißig mit blondem Haar, das sie zu einem Knoten aufgesteckt hatte. Das eng anliegende blassblaue Kleid brachte ihre überaus weibliche Figur und das Blau ihrer Augen zur Geltung. Die Ärmel waren aus feiner Spitze, und unter der Brust prangte eine große Schleife. Von Natur aus schön und mit glatter rosiger Haut gesegnet, war sie ungeschminkt. Sie beugte sich dichter an den Spiegel heran und verzog den kleinen Mund zu einem Lächeln, um die Haut um die Augen einer kritischen Betrachtung zu unterziehen. Es waren ein paar Fältchen da, die allerdings noch kaum zu sehen waren. In der Regel war sie zufrieden mit ihrem Spiegelbild und nickte auch jetzt befriedigt. Sie war nicht übermäßig eitel und fürchtete sich auch nicht vor dem Älterwerden. Das einzige, was sie an ihrem Aussehen gern geändert hätte, war die unterschwellige Trauer in ihrem Gesichtsausdruck, die sie nur schwer verbergen konnte. Sie rührte daher, dass sie in den vergangenen Jahren zu viele Verluste erlitten hatte. Zuerst war ihr Ehemann John Shelton vor fünf Jahren bei einem Hurrikane ertrunken. Wenige Wochen darauf war ihr Vater im Schlaf gestorben, und kurze Zeit später war ihre Schwester unerwartet im Kindbett gestorben.

Charlotte war in der feinen Gesellschaft von Charles Town beliebt und hatte zahlreiche Freunde, blieb jedoch mehr und mehr daheim und las ihre Bücher und Zeitungen, allein mit Matthew und den anderen Angestellten.

Die Kinder machten einen Riesenlärm, als sie die Treppe heraufstürmten und auf sie zustürzten. Thomas und Nathan waren ganz vorn und hätten Charlotte beinahe umgeworfen in ihrem Überschwang, als sie sie in die Arme schlossen. Lachend fing sie sich wieder, als sie auch schon vom Rest der Martin-Kinder umringt wurde.

»Willkommen!«, rief sie, begrüßte jedes der Kinder für sich und machte jedem Einzelnen ein Kompliment. Als sie aufblickte und Benjamin auf sich zukommen sah, rief sie aus: »Sie sind ja riesig! Womit hast du sie gefüttert?«

»Gute Abstammung«, entgegnete er und nahm seinen Hut ab. »Mütterlicherseits natürlich.«

Sie dankte ihm mit einem lieblichen Lächeln für das Kompliment und knickste – so gut es eben ging inmitten der Schar von Kindern, die sich an sie klammerten. Einen Moment gestattete sie sich, den Blick auf ihrem Schwager ruhen zu lassen, und erlaubte auch ihm, sie zu betrachten. Gabriel registrierte, dass es ein Blick war, wie ihn Schwager und Schwägerin gewöhnlich nicht tauschten, und wandte sich bestätigungsheischend Abigale zu, die Susan auf dem Arm hielt. Sie verstand die stumme Frage, senkte jedoch nur die Lider zur Hälfte und bedeutete ihm mit Blicken, dass er sich um seine eigenen Angelegenheiten kümmern solle. Benjamin trat vor und begann, seine Schwägerin nacheinander von den Kindern zu befreien.

»Kommt herein, Kinder«, sagte Charlotte und deutete auf

den Salon hinter sich. »Wartet nur, bis ihr seht, was ich für euch habe.«

»Geschenke?«, riefen sie wie aus einem Mund. Das war Anreiz genug, und sie zwängten sich mit erwartungsvollem Indianergeheul durch die Tür, wobei die zwei Erwachsenen in dem Gedränge aneinander gedrückt wurden. Sie hatten es nicht allzu eilig, wieder voneinander abzurücken.

Gabriel wandte sich erneut Abigale zu, und diesmal zog er mehrmals hintereinander vielsagend die Augenbrauen hoch. Benjamin bemerkte es, zeigte wortlos mit dem Daumen in den Salon und schickte ihn so zu den anderen. Der junge Mann gehorchte mit einem breiten Grinsen.

Charlotte griff nach einer Stoffpuppe, die auf einem Tisch neben der Tür lag und brachte sie Susan. Sie saß immer noch auf Abigales Arm, in einem sonnigen gelben Kleidchen und einer dünnen weißen Haube.

»Das hier ist für dich, Susan. Sie hat deiner Mutter gehört.«

Das Kind nahm die Puppe mit einem für sein Alter ungewöhnlich feierlichen Ausdruck entgegen, sagte jedoch nichts. Charlotte streichelte zärtlich ihren Arm, ehe Abigale Susan ins Haus brachte.

»Sie spricht immer noch nicht?«, fragte Charlotte.

Benjamin schüttelte den Kopf, ratlos, was das Leiden seiner Tochter betraf. Dann trat er zurück und musterte Charlotte mit einem warmen Lächeln. »Es tut gut, dich zu sehen«, sagte er.

Sie nickte, um ihm zu bedeuten, dass sie seine Freude erwiderte, und führte ihn dann in den angrenzenden Salon, der von Kinderstimmen erfüllt war.

Am Abend versammelten sie sich alle in Charlottes geräumigen Speisezimmer und speisten so königlich, als wäre Weihnachten. Es gab Schweine- und Rinderbraten, fünfzehn Zentimeter lange frische Austern aus der Bucht, eine so große gebratene Gans, wie die Kinder sie noch nie gesehen hatten, zwei Käsepasteten, zwei Eierpasteten, vier gedeckte Obstkuchen, Schokolade, ganze Laibe frisch gebackenes Brot, Bier, Branntwein aus Pennsylvania und Qualitätswein aus Frankreich. Es wurde ein Gericht nach dem anderen aufgetragen, bis die Kinder stöhnend um Gnade flehten. Durch die offenen Fenster hatte man einen schönen Blick auf den gepflegten, mit Fackeln erleuchteten Blumengarten, aber von der Straße wehten auch die Stimmen angetrunkener Männer herein, die lachend und plaudernd in Richtung Börse unterwegs waren.

»Danke für diese wunderbare Mahlzeit«, sagte Gabriel, bevor Nachtisch und Tee serviert wurden. »Aber darf ich schon aufstehen? Ich würde gern einen Spaziergang machen.«

Die Unterhaltungen am Tisch brachen abrupt ab, und aller Augen richteten sich neugierig auf Benjamin. Er kaute den Bissen, den er gerade im Mund hatte, zu Ende und spülte ihn dann mit einem großen Schluck Bier hinunter. Obgleich er der ausgeglichenste und berechenbarste Mann war, den man sich vorstellen konnte, war er doch immer wieder für eine Überraschung gut.

»Ich wüsste nicht, was dagegen spräche«, sagte er.

Als Gabriel sich strahlend erhob, wollte Thomas es ihm gleichtun, hatte aber kaum seinen Stuhl zurückgeschoben, als die Hand seines Vaters sich schraubstockartig um seinen Arm schloss.

»Gabriel, wir erwarten dich in einer Stunde zurück.«

»Ja, Vater.«

»Sei nicht traurig, Thomas«, sagte seine Tante Charlotte. »Wir haben von hier aus einen guten Blick auf den Börsenplatz. Wir gehen nach dem Essen hinauf auf den Balkon.«

Sobald Gabriel auf die Straße hinaustrat, spürte er die elektrisierende unterschwellige Gefahr und auch die Herausforderung in der Luft. Es war ein schwüler Abend, und es schien, als wäre halb Charles Town unterwegs. Er blickte die Tradd Street hinunter und sah den hell erleuchteten Platz vor der Börse, auf dem sich eine Menschenmenge drängte, und ehe er sich versah, eilte er in diese Richtung, um sich ins Gewühl zu stürzen.

Das bunte Treiben kam ihm vor wie ein lärmender, chaotischer Jahrmarkt. Auf dem Platz waren Dutzende von Feuern entzündet worden, und entlang der Gebäude steckten hundert lodernde Pechfackeln in Eisenringen. Junge Burschen bahnten sich einen Weg durch die Menge und boten politische Traktate lokaler Autoren feil. Draußen vor den Lagerhäusern waren Stände aufgestellt worden, an denen Bier und Fleischspieße verkauft wurden. Und wohin er auch blickte, hatten sich Grüppchen um Männer auf Holzkisten gebildet, die lautstarke politische Reden hielten. Die Umstehenden jubelten, wenn ihnen die Ansichten des Redners gefielen, und buhten, wenn sie anderer Meinung waren. Es waren sämtliche Gesellschaftsschichten vertreten, von den wohlhabendsten Plantagenbesitzern bis hin zu ärmsten Sklaven. Auf den Stufen der Börse sang eine Musikband unflätige satirische Lieder, die König George und die unpopulären Mitglieder des Parlaments veralberten und dem großen Publikum schallendes Gelächter entlockten.

Antibritische Tendenzen waren in Charles Town nichts Neues. Es hatte schon seit Jahren gebrodelt, aber dann, als in London als Vergeltungsmaßnahme eine Reihe neuer Steuern beschlossen worden war, hatte sich die Situation plötzlich verschärft. Und seit General Burwell und seine Armee kontinentaler Soldaten einige Tage zuvor eingetroffen war, war die gesamte Bevölkerung von einem politischen Fieber befallen, vornehmlich patriotischer Färbung.

Gabriel bemerkte eine Gruppe gut gekleideter Gentlemen, die etwas abseits der Menge standen, und ging hinüber, um zuzuhören. Er schob sich an mehreren Männern vorbei, bis er ganz nah bei dem Redner stand, einem stämmigen Gentleman mit einem Doppelkinn.

»Admiral Peter Parker ist bereits in North Carolina gelandet«, rief der Mann. »Und er wird in Kürze mit seiner Flotte von neunzig Schiffen hier eintreffen und unsere Stadt angreifen. Derweil treibt sich der unfähige Colonel Moultrie draußen auf Sullivan Island herum und baut ein Fort, von dem aus er die britischen Schiffe unter Beschuss nehmen will. Gentlemen, ich habe sein Fort gesehen. Es ist nicht mehr als ein Haufen Stechpalmenstämme, die mit Sand vom Strand bedeckt wurden! Seien Sie versichert, dass es Parkers Geschützen nicht länger als zwanzig Minuten standhalten wird.« Die Umstehenden nickten zustimmend. »Diese verfluchten Whigs haben unsere hiesige Situation zur Anarchie verkommen lassen. Und verschlimmert wird das Ganze noch von der Ankunft Burwells und seiner sechshundert Mann. Ich bin sicher, dass sie so lange Mut und Tapferkeit an den Tag legen werden, bis die Geschütze ertönen! Bis die Kanonenkugeln fliegen und unseren Besitz zerstören! Bis unser Leben und das unserer Familien in Gefahr ist! Und was werden unsere tapferen patriotischen Soldaten tun, nachdem sie uns ins Unglück gestürzt haben?«

Gabriel blickte sich nervös um, als ihm aufging, dass er von Torys, englischen Loyalisten, umgeben war. Sie sahen wie ganz normale Männer aus und hatten keine Ähnlichkeit mit den Teufeln, als die sie in den patriotischen Pamphleten dargestellt wurden, die er in den vergangenen Monaten gelesen hatte. Dennoch fühlte er sich in ihrer Mitte unbehaglich und wollte sich davonstehlen.

»Sie werden kehrtmachen und türmen!«, beantwortete der Redner seine eigene Frage mit donnernder Stimme. »Und

Parkers Männer werden die Stadt noch vor Mittag in ihrer Gewalt haben!« Er rollte ein Papier auseinander und zeigte es seiner Zuhörerschaft. »Unterzeichnen Sie dieses Dokument, Gentlemen. Es ist ein Treueschwur an die Krone, und wenn Ihnen etwas an Ihrem Besitz und Ihrer persönlichen Sicherheit liegt, tragen Sie Ihren Namen in die Liste ein.« Als Gabriel sich durch die Menge schlängelte und das Weite suchte, hörte er einen Mann rufen:

»Ich habe schon die Petition der Patrioten unterschrieben. Kann ich trotzdem unterschreiben?« Einige der Umstehenden lachten, aber der Redner forderte den Mann auf, vorzutreten.

»Ich würde es Ihnen sehr empfehlen. Es kann Ihnen nur nützen.«

Wieder allein, steuerte Gabriel die Börse und den Freiheitsbaum an, wo die hellsten Feuer brannten und sich die größte Menschenmenge versammelt hatte. Es lag eine spürbare Spannung in der Luft, das Gefühl, dass die in der normalen Welt gültige Ordnung sich verabschiedet hatte und jetzt alles möglich war.

Schon bald erregte das Stampfen schwerer Schritte, die an den Lagerhäusern vorbeimarschierten, seine Aufmerksamkeit. Ein berittener Offizier der Kontinentalarmee, einer von Burwells Männern, führte hundertzwanzig blauuniformierte Soldaten auf den Platz. Sie marschierten im Gleichschritt, und das völlig synchrone Auf und Ab ihrer Stiefel bot einen beeindruckenden Anblick. Sie waren dicht gefolgt von weiteren hundert Männern, schwarzen wie weißen, Freiwilligen der Bürgerwehr in Zivil. Der Offizier brüllte einen Befehl, woraufhin die Soldaten geordnet stehen blieben. Ihre Disziplin brachte ihnen Applaus von den Umstehenden ein.

Sie seien auf dem Weg nach Sullivan Island, um Colonel Moultrie zu unterstützen, rief der Offizier und forderte die Männer auf, sich ihnen anzuschließen. Jedes Mal, wenn ein junger Mann vortrat, jubelten die Whigs, während die Torys höhnisch buhten.

Gabriel ließ den Blick über die Gesichter der Soldaten gleiten und hielt erfolglos Ausschau nach seinem Freund Peter Cuppin.

»Tu deine Pflicht«, rief einer der Soldaten ihm zu. »Schließ dich uns an.«

Gabriel schüttelte den Kopf. Wenn es nach ihm gegangen wäre, hätte er nicht gezögert. Er blickte über die Schulter und sah das Obergeschoss von Tante Charlottes Haus, das von seinem Standort aus nur teilweise verdeckt war. Er schwankte unentschlossen. Die Soldaten in den ordentlichen Reihen bemerkten sein Zögern und begannen, ihn zu ermutigen.

»Tu deine Pflicht! Komm und hilf!«

Obgleich er fest an die Freiheit für Amerika glaubte, an die »Ruhmreiche Sache«, wie General Washington es genannt hatte, hatte sein Vater ihn gelehrt, dass seine oberste Verpflichtung die Familie war. Gabriel fragte sich, ob diese Pflicht ihm jemals erlauben würde, die Fresh Water Plantage zu verlassen. Verbot sie ihm, in den Krieg zu ziehen? Wie lange wollte er seinem Vater noch erlauben, für ihn zu entscheiden? Während er noch diese Fragen wälzte, und die Rufe der Soldaten in seinen Ohren klangen, wandte er sich ab und entfernte sich.

Er ging zum Freiheitsbaum hinüber, den die Patrioten erst an diesem Nachmittag errichtet hatten, und sah dort beunruhigt mehrere britische Beamte bewusstlos und mit Seilen um den Hals auf dem Boden liegen. Als er näher kam, sah er, dass es sich nur um Puppen handelte, die nach der englischen Mode gekleidet waren und Lord Dunsmire, Lord General Cornwallis, Gouverneur Lyttelton und anderen verhassten Beamten nachempfunden waren. Eine Gruppe von Patrioten unterhielt die Menge mit witzigen Reden, die gewürzt waren mit den krassesten Obszönitäten, die Gabriel je in der Öffentlichkeit gehört hatte. Dennoch brüllte die Menge vor Lachen, vor allem dann, wenn die Männer derbe Witze sexueller Natur über König George und seine Gefolgsleute zum Besten gaben. Gabriel hatte bald genug von dieser Art von Humor und wanderte weiter.

Er blieb bei einer kleinen Gruppe stehen, die einem Einbeinigen mit altmodischer, gepuderter Perücke lauschte. Es handelte sich um Mr. Peter Howard, der keine zehn Meilen von Fresh Water entfernt in Pembroke wohnte. Howard war um die fünfzig und hatte ein weiches, fleischiges, von Fältchen durchzogenes Gesicht. Wie Benjamin Martin war auch er gewählter Repräsentant des Provinzrates, und seine Rede ließ keinen Zweifel daran, wofür er selbst bei der Versammlung am kommenden Tag stimmen würde. Freihändig auf seine Krücke gestützt, untermalte er seine Argumente mit ausholenden dramatischen Gesten.

»Ich habe im Krieg gegen Franzosen und Indianer im Kampf für die Krone fast mein ganzes Gehör eingebüßt«, verkündete er und zeigte dabei auf sein Ohr. »Und wie hat König George es mir gedankt? Indem er meine Bitten ignoriert hat, unserer Kolonie eine Stimme im Parlament einzuräumen!« Er legte eine effektvolle Pause ein, als hätte er es mit einer Gruppe von Kindern zu tun. »Ich habe im Kampf für den König auch dieses Bein verloren, und wie dankt er es mir? Er amputiert mir mit seinen Steuern auch das andere Bein!« Seine Hand fuhr durch die Luft wie eine Sense.

Gabriel konnte sich ein Lächeln nicht verkneifen angesichts des seltsam anmutenden altmodischen Stils des Mannes. Während er noch lächelte, blickte er über die Menge und entdeckte eine strahlend schöne junge Lady, die ihn anstarrte. Sie war etwa fünfzehn, mit makellosem, sehr hellem Teint, der im Fackelschein schimmerte wie Marmor. Sie hatte eine hohe, aristokratische Stirn, eine anmutige Gestalt und fein geschnittene, intelligente Züge. Es dauerte eine Weile, ehe ihm bewußt wurde, dass sie ihn zornig anfunkelte. Der vernichtende Blick, mit dem sie ihn bedachte, machte deutlich, dass ihrer Meinung nach die Worte des Redners kein albernes Grinsen rechtfertigten. Betreten wischte Gabriel sich mit dem Handrücken das Lächeln vom Gesicht und fragte das Fräulein dann stumm, ob der neue – ernste – Gesichtsausdruck ihr besser gefiel. Sie nickte zustimmend und richtete ihre Aufmerksamkeit dann wieder auf die Rede. Aber Gabriel konnte sich nicht mehr von ihrem Anblick losreißen und verliebte sich rasch in die Art, wie sie die Stola um ihre Schultern hielt, wie sie auf die Worte des älteren Gentleman reagierte sowie in jeden feinen Ausdruck, der über ihr hübsches Gesicht huschte. Jedes Mal, wenn sie lächelte, kam es Gabriel vor, als würden Blitze am Himmel zucken. Er war ganz sicher, noch nie ein hübscheres Geschöpf gesehen zu haben.

Dann dämmerte ihm, dass er sie möglicherweise gar nicht zum ersten Mal sah. Er kniff die Augen zusammen und musterte ihre Züge eindringlicher, und tatsächlich kam die junge Frau ihm plötzlich vertraut vor. Sie ertappte ihn dabei, wie er sie anstarrte, und warf ihm erneut einen vernichtenden Blick zu. In dem Augenblick, da sie ärgerlich die kleine Nase kraus zog, erkannte Gabriel in ihr Mr. Howards Tochter Anne.

Das war doch nicht möglich! Das letzte Mal, als er sie gesehen hatte, war sie ein hässliches kleines Entlein gewesen, ein kleiner Wildfang von einem Mädchen mit zerzaustem Haar und ständig zerschrammten Knien. Wie konnte sie sich so radikal verändert und in die bezaubernde Frau verwandelt haben, die er nun vor sich sah? Er wand sich innerlich bei der Erinnerung an ihre letzte Begegnung. Er war mit seiner Mutter nach Pembroke gefahren, und sie hatte ihn bei den Howards gelassen, während sie einige Dinge erledigte. Die unscheinbare, damals etwa elf Jahre alte Anne hatte Gabriel eröffnet, dass sie in ihn verliebt sei, und er hatte ihr dieses Geständnis ihrer Zuneigung mit einem grausamen Scherz vergolten – er konnte nur hoffen, dass sie sich nicht mehr daran erinnerte. Er nahm seinen ganzen Mut zusammen und bahnte sich einen Weg durch die Menge, bis er neben ihr stand. Dann tat er, als würde er sie jetzt erst bemerken.

»Ah, Miss Howard, nicht wahr?«

»Du weißt sehr gut, wer ich bin, Gabriel Martin«, entgegnete sie eisig, ohne ihn eines Blickes zu würdigen. »Bei unserer letzten Begegnung war ich elf, und du hast Tinte in meinen Tee gemischt.«

Offenbar hatte sie ein sehr gutes Gedächtnis.

Gabriel straffte die Schultern und sprach so würdevoll wie ein Erwachsener. »Das muss einer meiner jüngeren Brüder gewesen sein. Vielleicht Samuel oder Nathan.«

»Du warst es«, entgegnete sie knapp. »Und ich hatte einen ganzen Monat schwarze Zähne.«

»Ich war ... vielleicht ... ich wollte nicht ... Das war nicht ...« Nachdem er eine Weile gestammelt hatte wie ein Idiot, hatte er sich bald soweit erholt, dass er glaubhaft hervorbrachte: »Dein Vater ist ein guter Redner.«

Obgleich sie noch böse auf ihn war wegen des Streiches, den er ihr gespielt hatte, lächelte Anne ihn an, und dieses Lächeln jagte Gabriel einen wohligen Schauer über den Rücken. Die nächsten Minuten stand er da und glotzte sie an, bewunderte ihre geraden Schultern und die leuchtenden Augen. Er starrte immer noch, als Mr. Howard seine Rede beendete und sich mit seiner Familie entfernte. Während Gabriel ihnen nachblickte, überlegte er sich bereits allerlei Gründe, in diesem Sommer nach Pembroke zu fahren. Er konnte nicht ahnen, dass die Umstände ihn über zwei Jahre lang daran hindern würden, den Nachbarort aufzusuchen.

In der berauschenden Atmosphäre auf dem Platz hatte er die Zeit völlig vergessen. Als ihm bewusst wurde, dass seine Stunde Freiheit abgelaufen war, hastete er zurück in die Tradd Street. Unterwegs blieb er einmal stehen, um die unvergleichliche Stimmung noch einmal auf sich wirken zu lassen. Und dabei fiel ihm auf, dass etwas fehlte: Nirgendwo war ein englischer Soldat oder Polizist zu sehen. Die Menschen, die sich auf dem Platz drängten, besaßen zwar nicht die Autorität, ihr Land zu regieren, aber was ihre persönlichen Freiheiten anbelangte, ließen sie sich offenbar nicht dreinreden. Er sagte sich, dass es sich zweifelsfrei lohnte, für die Demokratie zu kämpfen, wenn der laute, derbe, engagierte Mob von Freidenkern um ihn herum einen Eindruck davon vermittelte, wie sie in den Kolonien aussehen könnte.

»Seht, da kommt Gabriel!«, rief Nathan.

Als die anderen ihn ebenfalls unten auf der Straße entdeckten, riefen sie seinen Namen und winkten. Benjamin registrierte befriedigt, dass sein Sohn einigermaßen pünktlich war. Gabriel winkte zurück, als er durch das Tor trat und die Außentreppe hinaufstieg. Der Martin-Clan hatte sich auf dem oberen Balkon versammelt, um dem Treiben in der Straße zuzusehen.

Direkt gegenüber, auf der anderen Straßenseite, hievte eine Menschenmenge Strohpuppen am Gebäude des Society Clubs hinauf. Wie jene auf dem Platz waren auch diese Figuren so gekleidet, dass sie unbeliebten Vertretern der britischen Obrigkeit glichen. Kurz nachdem sie angezündet worden waren, schlugen Männer von unten mit Stöcken auf sie ein, sodass brennendes Stroh auf die Straße hinabregnete. Die Martin-Kinder verfolgten das Geschehen mit einer Mischung aus Furcht und Faszination.

»Was ist passiert? Was hast du gesehen?«, bestürmte Thomas seinen Bruder, als dieser sich zu ihnen auf den Balkon gesellte.

»Tut mir leid, wenn ich mich etwas verspätet habe«, entschuldigte Gabriel sich bei seinem Vater. »Ich habe Mr. Howard zugehört. Er hat unten auf dem Platz eine sehr interessante Rede gehalten.«

»Der alte Mr. Howard aus Pembroke?«, fragte Nathan.

»Genau der. Seine Frau und seine Tochter waren bei ihm. Ich hatte sie lange nicht mehr gesehen.«

Thomas und Nathan interessierten sich nicht für Mr. Howard, der ganz in ihrer Nähe wohnte. Sie wollten etwas über die Soldaten hören, die sie hatten vorbeimarschieren sehen, und darüber, ob die Engländer bald angreifen würden.

»Vater«, sagte Gabriel, »General Burwell ist hier und rekrutiert Soldaten für die Kontinentalarmee. Gouverneur Lyttelton hat geschworen, dass er den Rat auflösen wird, wenn der der Kontinentalarmee auch nur einen Shilling gewährt.«

»Wenn er das täte, würde das nicht Mr. Pinkney und Mr. Rutledge, unsere Delegierten in Philadelphia, zwingen, für die Unabhängigkeit zu stimmen?«

Benjamin nickte. »Doch. Und wir stünden zusammen mit Massachusetts im Krieg.«

Die Jungen begrüßten diese Möglichkeit mit einem Enthusiasmus, den ihr Vater nicht teilte.

Auf der anderen Straßenseite jubelte die Menge laut, als Musketen auf die brennenden Puppen gerichtet wurden und feuerten. Als die Schüsse krachten, beugten sich die Brüder weit über das Balkongeländer, um besser sehen zu können, aber ihr Vater zog sie eilig zurück.

»Rein mit euch«, befahl er.

Die älteren Jungen stöhnten enttäuscht. Sie wollten dableiben und zusehen, aber Gabriel übernahm es, sie ins Haus zu scheuchen. In der Tür blieb er stehen und warf noch einen Blick zurück auf seinen Vater und seine Tante, ein wissendes Lächeln auf den Lippen.

Benjamin starrte auf den Tumult unten in der Straße, bis er Charlottes Blick auf seinem Gesicht nicht länger ignorieren konnte. Als er sich ihr zuwandte, konnte er nicht umhin, zu bemerken, wie vorteilhaft ihr Kleid ihre Brüste hervorhob, und wie samtig die nackte Haut ihrer Arme und ihres Dekolletés war. Er fühlte sich unbehaglich angesichts seiner Gefühle, und bemühte sich, von ihnen abzulenken.

»Ist dir auch warm genug?«, fragte er linkisch. »Möchtest du vielleicht einen Schal?«

»Nein«, sagte sie. »Es ist warm genug.«

»Ja, natürlich. Ja, ich ... es ist tatsächlich warm, nicht wahr?« Immer noch nervös wegen seiner Gefühle für Charlotte, kehrte er der Szene auf dem Platz den Rücken zu.

»Nach allem, was ich gehört habe«, sagte seine Schwägerin, »werden die Patrioten bei der morgigen Wahl einen deutlichen Vorsprung erzielen.«

Benjamin nickte. »Ich denke, davon kann man ausgehen.«

»General Burwell wird auf deine Stimme zählen. Er wird vermutlich erwarten, dass du dich als Erster freiwillig meldest.«

»Ja, das ist gut möglich«, seufzte er und fragte sich, wie er seine zahlreichen im Widerstreit stehenden Pflichten miteinander in Einklang bringen sollte. Es gab keine einfache Lösung. Seine Pflichten seinen Kindern, seiner Farm und dem nahenden Krieg gegenüber stellten verschiedene Anforderungen an ihn.

Aus dem Haus hallte der Lärm vieler kleiner Füße herüber, die einen Flur hinunterrannten, gefolgt von einem dumpfen Aufprall. Benjamin schüttelte den Kopf und entschuldigte sich für diese »Horde von Heiden«.

Charlotte lachte bei dieser Bemerkung, wurde jedoch gleich darauf ernst.

»Als John noch lebte«, erzählte sie mit einem traurigen Lächeln, »träumten wir davon, so wunderbare Kinder zu bekommen. Du bist ihnen ein wundervoller Vater, Benjamin, aber sie brauchen eine Mutter – vor allem Susan.« Ihr Tonfall und der Ausdruck der Verwundbarkeit in ihren Augen machten deutlich, dass sie darum bat, diese Frau sein zu dürfen.

Benjamin schluckte hart. Charlotte war eine schöne und intelligente Frau, die er sehr gern hatte. Wenn er nachts allein in seinem Bett lag, hatte er sich des Öfteren vorgestellt, wie schön es wäre, sie in den Armen zu halten. Es war eine Möglichkeit, die immer im Hintergrund lauerte, wenn sie zusammen waren, etwas, das sie sich beide wünschten und doch nicht aussprechen konnten. Bis zu diesem Augenblick war dieses Thema zwischen ihnen noch nie angesprochen worden. Benjamin schaute sie an und bewunderte sie aufrichtig für ihren Mut, den ersten Schritt gemacht zu haben. Sie besaß eine Charakterstärke, die ihn sehr an ihre Schwester erinnerte.

»Charlotte«, sagte er so sanft wie nur möglich. »Ich bin noch nicht soweit.«

»Ich weiß.« Obwohl seine Zurückweisung sie verletzt hatte, zwang sie sich zu einem Lächeln. Sie beugte sich vor und küsste ihn zärtlich auf die Wange, bevor sie ins Haus ging.

3. Kapitel

Am Morgen der Ratsversammlung stand Benjamin früh auf, nahm ein leichtes Frühstück zu sich und zog sich dann in die Bibliothek zurück, um in aller Ruhe nachzudenken. Nathan und Thomas lauschten an der Tür und hörten ihren Vater auf und ab gehen und dabei leise vor sich hin murmeln. Sie nahmen an, dass er die Rede probte, die er heute halten würde, eine flammende und unvergessliche Verurteilung der Briten. Gabriel wusste, dass sein Vater ein revolutionäres Pamphlet mit dem Titel »Gesunder Menschenverstand«, das im Januar dieses Jahres erschienen war, sehr sorgfältig studiert hatte.

Kurz nachdem die Kirchenglocken zehn geschlagen hatten, verließ Benjamin schließlich die Bibliothek und kam hinaus in den Garten, wo Charlotte, Thomas und Gabriel ihn bereits erwarteten, um ihn zur Versammlung zu begleiten.

Es war unter den Ratsmitgliedern üblich, sich schlicht und dunkel zu kleiden, um die Ernsthaftigkeit ihrer Aufgabe zu unterstreichen. Benjamin kam die Treppe in einem schwarzen Gehrock und schwarzer Hose herunter. Dazu trug er einen weißen Plastron zu einem weißen Rüschenhemd.

Charlotte machte ihm ein Kompliment zu seiner Erscheinung, aber tatsächlich hätte sie selbst eins verdient. Sie trug ein raffiniert geschnittenes gelbes Kleid, das für diese Gelegenheit einfach perfekt war. Es war nicht zu tief ausgeschnitten und hatte weite Ärmel, sodass es elegant und hübsch war, ohne protzig zu wirken. Ihr Hut bestand aus einer steifen Spitzenscheibe, die auf ihrem blonden Haar thronte.

Thomas wirkte in seinem schicken Jackett und der Krawatte wie ein junges Ratsmitglied, während Gabriel die gleiche Jacke gewählt hatte, die er schon am Vortag auf der langen Fahrt von der Plantage in die Stadt getragen hatte. Sie war staubig und an den Ärmeln ein wenig abgewetzt, besaß aber den großen Vorzug, blau zu sein, die Farbe der Patrioten, und er wollte keinen Zweifel daran bestehen lassen, auf welcher Seite er stand.

Es war der aufregendste Morgen in Gabriels jungem Leben, und er folgte seiner Familie mit federnden Schritten auf die Straße und in Richtung Rathaus. Er war ziemlich sicher, dass der Rat sich an diesem Tag dafür aussprechen würde, die Verbindung zum Vaterland abzubrechen und sich der Rebellion der nördlichen Kolonien anzuschließen. Es war ein historischer Augenblick, die Geburtsstunde einer neuen Nation, und er empfand es als Privileg, dabei sein zu dürfen. Er straffte die Schultern und schaute den Passanten direkt in die Augen, ohne Ansehen ihrer gesellschaftlichen Schicht oder Hautfarbe, bereits für die egalitäre Regierungsform übend, die bald im ganzen Land etabliert werden würde. Mehrere der Herren, denen sie unterwegs begegneten, erkannten Benjamin Martin und tippten sich grüßend an den Hut. Jedes Mal, wenn das geschah, tauschten Gabriel und Thomas einen Blick, stolz auf ihren Vater, der sie immer gelehrt hatte, auf ihre eigene Freiheit zu pochen und die der anderen zu respektieren.

Sie hörten das Stimmengewirr vom Platz schon lange, bevor sie um die Ecke bogen und das Rathaus sehen konnten. Hunderte von Menschen hatten sich entlang des schmiedeeisernen Zauns eingefunden, der den Garten des Gebäudes einfriedete, und es schien, als redeten sie alle gleichzeitig. Die Anwesenheit von Burwells Kontinentalarmee trug darüber hinaus nicht unerheblich zu der allgemeinen Aufregung bei. Die Soldaten standen auf ihren Posten, kerzengerade und die langen Musketen geschultert, von den Zivilisten neugierig begutachtet.

Um auf das Gelände zu gelangen, musste man durch den überdachten Torbogen eines Wachhäuschens. Benjamin ging voraus, an den Soldaten vorbei, die den Eingang bewachten, und folgte dann dem Weg zum Versammlungssaal. Eine wogende Masse gut gekleideter, gebildeter Menschen säumte den Weg in drei Reihen hintereinander und ließ den Ratsmitgliedern und ihren Gästen gerade so viel Platz, dass sie zwischen ihnen hindurchpassten. Die Umstehenden schwenkten Kopien des verhassten Stempelsteuergesetzes und riefen den Vertretern der Patrioten Ermutigungen zu, während sie die Torys beschimpften. Benjamin ignorierte sie und setzte seinen Weg unbeeindruckt fort.

Die Architektur des Gebäudes war Ausdruck der wachsenden Macht South Carolinas. Es war drei Stockwerke hoch, mit einem Portikus aus massiven Steinsäulen und einer funktionstüchtigen mechanischen Uhr, die in einen dreieckigen Ziergiebel eingelassen war. Am Fuß der steinernen Freitreppe hatte die Kontinentalarmee eine Rekrutierungsstelle eingerichtet. Der dreizehnjährige Thomas wandte sich dem Soldaten zu, der dort Dienst tat, und salutierte.

»Sir, ich werde mich gleich nach Abschluss der heutigen Wahl zum Dienst melden.« Thomas hatte es nur als Scherz gemeint, aber der Soldat nahm ihn beim Wort und entgegnete, er sei jederzeit willkommen. Ein wenig beunruhigt eilte der Junge seiner Familie hinterher auf den Eingang zu.

Unmittelbar vor der Tür zum Versammlungssaal blieb Benjamin stehen, um zwei seiner Amtskollegen zu begrüßen, Mr. Simms und Mr. Wilkins, die beide einen recht bedrückten Eindruck machten.

James Wilkins war den Martins bestens bekannt. Er besaß

eine große, überaus einträgliche Plantage in Berkeley County, zu Pferd etwa zwei Stunden von Fresh Water entfernt, war jedoch in Charles Town aufgewachsen, wo seine Familie dieselbe Kirche besuchte wie die Putnams. Er war ein groß gewachsener, gut aussehender Mann mit extrem breiten Schultern und snobistischem, überheblichem Auftreten. Als Sklavenbesitzer und Kopf der konservativen Tory-Partei, war er in den meisten Angelegenheiten, die dem Rat vorgetragen wurden, Benjamins Widersacher. Dennoch hegten die beiden Männer widerwilligen Respekt füreinander und schüttelten sich möglichst freundlich die Hand. Mr. Simms, ebenfalls Tory, war ein korpulenter Händler aus Beaufort. Wie viele der älteren Ratsmitglieder trug er eine steife gepuderte Perücke. Als Benjamin ihn mit seinen Söhnen bekannt machte, registrierte Gabriel das schwabbelige Doppelkinn und erkannte in Simms den Mann, den er am Vorabend in der Nähe der Börse hatte reden hören.

»Vater«, sagte Gabriel leise, als sie sich entfernten, »diese Männer sind Loyalisten, Torys.«

Benjamin ignorierte den Kommentar und betrat allen voran den Saal.

Das Geschrei im Inneren des Versammlungssaales war ohrenbetäubend. Es war ein sehr großer Raum mit schlanken Säulen, die die Last des Daches trugen, und großen Ölgemälden der letzten königlichen Gouverneure. Es roch nach Wollkleidung, Kerzenwachs und Schweiß. Achtundvierzig gewählte Repräsentanten und drei Mal so viele Zuschauer drängten sich im Saal. Es waren die wohlhabendsten und mächtigsten Persönlichkeiten der Kolonie, und sie alle hatten größtes Interesse an der Angelegenheit, die an diesem Tag entschieden werden sollte. Die zahlenmäßig unterlegenen Torys hatten sich auf der einen Seite des Mittelgangs versammelt, während die Patrioten der Whig-Partei sich auf der gegenüberliegenden Seite eingefunden hatten.

Der Vorsitzende saß auf einem hochlehnigen Stuhl auf einer erhöhten Plattform am Ende des Mittelganges, flankiert von seinen beiden Chefsekretären. Er ließ mehrfach seinen Hammer niedersausen und rief die Anwesenden lauthals zur Ordnung, aber die Diskussionen setzten sich unvermindert fort. Nachdem er Charlotte und seine Söhne zu Stühlen auf der Besuchergalerie geleitet hatte, suchte Benjamin sich einen Platz unter den Patrioten. Er setzte sich zwischen Francis Salvador, den ersten Juden, der in Nordamerika in ein Amt gewählt worden war, und Colonel William Moultrie. Moultrie war kein Ratsmitglied, jedoch unmittelbar für die militärische Verteidigung der Stadt verantwortlich. Er war ein bedächtiger und überlegter Mann, der sein schütteres Haar rechts scheitelte, sodass ihm eine Locke über das linke Auge fiel.

Als Gabriel den Blick über das Chaos im Saal schweifen ließ, entdeckte er Mr. Howard. Seine lange steife Perücke zitterte, als er mit erhobenem Finger in die Luft stach und seine Stimme den Lärm noch vergrößerte. Hinter ihm saß Anne, an der Seite ihrer Mutter. Als sie ihre strahlenden Augen auf ihn richtete und lächelte, wurde Gabriel ganz schwindlig vor Aufregung.

»Ruhe! Gentlemen, bitte! Meine Herren Ratsmitglieder! Ruhe!«, brüllte der Vorsitzende und ließ den Hammer immer wieder mit aller Kraft niedersausen, bis nach und nach Ordnung eintrat und der Geräuschpegel nachließ. Als er schließlich zu verstehen war, verkündete der Vorsitzende, dass die Engländer unter Führung von Admiral Sir Peter Parker und General Clinton irgendwann in den vergangenen zwei Wochen in Wilmington, North Carolina, gelandet seien, und zwar mit einer Flotte von fünfzig Kriegsschiffen. Auf diese Neuigkeit folgte erneutes Geschrei von den Ratsmitgliedern, und der Vorsitzende musste wieder seinen Hammer zur Hilfe nehmen. »Die Frage, die es heute abzustimmen gilt, ist die, ob South Carolina Steuern erheben soll für die Aushebung einer eigenen Streitkraft. Der erste Punkt auf der Tagesordnung ...«

»Und der Letzte, wenn wir für eine Aushebung stimmen!«, rief Mr. Simms dazwischen.

»Ruhe! Ruhe! Mr. Simms, ich habe Ihnen nicht das Wort erteilt. Also, der erste Punkt auf der Tagesordnung ist eine Rede unseres berühmten Besuchers aus Virginia, General Harry Burwell von der Kontinentalarmee. General, Sie haben das Wort.«

Burwell, gut eins achtzig groß, erhob sich langsam von seinem Stuhl und begab sich gemächlichen Schrittes auf den Mittelgang. Er strahlte Respekt aus, was von seiner militärischen Uniform noch unterstrichen wurde, und schon bald dämpften auch die lautesten unter den Delegierten ihre Stimmen. Wie Benjamin war der General Anfang vierzig und trug das lange Haar zu einem Pferdeschwanz gebunden. Er musterte die Anwesenden aus weichen, ausdrucksvollen Augen, die in ein kantiges, wie aus Stein gemeißeltes Gesicht eingebettet waren, auf dem ein sorgenvoller Ausdruck lag. Als er die Saalmitte erreichte, war es mucksmäuschenstill abgesehen vom Klappern seiner Stiefel auf den Bodendielen.

»Sie alle wissen, weshalb ich hier bin«, begann er ruhig und verschränkte die Hände hinter dem Rücken. »Ich bin kein begnadeter Redner, und ich werde auch nicht versuchen, Sie von der Richtigkeit unserer Sache zu überzeugen. Ich bin Soldat, und wir befinden uns im Krieg. Wir rechnen in Kürze mit einer Unabhängigkeitserklärung aus Philadelphia. Acht von dreizehn Kolonien haben Gelder zur Unterstützung der Kontinentalarmee aufgebracht. Ich bitte South Carolina, die neunte dieser Kolonien zu sein.«

»General Burwell«, ergriff Mr. Simms das Wort und erhob sich. »Massachusetts und Virginia mögen sich im Kriegszustand befinden, aber das gilt nicht für South Carolina.«

»Hört, hört!«, pflichteten ihm seine Parteigenossen bei.

Der einbeinige Mr. Howard sowie einige weitere andere Ratsmitglieder sprangen auf und riefen zornige Proteste durch den Saal. Burwell brachte sie mit einer kaum wahrnehmbaren Geste zum Schweigen.

»Gentlemen«, sagte er, »es geht hier nicht um die Unabhängigkeit von ein oder zwei Kolonien, sondern um die Unabhängigkeit einer ganzen Nation.«

Mr. Wilkins räusperte sich. »Und was soll das für eine Nation sein?«

»Die amerikanische!«, rief Mr. Howard.

»Eine solche Nation gibt es nicht«, konterte Wilkins brüsk und fügte mit drohendem Unterton hinzu: »Und allein von einer solchen zu sprechen ist Verrat.«

Mr. Howard hatte die passende Antwort parat, hielt jedoch inne, als ihm bewusst wurde, dass ihm nicht das Wort erteilt worden war. »General Burwell, wenn Sie gestatten?«

Burwell bekundete mit einem Blinzeln sein Einverständnis.

»Wir sind Bürger der amerikanischen Nation!«, begann Mr. Howard.

»Wir sind Engländer!«, schrie Wilkins aufgebracht und schlug sich mit einem Paar Handschuhe in die offene Hand. Seine Parteigenossen stimmten ihm lautstark zu.

Mr. Howard fuhr unbeirrt fort. »Und unsere *Rechte* als Bürger einer amerikanischen Nation werden von einem Tyrannen beschnitten, der dreitausend Meilen entfernt residiert!«

»Wären Sie so freundlich, mir zu erklären, Mister Howard«, mischte sich Benjamin ein und stand ebenfalls auf, »weshalb ich einem Tyrannen, der dreitausend Meilen entfernt residiert, dreitausend Tyrannen nur eine Meile entfernt vorziehen sollte?« Thomas und Gabriel tauschten einen besorgten Blick, als die Loyalisten und zahlreiche Zuschauer diese amüsante Formulierung mit Gelächter quittierten. Aber Benjamins Einwand war durchaus ernst gemeint. »Eine gewählte Legislatur kann die Rechte eines Mannes ebenso missachten wie es ein König vermag.«

»Captain Martin«, ergriff Burwell sichtlich überrascht und bekümmert wieder das Wort. »Ich dachte, Sie wären ein Patriot.«

»Wenn Sie mit dem Begriff Patriot die Frage verbinden, ob ich zornig darüber bin, Steuern zahlen zu müssen, ohne im Gegenzug einen Repräsentanten für das Parlament stellen zu dürfen, bin ich einer, ja. Und wenn Sie mich fragen, ob die amerikanischen Kolonien sich unabhängig selbst regieren sollten, würde ich auch dem zustimmen. Wenn mich das zu einem Patrioten macht, dann bin ich ein Patriot.« In feierlichem Tonfall fuhr er fort: »Aber wenn Sie mich fragen, ob ich bereit bin, gegen England in den Krieg zu ziehen, lautet die Antwort ganz entschieden nein. Ich bin im Krieg gewesen und verspüre nicht das geringste Bedürfnis, diese Erfahrung zu wiederholen.«

Seine Freunde innerhalb der Whig-Partei waren von seinen Worten ebenso verblüfft wie enttäuscht. Einer von ihnen, Mr. Middleton, erhob sich und sagte bitter: »Spricht da derselbe Captain Benjamin Martin, der in der Fort-Wilderness-Kampagne Ruhm geerntet hat für seinen Mut und seine Tapferkeit vor dem Feind?«

Es war ein persönlicher Angriff, aber Benjamin wahrte Ruhe. »Ich war in meiner Jugend impulsiv und leichtsinnig. Meine verstorbene Frau, Gott hab sie selig, hat dieser Impulsivität einen Dämpfer aufgesetzt und mich Zurückhaltung und Verantwortung gelehrt.«

»Zurückhaltung kann auch ein willkommenes Deckmäntelchen für Furcht sein«, knurrte Middleton abfällig.

General Burwell funkelte Middleton wütend an. »Ratsmitglied, ich habe an Captain Martins Seite unter Washington im Krieg gegen die Franzosen und Indianer gedient. Seine Tapferkeit steht außer Zweifel. Es gibt weder in diesem Raum noch auf dem ganzen Kontinent einen Mann, dem ich mein Leben lieber anvertrauen würde.« Middleton machte unter Burwells vernichtendem Blick einen hastigen Rückzieher.

»Ich nehme das eben Gesagte zurück«, entschuldigte er sich und setzte sich eilig wieder.

»Aber es gibt Alternativen zu einem Krieg«, fuhr Benjamin fort. »Wir können dem König unser Anliegen vortragen. Wir können ihn *bitten*, notfalls sogar *anflehen*. Und wenn er uns nicht erhören will, wenden wir uns an William Pitt und die anderen Parlamentsmitglieder, die uns gewogen sind. Und wenn sie uns auch nicht helfen können, wenden wir juristische Mittel an.«

»Das alles haben wir schon versucht«, gab Burwell zu bedenken.

»Dann versuchen wir es noch mal! Und noch mal und noch mal, um einen Krieg zu vermeiden.«

»Benjamin«, entgegnete Burwell, trat vor und sprach zu ihm, als wären sie ganz allein im Saal. »Ich war im vergangenen Jahr in Boston in Bunker Hill. Die Briten haben uns drei Mal angegriffen, und obgleich über siebenhundert von ihnen im Kugelhagel gefallen sind, haben sie das Gelände zurückerobert. Das spricht für das Ausmaß ihrer Entschlossenheit. Der Zeitpunkt, da Verhandlungen und eine Einigung noch möglich gewesen wären, ist überschritten. Wenn Ihre Prinzipien Ihnen Unabhängigkeit diktieren, ist Krieg der einzige Weg, diese zu erlangen. Es muss dazu kommen.« Die Patrioten murmelten ihre Zustimmung.

Gabriel und Thomas lehnten sich weit vor und hielten die Luft an. Sie hofften inständig, dass ihr Vater einsehen würde, dass Burwell Recht hatte. Benjamin schwieg eine Weile. Als er wieder das Wort ergriff, sprach er in weicherem Tonfall.

»Ich habe sieben Kinder. Meine Frau ist tot. Wer soll sich um sie kümmern, wenn ich in den Krieg ziehe?«

Gabriel wand sich innerlich bei diesem Eingeständnis von Schwäche. Die Ratsmitglieder rutschten unbehaglich auf ihren Stühlen hin und her. Sie waren es nicht gewohnt, innerhalb der Kammer so persönliche Äußerungen zu hören. Burwell, der verheiratet war, aber keine Kinder hatte, war verblüfft von Benjamins Erwiderung, fasste sich jedoch rasch wieder.

»Schlachten werden nicht nur von kinderlosen Männern geschlagen«, gab er zu bedenken.

»Wie Sie meinen«, entgegnete Benjamin. »Aber denken Sie an meine Worte.« Er wusste, wie die Wahl ausfallen würde, fühlte sich aber dennoch berufen, auszusprechen, was ihm auf der Seele lag. »Dieser Krieg wird anders sein als der vergangene. Er wird nicht an der Grenze oder auf weit entfernten Schlachtfeldern ausgetragen werden, sondern in unseren Gärten und Hinterhöfen. Unsere Kinder werden ihn mit eigenen Augen miterleben, und die Unschuldigen werden mit uns zusammen ihr Leben lassen.« Mit gequältem Gesicht ließ er den Blick über die Anwesenden gleiten. »Ich werde nicht kämpfen. Und weil ich nicht kämpfen werde, werde ich auch nicht meine Stimme abgeben für einen Entschluss, der andere an meiner Stelle in den Kampf schicken wird.« Hierauf drehte Benjamin sich um und kehrte an seinen Platz zurück.

»Und was ist mit Ihren Prinzipien?«, fragte Burwell.

»Ich bin Vater«, hielt Benjamin ihm entgegen. »Ich kann mir den Luxus von Prinzipien nicht erlauben.«

Burwell musterte ihn mehr mitfühlend als enttäuscht, aber Benjamins Amtskollegen waren entsetzt. Sie begannen, untereinander zu diskutieren, erst leise, dann immer lauter. Es dauerte nicht lange, und es war ein neues hitziges Wortgefecht entbrannt, und in der allgemeinen Aufregung bemerkte kaum jemand, dass Gabriel sich abrupt erhob und vor Scham hochrot im Gesicht aus dem Saal hastete.

Die lautstarke Auseinandersetzung hielt eine halbe Stunde an, ehe es dem Vorsitzenden gelang, die Ordnung wiederherzustellen und die eigentliche Abstimmung durchzuführen. Kurz darauf wurden die Doppeltüren des Saales aufgestoßen, und ein Page rannte auf den Treppenabsatz, von wo aus man einen weiten Blick auf den Rathausplatz hatte, auf dem sich nach wie vor eine riesige Menschenmenge drängte. Der junge Bursche legte die Hände trichterförmig an den Mund und rief: »Achtundzwanzig zu zwölf Stimmen für die Mobilmachung!«

»Hurra!« Jubel brandete auf und griff rasch vom Rathausplatz auf die umliegenden Straßen über. Männer zückten in ihrer Begeisterung ihre Pistolen und feuerten in die Luft. Euphorische Frauen warfen sich in die Arme ebenso überglücklicher Männer, und Ausgaben des Stempelsteuergesetzes wurden hoch in die Luft geworfen. Der Captain der Kontinentalsoldaten befahl seiner Kapelle, die aus Querflötenspielern und Trommlern bestand, einen Marsch zu spielen, und in weniger als einer Minute hatten sich fünfzig junge Männer um die Rekrutierungsstelle geschart.

Wilkins und Simms verließen als erste Ratsmitglieder den Versammlungssaal. Angewidert von der ausgelassenen, freudigen Stimmung entfernten sie sich ärgerlich vom Rathaus. Kurz darauf strömten auch andere Delegierte aus dem Gebäude, und die Menge jubelte erneut, als Peter Howard auf seinen Krücken heraushumpelte und triumphierend eine Faust in die Höhe reckte. Als Benjamin durch die Tür trat, machten seine Amtskollegen, Whigs wie Torys, einen großen Bogen um ihn.

Seine schlimmsten Befürchtungen bewahrheiteten sich, als er Gabriel unter den jungen Männern an der Rekrutierungsstelle entdeckte. Er bat Charlotte, mit Thomas auf ihn zu warten, und überquerte entschlossenen Schrittes den Platz.

»Beabsichtigst du, dich ohne meine Erlaubnis freiwillig zu melden?«, fragte er seinen Ältesten.

»Allerdings«, erwiderte der junge Mann schroff. Er hielt den Blick einen Moment starr nach vorn gerichtet, wandte sich jedoch dann mit gequältem Gesicht seinem Vater zu. »Vater, ich dachte, du wärst ein Mann mit Prinzipien.«

Getroffen von dieser Bemerkung, hätte Benjamin beinahe ebenso heftig gekontert. Er wollte seinem Sohn vorhalten, dass er ein Mann mit exakt *sieben* Prinzipien sei und jede Minute seines Lebens im Dienste dieser sieben Prioritäten stünde. Aber er sah, dass Gabriels Entschluss unwiderruflich war und er sich von Argumenten nicht würde umstimmen lassen.

»Vielleicht wirst du mich verstehen, wenn du eines Tages eine eigene Familie hast.«

Gabriel blickte ihm kalt in die Augen. »Wenn ich eine Familie habe, werde ich mich nicht hinter ihr verstecken.« Hierauf kämpfte er sich mit den Ellbogen weiter nach vorn und ließ Benjamin einfach stehen. Harry Burwell stand ganz in der Nähe und hatte den Wortwechsel verfolgt.

»Er ist von der Sache sehr überzeugt«, sagte der General und trat an Benjamins Seite. Benjamin nickte.

»Leider.«

»Ich werde dafür sorgen, dass er unter mir dient. Ich werde ihn zum Sekretär oder Quartiermeister machen oder so etwas in der Art.«

»Viel Glück«, meinte Benjamin nur und lächelte dünn. Die beiden Männer schüttelten einander die Hand, und nach einem letzten Blick auf seinen Sohn wandte Benjamin sich ab und kehrte zu Charlotte und Thomas zurück.

Als sie sich einen Weg durch die Menge bahnten, gab es plötzlich einen Tumult. Die Menschen um sie herum reckten die Hälse und blickten auf das Dach des Rathauses. Drei wagemutige, geschickte Männer hatten das Kuppeldach erklommen und die Flagge South Carolinas eingeholt. An ihrer Stelle hissten sie ein weißes Banner mit einer zusammengerollten schwarzen Klapperschlange unter dem patriotischen Slogan: *Don't Tread On Me* – Tritt mich nicht.

Wohin man auch blickte, überall sah man erhobene Pistolen und Fäuste. Die Kolonisten waren bereit zu kämpfen, wenn die Engländer es so haben wollten.

In den folgenden sechs Wochen rückte die britische Flotte unter dem Kommando von Sir Peter Parker immer näher an Charles Town heran, während Colonel Moultrie fortfuhr, seine Position am Hafeneingang zu befestigen. Seine »Festung« bestand hauptsächlich aus Sand und Palmenstämmen, die gerade so hoch aufgeschichtet waren, seine Geschütze zu verbergen. Als Burwell zur Insel hinausfuhr, um das Fort zu inspizieren, bezeichnete er es als Todesfalle und beschloss, alles in seiner Macht Stehende zu tun, um Moultrie ablösen zu lassen. Aber wie sich herausstellen sollte, reichte hierfür die Zeit nicht mehr. Am 29. Juni, einem sengend heißen Tag, segelte die ruhmreiche britische Marine in den Hafen von Charles Town ein. Tausende versammelten sich auf den Kais, kletterten auf Kirchtürme und lehnten sich gefährlich weit aus den Fenstern hoher Gebäude, um das weitere Geschehen zu verfolgen.

Das erste Schiff, das den Hafen erreichte, war die mit Geschützen bestückte Ketsch *Thunder*. Ihre Kanonen eröffneten das Feuer, das nur schwach von Moultrie und seinen Truppen erwidert wurde. Bald darauf kam die *Active*, eine mit achtundzwanzig Geschützen ausgestattete Fregatte, auf weniger als eine halbe Musketenschussweite an die Festung heran. Ihr folgten die *Bristol* mit fünfzig Geschützen, die *Experiment* mit ebenfalls fünfzig Kanonen, und die *Solebay* mit achtundzwanzig.

General Burwell, der schon manche erbitterte Schlacht erlebt hatte, bezeichnete das Feuer später als »den schwersten Beschuss, den ich je gehört oder gesehen habe«. Rauch verdunkelte das Wasser, und die Bombardierung setzte sich den ganzen Tag bis weit in den Abend hinein fort; erst um halb zehn verstummte das ohrenbetäubende Getöse. In der darauf folgenden langen Nacht wappnete sich Charles Town für den verheerenden Sturm, der am nächsten Tag kommen musste. Aber als der Morgen anbrach, sahen sie, dass Moultries Festung noch stand und das britische Kriegsschiff *Acteon* auf einer Sandbank gestrandet war. Die Briten hatten die Hafentiefe überschätzt. Da es ihnen nicht gelang, das Schiff am Morgen wieder flott zu machen, setzten sie es in Brand und zogen sich zurück. Der Sieg war auf einen Fehler auf britischer Seite zurückzuführen, aber die Patrioten waren euphorisch, und die Zahl der Männer, die sich freiwillig zum Dienst an der Waffe meldeten, verdoppelte sich.

Soldat Gabriel Martin hatte Dienst, während seine Kameraden im Hafen ihren ersten Triumph feierten. Er war die ganze Zeit dazu abkommandiert, eine Straßengabelung in sicherer Entfernung der Stadt zu bewachen. Als Burwell dann mit seinen Truppen nach Norden marschierte, um sich General Washington anzuschließen, nahm er Gabriel mit.

4. Kapitel

Der Tag, an dem Gabriels Brief auf Fresh Water eintraf, war grau und wolkenverhangen. Er war an Thomas adressiert, der ihn ein Dutzend Mal durchlas, ehe er ihn mit seinen Brüdern und Schwestern teilte. Er versammelte sie alle auf der Veranda, wo sie jedes Wort gierig in sich aufnahmen. Immerhin war ihr großer Bruder inzwischen schon fast zwei Jahre fort.

Als ihr Vater auf dem Weg von der Werkstatt zum Haus vorbeikam, fragte Thomas, ob er den Brief lesen wolle, worauf Benjamin erwiderte, das hätte Zeit bis nach dem Abendessen. Entschlossen, ein Exempel zu statuieren, kehrte er in die Scheune zurück, wo er arbeitete, bis Abigale ihn schließlich zum Essen ins Haus rief. Aber auf dem Weg in die Küche sah er den Brief auf dem Tisch in der Diele liegen und konnte nicht länger widerstehen. Er entschuldigte sich und flüchtete in den kleinen Garten an der alten Eiche, wo er bei Kerzenschein ungeduldig Gabriels Zeilen überflog.

Lieber Thomas,

ich war sehr traurig, als ich hörte, dass Charles Town gefallen ist. Wie du sicher weißt, sind die Briten mit einer großen Flotte von Kriegsschiffen zurückgekehrt, fest entschlossen, nicht ein zweites Mal zu versagen. Sie haben die Stadt elf Tage lang belagert und in dieser Zeit ohne Unterbrechung bombardiert. Es betrübt mich sehr, einen weiteren Winter von euch getrennt zu sein und mir den verhassten Union Jack am Fahnenmast auf dem Rathausdach vorzustellen. Ich weiß dies alles aus verschiedenen mündlichen Berichten hier im Camp sowie aus einem Brief von Tante Charlotte, den ich vor einigen Tagen erhalten habe. Sie hat das Haus in der Tradd Street verlassen und sich auf ihre Plantage am Santee begeben. Ich bete, dass sie dort sicher ist, aber die Rotröcke haben sich in South Carolina ausgebreitet und eine ganze Reihe von Festungen errichtet.

Ihre Strategie besteht darin, zu warten, bis sie South Carolina und Georgia fest in ihrer Hand haben, bevor sie nach Norden weitermarschieren, wobei sie unterwegs Tory-Milizsoldaten rekrutieren, bis sie auf Washington treffen. Es heißt, dieser Plan wäre von keinem Geringeren ersonnen worden als diesem Tyrannen König George III., der den Krieg in allen Einzelheiten aufmerksam verfolgt. Seine Exzellenz General Washington hegt arge Befürchtungen, dass dieser Plan Erfolg haben wird, vor allem jetzt, da Charles Town gefallen ist und fünftausend Patrioten gefangen genommen wurden.

Unser Feldzug hier oben im Norden war bislang von Niederlagen und Entbehrungen gezeichnet. Wir haben unser Winterlager aufgeschlagen und führen ein elendes Dasein, da es uns an jeglichem Komfort mangelt. Unsere Zelte und Kleidung sind abgenutzt und bieten wenig Schutz vor dem Schnee. Statt anständiger Mahlzeiten und Fleisch bekommen wir nur Fladenbrot und Wasser. Washington hat an den Kongress appelliert und um finanzielle Unterstützung und Lebensmittel gebeten, und wir beten tagtäglich, dass die Vorräte eintreffen. An jedem weiteren Tag ohne Nachschub schrumpfen unsere Ränge mehr zusammen wegen der massiven Desertionen. Die vierhundert Männer aus Massachusetts, die hier bei uns sind, wollen heimkehren, sobald am Neujahrstag ihre Wehrdienstzeit abgelaufen ist. Sie sind der streitsüchtigste und undiszipliniertete Haufen, den man sich vorstellen kann, aber sie stellen einen großen Teil unserer Armee, und wir anderen fragen uns, wie wir ohne sie klarkommen sollen, wenn im Frühjahr die Kampfhandlungen wieder aufgenommen werden. Derweil haben die Briten es in Morristown denkbar bequem. Sie haben Geld, mit dem sie den Farmern aus dem Umland Vieh abkaufen können, und die meisten Bauern hier wollen sich die Gelegenheit nicht entgehen lassen, aus der ganzen Situation Profit zu schlagen.

Und doch scheinen unsere Truppen unverwüstlich zu sein, und wir finden auch unter diesen denkbar ungünstigen Umständen noch Grund zum Lachen. Unsere persönliche Überzeugung und unser Glaube an die Sache treibt uns an, während die Rotröcke nur für Geld kämpfen. Wir besitzen einige Musikinstrumente und haben viele gute Musiker unter uns. Wenn sie abends spielen, träume ich von glücklicheren Tagen, die wir gemeinsam auf Fresh Water verlebt haben.

Wir haben in den vergangenen Monaten große Verluste erlitten. Mein guter Freund Peter Cuppin war einer von vielen, die bei dem Scharmützel in Elizabethtown gefallen sind. Obgleich wir Seite an Seite gekämpft haben, wurde er niedergemacht, während ich die Schlacht ohne einen Kratzer überstanden habe. Sein Tod hat mich sehr getroffen. Ich habe mehrere Tage gebraucht, ehe ich in der Lage war, einen annehmbaren Brief an seine Familie in Orangeburg zu schicken.

Die Kunde vom Fall Charles Towns hat unsere Lage noch verschlimmert, da wir jetzt an einer weiteren Front kämpfen müssen. Mir ergeht es hier dank General Burwell besser als zahlreichen meiner Kameraden. Ich überbringe häufig seine Depeschen an andere Camps und bin auch häufig auf der Jagd, um unsere mageren Vorräte ein wenig aufzufüllen. Seit kurzem heißt es, dass unsere Company, also Burwells Männer, mit General Gates nach Süden marschieren werden, um den Vormarsch der Rotröcke unter Cornwallis aufzuhalten. Ich denke, es steckt etwas Wahres hinter diesen Gerüchten, und ich hoffe, euch alle bald wieder zu sehen.

Lieber Thomas, ich hoffe sehr, du bist nicht mehr so erpicht auf das Kämpfen wie du es früher einmal warst. Der Krieg ist völlig anders, als wir ihn uns vorgestellt haben. Ich neide dir deine Jugend und dass du so fern bist von diesem grausamen Konflikt, an dem ich teilhabe. Trotzdem schätze ich mich glücklich, der Freiheit Amerikas zu dienen, und auch wenn ich den Tod fürchte, festige ich jeden Tag von neuem im Gebet meine Entschlossenheit, wenn nötig für die Freiheit mein Leben zu geben. Bete für mich, aber vor allem für unsere Sache.

Bitte teile den Inhalt dieses Briefes mit der ganzen Familie. Bestell allen liebe Grüße und sag ihnen, dass ich immer an euch denke.

Dein dich liebender Bruder
Gabriel

Benjamin faltete den Brief zusammen und steckte ihn ein. Er war erleichtert, dass Gabriel noch lebte, und dankbar, dass er Thomas vor den Grausamkeiten des Krieges gewarnt hatte. Kaum ein Tag verging, an dem sein zweitältester Sohn nicht anführte, dass er alt genug wäre, um Soldat zu werden. Und doch war Benjamin verletzt, dass der Brief keine Nachricht an ihn persönlich enthielt, sodass er annehmen musste, dass Gabriel immer noch enttäuscht von ihm war und ihm grollte.

Er lehnte sich an die Eiche und blickte durch ihre dicken Äste hinauf zum Polarstern. Es war über ein Jahr her, seit er die Plantage das letzte Mal verlassen hatte. Natürlich wusste er von der britischen Landung in Charles Town und davon, dass die Britten sich überall in der Kolonie ausbreiteten. Er las die Zeitung, schrieb und erhielt zahlreiche Briefe und hörte sich die Neuigkeiten an, die Abigale von ihren Besuchen in Wakefield, Pembroke und anderen nahe gelegenen Ortschaften mitbrachte. Er wusste, dass es keine organisierte Opposition gegen die britische Armee gab, sondern nur vereinzelte Widerstandsherde. Jene, die zu den Waffen griffen, wurden rasch gefangen genommen und exekutiert, gewöhnlich durch Erhängen auf einem öffentlichen Platz.

Benjamin sorgte sich tagtäglich um Gabriel. Er wünschte, er könnte nach Norden reiten und den Jungen zurückholen, gefesselt und geknebelt, wenn es sein musste, versuchte jedoch, Trost daraus zu schöpfen, dass Burwell offensichtlich sein Versprechen hielt, den jungen Mann im Auge zu behalten. Er hatte gehofft, sein Sohn würde des Kämpfens überdrüssig werden und nach Ablauf der Dienstzeit, zu der er sich bei der Rekrutierung verpflichtet hatte, heimkehren. Diese Hoffnung hatte sich nun zerschlagen; aus dem Brief ging klar hervor, dass Gabriel entschlossen war, bis zum Ende dabeizubleiben, ob sie den Krieg nun gewannen oder verloren.

Was Charlotte betraf, hatte Benjamin ihr Vorräte und andere Güter auf die Plantage am Santee geschickt, mit dem Versprechen, dass weitere Lieferungen folgen würden, aber er hatte bislang nicht gewagt, die Sendungen persönlich abzuliefern. Auf Grund seines Rufes fürchtete er das, was mit ihm geschehen könnte, wenn er einer Bande Tory-Sympathisanten in die Hände fiel. Er tat alles in seiner Macht Stehende, um den Krieg möglichst von seiner Plantage und seiner Familie fernzuhalten. Er bat Elisabeth, ihm zu helfen, sofern es ihr möglich war, sagte dann Gute Nacht und kehrte mit schwerem Herzen zurück zum Haus. Zufällig blickte er auf und sah das flackernde Licht einer Kerze am Fenster seines

Schlafzimmers, wo keines der Kinder etwas zu suchen hatte. Er beschleunigte den Schritt, um nachzusehen, ahnte jedoch bereits, was er vorfinden würde.

Das Elternschlafzimmer war, solange Thomas denken konnte, nicht verändert worden. So wie überall im Haus waren auch hier die Möbel in der Schreinerei seines Vaters entstanden, vom massiven Bett bis hin zur zierlicheren Frisierkommode. Spuren der Anwesenheit seiner Mutter waren hier deutlicher als im Rest des Hauses. Ihre Parfumflaschen, Haarbürsten und anderen persönlichen Gegenstände standen und lagen noch fast genau so da, wie sie sie zurückgelassen hatte. Neben der Kommode stand ein großer schwenkbarer Spiegel, und vor den Fenstern hingen die teuren Spitzengardinen, die Tante Prudence aus Rhode Island dem jungen Paar seinerzeit zur Hochzeit geschenkt hatte. Dazu gab es einen aus Backsteinen gemauerten offenen Kamin, an dem ein Gobelin hing, der Adam und Eva im Garten Eden darstellte, nackt, wie Gott sie geschaffen hatte. Der Wandteppich war der kostbarste Gegenstand im ganzen Haus, nicht nur wegen seines materiellen Werts, sondern wegen seiner Bedeutung für Benjamin. Für ihn war er das Sinnbild seines Lebens mit Elizabeth auf Fresh Water.

Thomas schlüpfte mit einem vierarmigen Kerzenleuchter in den Raum und steuerte zielstrebig das Bett an. Er kniete nieder und schaute unter die Matratze, die von einem Netz aus Seilen gehalten wurde. Dort stand eine speziell für die niedrige Höhe gearbeitete Holztruhe, die von seinem Vater signiert war: *»B. Martin S. Carolina«*. Thomas zog die Truhe unter dem Bett hervor, durchquerte dann den Raum und stieg auf einen Stuhl, um den Schlüssel aus einem Versteck zu holen. Er schloss die Truhe auf und klappte den Deckel hoch.

Im Inneren lagen die alten Kriegstrophäen und die Militärausrüstung seines Vaters: ein Hirschlederwams, ein mit feinen Schnitzereien überzogenes Pulverhorn aus Fischbein, eine Sammlung verschiedener Messer und Metallknöpfe, zwei defekte Pistolen mit filigraner Goldverzierung und etwa zwei Dutzend Ringe, in die teilweise innen französische Wörter eingraviert waren. Thomas schlüpfte in einen mottenzerfressenen britischen Uniformrock und trat vor den Spiegel, um sich zu betrachten.

Die Uniform war ihm drei Nummern zu groß, und die Manschetten reichten bis weit über seine Fingerspitzen. Er kehrte zurück zu der Truhe und nahm den eigentümlichsten Gegenstand heraus, den sie enthielt: ein Cherokee-Tomahawk mit von langjähriger Benutzung blankem Holzgriff. Er hob die Waffe und nahm vor dem Spiegel eine drohende Haltung ein, wobei er den furchterregenden Blick probte, den er aufsetzen wollte, wenn er die Rotröcke angriff. Er sah nicht so gut aus wie sein älterer Bruder, fand aber, dass sein längliches, kantiges Gesicht ihm das Aussehen eines edlen jungen Kommandanten verlieh. Er legte eine Hand ans Ohr und tat, als würde er dem Bericht eines vertrauenswürdigen Lieutenants lauschen, wobei er mehrmals nachdenklich nickte.

»Was machst du da?«, fragte Benjamin, der unbemerkt in der Tür erschienen war.

Thomas fuhr schuldbewusst vom Spiegel zurück, auf eine Schimpftirade oder Schlimmeres gefasst. Der Tomahawk zitterte in seiner Hand, als sein Vater mit steifen Schritten das Zimmer betrat, aber Benjamins Gesicht drückte mehr Trauer als Zorn aus. Er nahm seinem Sohn die Axt aus der Hand, befahl dem Jungen dann, sich umzudrehen, und half ihm aus dem Uniformrock.

»Noch nicht, Junge.« Er legte den Rock aufs Bett.

»Wann denn?«, wollte Thomas wissen. »Wann darf ich mich freiwillig melden?«

Benjamin musterte ihn abschätzig. Thomas kam sich vor

wie ein Rekrut vor einem kommandieren Offizier und nahm Haltung an, um soldatischer auszusehen. Aber Benjamin nutzte den Augenblick vielmehr, um sich auszurechnen, wie lange er Thomas noch daheim und in Sicherheit halten konnte.

»Wenn du siebzehn bist.« Das war ein erstes und endgültiges Angebot.

»Siebzehn?«, maulte der Junge. »Aber bis dahin sind es noch zwei Jahre! Ich habe doch schon zwei gewartet. Bis dahin ist der Krieg vielleicht schon vorbei.«

»So Gott will.«

Thomas dachte darüber nach und nickte schließlich widerstrebend. »In Ordnung, wenn ich siebzehn bin.«

»Und jetzt leg die Sachen dorthin zurück, wo du sie hergenommen hast«, sagte Benjamin. »Und gib mir den Schlüssel.«

Thomas fischte ihn aus seiner Hosentasche und händigte ihn seinem Vater aus. Bei dieser Gelegenheit bemerkte Benjamin, dass er einen der französischen Ringe trug. Er zog ihn dem Jungen vom Finger, warf ihn zurück in die Truhe und ging zur Tür.

»Vater, was ist in Fort Wilderness geschehen?« Bei dieser Frage blieb Benjamin wie angewurzelt stehen. Nach einigem Zögern drehte er sich im Schatten der Tür langsam um.

»Leg alles zurück«, sagte er nur.

Weniger als einen Monat später erreichte der Krieg die Fresh Water Plantage. Es war noch sehr früh am Morgen, und Nebelschwaden waberten über das Land. Ein Schwarm Spatzen hatte sich um Elizabeths Grab herum versammelt und pickte an den Eicheln, die über Nacht herabgefallen waren, als plötzlich ein tiefes Grollen erklang und die Vögel erschreckt aufflogen.

Innerhalb von Sekunden wurde die Haustür aufgestoßen, und Benjamin Martin trat hinaus auf die Veranda. Er war noch nicht fertig angekleidet und zog sich hastig ein Hemd über den Kopf. Barfuß stieg er die Treppe hinunter, legte den Kopf schräg und lauschte. Dieses Geräusch war ihm nur allzu vertraut: Es war das dumpfe Knallen von schweren Geschützen. Zwischen den Detonationen konnte er das Knattern von Musketenfeuer hören, und in der Ferne konnte er die hellen Lichtblitze des verbrennenden Schießpulvers sehen.

»Vater, was ist das?«, fragte Margaret, die beunruhigt an seine Seite trat. Benjamin legte ihr wortlos einen Arm um die Schultern. Eines nach dem anderen kamen auch die anderen Kinder aus dem Haus und scharten sich um ihn.

»Zieht ein Gewitter auf?«, fragte William.

»Das ist kein Donner«, entgegnete Nathan.

Der bedrohliche Lärm setzte sich fort, begleitet von einem spürbaren Vibrieren in der Luft und im Boden. Susan, die als Letzte aufgewacht war, erschrak derart über das leichte Zittern im Haus, dass sie aus dem Haus rannte, ihrem Vater in die Arme sprang und das Gesicht an seiner Brust barg.

»Das sind Kanonen, stimmt's?«, meinte Thomas.

»Sechspfünder«, bestätigte Benjamin, »und zwar sehr viele.« Thomas nickte, als wäre er mit dieser Waffengattung vertraut. Ihm kam eine Idee, und er entfernte sich leise von den anderen und kehrte zurück ins Haus. Unten am Fluss verließen auch die freigelassenen Sklaven ihre Hütten und lauschten in ihren Gärten dem bedrohlichen Getöse.

»Schießen sie auf uns, Vater?«

»Nein, Sohn.«

»Wie nah sind sie, Vater?«

Benjamin blickte flussaufwärts, in die Richtung, aus der der Gefechtslärm kam. »Vier, vielleicht auch fünf Meilen.« Die Schlacht war zu weit entfernt, um unmittelbar Panik auszulösen, aber auch zu nah, als dass sie die Familie nicht beunruhigt hätte.

»Wir könnten vorübergehend zu Tante Charlotte fahren«, schlug Margaret vor.

»Nein«, entgegnete Benjamin fest. »Es wird auf den Straßen Scharmützel geben. Es ist sicherer, wenn wir hier bleiben.« Thomas kehrte mit drei Jagdflinten zurück. Eine reichte er Nathan und die zweite seinem Vater.

»Thomas«, sagte der, »leg die wieder weg.«

»Aber sie könnten herkommen.«

»Bring sie weg.« Er sprach in ruhigem Tonfall, um die Kinder nicht zu erschrecken. »Wir bleiben heute alle dicht beim Haus. Niemand entfernt sich weiter als auf Rufweite. Ist das klar?«

Die Kinder versprachen es.

Kurz darauf verstummten die Geschütze wieder, aber die Nervosität der Familie legte sich kein bisschen. Als die Afrikaner den Hang heraufkamen, um mit Benjamim zu sprechen, teilte er ihnen mit, dass sie die Feldarbeit an diesem Tag ruhen lassen würden. Außerdem warnte er sie eindringlich davor, sich auf die Straßen hinaus zu wagen. Er verbrachte den Vormittag damit, rastlos auf der Veranda auf und ab zu gehen, bis er zu dem Schluss kam, dass Untätigkeit alles nur noch schlimmer machte und Arbeit ihn ablenken würde. Er spannte ein Pferd vor den Pflug und begann, Furchen für die Maissaat zu ziehen.

Die Sonne brannte unerbittlich auf ihn herab, Fliegen summten, und die Juli-Käfer dröhnten in den Bäumen. Die Kinder verbrachten den Vormittag im Haus, lasen und spielten leise. Darüber hinaus versuchte Abigale, sie mit Hausarbeit und kleinen Naschereien abzulenken. Aber Samuel und Nathan konnten einfach keinen Tag durchstehen, ohne irgendwelchen Unsinn zu machen. Nach dem Mittagessen schlichen sie sich in die Scheune und fingen an, ein altes

Pferd namens Virgil zu ärgern. Als das Tier von ihnen genug hatte, stürmte es hinaus auf die Koppel und zertrat das Gatter. Das Geräusch splitternden Holzes war meilenweit zu hören. Abigale hörte es ebenfalls und kam auf die Veranda gestürzt.

»Samuel! Nathan!«, rief sie, aber die Jungen waren bereits außer Hörweite, sie rannten Virgil durch ein Feld junger Tabakpflanzen hinterher. Das Pferd rächte sich für die Neckereien, indem es die Jungen narrte. Der Wallach blieb völlig ruhig stehen und ließ sie gerade so weit herankommen, dass sie beinahe sein aus einem Seil geknüpftes Halfter packen konnten, um dann plötzlich wegzugaloppieren. Er lief im Kreis um sie herum, blieb dann erneut stehen und ließ die Kinder erneut herankommen. Abigale durchschaute das Spiel das alten Wallachs.

»Margaret, geh und sag den Jungen, sie sollen zum Haus zurückkommen.«

Margaret war dankbar für diese Gelegenheit, das Haus verlassen zu dürfen, und lief zu den Jungen.

Benjamin unterbrach seine Arbeit, lehnte sich an den Pflug und beobachtete die Verfolgungsjagd. Er wusste, dass die Kinder Virgil gemeinsam bald eingefangen haben würden, und an einem normalen Tag hätte er sich nicht eingemischt. Aber das war kein gewöhnlicher Tag.

»Sei brav!«, sagte er zu Socrates, dem Pferd im Geschirr, und entfernte sich dann langsam. Nach wenigen Schritten machte er kehrt, nahm eine geladene Pistole aus der Packtasche auf Socrates' Rücken und steckte sie sich in den Hosenbund, ehe er sich erneut auf den Weg machte.

»Hör auf, wegzurennen«, rief Samuel. »Komm her, alter Junge!«

Virgil kannte die Farm so gut wie jeder der dort lebenden Menschen. Vom Tabakfeld aus trabte er ans Flussufer, um sich dort zwischen den Zedern zu verstecken. Als er jedoch ans Wasser gelangte, verharrte er abrupt, wieherte und warf nervös den Kopf hoch. Er machte keine Anstalten, davonzulaufen, als die Kinder sich ihm näherten.

»Virgil!«, rief Benjamin. »Was ist denn mit ihm?«, fragte er die Jungen, erhielt jedoch keine Antwort. Die beiden Jungen standen wie angewurzelt da, hypnotisiert von dem, was sie im Fluss sahen.

Das Wasser war hellrosa, stellenweise sogar blutrot verfärbt, und Leichen trieben vorbei. Zuerst zwei uniformierte Soldaten, ein Rot- und ein Blaurock, ineinander verhakt, als würden sie noch im Tod miteinander ringen. Blut sickerte aus ihren Wunden und vermischte sich in dem träge dahinfließenden Strom.

Dann folgte ein großer, hagerer Mann in einem dunklen Anzug. Er hätte ein Zivilist auf dem Weg in die Kirche sein können, wäre da nicht die blaue Schärpe um seine Brust gewesen, die ihn als Mitglied der patriotischen Bürgerwehr auswies. Ihm fehlte ein Arm.

Ein Rotrock trieb friedlich auf dem Rücken vorbei. Sein langes schwarzes Haar hatte sich gelöst und umgab sein halb überspültes Gesicht wie ein Nest kleiner Wasserschlangen. Er hatte ein blutendes Einschussloch von der Größe eines spanischen Dollars in der Stirn.

Es herrschte Totenstille. Sogar die Vögel in den Bäumen waren verstummt. Benjamin erreichte das Ufer und verharrte eine Weile reglos hinter seinen Kindern, ehe er die Starre abschütteln konnte, die auch ihn in seinem Grauen befallen hatte.

»Das reicht jetzt, ihr drei«, sagte er sanft. »Zurück zum Haus. Ich bringe Virgil zurück in den Stall.«

Die Kinder rührten sich nicht und starrten wie gebannt weiter auf den Fluss, bis ihr Vater sie umdrehte und fortscheuchte. »Los jetzt. Ihr geht jetzt alle zurück zum Haus.«

Es schmerzte ihn, dass seine Kinder Zeugen dieser blutigen Szene hatten werden müssen. Er hatte gewusst, dass dieser Augenblick irgendwann kommen musste, und genau davor hatte er versucht, die Ratsmitglieder zu warnen. Und jetzt, da der Krieg vor der Haustür angelangt war, fühlte er sich als Versager, weil er seine Kinder nicht besser hatte beschützen können. Gleichzeitig wusste er, dass die Würfel damals schon gefallen waren und er – oder sonst jemand – nicht viel hätte tun können, um die Ereignisse aufzuhalten, die bereits in Gang gesetzt worden waren.

Die folgenden zwei Tage verbrachten sie mit Warten.

Benjamin ging in dieser Zeit auf der Veranda auf und ab wie ein Kapitän, der eine raue See im Auge hält. Er wusste aus Erfahrung, dass der Krieg so unberechenbar war wie ein Unwetter. Wenn am Horizont dunkle Wolken auftauchten, konnte es durchaus sein, dass der Sturm einfach vorbeizog. Aber ebenso gut konnte er über einen hereinbrechen und alles in Stücke reißen.

Zahlreiche der freien Afrikaner, die er beschäftigte, kamen zum Haus, um mit ihm zu besprechen, was sie tun sollten. Sie hatten gehört, dass Sklaven, die ohne ihre Herrn unterwegs waren, gegen ihren Willen zum Militärdienst gezwungen wurden, gewöhnlich von den Briten, aber gelegentlich auch von Trupps der amerikanischen Miliz. Benjamin meinte, die Männer seien in Gefahr, wenn sie auf Fresh Water blieben, es sei jedoch ebenso gefährlich, die Plantage zu verlassen. Er riet ihnen, zu bleiben, wies sie jedoch darauf hin, dass es allein ihre Entscheidung sei.

Als Ezra, ein Mann, der seit Jahren für Benjamin arbeitete, beschloss, zu riskieren, sich nach Virginia durchzuschlagen, stellte Benjamin sich ihm nicht in den Weg. Er zahlte den Mann aus, wünschte ihm viel Glück und schenkte ihm noch zwei Ziegen zu seiner Herde dazu. Sobald Ezra die Plantage verlassen hatte, nahm Benjamin seine rastlose Wanderung wieder auf. Er wünschte, er wüsste einen Weg, seine Kinder vor Schaden zu bewahren, und verfluchte sich selbst für seine Ohnmacht. Sollte er mit ihnen fliehen? Sie mit Abigale fortschicken? Sie zu Charlotte weiter flussabwärts bringen? Sie in den Wäldern verstecken?

Wieder und wieder schaute er in den Himmel und befragte den Polarstern, jedoch vergeblich. Er ließ die Wagen vorsorglich mit Vorräten, Decken und allem Nötigen beladen, für den Fall, dass sie die Farm überstürzt verlassen mussten.

Am Spätnachmittag grollten die Kanonen wieder, diesmal aus einer anderen Richtung. Das Getöse schien von weiter her zu kommen, was zumindest hoffen ließ, dass die Kampfhandlungen sich von Fresh Water entfernten. Mehrere der Afrikaner kletterten bis in die Wipfel der Zedern am Ufer, um sich einen besseren Blick auf das ferne Schlachtfeld zu verschaffen. Das Donnern der Sechspfünder-Kanonen hielt bis nach Einbruch der Dunkelheit an, und es war fast zehn Uhr, als Abigale die Familie zu einem späten Imbiss zusammenrief.

Nathan kam mit einem Eimer noch warmer Milch aus der Scheune und schenkte jedem eine Tasse davon ein. Auch während sie am Tisch saßen und sich leise unterhielten, hielt der Gefechtslärm an. Abigale bemühte sich, den Anschein zu erwecken, als wäre alles in bester Ordnung, plauderte fröhlich über Banalitäten und hantierte so geschäftig wie immer in der Küche herum. Benjamin saß schweigend am Kopfende des Tisches, bis er sich schließlich entschuldigte und auf die Veranda zurückging, um zu sehen, ob sich irgendetwas verändert hatte.

Samuel blickte ihm nach. »Sie werden herkommen.«

»Still«, sagte Margaret. »Iss.«

Nathan blickte sich mit grimmiger Miene um. »Wir werden kämpfen und sie in die Flucht schlagen müssen.«

»Das wird Vater schon übernehmen«, meinte William.

Nathan stocherte mit der Gabel in seinem Essen. »Vermutlich werden sie uns Männer töten und mit den Frauen Gott weiß was anstellen.«

»Nathan!«, rief Abigale entsetzt. »Jetzt ist es aber genug.«

Susan saß still auf ihrem Platz und konzentrierte sich auf ein Geräusch, das die anderen offenbar noch nicht wahrnahmen. Thomas folgte ihrem Blick, und obwohl er nichts Ungewöhnliches sehen konnte, hob er eine Hand und bat um Ruhe.

»Was ist denn?«

»Hört doch.«

Eine der Dielen auf der Veranda ächzte, und gleich darauf wurde die Haustür geöffnet.

»Das ist nur Vater«, flüsterte Margaret, obwohl es nicht nach ihm klang.

Schleppende Schritte näherten sich der Küche. Abigale schnappte sich den nächstbesten schweren Gegenstand – einen gusseisernen Kochtopf – und postierte sich neben der Tür. »Mr. Martin, sind Sie das?«

Eine Männerstimme murmelte etwas Unverständliches durch die geschlossene Tür. Abigale bedeutete den Kindern, vom Tisch aufzustehen, und öffnete dann die Tür, sodass das Licht aus der Küche auf den Flur fiel. Ihr Herz schlug rasend schnell, als sie die Silhouette eines abgerissenen Fremden erblickte. Er lehnte kraftlos an der Wand und hielt eine Muskete in der Hand. Sie hörte das laute Klicken eines Hahns, der gespannt wurde, und eine Sekunde später trat Benjamin Martin hinter den Mann und hielt ihm einen Gewehrlauf an den Kopf. Er war fest entschlossen, Gebrauch von der Waffe zu machen, bis er erkannte, wer vor ihm stand.

Es war Gabriel.

Er trug einen blauen Uniformrock und dazu weiße Hosen – die Uniform der Kontinentalarmee. Über seiner Schulter hing eine Ledertasche, und seine Uniform war blutbefleckt. Als er sich seinem Vater zuwandte, versuchte er, etwas zu sagen, aber dann gaben seine Beine unter ihm nach, und er sackte kraftlos zusammen.

Benjamin trug ihn ins Wohnzimmer und legte ihn auf die Chaiselongue. Als Kerzen hereingebracht worden waren, sah er, dass der junge Mann Schlimmes durchgemacht haben musste. Offenbar hatte er gekämpft und war durch den Wald entkommen. Seine Stiefel und die Hose waren voller Schlamm, sein Gesicht zerkratzt und von Blutergüssen entstellt, und er hatte Kiefernnadeln im Haar. Er knöpfte Gabriels Rock auf und entdeckte eine tiefe Wunde quer über Rippen und Bauch, die scheinbar von einem Bajonett oder einem großen Messer stammte.

»Abigale, schnell!«, rief er. »Hol Verbandszeug und Wasser. Ihr anderen verschwindet nach oben.«

Die Kinder wichen zurück, blieben jedoch nah genug, um zusehen zu können, wie ihr Bruder verarztet wurde.

Gabriel schlug die Augen auf. Es dauerte eine Weile, ehe er seinen Vater erkannte. »Hast du irgendwo Rotröcke gesehen?«

»Nein«, antwortete Benjamin. »Bisher nicht.«

»Gabriel«, sagte Thomas erschüttert. »Wir haben Gefechtslärm gehört. Warst du dort?«

Er nickte und schloss die Augen wieder. »Es war eine Katastrophe. General Gates hat uns den Rotröcken direkt in die Arme geführt. Unsere Reihen sind auseinandergebrochen, und die britischen Grünen Dragoner sind durchgebrochen und haben uns in Stücke gehackt.«

»Versuch, nicht zu sprechen«, sagte Benjamin, als Abigale mit einer Schüssel Wasser und sauberen Leintüchern kam, aber Gabriel fuhr fort.

»Mir wurde befohlen, diese Depeschen zu überbringen. Als ich davonritt, sah ich, wie die Soldaten aus Virginia sich der Infanterie der Rotröcke ergaben. Sie streckten die Waffen, aber die Dragoner machten sie alle nieder – über zweihundert Mann.«

»Nachdem sie sich ergeben hatten?«

Gabriel nickte und verzog schmerzlich das Gesicht, als er versuchte, sich aufzusetzen.

»Ich muss weiter. Ich muss diese Depeschen nach Hillsboro bringen.«

Benjamin drückte ihn mit aller Kraft zurück auf das Polster. »Du bist nicht in der Verfassung, zu reiten.«

»Ich kann nicht hier bleiben. Ich würde euch alle in Gefahr bringen. Ich muss weiter nach Hillsboro.« Schwach versuchte Gabriel, die starken Hände seines Vaters abzuschütteln, gab aber schließlich nach und fiel völlig erschöpft in tiefen Schlaf. Benjamin säuberte die Wunde und bandagierte Gabriels halben Oberkörper. Als er gerade fertig war, fielen draußen etwa zwanzig Schüsse dicht beim Haus.

»Bleibt von den Fenstern weg«, befahl er ruhig. Dann nahm er sein Gewehr, verließ den Raum und schloss die Tür hinter sich. Es war eine dunkle Nacht, sodass er kaum die Hand vor Augen sehen konnte. Er hörte die Pferde in der Scheune ängstlich wiehern, und etwas weiter weg, in Höhe des Haupttores, Männer rufen und über Felder hetzen.

Dann folgten weitere Detonationen. Jeder Pulverblitz erhellte einen anderen Abschnitt der Nacht, und in diesem Licht konnte Benjamin erkennen, dass dort ein Scharmützel zwischen drei Dutzend Rotröcken und etwa ebenso vielen Patrioten im Gang war. Das Gefecht wurde auf einem frisch bestellten Feld keine hundert Meter von ihm entfernt ausgetragen. In jeder Feuerpause hallten die Schreie der Verwundeten durch die Nacht und mischten sich in die anderen Geräusche der chaotischen Schlacht. Sergeants riefen ihren Männern Befehle zu, Ladestöcke schlugen klappernd gegen Gewehrläufe, und Schritte hasteten von hier nach dort. Der Kampf dauerte über eine halbe Stunde, bis die eine Seite –

welche, konnte Benjamin nicht sagen – die andere die Straße hinunter und vom Haus fortjagte. Das Stöhnen der Verwundeten hielt noch eine Weile an, aber schließlich senkte sich wieder Stille herab, in der nur das Rauschen der Bäume und das Plätschern des Flusses zu hören war. Erst als eine Stunde lang alles ruhig gewesen war, wagte es Benjamin, seinen Wachtposten zu verlassen, um kurz nach den Kindern zu sehen. Hinterher kehrte er mit einer Decke zurück auf die Veranda und verbrachte die Nacht auf einem Stuhl, das Gewehr auf dem Schoß.

Am nächsten Morgen wurde die Fresh Water Plantage in ein Feldlazarett verwandelt. Kurz nach Tagesanbruch suchten Benjamin, Thomas und einige der Freigelassenen die Felder ab, auf denen gekämpft worden war. Sie fanden überall Tote. Keiner von ihnen war auf den Anblick der Gefallenen vorbereitet. Musketen waren keine sehr zielgenauen Waffen, aber wenn sie trafen, richteten sie erheblichen Schaden an. Die Toten waren furchtbar entstellt, und das Blut war in Fontänen weit über die jungen Pflanzen gespritzt. Aber was den Männern von Fresh Water am meisten zusetzte, als sie über den Schauplatz des Gemetzels wanderten, war das zarte Alter der Soldaten. Viele von ihnen, vor allem auf Seiten der Patrioten, waren höchstens so alt wie Thomas.

Sie trugen die Leichen und einzelnen Gliedmaßen fort und stapelten sie in der Nähe der Grundstücksgrenze. Die Verwundeten wurden auf Wagen geladen und zum Haus gebracht, um sie medizinisch zu versorgen. Die leicht Verletzten wurden auf den Hof vor dem Haus gebracht, während die schlimmeren Fälle auf die Veranda gebettet wurden – Rotröcke rechts, Patrioten links.

Benjamin ging in der ihm aufgezwungenen Rolle des Chefarztes von einem zum anderen, ungeachtet der Farbe der

Uniform, und verarztete alle, so gut er es konnte. Das vorhandene Verbandszeug war bald aufgebraucht, und er bat seine Töchter, aus überschüssiger Bettwäsche weitere Bandagen zu machen. Als sein Vorrat an Desinfektionsmittel ebenfalls erschöpft war, griff er auf seine Reserve besten irischen Whisky zurück, um die offenen Wunden zu sterilisieren.

Abigale und eine zweite Afrikanerin halfen, die Verwundeten zu versorgen, während Joshua und Abner die Gegend nach weiteren Überlebenden absuchten, die sie ebenfalls zum Haus schafften. Die Kinder brachten den Soldaten Wasser und etwas zu Essen und verrichteten alle kleineren Arbeiten, die man ihnen auftrug.

Benjamin hatte sich im letzten Krieg einige Grundkenntnisse in Medizin angeeignet, war aber bei vielen der Wunden überfordert. Unter den Verletzten befand sich beispielsweise ein Patriot mit zerschossener Kniescheibe. Nachdem er die Wunde begutachtet hatte, kam Benjamin zu dem Schluss, dass es das Beste wäre, die zerfetzten Überreste des Beines abzunehmen, und schickte Thomas in die Scheune, um eine Säge zu holen. Einer der Rotröcke, ein Riese von einem Mann, der nur noch zwei Zähne im Mund hatte, war in den Unterleib geschossen worden, und obwohl er immer noch stark blutete, war er zu schamhaft, um sich untersuchen zu lassen. Thomas musste ihn zusammen mit acht weiteren Männern fest halten, während Benjamin mit einer Zange die Kugel entfernte. Einer der jungen Kontinentalsoldaten hatte sich auf der Flucht an einem Ast ein Auge ausgestochen. Er hatte das Auge aufgehoben und flehte Benjamin an, es ihm wieder einzusetzen und ihm sein Augenlicht wiederzugeben. Er schrie fürchterlich, als Alkohol in die leere Augenhöhle gegossen wurde, um sie zu desinfizieren. Seine Schreie weckten Gabriel, der immer noch auf der Chaiselongue im Wohnzimmer lag.

Er war benommen und desorientiert, als er jedoch versuchte, aufzustehen, durchzuckte ihn ein solcher Schmerz, dass er sofort hellwach war. Er blickte an sich herab und sah, dass er nackt war. Er war von Kopf bis Fuß gewaschen worden, während er schlief, und man hatte ihm frische Bandagen angelegt. Seine Kleider waren gewaschen und zum Trocknen vor dem Feuer aufgehängt worden.

Während er sich das Hemd zuknöpfte, trat er hinaus auf die Veranda und ließ den Blick über das hektische Treiben dort schweifen. Blutige Bandagen, Wassereimer und Musketen beherrschten das Bild. Einige der Verwundeten saßen angelehnt an der Verandabrüstung, während andere flach auf dem Rücken lagen und an die Decke starrten, die blau gestrichen war, um böse Geister fern zu halten.

Er stand noch keine Minute dort, als er in einiger Entfernung eine Bewegung wahrnahm. Stahlbajonette glitzerten durch das Gebüsch und die Bäume entlang der Grundstücksgrenze in der Sonne. Fünfundzwanzig Rotröcke und eine Hand voll Cherokee-Krieger stiegen über den Zaun und kamen über das Maisfeld auf das Haus zu. Eine ähnlich große Gruppe tauchte in Höhe des Pfirsichgartens am anderen Ende der Straße auf. Die Anwesenheit der Indianer verriet Gabriel, dass es sich vermutlich um Kundschafter handelte, die die Flanken eines größeren Truppenkörpers schützen sollten. Gleich darauf sah er sich in seiner Vermutung bestätigt. Dreihundert britische Soldaten und mehrere Pferdewagen kamen um die letzte Straßenbiegung und steuerten auf das Haus zu.

Der kommandierende Offizier wahrte einen sicheren Abstand zum Haus, bis es vollständig umstellt war. Dann erst überquerte er allein den Hof und stieg die Stufen zur Veranda hinauf. Er bot einen beeindruckenden Anblick in seiner Lieutenant-Uniform. Er trug eine hohe Bärenfellmütze, einen steifen roten Uniformrock mit zwei gekreuzten Schärpen über der Brust und goldenen Epauletten an den Schultern und saubere weiße geknöpfte Gamaschen über den

Schienbeinen. Langsam blickte er sich um und nahm das improvisierte Lazarett in Augenschein. Er wandte sich der »britischen Seite« der Veranda zu und musterte jeden, an dem er vorbeikam, sehr genau. Gabriel strengte sich nicht allzu sehr an, seine Feindseligkeit zu verbergen, als der Offizier ihn taxierte. Der Lieutenant musterte ihn ruhig aus harten hellen Augen, registrierte seine Haltung und ging zum Nächsten über. Er sprach kein Wort, bis er Benjamin Martin gegenüberstand.

»Ist das Ihre Farm, Sir?«, fragte er mit überraschend weicher, femininer Stimme, die in krassem Kontrast zu seiner martialischen Aufmachung stand.

»Das ist sie«, entgegnete Benjamin und wischte sich dabei mit einem Lappen das Blut von den Händen.

»Ich danke Ihnen, dass Sie sich der Soldaten seiner Majestät angenommen haben, Sir«, fuhr der Lieutenant fort.

Benjamin wusste, dass er seine Worte mit Bedacht wählen musste. Die Kriegsregeln besagten, dass Neutralität nur dann gewahrt wurde, wenn man ebenso viele Verwundete der einen Seite wie der anderen versorgte. Wenn der Lieutenant wollte, konnte er die Soldaten auf beiden Seiten zählen und Benjamin als Sympathisanten der Rebellen festnehmen, wenn die Zahl der Patrioten jene der Rotröcke überstieg.

»Ich habe versucht, jedem zu helfen, der meiner Hilfe bedurfte.«

»Das sehe ich«, entgegnete der Lieutenant. »Ich habe auf der anderen Seite eine gewisse Zahl von Männern der Gegenseite gesehen.« Nach einer Pause fügte er hinzu: »Es scheinen mir aber nur sehr wenige zu sein.«

Benjamin verspürte Erleichterung, die jedoch nur von kurzer Dauer war.

Ein bedrohliches Grollen, das mit jeder Sekunde lauter wurde, erschütterte die Erde. Hufgetrappel, das an Trommelschläge erinnerte, näherte sich. Alle blickten zur Straße und sahen, wie eine große Truppe britischer Kavallerie um die Biegung galoppierte.

»Grüne Dragoner«, flüsterte Thomas, der die Soldaten an ihren Uniformen und Reitkappen erkannt hatte.

In enger Formation donnerten sie in einer riesigen Staubwolke auf das Haus zu. Die Dragoner waren die beste leichte Kavallerie der Welt und die tödlichste Kampfkraft der Geschichte. Sie boten einen beeindruckenden Anblick und jagten allen Anwesenden Angst ein – sogar dem britischen Lieutenant mit der weichen Stimme.

»Gott steh uns bei«, murmelte er, ehe er ihnen entgegeneilte.

Die Dragoner schwärmten in unverändertem Tempo aus, um den Platz vor dem Haus zu umstellen. Ihr kommandierender Offizier und ein Dutzend seiner Männer trabten auf ihren Pferden bis vor die Treppe. Der Lieutenant trat auf sie zu, um ihnen Bericht zu erstatten, aber noch bevor er ein Wort sagen konnte, befahl ihm der Dragoneroffizier zu schweigen und winkte ihn beiseite.

Bei dem Offizier handelte es sich um einen jungen Aristokraten namens Colonel William Tavington, etwa dreißig Jahre alt und athletisch gebaut. Seine rote Uniform war mit Goldtressen verziert, und er trug als Reitumhang ein großes Bärenfell. Alles an ihm strahlte Macht aus. Er blieb im Sattel sitzen, um sich von diesem erhöhten Aussichtspunkt aus kalten blauen Augen einen Eindruck zu verschaffen. Ohne sich mit irgendjemandem zu besprechen, entschied er innerhalb von nur zehn Minuten über das Schicksal von Fresh Water.

»Lieutenant, ein Trupp bringt unsere Verwundeten zu den Ärzten in Winnsboro. Nehmen Sie alle Pferde und Wagen, die Sie hier finden.«

»Jawohl, Sir.«

Benjamin war am oberen Treppenabsatz vorgetreten. Seine Kinder umringten ihn. Er musterte die Gesichter der Dragoner und dachte dabei an das Schicksal, das die Soldaten aus Virginia erlitten hatten. Colonel Tavington bemerkte ihn und sprach ihn an.

»Sie da, sind Sie Arzt?«

Benjamin schüttelte den Kopf.

Tavington gab sich damit nicht zufrieden. »Ich habe eine Frage gestellt und würde Ihnen raten, diese zu beantworten.«

»Ich bin kein Arzt«, entgegnete Benjamin und nickte in Richtung der Männer auf der Veranda. »Diese Männer haben in der vergangenen Nacht auf meinem Land gekämpft, und ich hielt es für meine Pflicht, sie zu versorgen.«

Tavington wandte sich dem halben Dutzend Dragoner hinter ihm zu und sagte etwas, das sie zum Lachen brachte. Dann wandte er sich den Infanteristen zu.

»Zündet das Haus und die Nebengebäude an«, befahl er. Dann hob er einen Arm über den Kopf, und er wandte sich an alle Anwesenden. »Alle sollen erfahren, dass jeder, der Feinde des Königs beherbergt, sein Heim verlieren wird.«

Die Dragoner nickten. »Amen«, sagten sie.

»Wie bitte?« Die Martin-Kinder tauschten ungläubige Blicke.

»Das kann er doch nicht tun«, rief Thomas. »Vater, tu etwas!«

Die Soldaten öffneten ihre Satteltaschen und bereiteten ihre Fackeln vor.

»Vater, tu etwas«, drängten auch Nathan und Samuel.

Benjamin hätte liebend gern etwas unternommen, blieb jedoch, wo er war. Er war machtlos. Der Verlust des Hauses war eine Katastrophe, aber er beherrschte sich. Alle sieben Kinder waren in seinem Blickfeld, und solange sie sicher waren, war alles andere bedeutungslos.

Tavington bemerkte die Afrikaner, die geholfen hatten, die Verwundeten zu versorgen, und richtete erneut das Wort an alle Anwesenden. Er hob den linken Arm und rief im gleichen autoritären Tonfall: »Ich gebe bekannt: Auf Befehl seiner Majestät König Georges sollen alle Sklaven der amerikanischen Kolonien, die für die Krone kämpfen, bei unserem Sieg die Freiheit erhalten. Lieutenant, bringen Sie diese Leute nach Winnsboro. Nehmen Sie die jüngeren in die Armee auf und finden Sie für die Übrigen eine sinnvolle Beschäftigung.«

»Jawohl, Sir.«

Joshua, der sich ein Tuch um die Stirn gebunden hatte, trat schüchtern auf das Pferd des Colonels zu. »Wir sind keine Sklaven, wir sind Freigelassene.«

Tavington blickte auf ihn herab, gleichzeitig ärgerlich und belustigt. »Wie schön für euch. In diesem Fall seid ihr Freigelassene, denen die einmalige Gelegenheit geboten wird, in der Armee des Königs zu dienen.«

Abigale warf Benjamin einen flehenden Blick zu. Sie war seit Bestehen der Plantage auf Fresh Water, und die Vorstellung, von diesen fremden Männern weggebracht zu werden, jagte ihr panische Angst ein. Alles, was sie sich aufgebaut hatten, wurde mit unglaublicher Geschwindigkeit zerstört. Aber es kam noch schlimmer. Ein Rotrock kam mit Gabriels Ledertasche aus dem Haus.

»Depeschen der Rebellen, Sir.«

Tavington öffnete die Tasche und inspizierte den Inhalt. Benjamin nutzte den Moment, in dem der Colonel abgelenkt war, um einen Blick auf Gabriel zu werfen. Zu seinem Entsetzen sah er, dass sein Sohn zwischenzeitlich seinen blauen Uniformrock geholt hatte und diesen gerade überzog.

Tavington riss die Briefe einen nach dem anderen auf. Wie erwartet stammten sie von General Gates' Armee, von der er gerade erst einen großen Teil vernichtet hatte. Er hoffte, dass die Depeschen Informationen über taktische Pläne der Kolonisten enthielten, was tatsächlich auch der Fall war. Was Tavington zu lesen bekam, waren allerdings nur Briefe von Soldaten an ihre Liebsten und Angehörigen. Er ahnte nicht, dass Gates und seine Leute ihre Nachrichten mit unsichtbarer Tinte – einer Mischung aus Eisensulfat und Wasser – zwischen die Zeilen der unschuldigen Post geschrieben hatten. Hätte er das Papier über einer Flamme erwärmt, hätte Tavington jede Einzelheit der gegnerischen Taktik erfahren.

»Wer hatte die bei sich?«, verlangte er zu wissen.

Als niemand antwortete, brach der Zorn durch, der bei ihm stets dicht unter der Oberfläche schwelte. »WER HATTE DIE BEI SICH?«, schrie er.

»Ich, Sir.« Gabriel trat vor. »Ich wurde verwundet. Die Leute haben mich versorgt. Sie haben mit den Depeschen nicht das Geringste zu tun.«

»Ergreift ihn«, befahl Tavington. Er gab die Tasche mit den Depeschen als Beweisstück an den Lieutenant der Infanterie weiter. »Bringen Sie diesen Mann nach Camden. Er ist ein Spion. Er wird gehängt und sein Leichnam soll als abschreckendes Beispiel dienen.«

»Jawohl, Sir.«

Benjamin konnte damit leben, das Haus zu verlieren, nicht aber eins seiner Kinder. Zuerst versuchte er, sich einzureden, dass das Ganze nur ein Missverständnis war. Als jedoch zwei stämmige Rotröcke Gabriel packten und wegzerren wollten, versperrte Benjamin ihnen den Weg. Dann wandte er sich wieder Tavington zu.

»Colonel, dieser Mann ist ein Kurier, und das ist eine Kuriertasche.«

»Nehmt die Pferde und tötet die übrigen Tiere«, befahl Tavington dem Lieutenant und ignorierte den Farmer.

Benjamin trat ganz dicht vor das Pferd des Colonels und blickte zu ihm auf. »Ein uniformierter Kurier mit markierter Kuriertasche darf *nicht* der Spionage bezichtigt werden«, erklärte er scharf.

Der Colonel antwortete in einem honigsüßen Tonfall, als

hätte er es mit einem Kind zu tun. Übertrieben deutlich sagte er: »Wir bezichtigen ihn dessen nicht, wir hängen ihn dafür.«

»Aber Sie wissen so gut wie ich ...«

Tavington zückte seine Pistole und zielte damit achtlos auf Benjamin.

Gabriel sah, was im Gange war. »Vater, nicht!«

»Ah, ich verstehe. Er ist Ihr Sohn.« Er musterte die beiden, bemerkte die unverkennbare Ähnlichkeit, beugte sich dann im Sattel vor und schnalzte missbilligend mit der Zunge. »Sie hätten ihm wirklich besser beigebracht, was Loyalität ist.«

Benjamin fühlte Wut in sich aufsteigen. Er stand kurz davor, Tavington zu erdrosseln, beherrschte sich jedoch und versuchte es noch einmal. »Colonel, ich flehe Sie an«, sagte er leise, wobei er beinahe an den Worten erstickte. »Ich flehe Sie an, es sich noch einmal zu überlegen. Nach geltendem Kriegsrecht darf ein uniformierter Kurier mit markierter Kuriertasche ...«

Tavingtons Pferd trat nervös auf der Stelle, als der Colonel sorgfältig auf Benjamin zielte. »Möchten Sie, dass ich Ihnen eine Lektion in Kriegsrecht erteile?« Benjamin starrte auf den Lauf, ohne mit der Wimper zu zucken. Instinktiv suchte Tavington nach seinem Schwachpunkt und hatte ihn bald gefunden. Er richtete die Waffe auf die Treppe. »Oder vielleicht Ihren Kindern?« Erschrocken schrien sie auf und duckten sich, alle außer Thomas, der den Colonel zornig anfunkelte. Benjamin lief die Treppe hoch und stellte sich mit ausgebreiteten Armen schützend vor sie.

»Ich denke, das wird nicht nötig sein«, sagte er.

Tavington ließ die Pistole sinken, und die Rotröcke zerrten Gabriel auf die andere Seite des Hofes.

Der Lieutenant mit der weichen Stimme räusperte sich »Entschuldigen Sie, Sir, was ist mit den verwundeten Rebellen?« Tavington blickte aus zusammengekniffenen Augen in

Richtung der verletzten Patrioten und fällte eine weitere rasche Entscheidung. »Töten Sie sie.«

Der Kopf des Lieutenants schnellte hoch, er war sichtlich schockiert von dem Befehl. Auch die Infanteristen der Krone tauschten beunruhigte Blicke, und sogar die berittenen Dragoner hinter Tavington machten überraschte Gesichter.

»Handeln Sie schnell, um jeder Gegenwehr zuvorzukommen«, riet ihm Tavington.

»Ja, Sir«, entgegnete der Lieutenant mit brüchiger Stimme.

Benjamin konnte nur ohnmächtig mit ansehen, wie das Grauen seinen Lauf nahm. Die Soldaten zündeten ihre Fackeln an und ritten auf die hölzernen Nebengebäude der Farm zu. Gabriel wurden die Hände auf dem Rücken gefesselt, dann legte man ihm eine Schlinge um den Hals und band das andere Ende des Seils an einem Wagen fest. Die Freigelassenen wurden mit Hilfe britischer Bajonette aus ihren Hütten getrieben, während Tavington auf seinem Pferd thronte und mit seinen Männern plauderte, wobei er neue Befehle erteilte, wie sie ihm gerade in den Sinn kamen. Benjamin konzentrierte sich ganz auf ein Ziel: die Kinder zu beschützen, bis die Dragoner fort waren. Er spürte, dass Thomas an seiner Seite immer unruhiger wurde.

»Vater, tu etwas«, verlangte der Junge.

»Still«, zischte Benjamin und bedeutete seinem Sohn durch eine knappe Geste, sich ruhig zu verhalten.

Im Augenblick konnten sie nichts tun, innerlich kochte er vor Wut und Frustration, genau wie sein Sohn, aber es gelang ihm, sich zu beherrschen.

Thomas versuchte ebenfalls, sich zu zügeln, schaffte es jedoch nicht. Er legte die Untätigkeit seines Vaters als Zeichen von Schwäche aus und entschied, dass er nicht zulassen würde, dass die Rotröcke Gabriel mitnahmen – nicht kampflos. Er schätzte die Entfernung zwischen Gabriel und dem Schutz der nächsten Bäume ab und stürzte dann ohne Vorwarnung an seinem Vater vorbei. Wie eine Kanonenkugel schoss er auf die Männer zu, die Gabriel fest hielten, wobei er an Tavington vorbei musste, der immer noch die Pistole in der Hand hielt. Thomas legte noch an Tempo zu, senkte eine Schulter, rammte einen der stämmigen Rotröcke und stieß ihn tatsächlich zu Boden.

»Lauf!«, rief er. »Gabriel, lauf!«

Aber Gabriel lief nicht. Gefesselt und von feindlichen Soldaten umgeben, wusste er, dass ein Fluchtversuch sinnlos war.

Als der fluchende Rotrock und Thomas sich beide aufrappelten, zielte Tavington und feuerte. Der Schuss traf Thomas in den Rücken, exakt zwischen die Schultern, und die Wucht schleuderte den Jungen nach vorn auf die Knie. Mit einem verwirrten Ausdruck auf dem Gesicht blickte er zu seinem Bruder auf und dann auf die große Austrittswunde auf seiner Brust. Langsam kippte er nach vorn und fiel schließlich mit dem Gesicht voran in den Staub.

»NEIN!« Benjamin hetzte über den Hof, dicht gefolgt von den Kindern. Sie warfen sich zu Boden und scharten sich schützend um den leblosen Jungen. Thomas blickte zu ihnen auf, blinzelnd und benommen. Seine Lippen bewegten sich, aber er brachte keinen Laut hervor.

»O Thomas, bitte!«, wimmerte Margaret.

Benjamin schloss seinen Sohn in die Arme und flüsterte ihm ermutigende Worte zu. »Das hast du gut gemacht, Thomas. Jawohl, sehr gut. Du hast gehandelt wie ein Mann.« Er fühlte, wie der Junge starb, wie das Leben aus seinem Körper wich. Die Kugel hatte ein Loch von der Größe einer Männerfaust in seine Brust gerissen, und das Blut bildete auf der festgestampften Erde eine rasch größer werdende Lache. Halb schockiert, halb wahnsinnig vor Schmerzen blickte Benjamin mit verzerrtem Gesicht zu Tavington auf.

Der Pulverrauch der Pistole wehte am Gesicht des Colonels vorbei. Er empfand keinerlei Reue wegen des Mordes an dem Jungen. Vielleicht hatte der Junge nur bekommen, was er verdiente, vielleicht war es auch übertrieben hart gewesen, ihn wegen einer Dummheit gleich zu erschießen. Aber so oder so kümmerte es Tavington nicht. Der Tod eines Kolonisten ließ ihn kalt, und für ihn war die Sache erledigt.

Benjamin fühlte grenzenlose Wut in sich aufsteigen, einen rasenden Zorn, wie er ihn seit der Wilderness-Kampagne vor zwanzig Jahren nicht empfunden hatte. Er ließ Thomas sanft zu Boden gleiten und ging mit steifen Schritten auf Tavington zu, entschlossen, ihn mit bloßen Händen in Stücke zu reißen. Er kam nicht weit, da sich sofort Dutzende Pistolen und Musketen aus allen Richtungen auf ihn richteten. Er blieb abrupt stehen, brennend vor Hass, als er erkannte, dass ein weiterer Schritt seinen Tod bedeuten würde.

Tavington steckte betont gelassen seine Pistole weg und verschränkte ruhig die Hände auf dem Sattelzwiesel, eine stumme Einladung zum Angriff. Dann beugte er sich im Sattel vor und studierte Benjamins gequälten Gesichtsausdruck, als betrachte er eine wütende unter einem Glas gefangene Hornisse.

Es war ein Blick, den Benjamin nie vergessen oder verzeihen würde. Er stand mit gespreizten Beinen kampfbereit da und rührte sich nicht, als Tavingtons Pferd begann, nervös zu tänzeln. Margaret spürte, dass ihr Vater nur auf eine Gelegenheit wartete, und ermahnte ihn mit dem gleichen festen Tonfall zur Besonnenheit, den ihre Mutter oft benutzt hatte. Als Benjamin sie hörte, wich er langsam zurück.

»Dummer Junge«, sagte Tavington kopfschüttelnd und warf noch einen letzten Blick auf den Jungen, ehe er sein Pferd wendete und in einer Staubwolke davonpreschte.

Glas splitterte, als die Rotröcke die Fenster des Hauses zerschlugen und ihre Fackeln hineinwarfen. Aus der Scheune hörte man Schüsse und die ängstlichen Schreie der Tiere. Dann fielen weitere Schüsse seitlich des Hauses, als mit den Exekutionen begonnen wurde. Die verwundeten Patrioten schrien und versuchten zu fliehen, als sie erkannten, was sie erwartete, aber es war zu spät, und die Rotröcke hatten sie in weniger als fünf Minuten bis auf den letzten Mann abgeschlachtet.

Gabriel zerrte an seinen Fesseln, aber als der Wagen, an den er gebunden war, losrollte und die Schlinge um seinen Hals zuzog, hatte er keine andere Wahl, als mitzulaufen, wenn er nicht durch den Dreck geschleift werden wollte. Er entfernte sich mit einem Trupp von zwanzig Soldaten. Kurz darauf leckten Flammen an den Außenwänden des Hauptthauses und züngelten aus den eingeworfenen Fenstern.

Benjamin kehrte zu Thomas zurück und schloss ihn erneut in die Arme. Abigale stand hinter ihm und tröstete die anderen Kinder, bis der Infanterielieutenant mit einer Hand voll Soldaten hinzukam. Sie zeigten mit ihren Bajonetten auf Joshua und Abner, die etwas abseits standen. Die anderen Freigelassenen wurden bereits wie eine Schafherde die Straße hinuntergetrieben.

»Bringt diese Afrikaner zu den anderen«, befahl der Offizier.

»Ich werde diese Kinder nicht verlassen«, verkündete Abigale wild entschlossen.

Abner hob beschwichtigend die Hände, um zu demonstrieren, dass er keinen Widerstand leisten würde, und zischte Abigale zu, sie solle es ihm gleichtun.

»Nein, Vater! Sollen sie mich doch erschießen, aber ich werde nicht mitgehen.«

Die Rotröcke legten an, bereit, genau das zu tun. Sie rührte sich immer noch nicht. Sie hatte keine eigenen Kinder und hatte auch nie geheiratet. Die Martins und Abner waren ihre Familie.

»Abigale«, sagte Benjamin. »Geh mit ihnen.« Es war gleichzeitig ein Befehl und eine flehentliche Bitte. Er wusste, was die Kinder ihr bedeuteten, und er versprach ihr mit einem Blick, dass er bis zu ihrem Wiedersehen alles tun würde, um sie zu beschützen. Tränen liefen ihr über die Wangen, als sie sich von den Soldaten wegführen ließ.

Minuten später, weniger als eine Stunde nach seinem Eintreffen, ritt der Lieutenant mit der sanften Stimme begleitet von seinen letzten Männern davon. Das war ein unerfreulicher Morgen gewesen, und er wollte Fresh Water so bald wie möglich hinter sich lassen. Er führte seine Männer in zügigem Marschtempo davon, um zur Haupttruppe aufzuschließen.

5. Kapitel

Nathan weinte bitterlich, als eine Truppe von Soldaten sich mit Gabriel vom Rest der Truppe löste und um eine Straßenbiegung verschwand. »Vater, du kannst nicht zulassen, dass sie ihn mitnehmen.«

»Still«, befahl Benjamin. Er verharrte reglos mit Thomas in den Armen, bis der letzte Rotrock außer Sichtweite war. Dann erst sprang er auf.

»Rührt euch nicht von der Stelle, Kinder«, befahl er und rannte dann auf das brennende Haus zu.

»Nicht, Vater! Es ist zu spät!«

Das Feuer war sehr sorgfältig gelegt worden. Es fraß sich von innen und außen von vorn nach hinten. Alles, was Benjamin in jahrelanger Arbeit geschaffen hatte – die fein gedrechselte Verandabalustrade, die perfekten Kassettendecken, das ganze Mobiliar – alles brannte lichterloh. Das Haus war sein Meisterstück gewesen, der Drei-Pfund-Schaukelstuhl unter den Landhäusern. Benjamin erkannte, dass das Haus nicht mehr zu retten war, aber er musste dennoch ein letztes Mal hinein. Die Vordertür war unpassierbar, und so rannte er um das Haus herum zur Küchentür, trat sie auf und stürmte ohne zu zögern durch die Flammen.

Die Kinder taten, was er befohlen hatte, und blieben, wo sie waren. Mit furchtsamen Blicken starrten sie auf das Haus. Die Flammen schlugen prasselnd aus den Fenstern und breiteten sich entlang der Unterseite der breiten blauen Verandadecke aus. Schwarzer Rauch drang aus den Dachbodenfenstern. Jede Sekunde, die ihr Vater sich im Haus befand, war eine Qual für die Kinder, die fürchteten, ihm würde etwas zustoßen.

»Wir müssen ihm helfen«, meinte Nathan.

»Was, wenn er auch stirbt?«, fragte William.

Kurz darauf stolperte Benjamin keuchend und mit tränenden, geröteten Augen ins Freie. Er hatte Waffen bei sich: vier Gewehre, zwei Pistolen, passende Munition und Schießpulver, und in seinem Hosenbund steckte der Cherokee-Tomahawk. Mit grimmig entschlossener Miene rannte er zurück zu den Kindern, den Blick starr auf die Wegbiegung gerichtet, hinter der die Soldaten mit Gabriel verschwunden waren. Er sprach barsch, wie ein General zu seinen Truppen.

»Margaret, wenn wir bis Einbruch der Dunkelheit nicht zurück sind, gehst du mit William und Susan zur Plantage deiner Tante Charlotte.« Er warf Nathan und Samuel je ein Gewehr zu.

»Ich weiß den Weg nicht«, protestierte Margaret ängstlich.

Benjamin zeigte im Gehen in südöstliche Richtung. »Drakespar am Santee River. Du wirst schon hinfinden.«

Tränen rollten über Margarets Wangen. »Was ist mit Thomas?«

»Lass ihn liegen.« Er lief los und rief über die Schulter: »Nathan! Samuel!«

Die Jungen zögerten einen Augenblick, es widerstrebte ihnen, ihre jüngeren Geschwister allein zurückzulassen, aber dann gehorchten sie dem Befehl und liefen ihrem Vater nach.

Margaret rief ihnen nach, flehte sie an, sie nicht allein zu lassen, aber die Männer rannten weiter, bis sie sie nicht mehr sehen konnte. Sie wandte sich William und Susan zu, die beide noch verschreckter waren als sie, und legte beiden einen

Arm um die Schultern. Sie starrten noch eine Weile auf das brennende Haus, bis Margaret meinte, es wäre sicherer, wenn sie sich irgendwo am Fluss versteckten.

Benjamin brach durch das Unterholz und setzte über umgestürzte Baumstämme. Er rannte, so schnell er konnte, und war bereits außer Atem, obgleich er noch einen weiten Weg vor sich hatte. Hinter sich konnte er die Jungen hören. Er stürmte weiter, wich Bäumen aus und duckte sich unter tiefhängende Äste hinweg, ohne das Tempo zu vermindern. Er war nicht mehr so beweglich wie vor einigen Jahren, aber er war immer noch kräftig, und seine Wut machte seine Jahre wett. Etwas weiter nördlich gab es einen Weg, der aber nicht auf kürzestem Wege zu Benjamins Ziel führte, sodass er auf dem schwierigeren Pfad querfeldein blieb. Nathan und Samuel, die es im Gegensatz zu ihrem Vater gewohnt waren, weite Strecken zu laufen, waren nicht annähernd so außer Atem wie er, hatten jedoch mit den Gewehren zu kämpfen, die so groß waren wie sie selbst.

Die Jungen waren mit der Gegend um Fresh Water fast ebenso vertraut wie ihr Vater, sodass sie wussten, dass sie sich in etwa parallel zur Straße nach Camden bewegten. Vor ihnen lag ein enges Tal, und sie mochten gar nicht daran denken, was geschehen würde, wenn sie dort anlangten. Stattdessen zogen sie die Köpfe ein und konzentrierten sich aufs Laufen.

Nach einiger Zeit verlangsamte Benjamin das Tempo und wich trockenen Ästen und Laubhaufen aus. Er bewegte sich wie auf der Hirschjagd und tat jeden Schritt schnell und doch überlegt. Er führte die Jungen durch die Schlucht und stieß mit großem Vorsprung vor den Soldaten auf die Straße.

An dieser Stelle wuchsen Bäume und Gestrüpp dank des nahe gelegenen Flusses besonders dicht. Benjamin zog eine der Pistolen aus dem Hosenbund und versteckte sie im Gebüsch. Dann verfuhr er genauso mit den beiden anderen. Anschließend führte er die Jungen den Hang hinauf bis zu einem umgestürzten Baumstamm, hinter dem sie in Deckung gehen sollten.

»Nathan dort«, sagte er, »und Samuel hier.«

Die Jungen nahmen ihre Positionen ein.

»Und jetzt passt gut auf: Zuerst töten wir die Offiziere und arbeiten uns dann hangabwärts. Könnt ihr die Offiziere von den Soldaten unterscheiden?« Die Jungen nickten. »Gut. Wartet, bis ich den ersten Schuss abfeuere. Dann, Nathan, erschießt du den Offizier, der Gabriel am nächsten ist. Und du, Samuel, suchst dir einen Offizier möglichst weit hinten aus.« Den Jungen klappte die Kinnlade herunter in Anbetracht der Tragweite dieses Befehls. Samuel wimmerte leise, aber Benjamin blieb hart.

»Nach dem ersten Schuss lädst du Nathans Gewehr nach, Samuel. Falls mir etwas zustößt, werft ihr die Waffen weg und lauft, so schnell ihr könnt. Kehrt zum Haus zurück und bringt die anderen zu Tante Charlotte. Ihr wisst, in welcher Richtung ihre Plantage liegt?«

Beide Jungen zeigten nach Südosten.

»Gut. Und jetzt hört mal her. Was habe ich euch beiden über das Schießen beigebracht?«

»Gut gezielt ist gut getroffen«, sagten sie im Chor.

»Genau. Gut gezielt ist gut getroffen.« Er wandte sich zum Gehen, drehte sich dann jedoch noch ein letztes Mal zu ihnen um. »Und Jungs ... ruhig bleiben.«

Dann machte er sich an den Abstieg und watete durch das Dickicht, bis die Pflanzen ihn vollständig verschluckt hatten. Die nächsten Minuten warteten sie schweigend. Das Vogelgezwitscher und das leise Plätschern des Flusses kamen ihnen plötzlich bedrohlich vor, Teil der tödlichen Falle, die sie aufgestellt hatten. Endlich hörten sie das Quietschen und Ächzen der Wagenräder um die Wegbiegung.

Mit zitternden Händen spähten die Jungen durch die Bäume und musterten die Rotröcke, die nacheinander in Sicht kamen. Sie sahen ganz normal aus – abgesehen von ihren imposanten Uniformen und den langen Gewehren mit den aufgesetzten Bajonetten. Sie gingen entspannt und unterhielten sich arglos, nichts von der lauernden Gefahr ahnend.

»Ich habe zwanzig gezählt«, flüsterte Nathan.

»Zu viele«, entgegnete Samuel ebenso leise.

Sie entdeckten Gabriel ziemlich weit hinten, immer noch an den Wagen gebunden. Die Jungen nahmen je einen Offizier ins Visier und warteten auf das Signal ihres Vaters.

Benjamin, der sich nur wenige Meter abseits der Straße versteckt hielt, zwang sich zur Geduld. Er wartete, bis der vorderste Wagen ein gutes Stück an ihm vorbei war, ehe er seine Deckung verließ und sorgfältig auf den einzigen Reiter zielte, einen Captain.

Er feuerte und traf den Mann ins Herz. Er war tot, noch ehe er vom Pferd stürzte. Der Knall der Detonation wehte in einem verwirrenden Echo durch die Bäume. Während die Soldaten noch verwirrt um sich blickten, lud Benjamin eilig nach. Nathan und Samuel töteten die beiden anderen Offiziere, von denen einer nur gut einen Meter von Gabriel entfernt war.

Die Rotröcke flüchteten panikartig. Sie hoben die Gewehre und zielten in alle Richtungen, hielten Ausschau nach dem Ursprung des feindlichen Feuers. Als die Pferde furchtsam wieherten und anfingen durchzugehen, übernahm ein Sergeant das Kommando.

»Bildet Zweiergruppen!«, rief er, aber seine Männer waren unschlüssig, welcher Richtung sie sich zuwenden sollten. »Stellt euch Rücken an Rücken auf und ...« Benjamin schoss erneut, und seine Kugel zerfetzte die Kehle des Sergeants, bevor er seinen Befehl hatte beenden können.

»Da ist er!«, rief einer der Männer und zeigte auf den

Rauch, der von Benjamins Waffe aufstieg. Mehrere der Soldaten feuerten gleichzeitig, während andere die Straße hinunterrannten, um sich in eine günstigere Schussposition zu begeben. Sie legten an.

»Fertigmachen! Anlegen!«, rief ein Rotrock.

Benjamin feuerte erneut, diesmal von anderer Stelle aus, und tötete einen weiteren Mann mit einem Schuss mitten ins Herz. Der Soldat taumelte rückwärts von der Straße und stürzte in das schlammige Flussbett. Seine Kameraden schossen sofort in den frischen Pulverrauch, aber Benjamin tauchte mit einem Hechtsprung unter dem Kugelhagel hinweg und brachte sich in Sicherheit.

Von diesem Moment an blieb er ständig in Bewegung. Anstatt zu laufen machte er zügige, große Schritte und blieb dabei stets im Schutz der dichten Vegetation, wobei er sich mal dichter an die Straße heranwagte, mal weiter entfernte und sich dem Feind flüchtig zeigte. Er änderte ständig Tempo und Richtung, trabte geduckt hierhin und dorthin und lud und feuerte im Gehen. Er bot ihnen nie ein unbewegliches Ziel, schon gar nicht eins, das sich durch Rauchschwaden verriet. Er hatte diese Taktik von den Catabaw-Indianer gelernt, und sie funktionierte.

»Wo steckt er?«

»Hier!«

»Nein, da drüben!« Die Rotröcke hasteten von einem Punkt zum anderen und entdeckten Benjamin in einem kleinen Wäldchen junger Eichen. Gerade als sie abdrückten, machte er abrupt kehrt, sodass die Geschosse ihn verfehlten, und sie ihn erneut aus den Augen verloren. Während sie noch mit Nachladen beschäftigt waren, raschelte es im Gebüsch am Straßenrand. Mit einer der dort versteckten Pistolen erschoss Benjamin einen weiteren Rotrock aus nächster Nähe.

Während Samuel ständig nachlud, feuerte Nathan weiter aus seinem Versteck. Er tötete drei Männer und verletzte einen weiteren an der Hüfte. Der verwundete Mann verkroch sich ins Gras am Wegrand und schrie fürchterlich. Ihr Bruder Gabriel nutzte die allgemeine Verwirrung, um unter dem Wagen in Deckung zu gehen. Er streifte sich die Schlinge vom Hals und begann, an den Fesseln um seine Handgelenke zu zerren. Es war nur noch ein Rotrock zu seiner Bewachung übrig, ein grobschlächtiger Kerl mit hochgezogenen Schultern und platter Nase.

Innerhalb kürzester Zeit hatte fast die Hälfte der Truppe das Leben verloren, und dennoch blieben die Rotröcke auf der Straße, wo sie ein leichtes Ziel boten. Keiner von ihnen hatte Erfahrung mit Hinterhalten dieser Art. Sie hatten zu große Angst, um dem Feind ins Dickicht zu folgen, waren aber andererseits zu wütend, um davonzulaufen.

Benjamin setzte seine Taktik fort und kehrte in großem Bogen zu einer weiteren seiner versteckten Pistolen zurück. Dann trat er dicht hinter dem letzten Wagen auf die Straße und zielte auf einen Rotrock, der gerade damit beschäftigt war, seine Muskete nachzuladen. Gabriel und der Soldat mit der flachen Nase waren gleichermaßen verdutzt, ihn zu sehen, erst recht so dicht bei ihnen. Benjamin schenkte ihnen keine Beachtung. Er schoss den nachladenden Rotrock in den Kopf und hastete dann zurück in Richtung Gebüsch. Gabriels Bewacher hob seine Brown Bess und zielte auf Benjamins Rücken. Ehe er jedoch feuern konnte, wurde er von Gabriel gerammt und ging zu Boden. Als er noch mit Nachladen beschäftigt war, streifte eine Kugel seinen Kopf und riss ihm ein Stück vom Ohr ab. Fluchend hielt der Mann sich eine Hand ans Ohr und sah eine Pulverrauchwolke unmittelbar vor Nathans und Samuels Versteck. Er pfiff durch die Zähne und zeigte mit dem Finger auf die Stelle.

Seine Kameraden verstanden das Signal und legten an. Aber ehe sie dazu kamen, zu schießen, brach Benjamin mit einem lauten Schrei, der ihre Aufmerksamkeit von den Jungen ablenkte, aus dem Dickicht. Unerschrocken trat er mit einer Pistole in jeder Hand mitten auf die Straße und tötete zwei weitere Männer aus nächster Nähe.

Als sie sahen, dass Benjamin seine beiden Waffen abgefeuert hatte, rannten zwei Rotröcke auf ihn zu. Aber anstatt zu fliehen, hob Benjamin die Muskete eines gefallenen Rotrocks auf und griff an. Das war nicht der Benjamin Martin, der sich geschworen hatte, seine gewalttätige Ader zu bezwingen und seine Kinder auf der Fresh Water Plantage großzuziehen. Das war der skrupellose und brutale Benjamin Martin, der im letzten Krieg gegen die Franzosen und Indianer gekämpft hatte und jetzt zu neuem Leben erwacht war.

Der vorderste der beiden Soldaten blieb stehen und hob seine Muskete, hatte jedoch Benjamins Geschwindigkeit und Geschicklichkeit unterschätzt. Statt anzulegen, fuhr er dem Soldaten mit dem Bajonett quer über das Gesicht und zerschmetterte ihm gleich darauf mit dem Gewehrkolben den Schädel. Als der Mann zurücktaumelte, riss Benjamin ihm die Muskete aus den Händen und feuerte auf den zweiten angreifenden Rotrock.

Mit unmenschlichem Gebrüll ging ein weiterer Soldat mit gesenktem Bajonett auf Benjamin los, aber noch ehe er ihm gefährlich werden konnte, wurde sein Kopf von einer von Nathans Kugeln zerschmettert.

»Hier drüben, Farmer«, rief der Mann mit der flachen Nase.

Benjamin drehte sich um und sah, dass der Mann Gabriel ein langes Messer an den Hals hielt und ihn als Schutzschild benutzte. Ohne Zögern bewegte er sich auf die beiden zu und zog im Gehen den indianischen Tomahawk aus seinem Gürtel. Zwei der letzten Rotröcke standen ihm im Weg, aber keiner von ihnen lud seine Muskete nach. Als Benjamin sich ihnen näherte, machten sie sich bereit, sich mit ihren Bajonetten zu verteidigen.

Benjamin lenkte eine der Klingen mit der Streitaxt ab, fühlte aber gleich darauf, wie sich die zweite in seine Schulter bohrte. Blitzschnell hieb er einen Mann in die Brust und den zweiten in den Hals. Beide sackten tot zusammen, während Benjamin kaum seinen Schritt verlangsamt hatte. Unerbittlich näherte er sich dem Mann, der Gabriel bedrohte.

Er blieb erst stehen, als der grobschlächtige Soldat die Klinge fest an Gabriels Kehle drückte und dessen Haut leicht einritzte. Er drohte, ihn zu töten, wenn Benjamin nicht seine Waffe niederlegte. Über eine Distanz von etwa zehn Schritten starrten sie einander an, jedoch nur einen kurzen Augenblick.

Dann hob Benjamin die Axt in Schulterhöhe und warf sie mit einer raschen, fließenden Bewegung. Die Klinge flog blitzend durch die Luft, knapp an Gabriels Kopf vorbei, und spaltete dem Rotrock den Schädel. Er ließ das Messer fallen, stolperte rückwärts und sank dann mit einem verdatterten Gesichtsausdruck zu Boden.

Es war nur noch ein Rotrock auf den Beinen, ein athletischer junger Mann mit grobem, jungenhaftem Gesicht. Seine Muskete war geladen und schussbereit, aber was er gesehen hatte, hatte ihm zu große Angst gemacht, als dass er es gewagt hätte, das Gewehr zu benutzen. Stattdessen warf er es auf die Straße und rannte los.

Benjamin war inzwischen in einen regelrechten Blutrausch verfallen. Er zog seinen Tomahawk aus dem Schädel des Toten und jagte dem jungen Burschen nach. Als er weit genug aufgeholt hatte, holte er aus und warf die Axt, die den Soldaten in den Rücken traf. Der Mann heulte vor Schmerz auf und taumelte in das hüfthohe Gras am Straßenrand. Benjamin warf sich auf ihn und zog die Axt aus seinem Körper. Der Rotrock drehte sich auf den Rücken, hob abwehrend die Hände und bettelte um sein Leben. Benjamin hörte ihn gar nicht.

Er ließ die Klinge niedersausen und hieb sie dem Soldaten tief in die Brust, zog sie dann heraus und schlug erneut zu. Der Mann war längst tot, aber Benjamin ließ die Axt wieder und wieder niedersausen, bis von dem jungen Soldaten nur noch ein blutender Fleischklumpen übrig war.

Seine Kleider waren blutdurchtränkt, als er schließlich innehielt. Alles war ruhig, bis auf das Plätschern des Wassers und Nathans und Samuels Schluchzen.

Langsam kam Benjamin wieder zu sich und nahm das Weinen seiner Söhne wahr. Er wandte den Kopf und sah die Jungen durch die Bäume auf die Straße treten. Gabriel stand abseits, sichtlich schockiert von dem, was er seinen Vater hatte tun sehen.

Als wache er aus tiefem Schlaf auf, betrachtete Benjamin das schauerliche Bild, das sich ihm bot – die rote Erde, die rote Uniform des Soldaten, die Blutlache. Er sog scharf die frische Morgenluft ein, als ihm bewusst wurde, dass es vorbei war. Er hatte getan, was er sich vorgenommen hatte. Gabriel war gerettet.

Schweißnass, blutbesudelt und schlammbespritzt musterte er Gabriel und registrierte den Ausdruck von Abscheu und Schock auf dem Gesicht des jungen Mannes. Niemals hätte er es für möglich gehalten, dass sein Vater zu solcher Brutalität fähig war. Und Benjamin hätte niemals für möglich gehalten, irgendwann vor den Augen seiner Kinder die dunkle Seite seines Wesens zu zeigen.

»Wendet die Wagen«, sagte er ruhig. »Wir können sie gut brauchen.«

Die Jungen gehorchten wortlos, während Benjamin über die Toten hinwegstieg, um sich im Fluss zu waschen.

Irgendwo inmitten der verstreuten Leiber zuckten Augenlider. Ein verwirrter Soldat blickte durch blutverklebte Schlitze und betrachtete den Schauplatz des Gemetzels. Und während er dalag, hatte er durch den Musketenrauch eine Vision.

Sie nahm die Gestalt eines schlammbespritzten, blutbesudelten Mannes an, der sich schemenhaft vor der grellen Sonne abhob. Es war eine gespenstische Erscheinung, die einen indianischen Tomahawk in der Hand hielt und sich ihm näherte. Bevor die Gestalt ihn erreicht hatte, verlor der Soldat wieder das Bewusstsein.

Als sie am Spätnachmittag mit den britischen Wagen nach Fresh Water zurückkehrten, hatte sich der Himmel bleigrau verfärbt. Die Plantage war kaum wieder zu erkennen. Beide Scheunen waren bis auf die Grundmauern angebrannt und in sich zusammengestürzt. Das Haus stand noch, aber es war nur noch ein verkohltes, rauchendes Skelett übrig, ein Gerüst aus geschwärzten Balken unter düsterem Himmel. Die Pflanzen auf den Feldern waren bei dem Scharmützel der vergangenen Nacht niedergetrampelt worden, und über allem lag eine unheimliche Stille. Keine Feldarbeiter, die winkten und ihnen zu Begrüßung zuriefen, keine Tiere, die in ihren Ställen lärmten. Sogar die Krähen, die für gewöhnlich in Scharen in den Zedern am Fluss hockten, waren verschwunden.

Benjamin lenkte den vorderen Wagen, während Gabriel und die Jungen im zweiten folgten. Sie fanden Margaret in der Nähe des Hauses, wo sie sich um ihre verstörten jüngeren Geschwister William und Susan kümmerte. Die Familie war zu erschlagen von den Ereignissen, um ihre Wiedervereinigung zu feiern.

»Wir müssen so schnell wie möglich von hier weg«, eröffnete Benjamin ihnen. Aber vorher hatten sie noch etwas Wichtiges zu erledigen. Er schickte die Kinder auf die Felder, um Spitzhacken und Spaten zu suchen.

Die meisten der abgeschlachteten Patrioten waren in dem Feuer verbrannt. Für die übrigen hoben Benjamin und seine Kinder eine Reihe von Gräbern entlang des Gartenzaunes aus, nicht weit von dort entfernt, wo die Leichen lagen. Gabriel hielt die Grabrede, die er in seinen Dienstjahren im Norden, wo Beerdigungen zum Alltag gehört hatten, auswendig gelernt hatte.

Als die Sonne sich vor dem grauem Himmel orange färbte und begann, am Horizont unterzugehen, waren sie soweit, Thomas zu bestatten. Benjamin hob für den Jungen eine rechteckige Grube neben Elizabeths Grab unter der alten Eiche aus. Die Kinder holten aus einer der Feldarbeiterhütten ein großes Laken, in dem sie ihn einwickelten. Dabei fielen einige von Thomas' Spielzeugsoldaten aus seinen Jackentaschen. Benjamin bückte sich und hob die kleinen Figuren auf. Er umklammerte sie mit solcher Kraft, dass sie sich verbogen.

Er dachte sich eine gute Verwendung für die handbemalten Spielzeugfiguren aus und flüsterte Thomas zu, was er mit ihnen machen würde, als er den Jungen zu seiner letzten Ruhestätte trug.

Die Familie versammelte sich um das Grab und lauschte dem Rauschen des Windes im Geäst der Eiche, während Benjamin das Grab zuschaufelte. Margaret hatte ein paar wilde Blumen gepflückt, die sie jetzt mit den anderen teilte. Einer nach dem anderen traten sie vor und legten die Blumen in einem letzten Abschiedsgruß auf die frische Erde. Als Benjamin ein Holzkreuz in den Boden gerammt hatte, um das Grab zu markieren, teilte er den Kindern mit, dass es Zeit wäre, aufzubrechen.

Aber die Kinder verweilten traurig am Grab und warteten darauf, dass ihr Vater noch eine Grabrede hielt. Benjamin hatte das Gefühl, als hätte er keine Worte mehr übrig, tat aber sein Bestes.

»Herr, wir beten, dass du dieses Kind, Thomas Martin, in deinem Reich aufnimmst und ihm einen Platz an der Seite seiner Mutter einräumst. Wir bitten dich, ihn zu erlösen und uns zu helfen, deine unergründlichen Wege zu verstehen sowie uns unsere Sünden zu vergeben. Darum bitten wir in deinem Namen. Amen.«

»Amen.«

Die Martins verließen einer nach dem anderen den kleinen Garten und steuerten die Wagen an. Es war höchste Zeit, Fresh Water zu verlassen, vielleicht für immer.

6. Kapitel

Unter Lord Cornwallis' Befehl errichtete die Armee der Rotröcke ein riesiges Feldlager in der Nähe von Monk's Corner, einem strategisch wichtigen Punkt, der als natürliches Tor zwischen Charles Town und dem Norden fungierte. Das auf einem Gitterwerk errichtete Camp war ein Muster an europäischer militärischer Ordnung. Alles vom Abstand zwischen den Zelten bis hin zur Methode des Aufeinanderstapelns der Kanonenkugeln entsprach ganz bestimmten Vorschriften. Das Lager war eine Zurschaustellung von Englands Übermacht, die dazu dienen sollte, die örtliche Bevölkerung soweit einzuschüchtern, dass sie sich kampflos unterwarf.

Sobald das Camp fertig war, begann Cornwallis, Vertreter der gehobenen Gesellschaftsschichten einzuladen und sie herumzuführen, und wenn sie erst da waren, nutzte er die Gelegenheit prompt, um sie zum Dienst für der Krone zu rekrutieren. Hierbei spielten seine Offiziere eine entscheidende Rolle. Sie mischten sich unter die Zivilisten, plauderten mit ihnen, flochten verdeckte Drohungen in ihre Gespräche mit ein und sorgten für gewöhnlich dafür, dass die Herren sich bereit erklärten, die Uniform der königlichen Armee anzuziehen.

Colonel Tavington war von der Anwerbungspflicht der Offiziere ausgenommen. Auch wenn er einer von Cornwallis' effektivsten Soldaten war, ging ihm jegliches diplomatische Gespür ab. Er hatte die ärgerliche Angewohnheit, stets auszusprechen, was ihm gerade in den Sinn kam, und machte auch keinen Hehl aus seiner Verachtung für die Amerikaner. Bei einer dieser Rekrutierungsaktionen hatte Tavington, der gerade nichts Besseres zu tun hatte, das Lager verlassen und war einen grasbewachsenen Hügel hinaufgestiegen, um den Sonnenuntergang zu betrachten. Zu seinem Entzücken stieß er auf einen Schwarm Libellen, die schillernd durch das hohe Gras schossen. Er fing eine von ihnen, hielt sie in den gewölbten Händen und wandte sich mit einem breiten Grinsen Bordon zu, seinem stellvertretenden Kommandeur. Dann fing er noch eine und noch eine, eine ganze Sammlung.

Bordon und eine Hand voll von Dragonern standen geduldig dabei und assistierten ihrem Befehlshaber.

Colonel William Tavington war in Liverpool aufgewachsen, als einziger Sohn einer halbaristokratischen Familie. Während er seiner Mutter sehr nahe stand, hegte er für seinen Vater nur eine tiefe Verachtung – womit er nicht allein war. Garrick Tavington gehörte zum niederen Adel. Er hatte die einträglichen Mehlmühlen seiner Familie geerbt und war in seiner Jugend durchaus beliebt gewesen. Leider war er später dem Alkohol verfallen und hatte sich zu einem brutalen Tyrannen entwickelt. Er hatte den Namen der Familie in den Schmutz gezogen und das ganze Vermögen durchgebracht. Und letztendlich hatte er auch seinen Sohn verloren.

Im Alter von vierundzwanzig Jahren nahm der junge Tavington sein ganzes Geld und siedelte nach London über, wo er ein Leben als Salonlöwe führte. Er richtete sich ein elegantes Apartment am Themseufer ein, frequentierte die angesagtesten Schänken und verfolgte junge Frauen mit dem Instinkt und der Beharrlichkeit eines Jagdhundes. Als seine Geldmittel aufgebraucht waren, lebte er ein weiteres Jahr auf Kredit. In dieser Zeit verfolgte er die politischen Neuigkeiten aus

Amerika und geriet immer mehr in Rage ob der Respektlosigkeit und dem Undank, den die Kolonisten gegenüber ihrem Vaterland an den Tag legten. Eines Abends überraschte er seine Trinkkumpane dann mit der Neuigkeit, dass er in die Armee eintreten, nach Nordamerika segeln und die Kolonisten auf ihren Platz verweisen werde. Keiner von ihnen glaubte, dass er dieses Vorhaben tatsächlich umsetzen würde, aber zur Überraschung aller machte er seine Pläne wahr. Er kratzte eine beachtliche Summe zusammen, genug, um sich ein Offizierspatent zu kaufen, und kehrte London und seinen Schulden den Rücken.

Kurz nach seiner Ankunft in Amerika entdeckte er sein angeborenes Talent für die Kriegführung. Er war furchtlos, entscheidungsfreudig und besaß vor allem ein gewisses strategisches Geschick, das ihm in zahlreichen Schlachten den Sieg einbrachte. Während der Kampagne im Norden der Kolonien erkannte General Cornwallis schnell Tavingtons Qualitäten und beförderte ihn zum Kommandeur der Grünen Dragoner, eine glückliche Fügung für den ehrgeizigen Tavington.

Er zerquetschte eine der Libellen zwischen den Fingern und schmierte sich die schillernde Flüssigkeit auf die Haut. Dann nahm er eine zweite und wiederholte die Prozedur. Es gab so vieles an diesem neuen Kontinent, das ihn faszinierte.

Tavington liebte Amerika. Er liebte die grenzenlosen Weiten des Landes, die geheimnisvollen verwunschenen Wälder, die Klarheit und Tiefe der Flüsse. Das Wetter war wunderbar, es gab exotische Vegetation und Wildtiere zu jagen, dazu eine seltsame Mischung von Menschen verschiedenster Nationen. Es war ein ungezähmter Kontinent, voller Gefahren und Möglichkeiten. Ein Land so wild und ungezügelt wie er selbst, wie er zu sagen pflegte. Und obgleich er die Kolonisten nicht leiden konnte, fand er eine Seite ihres Charakters unwiderstehlich – die Überzeugung, dass fast alles möglich war. Von dem Augenblick an, da er in der Neuen Welt an Land gegangen war, hatte er gewusst, dass dies seine neue Heimat sein würde.

Ein Infanterist kam den Hügel hinaufgelaufen und wechselte leise ein paar Worte mit Bordon, der daraufhin das Spiel seines Kommandeurs unterbrach.

»Sir, es gibt Neuigkeiten«, rief er.

»Was denn?«, fragte Tavington gereizt. »Ich denke nach.«

»Wir haben den Soldaten, den Sie sprechen wollten. Den, den die Cherokee-Kundschafter ins Lager gebracht haben.«

»Sehr gut, dann wollen wir mal ein Wörtchen mit dem Mann reden.« Er wischte sich die Hände im Gras ab und folgte Bordon zum Feldlazarett.

Das Chirurgenzelt war fünfzehn Schritte breit und wurde von einer verschwenderischen Anzahl von Kerzen erhellt. Ein heller Schein fiel durch die Stoffwände, hell genug, um verschiedene Insekten in großer Zahl anzulocken. Tavington hob die Stoffbahn vor dem Eingang und trat ein. Er blieb einen Moment am Eingang stehen, bis seine Augen sich an die Helligkeit gewöhnt hatten. Das Zelt war gut ausgestattet mit chirurgischen Instrumenten, sauberen Laken, Salben, Desinfektionsmitteln und Tinkturen.

In der Mitte des Raumes lag der einzige Überlebende des Hinterhalts. Der Mann lag reglos in einer langen Wanne, einem dicken ausgehöhlten Baumstamm, der dazu diente, Blut und andere Flüssigkeiten aufzufangen. Er war jung und dunkelhaarig. Er sah aus, als wäre er vor dem Angriff einmal recht gut aussehend gewesen, was sich jedoch nicht mit Sicherheit sagen ließ aufgrund der entstellenden Gesichtsverletzungen.

»Sieht nicht gut aus«, berichtete Bordon nach einem kurzen Wortwechsel mit einem Arzt.

»Das denke ich mir«, sagte Tavington und trat näher, um das Werk der Angreifer zu begutachten. Der Soldat war unmittelbar über dem Herzen in die Brust geschossen worden. Obgleich gesäubert und verbunden, blutete die Wunde weiter. Außerdem war dem Soldaten das Nasenbein gebrochen worden, sodass sein Gesicht geschwollen und verfärbt war. Die Blutergüsse hatten schwarz-lila Ringe um seine Augen herum gebildet, die an einen Waschbären erinnerten. Das Kissen unter seinem Kopf war rotbraun, da es sich mit Blut aus der Wanne vollgesogen hatte. Tavington sprach den Verwundeten barsch an. »Wachen Sie auf, Soldat. Können Sie mich hören?«

Der Mann riss die Augen auf und unternahm einen schwachen Versuch, sich aufzusetzen. Er schien völlig klar zu sein, war aber offensichtlich eingeschüchtert.

»Soldat, ich bin Colonel William Tavington von den Grünen Dragonern. Sagen Sie mir, was passiert ist. Wer hat Ihnen das angetan?«

Der Soldat versteifte sich bei der Erinnerung an den Albtraum, den er erst an diesem Morgen durchlebt hatte. Er fing an zu faseln. »Ich weiß es nicht! Ich weiß nicht, ich weiß nicht, was es war. Es war verrückt. Alles zur gleichen Zeit ... Wir konnten durch die Bäume nichts sehen, dann konnte ich nicht ... es war verrückt.«

Tavington beugte sich vor und strich dem Mann behutsam mit einer Hand über die Stirn. »Beruhigen Sie sich, ganz ruhig. Und jetzt hören Sie mir zu. Zwanzig Soldaten seiner Majestät sind tot, und ich will wissen, wie das passieren konnte.«

Bordon trat an Tavingtons Seite. »Er hat den Kundschaftern erzählt ...«

»Waren Sie dabei?«, herrschte Tavington ihn ungeduldig an. »Lassen Sie den Mann sprechen!«

Bordon zog sich zurück, und der Colonel setzte seine Befragung fort.

»Lassen Sie sich Zeit, Soldat. Konzentrieren Sie sich. Und

jetzt sagen Sie mir, wie viele es waren. Waren es Mitglieder einer Miliz oder reguläre Soldaten?« Der Mann blickte verwirrt zu ihm auf.

»Das kann ich nicht mit Sicherheit sagen. Möglicherweise war es nur ein einziger Mann.«

»Nur ein Mann?!«

»Ich habe nur einen gesehen. Er hat sich im Gebüsch versteckt, dann auf unserer Flanke ... mitten unter uns, überall um uns herum. Ich habe ihn immer nur ganz flüchtig gesehen. Er war da und dann auch schon wieder weg.«

»Ein Mann?«, wiederholte Tavington. »Und dann ist er einfach verschwunden?«

Der Soldat nickte ernst.

»Klingt mehr nach einem Geist als nach einem lebendigen Menschen«, bemerkte Tavington spöttisch.

Der Mann in der Holzwanne schnappte nach Luft, als er sich an die schlammige, blutbesudelte Gestalt erinnerte, die er gesehen hatte. »Ein Geist, genau das war es. Er ist über uns hergefallen wie ein Geist!«

»Genug!«, befahl Tavington. Er war nicht abergläubisch und glaubte nicht an Geister, aber die Furcht in der Stimme des Soldaten verlieh dem Wort eine eisige Macht, die in der Luft zu hängen schien. Die Schilderung beunruhigte ihn mehr, als er sich eingestehen mochte. Er versuchte, sein Unbehagen durch einen Scherz zu vertreiben. »Captain Bordon, es scheint, als hätten die Rebellen die Aussichtslosigkeit ihrer Lage erkannt und als würden sie jetzt die Toten rekrutieren, damit die für sie kämpfen.«

Bordon schmunzelte pflichtschuldig.

Auf dem Weg zur Tür richtete Tavington erneut das Wort an seinen Stellvertreter. »Kehren Sie mit einer Patrouille dorthin zurück und versuchen Sie, den *Geist* dingfest zu machen, bevor sich die Kunde seiner Heldentat verbreitet.« Dann fragte er im selben Atemzug. »Wer ist das?«

Ein Fremder in der Uniform eines Grünen Dragoners stand am Zelteingang, seine Mütze unter den Arm geklemmt. Er war ein paar Jahre älter und einige Zentimeter größer als Tavington und alles in allem eine imposante Erscheinung.

»Das ist Captain Wilkins, Sir«, erklärte Bordon. »Ein Anführer der Loyalisten-Miliz. Er ist ein hoch angesehener Gentleman aus der Gegend und kennt sich entsprechend gut aus. Soweit ich weiß, besitzt er eine große Plantage ganz in der Nähe.«

Wilkins lächelte. Er rechnete mit dem gleichen warmen Empfang, den man ihm schon andernorts im Lager bereitet hatte, aber Tavington starrte ihn nur säuerlich an und musterte ihn abschätzig vom Scheitel bis zur Sohle.

Bordon, der spürte, dass Ärger in der Luft lag, versuchte eilig, seinen Kommandeur davor zu warnen, etwas Falsches zu sagen. »Captain Wilkins war Mitglied des Provinzrates, bevor diese politische Vereinigung aufgelöst wurde, und er wurde uns von Lord Cornwallis geschickt, der ihn *persönlich* aufgrund seines ausgezeichneten Rufes rekrutiert hat.«

Tavington verstand den Wink, gehörte aber nicht zu der Art von Männern, die sich leicht einschüchtern ließen. »Sie sind also ein Kolonist, ja? Sagen Sie, Captain Wilkinson, wem genau gehört denn nun Ihre Loyalität?«

»Mein Name ist Wilkins«, verbesserte ihn sein Gegenüber und erwiderte seinen eisigen Blick. »Und meine Loyalität gilt nach wie vor meinem König und meinem Vaterland.«

»Verstehe. Und warum sollte ich einem Mann vertrauen, der seine eigenen Nachbarn verrät, auch wenn sie Rebellen sind?«

»Die Nachbarn, die sich gegen England auflehnen, haben es verdient, den Tod von Verrätern zu sterben.« Das waren deutliche Worte, aber Tavington war immer noch skeptisch.

»Wir werden sehen.« Mit einem knappen Nicken bekundete er, dass Wilkins in den Kreis seiner Dragoner aufgenommen war. Er drehte sich um und warf noch einen letzten nachdenklichen Blick auf den verwundeten Soldaten, bevor er das Zelt verließ.

Die Familie Martin stahl sich in den zwei Pferdewagen am Santee entlang durch die Nacht. Irgendwann nach Mitternacht erreichten sie Drakespar, die Plantage der Familie Selton, die Charlotte von ihrem Mann geerbt hatte. Das Anwesen lag in einer reichen Gegend, und wenngleich der Landbesitz nicht einmal halb so groß war wie der von Fresh Water, war das Herrenhaus fast doppelt so groß. Das von riesigen Bäumen umgebene Haus verfügte zusätzlich zu den zahlreichen Salons und Schlafzimmern über ein Musikzimmer und eine Küche im Souterrain. Das Portal bestand aus einem Halbrund marmorner Säulen, die einen ebenfalls halbrunden Balkon im Obergeschoss stützten. Trotz des imposanten Stil wies der Bau doch zahlreiche geringfügige Mängel auf. Immer wenn Benjamin hier gewesen war, hatte er sein Werkzeug mitgebracht und während seines Aufenthaltes verschiedene Dinge repariert. Diesmal kam er nur mit den Kleidern, die er am Leib trug sowie mit fünf verstörten, leergeweinten Kindern. Sie hatten das Leben, das sie bisher gekannt hatten, zurückgelassen, und vor ihnen lag eine ungewisse Zukunft.

Matthew, Charlottes langjähriger Butler, war noch auf. Er saß an einem fast erloschenen Lagerfeuer und plauderte mit einigen Feldsklaven. Er empfing die Martins in seiner üblichen förmlichen Art, aber sein Tonfall wurde rasch weicher, als er sah, in welch desolatem Zustand die Kinder waren. Er führte sie ins Haus und eilte nach oben, um seine Herrin zu wecken.

Am Ende ihrer Kraft, begaben Gabriel und die Kinder sich bald zu Bett. Charlotte setzte sich zu den Mädchen, bis sie eingeschlafen waren, dann ging sie wieder nach unten und gesellte sich zu Benjamin in den Salon. Nachdem sie die chaotischen Schilderungen der Kinder gehört hatte, konnte sie es kaum erwarten, seine Version der Ereignisse zu hören. Er war ebenfalls erschöpft und bat sie zuerst um etwas zu Trinken. Als Charlotte wenig später mit einem Glas zurückkam, war er in einem Ledersessel eingeschlafen. Sie breitete eine Decke über ihn, drückte ihm einen Kuss auf die Stirn und ging zurück auf ihr Zimmer.

Beim ersten Vogelzwitschern eilte sie nach unten. Benjamin saß noch im selben Sessel, er war wach und starrte in das Kaminfeuer, das er angezündet hatte. In der Hand hielt er einen Halsschmuck, der einmal ihrer Schwester gehört hatte, eine silberne Kette mit einem Anhänger, in den der Polarstern eingraviert war. Er ließ das Band durch die Finger gleiten wie einen Rosenkranz. Die Sonne war noch nicht aufgegangen, draußen vor den Fenstern war es noch finster. Sie nahm auf einem Sessel ihm gegenüber Platz.

»Benjamin, was ist gestern geschehen?«

»Sie haben Thomas umgebracht«, flüsterte er heiser. »Und dann haben sie versucht, mir auch noch Gabriel zu nehmen. Ich habe sie daran gehindert, aber die Jungen mussten mir helfen.« Sein Gesicht verzog sich bei der Erinnerung schmerzlich. »Als ich gestern Abend Samuel zu Bett gebracht habe, ist er vor mir zurückgezuckt, als wäre ich ein Ungeheuer.« Seine Familie brach auseinander, und er wusste nicht, wie er es verhindern sollte. Charlotte verspürte den Wunsch, ihn in den Arm zu nehmen und zu trösten, begnügte sich jedoch damit, ihm eine Hand auf das Knie zu legen.

»Du hast nichts getan, wessen du dich schämen müsstest.«

Benjamin betrachtete die Kette in seiner Hand. »Ich habe gar nichts getan«, sagte er voller Selbstverachtung. »Und dafür schäme ich mich.«

Eine Tür öffnete sich knarrend, und Gabriel kam in seiner

Kontinentaluniform herein. Er sah aus, als wäre er zum Aufbruch bereit. Sein Vater gab vor, davon nichts zu bemerken. Stattdessen winkte er ihn heran und bedeutete ihm mit einer Handbewegung, sich zu setzen. Gabriel kam der Aufforderung nach, wenn auch widerstrebend, da er mit einer Auseinandersetzung rechnete.

»Ich habe nachgedacht«, begann Benjamin. »Ich denke, es ist das Beste, wenn wir versuchen, uns bis St. Helena durchzuschlagen, einer der von freigelassenen Sklaven bewohnten Insel nördlich von Charles Town.«

Gabriel seufzte ungeduldig, als er erkannte, dass sein Vater offenbar nicht verstanden hatte.

»Das ist das ideale Versteck«, fuhr Benjamin enthusiastisch fort. »Direkt vor der Nase der Briten. Dort werden sie niemals nach uns suchen. Und wenn ...«

»Gates und die Kontinentalarmee sind in Hillsboro«, unterbrach ihn Gabriel. »Ich werde mich ihnen anschließen.«

»Was?« Benjamin hob die Stimme. »Dein Platz ist jetzt bei deiner Familie.«

»Ich gehe zurück. Ich bin Soldat, und es ist meine Pflicht.«

»Du bist jetzt in erster Linie deiner Familie verpflichtet!«

Gabriel erhob sich, warf sich seine Provianttasche über die Schulter und nickte seiner Tante zu, ehe er zur Tür ging. Benjamin sprang auf und eilte ihm nach.

»Wage es nicht, einfach zu gehen, wenn ich mit dir rede, Sohn!«, brüllte er, laut genug, das ganze Haus aufzuwecken.

Gabriel holte seine Muskete aus einer Ecke neben der Tür. »Es tut mir Leid, Vater. Ich finde euch, wenn das alles vorbei ist.«

»Nein! Du wirst *nicht* gehen. Ich *verbiete* es!« Verzweifelt stellte er sich ihm in den Weg.

»Ich bin kein Kind mehr!«, brüllte Gabriel zurück.

»Du bist mein Kind!«

Totenstille folgte. Die beiden Männer standen so dicht voreinander, dass ihre Stiefelspitzen sich beinahe berührten, und funkelten sich wütend an. Benjamin wappnete sich für ein Handgemenge, falls es nötig werden sollte, aber Gabriel wurde ganz ruhig und schüttelte enttäuscht den Kopf. Zum ersten Mal im Leben musterte er seinen Vater voller Mitleid. Die anderen Kinder, die von dem Gebrüll wach geworden waren, kamen die Treppe hinunter. Benjamin scheuchte sie barsch zurück nach oben. »Rauf mit euch, aber schnell!«

»Auf Wiedersehen, Vater.« Gabriels Entscheidung war unwiderruflich, und er schlüpfte durch die Tür. Benjamin unternahm einen letzten Versuch, ihn zurückzuhalten.

»Gabriel, Thomas ist tot. Wer muss noch sterben, ehe du mir zuhörst?«

Es war nicht seine Absicht, dem Jungen die Verantwortung für den Tod seines Bruders aufzubürden, aber Gabriel fasste es so auf. Er blieb mitten auf der Veranda wie angewurzelt stehen und schwankte, als hätte Benjamin ihm mit einem Stein auf den Kopf geschlagen. Er hatte gewusst, dass sich Truppen in der Gegend zusammenzogen in jener Nacht, als er sich nach Fresh Water geflüchtet hatte, und ihm war tatsächlich durch den Kopf gegangen, dass er seine Familie in Gefahr brachte, wenn er sich auf der Plantage blicken ließ. Rückblickend erschien ihm die Entscheidung selbstsüchtig und dumm. Wenn er nicht vom Weg abgewichen, sondern nach Hillsboro weitergeritten wäre, wäre Thomas vielleicht noch am Leben.

Matthew wartete unten an der Treppe auf ihn, die Zügel seines Pferdes in der Hand. Der junge Mann saß auf und ritt davon, ohne einen Blick zurückzuwerfen. Benjamin trat hinaus auf die Veranda, um ihm nachzublicken, und verharrte dort noch lange, nachdem Pferd und Reiter aus seinem Blickfeld verschwunden waren.

Als er schließlich ins Haus zurückkehrte, stand Charlotte in der Tür und wartete auf ihn.

»Ich verliere meine Familie«, sagte er mit brüchiger Stimme. »Und ich weiß nicht, wie ich es verhindern soll.«

Sie musterte ihn einen Augenblick und hakte ihn dann unter. »Gehen wir ein Stück.«

Benjamin ließ sich von ihr die Treppe hinunter und in den Garten führen. Von dort unternahmen sie einen langen Spaziergang entlang der Straße, die sich durch die Eichen schlängelte. Sie blieben fast eine ganze Stunde fort, und als sie zurückkehrten, hatte Benjamin einen Entschluss gefasst.

Er würde sich freiwillig melden und sofort aufbrechen.

Die Kinder sollten bei ihrer Tante Charlotte auf Drakespar bleiben, während ihr Vater sich auf die Suche nach Gabriel machte. Innerhalb weniger Minuten war er umgezogen und schnallte prallgefüllte Packtaschen an den Sattel eines Pferdes.

»Wann kommst du zurück?«, fragte William, an den Rockzipfel seiner Tante geklammert.

»Ich weiß es nicht, Sohn.«

»Morgen?«, fragte der Junge.

»Nein, nicht morgen. Das wird eine Weile dauern. Möglicherweise werde ich sehr lange fort sein. Aber ich habe großes Vertrauen in euch alle.«

Er bückte sich, um William ein letztes Mal in die Arme zu schließen, und umarmte dann Margaret, der er einige vertrauliche Dinge ins Ohr flüsterte. Sie lächelte strahlend, als sie sie hörte, und küsste ihn auf die Nasenspitze.

Dann beugte er sich weit herab und blickte Nathan und Samuel tief in die Augen, von Mann zu Mann. »Ich brauche eure Hilfe«, sagte er leise. »Ich möchte, dass ihr euch um die anderen kümmert. Kann ich auf euch zählen, Jungs?«

Sie nahmen die Verantwortung auf sich und nickten feierlich. Nathan schüttelte ihm zur Besiegelung ihrer Abmachung die Hand, eine Geste, die Samuel eilig nachahmte.

Als Letztes wandte er sich Susan zu. Wie gewöhnlich

stand sie ein wenig abseits und verfolgte das Geschehen schweigend. Der Saum ihres Kleides war noch fleckig vom Blut der Soldaten, die zu versogen sie am Vortag geholfen hatte. Während die anderen Kinder schluchzten und sich an den Hemdsärmeln die Nase abwischten, versuchte Susan, ihre Gefühle zu verbergen, aber ihre großen dunklen Augen verrieten ihren inneren Aufruhr. In ihnen stand ein verwirrter und vielleicht auch zorniger Ausdruck. Offenbar fiel es ihr schwer, zu begreifen, warum Benjamin sie verließ.

»Sagst du mir Auf Wiedersehen?«, versuchte er, ihr ein Abschiedswort zu entlocken. »Sag nur diese zwei Worte. Mehr verlange ich gar nicht. Nur ein Auf Wiedersehen.«

Susan schüttelte den Kopf. Sie war noch nicht soweit.

Resigniert gab Benjamin ihr einen Kuss, bevor er sich in den Sattel schwang. Als er davonpreschte, flüsterte Susan ungehört: »Auf Wiedersehen.«

7. Kapitel

Gabriel ritt eine verlassene Straße entlang und behielt dabei wachsam das Gelände vor und hinter sich im Auge. Er wusste, dass er nicht mehr weit von Camden entfernt war, und das Fehlen jeglichen Betriebs auf der Straße irritierte ihn. Zu seiner Rechten befand sich eine große Plantage mit schier endlosen Feldern Wintermais. Als er sich dem Haupttor näherte, bekam er den ersten Menschen seit über einer Stunde zu Gesicht: Ein weißer Mann mittleren Alters lenkte eilig einen Wagen, auf dem sich allerlei Habseligkeiten türmten, von einem imposanten Herrenhaus fort. Der Wagen war in großer Hast beladen worden, und als er auf die Straße abbog, gerieten die Räder in den Graben, und ein Stuhl und mehrere gerahmte Gemälde fielen herunter. Der Fahrer warf zwar einen Blick zurück, hielt jedoch nicht an.

Neugierig lenkte Gabriel sein Pferd auf das Haus zu, ein strahlend weißes zweistöckiges Gebäude mit grünen Fensterläden. Im Vorgarten lagen diverse Gegenstände herum, die der Mann nicht mehr auf dem Wagen hatte unterbringen können: eine Matratze, ein Stapel alter Bücher und zahlreiche Kleidungsstücke. Die Vordertür stand offen. An der rußgeschwärzten Wand über dem Kamin hob sich ein sauberes weißes Rechteck ab, dort, wo ein Gemälde gehangen hatte. Aber ansonsten deutete nichts auf Ärger hin, kein Hinweis darauf, weshalb das Anwesen aufgegeben worden war.

Gabriel hörte hastige Schritte oben im ersten Stock. Er

wollte nachsehen, aber als er gerade einen Fuß auf die unterste Treppenstufe gesetzt hatte, erschütterte eine ohrenbetäubende Detonation das Haus. Gegenstände fielen aus den Regalen. Irgendwo im Haus zersplitterte ein Fenster, und plötzlich rannte eine Sklavin mit zwei Ballen Seide auf den Armen die Treppe hinunter. Sie schrie ohne Unterbrechung, stürzte an Gabriel vorbei und aus dem Haus.

»Warte!«, rief Gabriel ihr nach, da er sie befragen wollte, aber sie hörte ihn nicht.

Kreischend eilte die Frau de Außentreppe hinab und durch den Garten. Ihr Geschrei machte einen Mann, der gerade auf der Straße vorbeigaloppierte, auf sie aufmerksam. Er verlangsamte das Tempo, als er sie im Garten erblickte, und dann bemerkte er etwas, das ihm sonst entgangen wäre: Gabriels Pferd.

Gabriel stieg die Treppe hinauf ins Obergeschoss, in der Hoffnung, von dort aus die Kanonen sehen zu können. Aber auch wenn er sie nicht sehen konnte, zweifelte er nicht daran, dass es britische Geschütze waren. Es waren zu viele, als dass sie den Patrioten hätten gehören können. Oben betrat er einen geräumigen Salon mit großen Fenstern, die einen weiten Blick auf das Kampfgeschehen boten.

Die Schlacht von Camden, wie sie später genannt werden würde, tobte nur wenige hundert Meter vom Haus entfernt auf einem Weizenfeld. Vom Ausmaß her entsprach sie den Kämpfen, die Gabriel im Norden miterlebt hatte. Über eintausend Patrioten standen einer noch größeren Zahl von Briten gegenüber. Eine gewaltige rote Woge wälzte sich vorwärts, um auf eine nicht viel kleinere blaue Welle zu stoßen, wobei auf beiden Seiten Dutzende von Fahnen und Regimentsbanner über dem Getümmel wehten. Gabriel beobachtete das Spektakel eine Weile gebannt, bis er plötzlich jemanden hinter sich spürte. Er wirbelte herum, um sich zu verteidigen, und sah sich seinem Vater gegenüber.

»Woher ...?«, begann er. »Ich komme nicht mit zurück.«

»Ich weiß«, entgegnete Benjamin und trat ans Fenster. Er betrachtete das Geschehen auf dem Weizenfeld nur einen kurzen Augenblick und schüttelte dann angewidert den Kopf. »Zum Teufel mit dir, Gates.«

Gabriel warf ihm einen fragenden Blick zu.

»Er begreift es nicht«, erklärte Benjamin. »Er war zu viele Jahre in der britischen Armee. Ein Großteil seiner jetzigen Soldaten sind Milizsoldaten, und er schickt sie in einer offenen Schlacht gegen die Rotröcke ins Feld. Hast du in der Schlacht gegen sie gekämpft?«

Gabriel nickte. »Sie sind furchtlos.«

»Sie sind gut ausgebildet«, widersprach Benjamin. »Sie werden drei Jahre lang – manchmal länger – auf einen Kriegseinsatz vorbereitet. Die meisten von ihnen sind harte, aber einfältige Männer, die sich der Armee anschließen, um dem Gefängnis zu entgehen oder weil sie Schulden haben, die sie nicht zurückzahlen können. Wenn Gates nur wüsste, wie er sie bekämpfen muss, würden sie vor Angst schlottern.«

Gabriel sah, wie die britischen Kanonen mitten in die Reihen der Patrioten feuerten, und wand sich innerlich beim Anblick des Gemetzels. Jede der sechs Pfund schweren Kugeln schlug eine blutige Schneise in die Mauer der Amerikaner. Einige zerfetzten sie völlig, anderen rissen sie Arme oder Beine ab.

Als die britische Infanterie nur noch fünfzig Meter von den Blauröcken entfernt war, machte sie urplötzlich Halt, und die Hälfte der Männer hoben ihre Musketen und feuerten. Auf amerikanischer Seite gingen Dutzende von Männern zu Boden, während dichter Rauch die freie Fläche zwischen den beiden Armeen verdunkelte. Ehe die Patrioten auf dieses unerwartete Manöver reagieren und das Feuer erwidern konnten, wurde die Frontlinie der Rotröcke blitzschnell von der frischen zweiten Reihe abgelöst. Die Männer legten an und schossen, und auch in diesem zweiten Kugelhagel wurden zahlreiche von Gabriels Kameraden niedergemäht.

Als die Patrioten endlich konterten, war ihre Gegenwehr sporadisch und schwach. Einige Rotröcke fielen, aber ihre Lücken wurden sofort wieder von nachrückenden Soldaten geschlossen, die unbeirrbar vorwärts marschierten.

»Das ist Irrsinn«, knurrte Benjamin.

»Wir müssen etwas tun«, sagte Gabriel.

Benjamin schüttelte den Kopf. »Diese Schlacht war schon entschieden, bevor sie begonnen hat.«

Die Reihen der Patrioten fielen auseinander, als die Rotröcke sich mit aller Gewalt auf sie stürzten. Die regulären Soldaten hielten stand und feuerten, aber die Milizsoldaten machten kehrt und flohen wie die Hasen. Erst brachen einzelne Männer aus, aber bald schon waren es ganze Kompanien, die ihre Positionen aufgaben, wobei viele von ihnen auf der Flucht ihre Waffen wegwarfen.

»*Huzzah*!« Mit donnerndem Kriegsgeheul stürmten die Rotröcke vorwärts. Noch bevor sie die Hälfte der Distanz zwischen sich und dem Feind überwunden hatten, erzitterte der Boden unter den Hufen der britischen Kavallerie. Die schnellen Grünen Dragoner preschten durch den wabernden Rauch und verfolgten die unterlegenen Patrioten. Der Anführer der Dragoner ritt seinen Männern weit voraus und jagte wie ein Wahnsinniger über das Feld. Die Reiter hatten die fliehenden Patrioten bald eingeholt und hackten mit langen Säbeln auf sie ein. Gabriel wandte sich ab, er konnte das grausige Spektakel nicht länger ertragen. Aber Benjamin fuhr fort, das Geschehen zu verfolgen, wobei er dem Offizier an der Spitze der Dragoner besondere Aufmerksamkeit schenkte.

»Zu früh«, sagte er leise. »Er ist zu früh dran. Wenn unsere Männer nur kehrtmachen und sich ihnen stellen würden ...«

Aber es sollte nicht sein. Die wenigen vereinzelten Blauröcke, die an der Frontlinie ausharrten, wurden von der Woge der angreifenden Rotröcke schlicht überrollt, und jene, die die Flucht gewählt hatten, unternahmen auch nicht den geringsten Versuch, sich den Dragonern zu widersetzen. Jeder für sich rannten sie kopflos auf die schützenden Bäume zu, von Tavingtons Reitern verfolgt und brutal niedergemetzelt.

Benjamin und Gabriel verließen das Haus und bestiegen ihre Pferde. Schweigend galoppierten sie davon.

Das britische Oberkommando hatte seine Position auf einer Hügelkuppe in sicherem Abstand zum Kampfgetümmel bezogen. Lord General Cornwallis war nicht unzufrieden mit dem, was er sah. In voller Kampfmontur saßen er und ein Dutzend seiner Stabsoffiziere auf ihren Pferden und dirigierten die Kampfhandlungen. Einhundert seiner besten Männer waren in einer breiten offenen Linie vor ihm aufgestellt, während hundert weitere im Schutz des Hügels warteten. Zu seiner Linken stand ein Flöten- und Trommelkorps bereit, um seine Signale an die Offiziere auf dem Schlachtfeld weiterzugeben.

Er und seine Offiziere beobachteten die Schlacht in grimmigem Schweigen, aber die Stimmung hob sich, als sich ein weiterer leichter Sieg abzeichnete. Cornwallis und Brigadegeneral O'Hara lächelten entspannt und begannen, amüsante Bemerkungen auszutauschen. Der Schlachtplan des Generals war exakt eingehalten worden, bis auf eine geringfügige Ausnahme. Und niemand war überrascht, dass für diese Ausnahme die Grünen Dragoner unter Tavingtons Kommando verantwortlich waren. Der impulsive junge Offizier hatte angegriffen, ohne auf sein Signal zu warten.

Ehe er seinen Posten oben auf dem Hügel verließ, blickte Cornwallis in alle vier Richtungen des grauen Himmels und ließ noch einmal den Blick über das Schlachtfeld schweifen.

Überall ergaben sich Überlebende der Patriotenarmee und wurden abgeführt. Mit einem gespielten Seufzer der Enttäuschung beklagte er sich bei O'Hara: »Diese amerikanischen Hinterwäldler sind so feige und unfähig, dass sie einem beinahe den Siegesruhm verderben.« Dann fügte er mit einem zufriedenen Grinsen hinzu: »Aber nur beinahe.«

Unmittelbar nach der Schlacht wurden mehrere von Cornwallis' bedeutendsten Offizieren zu einer bescheidenen Siegesfeier in sein Zelt geladen. Tavington, der mal mehr, mal weniger in der Gunst Seiner Lordschaft stand, war entzückt, ebenfalls eingeladen zu sein, vor allem, nachdem er seine Dragoner zu einem so deutlichen Sieg geführt hatte.

In der Mitte des Zeltes war ein Buffet mit Speisen und Getränken aufgestellt worden. Serviertabletts und Kerzenhalter waren aus feinstem Silber. Hohe, mit Schaumwein gefüllte Gläser standen in einer Reihe zum Anstoßen bereit.

Als Tavington zum Zelt ritt, machte ihn Bordon darauf aufmerksam, dass der Schnitt über dem rechten Ohr, den er in der Schlacht davongetragen hatte, wieder aufgebrochen war und ihm Blut seitlich am Gesicht herablief. Tavington beschloss, das Blut nicht abzuwischen, ehe er eintrat, es würde als kleiner Hinweis darauf dienen, dass er und Bordon in der Schlacht ihr Leben riskiert hatten, während andere sich damit begnügt hatten, das Kampfgeschehen aus sicherer Entfernung zu verfolgen. Als sie eintraten, fiel ihr Blick gleich auf Cornwallis, der sich in einem angrenzenden Raum des Zeltes in einem mannshohen Spiegel betrachtete.

»Mylord General, Gentlemen«, lächelte Tavington, »das war ein glorreicher Tag für seine Majestät.« Die Offiziere empfingen die beiden Dragoner mit unbehaglichem Schweigen und schenkten ihnen nur einen flüchtigen Blick.

Tavington und Bordon waren die jüngsten Mitglieder des

Stabes und trugen als Einzige keine gepuderten Perücken. Mit ihnen belief sich die Zahl der Gäste auf insgesamt elf.

»Ah, Colonel Tavington«, sagte der Lord General, als er herausgeputzt in den Empfangsraum stolzierte. »Immer zu früh, immer zu gierig nach Ruhm.«

»Danach, zu *siegen*, Mylord. Ich würde sagen, wir haben die Schlacht entschieden.«

Cornwallis' Hunde, zwei Dänische Doggen, die fast so hoch waren wie Shetland Ponys, folgten ihm zum Buffet. Auf einem Silbertablett waren extra für sie dünne Scheiben frisches rohes Fleisch zurechtgelegt worden. Er fütterte die Hunde aus der Hand.

»Nächstes Mal«, sagte er, »warten Sie meinen Befehl ab.«

»Es scheint, als würde der Colonel es vorziehen, *seinen eigenen* Befehlen Folge zu leisten«, bemerkte General O'Hara selbstgefällig. Er versuchte ständig, Cornwallis gegen den eigenwilligen Colonel aufzubringen.

Der Empfang entsprach so gar nicht dem, was Tavington sich erhofft hatte. Anstatt ihm zuzuprosten und ihn zu seinen Leistungen zu beglückwünschen, wurde er von allen Seiten nur kritisiert.

»Übrigens«, ergriff Cornwallis wieder das Wort. »General O'Hara sagte mir, Sie hätten sich bei der örtlichen Bevölkerung den Spitznamen ›Der Schlächter‹ eingehandelt.« Tavington setzte zu einer Erwiderung an, aber Cornwallis brachte ihn mit erhobenem Finger zum Schweigen. »Darüber unterhalten wir uns morgen noch.«

Dann hob Cornwallis eins der Gläser und brachte einen Toast auf seinen Stab aus. »Gentlemen, mein Kompliment.« Absichtlich oder auch nicht kehrte er Tavington bei seinem Toast den Rücken zu.

»Auf den Sieg!«, rief O'Hara.

An diesem späten Nachmittag schimmerte die Sonne, in verschiedenen Rotschattierungen durch die Bäume, als wäre sie besudelt vom Blut des Schlachtfeldes von Camden, als sie im Westen unterging. Benjamin und Gabriel Martin ritten in einem großen Bogen um das Schlachtfeld herum und bahnten sich dann mühsam einen Weg durch einen dichten Pinienwald. Es war nicht schwer, die Überreste der amerikanischen Streitkräfte zu finden, sie brauchten nur den Schreien zu folgen.

Im Schutz der länger werdenden Schatten gelangten sie auf eine große Lichtung, auf der sich nach dem großen Abschlachten an die vierhundert Mann versammelt hatten. Rund um das Lager waren Wachtposten aufgestellt worden, aber keiner von ihnen stellte sich den Martins in den Weg. Als sie die Mitte des Lagers erreichten, stießen sie auf eine Gruppe von zwei Dutzend Pferden, die an Bäumen angebunden waren. Sie saßen ab und stellten ihre Pferde dazu. Finster dreinblickende Männer wanderten ziellos umher, während andere stumpfsinnig ins Leere starrten.

Gabriel bemerkte etwas Buntes im Gras, und als er genauer hinsah, erkannte er eine Old Glory, die Fahne der Patrioten. Sie war völlig verdreckt und zerfetzt. Er bückte sich und begann, die einzelnen Teile aufzulesen, schüttelte sie aus und verstaute sie dann in seiner Provianttasche. Ein verwundeter Kontinentalsoldat humpelte, auf eine zurechtgeschnittene Astgabel gestützt, vorbei. Als er sah, was der junge Mann tat, lachte er bitter.

»Vergiss es«, meinte er. »Es ist eine verlorene Sache.«

Gabriel fand noch ein letztes Stück Goldfransen, steckte es sorgfältig ein und folgte dann seinem Vater weiter ins Lager. Schon bald hatten sie die Quelle der schrecklichen Schreie erreicht. Die Feldärzte hatten ein improvisiertes Lazarett eingerichtet, um die zahlreichen verwundeten Überlebenden zu versorgen, so gut es ging. Mindestens drei Dutzend stöhnende, übel zugerichtete Männer lagen im Dreck, den Kopf auf Baumwurzeln gestützt, und warteten, dass sie an die Reihe kamen. Einer von ihnen blickte zu den Martins auf, als sie vorbeigingen. In einer offenen Arzttasche sahen sie eine Auswahl verschiedener Sägen und anderer furchterregender Instrumente.

»Flößt ihm Rum ein«, sagte der Arzt, als er ein etwa dreißig Zentimeter langes gezacktes Sägeblatt aus der Tasche nahm. Seinem Patienten hatte eine Kanonenkugel das Schienbein zertrümmert, sodass unterhalb des Knies nur noch ein blutiger, mit Knochensplittern vermischter Brei übrig war. Der Schrei, den der verwundete Soldat ausstieß, als der Arzt sich ans Werk machte, war so schrill und hoch, dass er klang wie der Ruf eines sehr großen Vogels. Begleitet von diesem unmenschlichen Laut, der Gabriel eisige Schauer über den Rücken jagte, folgte er seinem Vater zum Zelt des Kommandostabes. Eigentlich war es nur eine sehr große Bahn schmutziges Segeltuch, nach zwei Seiten hin offen und mit langen Schlitzen im Dach, um dem Wind weniger Angriffsfläche zu bieten. Besorgte, nervöse Männer standen draußen und diskutierten darüber, wie man sich am besten reorganisieren und zurückziehen sollte, bevor die Briten sie aufspürten und ihnen den Rest gaben.

Im Inneren des Zeltes, umgeben von einer Hand voll Männer, die im Dunkeln nicht zu erkennen waren, saß eine einsame Gestalt an einem zusammenklappbaren Feldtisch, die Ellbogen aufgestützt und das Kinn auf eine Hand gestützt. Benjamin ging hinein und sprach unumwunden aus, was er dachte.

»Dieser Gates ist ein verdammter Idiot.«

Der Mann riss überrascht den Kopf hoch. Es war General Harry Burwell, und er sah furchtbar aus. Er wirkte kleiner als bei ihrer letzten Begegnung, als er siegessicher und stolz auf dem Rednerpodium des Rathauses gestanden hatte. Das wie aus Stein gemeißelte Gesicht war noch dasselbe, aber Haut und Augen hatten eine leicht graue Färbung angenommen, und sein ganzer Körper strahlte grenzenlose Erschöpfung aus. Er war zu betroffen und besorgt, um seinem alten Freund einen herzlichen Empfang zu bereiten.

»Benjamin Martin, wenn Sie gekommen sind, um mir eine Predigt zu halten, vergessen Sie's, ich bin nämlich nicht in Stimmung, sie mir anzuhören.«

Benjamin schüttelte den Kopf und erklärte dem General den Grund für seine Anwesenheit. »Ich habe meinen Sohn Thomas verloren.«

Burwell bedauerte, dies zu hören.

»Wo ist Gates jetzt?«, fragte Benjamin und ließ den Blick über das Lager schweifen, bereit, dem General gehörig den Marsch zu blasen.

»Als er das letzte Mal gesehen wurde«, entgegnete Burwell und zeigte in die Ferne, »galoppierte er wie von Furien gehetzt nach Nordosten, in hundert Meter Entfernung gefolgt von seinem Offiziersstab. Eine seltsame Situation – ein General, der desertiert und seine Armee im Stich lässt. Wir haben mehr als vierhundertfünfzig Mann verloren, und dem stehen schätzungsweise Verluste von etwa zwanzig Mann auf britischer Seite gegenüber.«

»Und wer hat jetzt das Kommando?«

Burwell sah sich um und zuckte dann die Schultern. »Ich. Glaube ich wenigstens.«

Benjamin nahm Haltung an. »Wie lauten meine Befehle, General?«

Burwell und Gabriel waren gleichermaßen überrascht. Nach einem verstohlenen Blick in die Runde, gestand der General ihm mit gedämpfter Stimme: »Ben, wir stehen kurz davor, diesen Krieg zu verlieren.« Als Benjamin nicht reagierte, stand Burwell schwerfällig auf und kam um den Tisch herum, wobei er eine der Karten herumdrehte, die er beim Eintreten der beiden Neuankömmlinge studiert hatte. »Im

Norden musste Washington vor Morristown aufgeben und vor einem ungewohnt harten Winter fliehen. Er befehligt nur noch an die zweitausend Mann und liefert sich ein Versteckspiel mit etwa zwölftausend Rotröcken. Hier im Süden hat uns Cornwallis so ziemlich das Rückgrat gebrochen. Er hat allein bei der Eroberung von Charles Town über fünftausend Mann gefangen genommen.«

»Und heute«, fügte Benjamin hinzu, »hat er die einzige Armee aufgerieben, die ihm noch den Weg nach New York versperrte.«

»Ich fürchte, das ist richtig. Aber das ist noch nicht alles. Hinzu kommt, dass die Briten hier in South Carolina eine ganze Reihe von Forts eingerichtet haben: in Beaufort, Monk's Corner, Ninety-Six, King's Mountain, Columbia ...«

»Dann kann Cornwallis sich ja jetzt ungehindert nach Norden begeben und Washington vernichten.«

Burwell holte tief Luft und fuhr sich müde mit beiden Händen über das Gesicht. »Wenn wir nicht einen Weg finden, Cornwallis im Süden bis zum Eintreffen der Franzosen beschäftigt zu halten, wird es genauso kommen, fürchte ich. Die Franzosen haben uns eine Flotte und zehntausend Soldaten versprochen.«

»Für wann?«

»Herbst. Frühestens in sechs Monaten.«

Benjamin studierte eine Weile schweigend die Karte. Er hatte nicht gewusst, dass die Lage so prekär war. Man brauchte kein militärisches Genie zu sein, um die Konsequenzen dessen zu begreifen, was Burwell ihm eben eröffnet hatte: Wie es aussah, war der Ausgang des Krieges bereits entschieden. Ein weiterer Moment angespannten Schweigens verstrich, ehe Benjamin wieder sprach.

»Cornwallis hier in South Carolina festzuhalten ist unsere einzige Hoffnung«, stellte er fest. »Und Sie glauben daran, dass die Franzosen Wort halten werden?«

»*Absolument!*«, ließ sich eine Stimme aus einem der dunkelsten Winkel des Zeltes vernehmen. Dann löste sich ein stämmiger, gereizter Franzose aus dem Schatten. Er war etwa in Benjamins Alter, hatte von silbernen Fäden durchzogenes blondes Haar, lange Koteletten, die sich nach unten hin verbreiterten, und trug die Uniform eines Majors der französischen Infanterie. Soldat durch und durch, trat er brüsk an den Kartentisch und tippte mit einem Finger auf die Küste von Virginia.

»Es gibt da nur ein Problem«, sagte er mit schwerem Akzent. »Unser Admiral de Grasse weigert sich aus Angst vor frühen Unwettern, die Küste nördlich der Chesapeake Bay anzulaufen.« Verächtlich zuckte er die Schultern. »Aber was kann man schon von der Marine erwarten!«

Benjamin war überrascht von der Gegenwart des Majors. Das letzte Mal hatte er einem Franzosen zwanzig Jahre zuvor im Krieg gegenübergestanden, und damals hatte er versucht, jeden Einzelnen von ihnen, der ihm über den Weg lief, zu töten.

»Benjamin Martin«, machte Burwell die Männer miteinander bekannt, »und das ist Major Jean Villeneuve, Siebte Französische Infanterie. Er ist als Freiwilliger hier und gekommen, um bei der Ausbildung der Milizsoldaten zu helfen.«

Jetzt war es der Franzose, dessen eben noch zorniges Gesicht plötzlich Überraschung, ja beinahe Schock widerspiegelte. »*Sie* sind also Benjamin Martin«, sagte er und musterte sein Gegenüber vom Scheitel bis zur Sohle. »Ihr Ruf eilt Ihnen voraus«, meinte er sarkastisch. »Der Held von Fort Wilderness.«

Gabriel registrierte die Bemerkung und die plötzliche greifbare Spannung zwischen den zwei Männern. Er reckte den Hals, um einen Blick auf das Gesicht seines Vaters zu werfen, der aber ignorierte die Bemerkung des Franzosen und wandte sich stattdessen wieder Burwell zu.

»Rechnen Sie ernsthaft damit, dass es Ihnen gelingt, Cornwallis nur mit der Miliz hier festzuhalten?«

»Mir nicht«, entgegnete Burwell kopfschüttelnd. »Aber Ihnen.«

Benjamin runzelte die Stirn. »Aber diese Männer sind keine Soldaten, sondern Farmer. Sie wären besser dran, wenn sie die Briten weiterziehen ließen.«

»Sie schon«, stimmte Burwell ihm zu, »aber nicht die Sache.«

Benjamin blickte von Burwell zu Gabriel und Villeneuve, auf der Suche nach der Lösung für ein unlösbares Problem. »Wie viele Männer befehligt Cornwallis?«

»In der gesamten Kolonie schätzungsweise viertausend Infanteriesoldaten und sechshundert Kavalleristen, einschließlich der Grünen Dragoner unter Befehl dieses Schlächters Tavington.«

Das war das erste Mal, dass Benjamin diesen Namen hörte. Obgleich der Klang des Namens ihn durchzuckte, speicherte er die Information ganz ruhig, ohne mit der Wimper zu zucken. Er wusste noch nicht, wie er es anstellen sollte, aber er wusste, dass er Cornwallis möglichst lange in South Carolina festhalten musste. Jeder Tag, an dem das gelang, war nicht nur ein weiterer Tag der Hoffnung für Washington oben im Norden, sondern außerdem eine Chance, mit dem Mann abzurechnen, der seinen Sohn so sinnlos ermordet hatte.

Burwell kritzelte mit einer Feder und Tinte ein paar Worte auf ein Stück Pergament. Dann blies er auf das Papier und überreichte es Benjamin.

»Hiermit erhebe ich Sie in den Rang eines Colonel.«

Benjamin begann sofort mit der Rekrutierung seiner Leute. Es gab einen Mann, den er unbedingt in seinen Reihen haben wollte. »Ich möchte Sie bitten, meinen Sohn Gabriel meinem Kommando zu unterstellen.«

»Sir, nein!«, protestierte Gabriel sofort. »Ich würde es vorziehen, weiterhin ...«

»Abgemacht!«, entschied Burwell, ohne zu zögern. »Und ich teile Ihnen Major Villeneuve als Ausbilder zu. Viel Glück, Benjamin.«

Nachdem Burwell ihm die Hand geschüttelt hatte, verließ Benjamin Martin das Zelt und trat hinaus in die zunehmende Dunkelheit, um über seine ersten Schritte nachzudenken. Gabriel war sofort an seiner Seite.

»Colonel Martin«, sagte er förmlich. »Ich möchte Sie bitten, es sich noch einmal zu überlegen. Ich bin seit zwei Jahren Soldat und glaube nicht, dass ich zur Miliz gehöre. Ich war Kundschafter, berittener Soldat, Kurier, Heckenschütze, Scharfschütze ...«

Sein Vater fiel ihm ins Wort und steuerte, gefolgt von Villeneuve, die Pferde an. »Ach ja? Und wo haben Sie all diese Fertigkeiten gelernt? Reiten, Schießen, Auskundschaften?«

Gabriel zögerte unbehaglich, ehe er antwortete. »Ich habe sie von meinem Vater gelernt.«

Benjamin blieb gerade so lange stehen, einen harten Blick auf das Gesicht des jungen Mannes zu werfen. »Und Ihr Vater, hat er Ihnen auch Demut beigebracht?«

Gabriel musste sich ein Lächeln verkneifen. »Er hat es versucht, aber es hat nicht funktioniert.«

»Er hat Ihnen jedenfalls jeden Wildwechsel und jeden Sumpfpfad zwischen hier und Charles Town gezeigt, und genau deshalb hat er auch darum gebeten, dass Sie ihm zugeteilt werden.« Benjamin band sein Pferd los und schwang sich in den Sattel. »Aber so gut Sie auch sein mögen, werden wir allein nicht viel ausrichten können. Wir müssen uns an die Bevölkerung wenden und anfangen, Männer zu rekrutieren. Wir fangen südlich des Santee an und ...«

»Es würde schneller gehen, wenn wir uns trennen«, schnitt Gabriel ihm das Wort ab. Benjamin war kurz davor, die Beherrschung zu verlieren, erkannte dann jedoch, dass sein Sohn Recht hatte. Er seufzte ergeben und stimmte widerstrebend zu, während Villeneuve sein Pferd holte und ebenfalls aufsaß.

»Also gut, Corporal. Sie übernehmen Wakefield, Pembroke und Harrisville. Ich kümmere mich um unseren neuen Freund hier ...« Er zeigte auf Villeneuve. »... und grase die Nordseite des Flusses ab. Wir treffen uns in der alten spanischen Mission in Black Swamp.« Als Gabriel aufsaß und sein Pferd wendete, konnte Benjamin nicht widerstehen, ihm noch einen letzten Befehl zu erteilen. »Noch was, Corporal. Seien Sie vorsichtig.«

»Jawohl, Sir.« Gabriel gab seinem Pferd die Sporen und verschwand zwischen den Bäumen. Als er fort war, wandte Benjamin sich Major Villeneuve zu. Der Franzose war gar nicht glücklich inmitten dieser unprofessionellen Familienangelegenheit.

»Haben Sie Kinder?«, fragte Benjamin, als die beiden Männer ihre Pferde ebenfalls in Gang setzten.

Villeneuve schnaubte nur. Er betrachtete diese Frage als unangebracht. Die beiden Fremden, die so überraschend Verbündete geworden waren, ritten in angespanntem Schweigen aus dem Lager.

8. Kapitel

Lord Cornwallis blieb noch mehrere Tage nach der Schlacht von Camden in Fort Carolina und wartete dort auf seine Versorgungstruppen und die Verstärkung. Obwohl er es kaum erwarten konnte, nach Norden zu marschieren, gestaltete sich sein Aufenthalt überraschend angenehm. Hauptgrund hierfür war, dass South Carolina ihm beinahe so schnell in die Hände fiel, wie er diese danach ausstreckte. Darüber hinaus war das Quartier, das er sich ausgesucht hatte, komfortabel eingerichtet und umfasste unter anderem eine reichbestückte Bibliothek illustrierter Bücher. Soldaten aus den eigenen Reihen musizierten an den meisten Abenden für ihn und seine Offiziere.

Die Festung, die oben auf einem einsamen Hügel stand, bot einen weiten Blick über die umliegenden grünen Täler. Bei dem Gebäude, in dem das Hauptquartier untergebracht war, handelte es sich um ein dreistöckiges Backsteinhaus – eins der größten Bauwerke in diesem Teil des Landes –, das die drei Meter hohe Einfriedungsmauer überragte. Bis vor kurzem war es noch die Winterresidenz der Familie Darden gewesen. Samuel Darden, der eine ganze Flotte von Lastschiffen besaß, hatte nie öffentlich Sympathie für die Patrioten bekundet, aber auch keine der zirkulierenden Loyalitätspetitionen unterzeichnet, obwohl man ihn mehr als einmal dazu aufgefordert hatte. Als Cornwallis dann erfahren hatte, dass Darden durch seine Frau mit dem Rebellenführer

Charles Summer verwandt war, befahl er, das Anwesen zu beschlagnahmen und zu befestigen.

Im April war das Anwesen nicht wieder zu erkennen. Die Nebengebäude waren zu Kasernen umfunktioniert worden, und dazu waren Hunderte weißer Segeltuchzelte aufgestellt worden. Außerdem hatten Cornwallis' Männer aus fünftausend Weißkiefern einen drei Meter hohen Palisadenzaun rund um das Gelände errichtet.

An einem sonnigen kalten Mittwochnachmittag wehte eine steife Brise den Hügel hinauf, zerrte an der Zeltstadt und ließ den Union Jack oben auf dem Dach des Hauptquartiers flattern. Zweihundert Soldaten, eben erst aus Charles Town eingetroffen, marschierten die Straße herauf. Tavington und seine Dragoner donnerten in einer gewaltigen rotbraunen Staubwolke an ihnen vorbei.

Von Bordon und Wilkins flankiert, kehrte der Colonel von einem seiner Aufklärungsritte in das Umland zurück, bei denen er die Gegend nach Widerständlern absuchte. Wie von Cornwallis vorausgesagt, hatte Wilkins sich als unschätzbare Hilfe erwiesen. Die Briten, die fremd im Land waren, konnten einen amerikanischen Loyalisten nicht von einem Patrioten unterscheiden. Whigs und Torys sahen gleich aus, wenn sie nicht gerade Uniform trugen, was nur selten der Fall war. Und so verließen sie sich auf Wilkins' gutes Gedächtnis in der Frage, wer auf wessen Seite stand. Fast täglich stellte Tavington eine Liste auf und ritt über Land, um den Männern, die Wilkins ihm genannt hatte, einen Besuch abzustatten. Manchmal wurde nur eine ernste Warnung ausgesprochen, manchmal auch jemand gehängt, abhängig von Tavingtons Laune und dem, was Wilkins ihm über den Betreffenden erzählt hatte.

Als die Dragoner ins Fort einritten, löste sich Tavington von der Truppe und steuerte gleich die Vordertreppe des einstigen Herrenhauses und jetzigen Hauptquartiers an. Er übergab sein Pferd einem Fußsoldaten und klopfte sich so gut es ging den Staub aus den Kleidern, während er die Steinstufen zum Eingang hinaufhastete.

Drinnen wussten alle, wen Tavington suchte. Sie gingen ihm aus dem Weg und wiesen ihm den Weg in den Westflügel, wo er Cornwallis im Kartenraum antraf, an einen riesigen handgeschnitzten Tisch aus Teakholz gelehnt. Seine Lordschaft trug seine Kampfuniform und studierte eine ungewöhnlich große Wandkarte von den Kolonien, Westkanada und dem noch nicht besiedelten Landesinneren. General O'Hara war bei ihm und hörte Cornwallis zu, der ihm die Einzelheiten der Landschenkung erläuterte, die der König ihm versprochen hatte, wenn er den Krieg erfolgreich zu Ende führte: Vierzigtausend Hektar entlang eines milden Abschnitts des Ohio River. In Cornwallis' Gedanken gehörte das Land bereits ihm. Er verbrachte einen Großteil seiner Zeit mit Tagträumen darüber, auf welch vielfache Arten er vom Besitz eines so gewaltigen Landbesitzes, davon das meiste Wald, profitieren könnte.

Als Parlamentsmitglied hatte Cornwallis gegen die zahlreichen Steuern und drakonischen Strafmaßnahmen gestimmt, die letztlich zum Krieg geführt hatten. Trotzdem nahm er seine Pflicht gegenüber England und der Krone überaus ernst und hatte sich sofort als Freiwilliger gemeldet. Wie viele junge Männer der britischen Elite hatte er auf den Spielfeldern der Eton Academy kämpfen gelernt, und er hatte eine Narbe von einem Feldhockeyschläger zurückbehalten, die davon zeugte. Nach ihrem Abschluss gingen die meisten jungen Männer der gehobenen Gesellschaft nach Oxford, um Jura, Physik oder Literatur zu studieren, aber Cornwallis hatte sich für eine Karriere beim Militär entschieden. Und er tat etwas, was keiner seiner Zeitgenossen auch nur in Betracht zog – er studierte. Da es damals in England noch keine einzige Militärakademie gab, schrieb er sich bei der hoch angesehenen Turiner Akademie in Norditalien ein. Er war weder streitsüchtig noch gewalttätig, wusste aber, dass Krieg ebenso nützlich wie notwendig war, und deshalb lag ihm daran, seine Kenntnisse in der Kunst der Kriegführung zu perfektionieren.

Anhand der Karte zeigte Cornwallis O'Hara das Stück Land, das König George ihm in Aussicht gestellt hatte. »Und es erstreckt sich vom Oberlauf hier bis zum anderen Ufer des Ohio River, insgesamt vierzigtausend Hektar.«

»Eine beeindruckende Landschenkung, Mylord«, bemerkte O'Hara. »Sie werden ein ganzes Land für sich allein besitzen.«

Ein ganzes Land für ihn allein. Das gefiel Cornwallis. Er lächelte breit, als er sich seinen Besitz vorstellte, und runzelte ebenso plötzlich die Stirn, als Tavington eintrat. O'Hara verneigte sich knapp und zog sich zurück.

Tavington hatte Cornwallis bereits von der Schönheit des Ohio-Tales und seiner Fruchtbarkeit schwärmen hören. Wie der Rest des Stabes hatte er endlose Lektionen über die stete Migration der Kolonisten nach Westen und deren Auswirkungen auf den Wert des dortigen Grundes über sich ergehen lassen müssen.

Noch schwer atmend von seinem scharfen Ritt näherte er sich dem General und ging so dicht heran, dass dieser Staub und Schweiß seines Tagewerks riechen konnte. Er lehnte sich wie sein Vorgesetzter an den Tisch und betrachtete das großzügige Geschenk, das Cornwallis nicht zuletzt dank ihm und seinen Grünen Dragonern erlangen würde. Tavington beneidete Cornwallis um sein Glück und machte keinen Hehl daraus.

»Seine Majestät König George ist ein großzügiger Mann«, bemerkte Tavington. »Andererseits rechtfertigen Ihre Dienste in diesem Krieg ein solches Geschenk, Mylord.«

»Ja, so belohnt Seine Majestät jene, die für ihn kämpfen«,

entgegnete Cornwallis und fügte dann hinzu: »Jene, die wie *Gentleman* für ihn kämpfen.«

Tavington lächelte ungeduldig. »Vielleicht wird mein eigener bescheidener Beitrag ja auch eines Tages belohnt werden.«

Cornwallis starrte ihn durchdringend an. »Das bezweifle ich.«

»Und weshalb, Mylord?«

Cornwallis durchquerte den Raum und setzte sich an seinen Schreibtisch. »Weil der König von England uns, so wie die Geschichte selbst, nicht nur am Ausgang des Krieges misst, sondern auch an der Art, wie wir ihn geführt haben. Daran, ob wir uns ehrenhaft verhalten haben.«

Tavington legte den Kopf schräg. »Ehrenhaft, Mylord?«

»Wir stehen im Dienste der Krone, Tavington. Wir sind des Königs Vertreter hier in Nordamerika, und wir haben uns entsprechend zu benehmen. Ab sofort werden Soldaten, die sich ergeben, in Lager gebracht. Ihre brutalen Methoden werden ein Ende haben.«

Tavington ereiferte sich. »Ist es nicht genug, Mylord, dass ich noch nie in der Schlacht unterlegen bin?«

»Nein, das ist nicht genug«, widersprach Cornwallis. »Sie sind meinem Kommando unterstellt, und die Art, wie Sie sich unter den Einheimischen aufführen, fällt auf mich zurück. Unglücklicherweise habe ich selbst Sie zum Kommandeur der Dragoner ernannt. Inzwischen sind Sie zu einer Bedrohung meines guten Rufes geworden. Ich denke, dass jemand aus einer so angesehenen Familie wie der Ihren das versteht.« Cornwallis hoffte, den jungen Mann durch die Erwähnung seiner peinlichen familiären Situation soweit zu beschämen, dass er sich seinen Befehlen fügte. Aber Tavington überraschte ihn dadurch, dass er das Thema ganz offen ansprach.

»Mein verstorbener Vater hat jegliches Ansehen, das wir

früher einmal genossen haben, zusammen mit meinem Erbe durchgebracht. Ich bin allein dank meiner Siege aufgestiegen.«

»Nein«, entgegnete der General heftig. »Ihre Karriere beruht allein auf meinem guten Willen.« Er ließ seinem Gegenüber Gelegenheit, dies zu verdauen, und nachdem ein Moment angespannter Stille verstrichen war, musste Tavington einsehen, dass der General Recht hatte. Er nickte ergeben und nahm die Haltung eines eifrigen Untergebenen an. Cornwallis war zufrieden mit dem, was er sah, und kehrte zurück zu der großen Wandkarte. »Denken Sie immer daran, Colonel, dass diese Kolonisten unsere Brüder sind und wir, wenn dieser Konflikt erst vorüber ist, wieder Handel mit ihnen treiben wollen. Haben Sie das verstanden?«

Tavington betrachtete die Karte von Ohio und nickte. »Ich habe verstanden, Mylord.«

Pembroke war eine typische Gemeinde für diese Gegend. Sie bestand aus einigen kleinen Häusern, die umgeben waren von Gemüsegärten und kleinen Maisfeldern und sich um die einzige Kirche des Ortes scharten. Die meisten Häuser waren zwei Stockwerke hoch und vollständig aus Holz, aber sie boten wenig Wohnfläche, da im Erdgeschoss Läden untergebracht waren, die die Farmer des Umlandes mit allem Nötigen versorgten. Die Händler verkauften fertiggenähte Kleidung, Schleifen, Seife, Kerzen, Handwerkzeug, Nägel, Saatgut, Seile, Schreibwaren und Bücher in drei Sprachen. Wagen und Pflüge wurden zur Reparatur zum Schmied gebracht, und der örtliche Geistliche, Reverend Oliver, unterrichtete die Kinder in dem winzigen Klassenraum neben seinem Haus.

Gabriel kannte die meisten der Einwohner, aber am Besuch einer bestimmten Familie war ihm ganz besonders gelegen: den Howards. Obgleich es zwei Jahre her war, seit er sie in Charles Town gesehen hatte, hatte er Annes Bild immer noch deutlich vor Augen. Er hatte während der langen Monate im Norden oft an sie gedacht und gehofft, dass sie sich eines Tages wieder sehen würden. Mehr als einmal hatte er sich Gespräche zwischen ihnen beiden vorgestellt, die gespickt waren mit geistreichen Dialogen und verliebten Blicken. Er hatte sie an einem dunklen Abend gesehen, aber ihr Bild war in seiner Erinnerung strahlend, als würde es von einer Sonne beschienen, deren Strahlen nur auf sie allein fiel.

Als er jedoch die letzte Wegbiegung hinter sich brachte, wurden sämtliche angenehmen Gedanken dieser Art schlagartig weggewischt. Er sah überall grausige Hinweise dafür, dass die Briten bereits in Pembroke gewesen waren.

Mehrere uniformierte Kontinentalsoldaten und zwei Zivilisten baumelten mit auf dem Rücken gefesselten Händen von den Bäumen rechts und links der Straße. Die Leichen, bei denen bereits der Verwesungsprozess eingesetzt hatte, waren dunkel verfärbt und von Gasen aufgebläht. Ihre steifen schwarzen Zungen hatten die Kiefer auseinandergedrückt und schauten zwischen den Zähnen hervor. Vögel hatten ihre Augen fast vollständig ausgepickt. Gabriel hielt die Luft an, um den unerträglichen Gestank nicht einatmen zu müssen und ritt hastig vorbei.

Pferdewagen standen um die Kirche herum, in der ein Sondergottesdienst abgehalten wurde, aber ansonsten war der Ort wie ausgestorben. Eine Schar weißer Hühner und einige Hunde belebten als Einzige das Straßenbild. Als er näher kam, konnte Gabriel die Menschen in der Kirche singen hören. Er band sein Pferd an und ging zum Seiteneingang, wo er einen Schritt von der Schwelle stehen blieb.

Reverend Oliver, ein Mann mit sanften Augen und freundlicher Stimme, stand auf seiner Kanzel am oberen Ende der Wendeltreppe, und blickte auf seine Schäfchen herab, deren Gesang er, mit erhobenem Zeigefinger herumfuchtelnd, dirigierte. Er trug eine Gewand aus grober Wolle und hatte das kurze graue Haar streng zurückgekämmt. Als er Gabriels blauen Uniformrock bemerkte, wandte er hastig den Blick ab.

Dan Scott, ein stämmiger junger Bursche etwa in Gabriels Alter, stand ganz in der Nähe der Tür und sang sehr laut und ein wenig falsch. Die jungen Männer hatten einander als Kinder gut gekannt. Dan verstummte abrupt, und seine blauen Augen weiteten sich vor Furcht, als er Gabriel entdeckte. Ebenso eilig schaute er wieder weg und fiel in den Gesang ein. Mr. Peter Hardwick, ein gut situierter Händler, legte seinem jungen Sohn schützend einen Arm um die Schultern. Obwohl die meisten Bewohner von Pembroke die Familie Martin kannte und auch mochte, war niemand erfreut, einen weiteren Soldaten zu sehen.

Die Gemeindemitglieder waren auf verschiedene Bereiche verteilt, mit privaten Logen vorn und offenen Bänken hinten. Die Howards, die angesehenste Familie am Ort, besaßen eine Loge in der vordersten Reihe, unmittelbar rechts von Reverend Oliver. Anne saß zwischen ihren Eltern, und bei ihrem Anblick durchfuhr es Gabriel. Sie hielt sich sehr gerade und saß weit vorn auf der Kante der Sitzbank, in einem schlichten gelben Kleid mit eng anliegender Korsage. Ihr Haar war unter einer Haube verborgen. Sie sang wie alle anderen, jedoch ohne große Begeisterung. Ihr Blick war auf den Boden vor ihren Füßen gerichtet, sodass sie Gabriel nicht bemerkte.

Als das Lied endete, schlug der Reverend seine Bibel auf, um mit der Predigt zu beginnen. Gabriel räusperte sich und betrat die Kirche.

»Reverend, mit Ihrer Erlaubnis würde ich gerne etwas bekannt geben.«

Die Köpfe aller drehten sich ihm mit einigem Geraschel und Getuschel gleichzeitig zu.

»Junger Mann, dies ist ein Gotteshaus.«

»Das ist mir bewusst, Reverend, und ich bitte um Verzeihung. Aber es handelt sich um eine überaus wichtige Angelegenheit.« Gabriel richtete den Blick auf die Gemeinde und ließ sich einen Moment Zeit, um sich zu sammeln. Am Vortag in Wakefield hatte er keine Menschenseele dazu überreden können, sich ihm anzuschließen, und er wusste, dass er es in Pembroke unbedingt besser machen musste. Aber angesichts der Toten, die am Ortseingang an den Bäumen hingen, lag ein hartes Stück Arbeit vor ihm. Die Einwohner waren schockiert von den Hinrichtungen, die Briten hatten sie wirkungsvoll eingeschüchtert.

»Wir stellen in South Carolina eine neue Miliz zusammen. Ich bin hier, um jeden Mann zu rekrutieren, der willens und fähig ist zu kämpfen.«

Stille.

Einige der Ortsansässigen tauschten Blicke, aber keiner von ihnen sagte ein Wort. In dieser unbehaglichen Stille begegnete Gabriel Annes Blick. Er nickte ihr steif und förmlich zu.

»Junger Mann«, ergriff Reverend Oliver mit sanfter Stimme das Wort. »Wir haben uns aus einem traurigen Anlass hier eingefunden. Wir haben uns heute hier versammelt, um für die Seelen dieser armen Männer dort draußen zu beten.«

»Betet nicht für sie«, entgegnete Gabriel, »sondern ehrt sie. Ehrt sie, indem ihr euch uns anschließt.«

Peter Hardwick schnalzte mit der Zunge. »Du kannst reden, so viel du willst, ich schließe mich jedenfalls niemandem an.«

»Ich auch nicht«, meinte ein zweiter Mann in der vordersten Reihe. »Wenn wir schlau sind, schlagen wir uns auf die britische Seite und stellen uns gut mit ihnen für die Zeit nach dem Krieg.«

Mr. Howard erhob sich und umklammerte haltsuchend das Geländer vor ihm. »Gabriel Martin, ist dir klar, was du von diesen Männern verlangst?«

Sichtlich erregt machte Anne Anstalten aufzustehen, aber dann blieb sie doch sitzen. Sie setzte zum Sprechen an, aber Dan Scott kam ihr zuvor. Der behäbige junge Mann trug einen schwarzen Anzug, den er von einem viel kleineren Onkel geerbt hatte, was die Breite seiner massigen Schultern noch betonte. Er hielt den Blick gesenkt, während er nervös seine Händen knetete, die weit aus den Manschetten hinausreichten.

»Wenn König George diese Männer hängen konnte, kann er auch jeden Einzelnen von uns hängen.«

Natürlich hatte er Recht, und das wusste Gabriel auch. Flüchtig dachte er an seinen gefallenen Freund Peter Cuppin und wusste einen Augenblick nicht, was er sagen sollte. Er stand schweigend vor der Gemeinde, bis Anne Howard mutig aufstand und all das sagte, was er hatte sagen wollen.

»Schäm dich, Dan Scott! Es ist noch keine Woche her, da hast du am Tresen unseres Ladens gestanden und zwei Stunden lang von der Unabhängigkeit gesprochen und davon, dass wir uns der britischen Tyrannei niemals beugen dürften.«

Die Einwohner von Pembroke waren schockiert über diese flammende Rede von einer Frau, zumal diese noch so jung war. Reverend Oliver und ihr Vater versuchten, Anne dazu zu bewegen, sich wieder zu setzen, aber es war zu spät. Sie hatte ihr Schweigen gebrochen und war fest entschlossen, ihre Meinung kundzutun. Sie wirbelte herum und zeigte mit ausgestrecktem Finger auf einen Nachbarn.

»Und Sie, Mr. Hardwick, wie oft habe ich Sie am Tisch meines Vaters von Freiheit reden hören? Wenn ich mich recht erinnere, hatten Sie bei Ihrem letzten Besuch eine Ausgabe von Tom Paines Pamphlet bei sich und haben daraus vorgelesen. Aber jetzt, da dieser Soldat Sie um Hilfe bittet, verhöhnen Sie ihn.« Sie machte eine Handbewegung, die alle Anwesenden einschloss. »Die Hälfte der Männer hier, du eingeschlossen, Vater, und auch Sie, Reverend Oliver, sind ebenso leidenschaftliche Patrioten wie ich es bin. Wollen Sie es jetzt, da Sie am meisten gebraucht werden, bei Worten bewenden lassen?«

Die Männer wichen beschämt ihrem anklagenden Blick aus.

»Ich fordere Sie alle nur auf, gemäß der Überzeugung zu handeln, von der Sie alle in der Vergangenheit so eifrig geredet haben und an die Sie so fest glauben.«

Als sie ihre Rede beendet hatte, überließ sie das Parkett mit einem kleinen Knicks wieder Gabriel und nahm wieder auf der Bank zwischen ihren Eltern Platz, die sie mit einer Mischung aus Stolz und Verblüffung musterten.

»Ich kann es auch nicht besser formulieren, als Miss Howard es gerade getan hat«, sagte Gabriel. Er spürte, dass Anne wenigstens einige der Männer überzeugt hatte, und verschwendete keine Zeit auf weitere Diskussionen. »Wer ist dabei?«

Es entstand ein Moment drückender Stille, in der die Männer in sich gingen und ihr Gewissen erforschten. Einige der Männer besprachen sich mit ihren Familien. Dan Scott, den Blick immer noch auf seine Hände gerichtet, bewegte sich mit schleppenden Schritten in die Mitte der Kirche.

»Ich gehe mit dir«, sagte er leise.

Ein Mann in der hintersten Reihe hob die Hand. Darauf meldete sich einer nach dem anderen, insgesamt die Hälfte der anwesenden Männer als Freiwillige. Es war ein ernster, feierlicher Augenblick, und Gabriels Blick blieb auf Anne geheftet. Sie strahlte ihn so glücklich an, dass er die Wärme ihres Lächelns auf seinem Gesicht spüren konnte.

Colonel Benjamin Martin und Major Jean Villeneuve versuchten in den langen Stunden ihres gemeinsamen Rittes mehrmals, eine Unterhaltung anzufangen, kamen jedoch bald zu dem Schluss, dass sie ohne Worte besser auskamen. Das Problem war nicht etwa, dass sie nichts gemeinsam hatten, sondern vielmehr der letzte Krieg. Er lastete auf ihren Gesprächen wie ein Gespenst, lauerte ständig im Hintergrund. Benjamin konnte sich nicht so recht daran gewöhnen, an der Seite eines Franzosen zu reiten, oder schlimmer noch, ihn hinter sich reiten zu lassen, wo er ihn nicht im Auge behalten konnte. Es trug auch nicht eben zu einer Entspannung der Stimmung zwischen ihnen bei, als Villeneuve ihm erklärte, dass Benjamins Name in französischen Militärkreisen wohl bekannt war und dort gleichbedeutend sei mit »unzivilisiert« und »über die Maßen brutal«. Benjamin fasste ein wenig mehr Vertrauen zu seinem Begleiter, nachdem dieser so offen zu ihm gewesen war, aber er fühlte sich dennoch nicht viel entspannter, wenn der Major mit seinem Säbel nur ein, zwei Schritte hinter ihm ritt.

Auf der anderen Seite entwickelte sich zwischen ihnen eine wenn auch angespannte wechselseitige Bindung, die aus der Gefahr heraus entstand, dass sie auf ihrem Ritt den Santee entlang von britischen oder Cherokee-Kundschaftern entdeckt und angegriffen werden konnten. Auf Benjamins Betreiben hin kehrten sie dem Fluss bald den Rücken und wandten sich stattdessen dem hügeligen Hinterland zu, wo sie, wie er versprach, einige erfahrene Soldaten finden würden.

Kurz nach Einbruch der Dunkelheit erreichten sie das Dorf Bradford Crossroad. Es war eine schäbige, heruntergekommene Siedlung mit nicht viel mehr als einem Handelsposten und einem Gasthof. In anderen Orten standen die Häuser entlang der Straße, aber hier waren sie, jedes für sich, abseits unter den Bäumen errichtet worden, als wollten die Einwohner nichts miteinander zu tun haben. Die meisten dieser Behausungen konnte man nicht einmal als Häuser bezeichnen, da es sich nur um primitive Hütten ohne Fenster oder Feuerstelle handelte. Derb aussehende Männer, Holzfäller und Trapper, standen in Gruppen auf der Straße, unterhielten sich mit gedämpfter Stimme und starrten die Fremden misstrauisch an, als diese vorbeiritten. Bradford Crossroad lag zu Pferd nur wenige Stunden vom Santee River und der Zivilisation entfernt, und doch herrschte hier die öde und bedrohliche Atmosphäre einer Grenzstadt. Weder die Krone noch die Kolonie hatten je versucht, in der Gegend für Recht und Ordnung zu sorgen, und es gab weit und breit nicht einmal eine Kirche.

Benjamin steuerte den Gasthof an, ein Gebäude, das schon uralt aussah und mit schimmeligen schwarzen Holzschindeln verkleidet war. Auf einem Schild über der Tür prangte der Name der Schänke: *Boar's Head Tavern – Eberkopf Schänke*.

Aus dem Inneren der Kaschemme drangen Kerzenlicht und raue Stimmen. Während Benjamin die Pferde an dem dafür vorgesehenen Balken anband, warf Villeneuve einen Blick durch die welligen Bleiglasfenster, und das, was er sah, gefiel ihm gar nicht. Für ihn sahen die Männer drinnen aus wie eine Bande von Gesetzlosen. Benjamin ließ sich davon jedoch nicht abschrecken, sondern ging hinein. Der Franzose folgte ihm.

In der Schänke war es hell, rappelvoll, laut und unglaublich schmutzig. Ungehobelte, ergraute Männer hatten sich um grob gezimmerte Tische gezwängt, unter einer Holzdecke, die in der Mitte sichtlich abgesackt war. Sie verspeisten frisch erlegtes Wild und tranken dazu Apfelwein. Die Wände waren von Rauch geschwärzt, und überall blätterte der Putz ab. Der Wirt, ein beleibter alter Mann, der einen Arm in einer Schlinge trug, sparte nicht an Kerzen. Dutzende brannten in Wandnischen, auf den Tischen und auf Wagenrädern, die von der Decke baumelten. Aber sie waren aus Talg hergestellt, dem billigsten verfügbaren Material, sodass sie die Luft mit ihrem Ruß und dem Gestank brennenden Tierfetts verpesteten. Aber das schien keinen der Gäste zu stören. Eine der anwesenden Frauen richtete den Blick auf den gut aussehenden französischen Major. Sie war um die fünfzig, und ihr Gesicht war blass geschminkt. Als ihre Blicke sich trafen, schenkte sie ihm ein zahnloses Lächeln, lupfte ihre Petticoats und machte eine obszöne, einladende Geste. Villeneuve zuckte angewidert zurück und wandte sich in dringlichem Tonfall an Benjamin: »Sind Sie sicher, dass das hier ein guter Ort ist, um Männer für die Miliz zu rekrutieren?«

Benjamin zuckte die Schultern. »Es gibt nur einen Weg, das herauszufinden.« Er räusperte sich und brüllte laut: »GOTT SCHÜTZE KÖNIG GEORGE VON ENGLAND!«

Das laute Stimmengewirr verstummte sofort, gefolgt von angespanntem Schweigen und dem Geräusch von Stühlen, die zurückgeschoben wurden. Überall um sie herum standen die Männer auf und musterten sie mit mörderischen Blicken. Pistolen wurden gezückt und entsichert. Benjamin nickte seinem Gefährten zu. »Ich würde sagen, hier sind wir richtig.«

Ein Steingutbecher segelte durch die Luft und zerschlug an der Wand, nur Zentimeter von Benjamins Kopf entfernt. Die Neuankömmlinge rannten blitzschnell durch die Tür und zogen sie hinter sich zu. Villeneuve lief zu seinem Pferd.

»Nein! Kommen Sie her!«, rief Benjamin ihm nach. »Helfen Sie mir, die Tür zuzuhalten.«

Der Major begann, ernsthaft am Geisteszustand seines neuen Kameraden zu zweifeln, hastete jedoch zurück und stemmte sich mit ihm zusammen gegen die Kraft der zornigen Männer in der Schänke, die versuchten, die Tür von innen zu öffnen. An der Klinke zerrend, stieß er einen Schwall französischer Flüche aus.

»Keine Angst«, meinte Benjamin grinsend. »Es sind gute Männer. Freunde von mir.«

Villeneuve musterte ihn mit hochgezogenen Brauen, als überlege er, wer gefährlicher war: die Primitivlinge in der Schänke oder der grinsende Wahnsinnige an seiner Seite.

Zwei Stunden, drei Lokalrunden und umfassende Erklärungen später saßen die beiden Männer hinter einem Rekrutierungstisch, vor sich eine Feder und ein Buch, in das die Namen der neuen Rekruten eingetragen werden sollten. Der Wirt, den Benjamins Ansprache zu Tränen gerührt hatte, hatte sich inzwischen wieder beruhigt und hatte den Neuankömmlingen einen Krug Rum und einen halben gebratenen Truthahn spendiert. Die Zahl der Freiwilligen belief sich auf fünfzehn Mann, die in einer langen Schlange warteten, um sich eintragen zu lassen.

Der erste Freiwillige war Dickey Ludwell, ein Mann mit olivfarbener Haut, der nicht größer war als einen Meter fünfzig. Tiefe, fleischige Runzeln, die von Jahren in der unerbittlichen Sonne zeugten, hatten sich in sein Gesicht gegraben. Sein schwarzes Haar und sein Bart waren von grauen Fäden durchzogen. Mit größer Konzentration beugte er sich über das Rekrutierungsregister und trug seinen Namen ein.

»Na, wie sieht das aus?«, fragte er, als er fertig war und die Tinte trocken blies.

Benjamin warf einen Blick auf das Geschriebene. »Sehr gut. Seit wann kannst du denn schreiben, Ludwell?«

Der kleine Mann lächelte stolz. »Ich habe inzwischen geheiratet. Meine Frau hat es mir beigebracht.« Ein finsterer Gedanke ging ihm durch den Kopf, und auf seiner ohnehin schon runzligen Stirn zeigten sich noch einige Falten mehr. »Ich schätze, ich sollte ihr wohl Bescheid sagen, dass ich weggehe.«

»Das solltest du wohl. Wir treffen uns morgen früh hier an der Schänke. Bei Tagesanbruch.«

Der nächste war Rollins, der aussah wie eine Kreuzung zwischen einem Menschen und einem skandinavischen Wolfshund. Er hatte einen blonden Schnauzbart, kurzes, selbst geschnittenes blondes Haar, ein kantiges Gesicht und unruhige eisblaue Augen. Er war eine ausgesprochen misstrauische Natur und trug somit ständig die meisten seiner irdischen Güter mit sich herum, in Satteltaschen gestopft oder in zwei großen Provianttaschen über der Schulter. Er trat Tabak kauend vor den Tisch und nickte, als Benjamin ihn begrüßte.

»Wie soll das Kämpfen aussehen, das du im Sinn hast?«, wollte er wissen.

»Piesacken«, entgegnete Benjamin ohne Zögern. »Wir werden den Engländern das Leben schwer machen, wo wir nur können, und dann weiterziehen.«

Rollins kaute eine Weile schweigend und dachte darüber nach. »Ich schätze, diese Mistkerle haben einige gut bestückte Versorgungstrosse.«

»Darauf kannst du wetten.«

»Was ist mit Prämien?«

»Nein. Diesmal gibt es kein Skalpgeld, Rollins, aber du kannst Muskete und Ausrüstung jedes Rotrockes, den du tötest, behalten oder für zwanzig Shilling pro Stück an mich verkaufen.«

»Da wird ja nicht viel bei rausspringen«, meinte Rollins.

Villeneuve beugte sich vor. »Das hängt davon ab, wie viele Sie töten.«

Rollins lächelte und spie braunen Tabaksaft auf den Fußboden. Dann klopfte er auf den Tisch. »Ich werde es eine Weile probieren.«

Als Villeneuve ihm die Feder reichte, erinnerte er ihn daran, dass die Mindestzeit für den Armeedienst ein Jahr betrug.

Rollins kratzte grinsend seinen Namen auf das Papier und ging anschließend an den Tresen.

Danvers war ein langer, schlanker, grobknochiger Kerl um die fünfzig, der an schwachen Nerven litt. Er scheitelte sein langes Haar in der Mitte, aber es war nicht mehr dicht genug, um die ölige Kopfhaut zu verdecken, die im Kerzenlicht glänzte. Er trug maßgeschneiderte Kleider und eine teure Brille. Er blickte beim Sprechen über die Gläser hinweg.

»Ich kann euch gar nicht sagen, wie froh ich bin, euch zu sehen, Männer. Es ist höchste Zeit, dass wir in dieser Sache etwas unternehmen.« Die Schnapsfahne, die Benjamin ins Gesicht wehte, raubte ihm beinahe den Atem. »Ich hasse die Briten. Mein Bruder, der einzige Verwandte, den ich noch hatte, wurde unten in Acworth gehängt. Jeder einzelne verdammte Rotrock hat es verdient, auf diese – oder eine noch schlimmere – Art und Weise zu sterben.«

Benjamin nickte verständnisvoll und schob das Register über den Tisch auf den Mann zu.

»Trag dich ein.«

Danvers machte ein überraschtes Gesicht. »Was? Ich mit meinen Gebrechen? Ich würde nicht mal das erste Scharmützel überleben. Aber ihr könnt meinen Neger haben. Er wird statt meiner kämpfen.« Er zeigte durch den Raum auf einen groß gewachsenen Afrikaner. »Occam, da drüben«, sagte er. »Er ist seit zwanzig Jahren bei mir. Nicht sehr schlau, aber stark wie ein Ochse. Dürfte euch nützlich sein.« Danvers griff nach der Feder und trug seinen Sklaven ein.

Occam war extrem dunkelhäutig und so stark, wie Danvers ihn beschrieben hatte. Er hatte breite, muskulöse Schultern und Hände, die aussahen, als könnten sie Eisenstangen verbiegen. Er schlurfte schüchtern zum Rekrutierungstisch. Zurückhaltung und Schweigen waren seine Art, sich gegen seinen Herrn abzuschotten, und er hatte es sich zur Gewohnheit gemacht, ein möglichst ausdrucksloses Gesicht zu machen.

Aber Benjamin konnte die Nervosität in den wässrigen dunklen Augen des Mannes erkennen.

»Kannst du schreiben?«, fragte er.

»Kann er natürlich nicht«, entgegnete Danvers an seiner Stelle. »Aber ich habe gerade für ihn unterschrieben.«

Benjamin ignorierte Danvers und hielt stattdessen den Blick auf Occam gerichtet. »Mach dein Zeichen, wenn du mit uns kämpfen willst.«

Occam musterte Benjamin lange und fragte sich wohl, was für einen neuen Herrn er sich da einhandelte. Er konnte sich nicht erinnern, wann ein Weißer ihm das letzte Mal in einer wichtigen Angelegenheit die Wahl gelassen hatte, und er schätzte, dass das bedeutete, dass Benjamin ihm besonders gefährliche Dienste abverlangen würde. Trotzdem griff er nach der Feder, die er linkisch zwischen den kräftigen Fingern hielt.

»Nur, wenn du auch wirklich willst«, meldete sich Villeneuve zu Wort.

Occam malte ein zittriges X auf das Papier, und noch bevor die Tinte trocken war, steuerte Danvers die Tür an. Occam blickte ihm nach, nicht sicher, was jetzt von ihm erwartet wurde. Er zögerte und wartete auf einen Befehl, aber Benjamin und Villeneuve dankten ihm nur und winkten ihn beiseite, damit der Nächste in der Schlange vortreten konnte. Occam beschloss, an seinen Tisch zurückzugehen und seine Abendmahlzeit zu Ende zu essen.

»Ich will ein paar Rotröcke töten«, sagte der nächste eifrige Rekrut, dessen Kinn kaum über den Rand des Tisches reichte.

»Sicher willst du das«, meinte Benjamin. »Wie alt bist du, mein Sohn?«

Der schmutzige sechsjährige Junge lachte schulterzuckend. Er hatte leuchtend rotes Haar und Sommersprossen. Da er die Frage nicht beantworten konnte, hob er stattdessen eine kleine Spielzeugmuskete und tat so, als würde er Benjamin in den Kopf schießen.

»Nettes Kind«, bemerkte Villeneuve trocken.

»Danke«, sagte der Vater des Jungen. »Er ist noch nicht alt genug für diesen Krieg, aber seine Zeit wird kommen.«

»John Billings«, sagte Benjamin mit offenkundiger Zuneigung. »Ich hatte gehofft, irgendwo über dich zu stolpern.«

»Und da bin ich.« Billings war eins achtzig groß, hatte fettiges Haar, das ihm strähnig bis auf die Schultern fiel, und zeigte eine Reihe spitzer, schiefer Zähne, als er lächelte. »Freut mich, zu sehen, dass du dich den neuen Umständen anpasst.« Als Benjamin nur verständnislos zu ihm aufblickte, zeigte Billings mit dem Kinn auf Villeneuve. »Ich hätte nie gedacht, dass ich den Tag erleben würde, an dem Benjamin Martin sich mit einem verfluchten Franzmann zusammentut!«

Wie viele der Einsiedler im Boar's Head war auch John Billings ein Veteran des Krieges gegen die Franzosen und Indianer, Teil einer bemerkenswerten Generation von Männern, die die Kriegskunst von zwei sehr unterschiedlichen Lehrern erlernt hatten, der britischen Armee und ihren Verbündeten, den Carawba-Indianern. Obgleich Billings ein stämmiger, gefährlich aussehender Mann war, hatte Benjamin ihn vor allem wegen seines Einfallsreichtums in guter Erinnerung, als einen Soldaten, der sich mehr auf Schläue verließ als auf brutale Gewalt. Er hatte im Laufe der Jahre an Gewicht zugelegt, und seine Nase war knollig geworden von zu viel Alkohol.

»Ich hatte mir schon gedacht, dass du über kurz oder lang aufkreuzen würdest«, sagte Billings, griff nach dem Rumkrug und hob ihn an den Mund.

»Und warum?«

»Es geht die Geschichte von einer Abteilung von etwa zwanzig Rotröcken um, vielleicht auch mehr, die auf einer

Straße in der Nähe des Santee River unterwegs waren und von einem Geist oder so was getötet wurden. Es heißt, der *Geist* hätte einen Cherokee-Tomahawk bei sich getragen. Ich fand das höchst interessant.«

Villeneuve verstand Billings Andeutung, und seine Nackenhaare sträubten sich. Er warf dem Mann an seiner Seite einen unsicheren Blick zu.

»Bist du nicht ein wenig zu alt, um noch an Gespenstergeschichten zu glauben?« fragte Benjamin.

Billings lachte meckernd. Er trug schwungvoll in unleserlichem Gekrakel seinen Namen in das Register ein und genehmigte sich dann noch einen großzügigen Schluck von Benjamins Rum.

Am nächsten Morgen versammelten sich Gabriel und die Männer, die sich als Freiwillige gemeldet hatten, auf dem Platz vor der Kirche von Pembroke und machten sich zum Aufbruch bereit. Im Kreis ihrer Familien, die gekommen waren, um sie zu verabschieden, sattelten sie ihre Pferde und packten ihre Satteltaschen. Fast das ganze Dorf war erschienen, darunter auch Männer wie Mr. Hardwick, die die Ansicht vertraten, dass es ein Fehler sei, den Briten Widerstand zu leisten. Und doch fehlten einige. Einer der Freiwilligen, Dan Scott, war nicht erschienen, und ebenso wenig Reverend Oliver, der versprochen hatte, ein paar Worte zu sprechen. Vor allem aber fiel Gabriel das Fehlen der Familie Howard auf. Er blickte alle paar Sekunden die Straße hinunter in Richtung ihres Hauses, in der Hoffnung, dass sie sich noch blicken lassen würden.

Dan Scott traf doch noch ein. Er führte sein Pferd zur Kirche, seine schluchzende Frau Jessica an seiner Seite, die ihre kleine Tochter auf den Armen hielt. Und dann war es Zeit zu gehen. Die Männer nahmen Abschied und schwangen sich auf ihre Pferde. Im selben Augenblick humpelte Mr. Howard durch die Tür des Textilwarenhandels im Erdgeschoss seines Hauses. Anne war bei ihm. Sie trug ein schlichtes weißes Kleid und blieb etwa einen Schritt hinter ihrem Vater zurück.

Gabriel bat seine Männer, noch einen Moment zu warten, und galoppierte die Straße hinunter. Vor dem Gartentor der Howards brachte er das Tier zum Stehen, stieg aus dem Sattel und nahm den Hut ab. Der einbeinige Händler musterte ihn argwöhnisch, bereits ahnend, was er wollte. Gabriel kam direkt auf den Punkt.

»Mr. Howard, gestatten Sie mir, Anne zu schreiben?«

Der grauhaarige Gentleman starrte ihn verständnislos an. Dann hielt er sich sein Hörrohr ans Ohr und rief »Was sagst du?«

Ein wenig lauter wiederholte Gabriel seine Bitte. »Gestatten Sie mir, Anne zu schreiben?«

»Wohin willst du reiten?«

»O Vater, hör auf damit«, schalt Anne und knuffte ihn in die Seite. Ihr Lächeln strahlte heller als ein Leuchtfeuer. »Ja, Gabriel Martin, du hast die Erlaubnis, mir zu schreiben.«

»Ach *schreiben*?«, sagte ihr Vater. »Natürlich.«

»Danke, Sir.« Grinsend wie ein glücklicher Idiot stieg Gabriel wieder auf sein Pferd und ritt zurück zur Kirche, wobei er über die Schulter zurückblickte, um die hübsche junge Frau möglichst lange betrachten zu können. Als er schließlich wieder nach vorn schaute, sah er, wie Reverend Oliver sein kleines Häuschen verließ. Er hatte seine gepuderte Perücke aufgesetzt, und es sah aus, als wolle er ein Gebet für die aufbrechenden Soldaten sprechen, aber er führte ein Pferd am Zügel, aus dessen Satteltasche der Lauf einer alten Muskete hervorlugte. Die verdutzten Dorfbewohner fragten, was er vorhabe.

»Ein Hirte muss bei seinen Schafen bleiben«, erklärte er.

Mel Gibson als Benjamin Martin, ein liebevoller Vater und im amerikanischen Unabhängigkeitskrieg wider Willen ein Held.

Benjamin Martin mit seiner Familie: (von links nach rechts) William (Logan Lerman), die Haushälterin, Abigale (Beatrice Bush), Margaret (Mika Boorem), Susan (Skye McCole Bartusiak), Nathan (Trevor Morgan), Samuel (Bryan Chafin) und Thomas (Gregory Smith).

Jason Isaacs als Colonel William Tavington von den Green Dradons, der vor nichts zurückschreckt, um die Rebellen zu bekämpfen.

Benjamins ältester Sohn Gabriel (Heath Ledger), tritt gegen den Willen seines Vaters in die Amerikanische Armee ein - und wird von den Briten gefangen genommen.

Die amerikanischen Siedler sind für den Kampf gegen die Briten denkbar schlecht gerüstet. Die ersten Gefechte enden in blutigen Niederlagen für die Patrioten.

Charlotte Selton (Joely Richardson), Benjamins bildhübsche Schwägerin, muss die jüngeren Kinder hüten, während Benjamin und Gabriel im Krieg sind.

Gabriel und Anne Howard (Lisa Brenner) tauschen Liebesbriefe aus.

Tchéky Karyo spielt den französischen Söldner Major Jean Villeneuve.

Zusammen mit Major Villeneuve bildet Benjamin Martin die neue Armee der Patrioten aus.

General Charles Cornwallis (Tom Wilkinson) ist Kommandeur der Britischen Armee im Süden.

Gabriel bemüht sich, die Vergangenheit seines Vaters zu verstehen.

Im Kampf um die Freiheit erweist sich Gabriel als tüchtiger Soldat.

Benjamins jüngste Tochter Susan wartet auf die Heimkehr ihres Vaters.

Bevor er in den Krieg zieht, nimmt Benjamin Abschied von seiner Familie.

Benjamin sammelt die Patrioten unter der neuen amerikanischen Flagge zum letzten, dramatischen Gefecht.

»Und manchmal heißt das, gegen Wölfe zu kämpfen.« Er riss sich in einer revolutionären Geste die Perücke vom Kopf und warf sie einem Kind zu, das in seiner Nähe stand. Dann schwang er sich auf sein Pferd und folgte Gabriel und seinen Rekruten aus dem Ort.

9. Kapitel

Im Laufe der folgenden zwei Tage gelang es Gabriel, die Zahl seiner Rekruten zu verdoppeln. Mit dem Trupp aus Pembroke in seiner Begleitung erwies sich das Rekrutieren andernorts als leichter. Reverend Oliver half mit einigen Ansprachen. Schon bald waren sie vierzig Mann. Es waren moralische, aufrechte Männer, angesehene Mitglieder ihrer Gemeinden, und Gabriel war stolz darauf, mit ihnen zu reiten, wenngleich ihn ihr langsames Vorankommen in Richtung Black Swamp frustrierte.

Die Männer klagten, dass sie zu alt seien, um im Galopp zu reiten, und so ließen sie ihre Pferde im Schritt durch die üppigen Wälder schlendern und machten gelegentlich sogar Halt, um eine besonders schöne Aussicht zu genießen. Von neuem Patriotismus erfüllt, unterhielten sie sich mit den anderen neuen Rekruten über die Freiheit für Amerika. Sie legten häufige Pausen ein, um etwas zu essen, und noch häufigere, um sich zu erleichtern. Keiner von ihnen hatte im letzten Krieg gekämpft. Sie waren Farmer, Gerber, Küfer, Klempner, Schmiede oder Färber. Corporal Gabriel Martin tat sein Bestes, um sie in Bewegung zu halten.

An dem Abend, als sie den Black Swamp erreichten, wünschten die Männer, sie wären am Tag zügiger geritten. Der feuchte sumpfige Wald, in dem es von allerlei Nachttieren wimmelte, konnte nach Sonnenuntergang ein recht unheimlicher Ort sein. Gewaltige Zypressen ragten bis in unglaubliche Höhen aus dem Wasser, und ihre Äste bildeten hoch über ihnen eine Art Kuppel, die den Mond verdeckte. Schilf und Seerosen bedeckten die Oberfläche tiefschwarzer Tümpel, und die Nacht war erfüllt vom Quaken unzähliger Frösche. Mücken stachen die Männer in Gesicht und Arme, und Schilfkolben und weiche Binsen schlugen gegen ihre Beine. Jedes Mal, wenn ein Fisch plätschernd aus dem Wasser sprang oder ein Waschbär im Dickicht raschelte, zuckten die neuen Milizsoldaten zusammen. Sie fürchteten, es handle sich um einen Alligator, der sie zum Abendessen verspeisen wollte.

Gabriel führte sie langsam einen Pfad entlang, der schon bei Tageslicht kaum auszumachen war, und ritt gerade so schnell, wie er es wagte. Die größte Gefahr waren nicht Alligatoren, sondern abgebrochene Zypressenstümpfe, die gleich zu Dutzenden aus dem weichen Boden ragten. Sie konnten einem Pferd das Bein brechen und einen Reiter durchbohren, der unglücklich auf sie stürzte.

Nachdem sie etwa eine Stunde durch den Sumpf geritten waren, machte Gabriel abrupt Halt, als er ein ungewöhnliches Geräusch hörte. Dan Scott zückte das Gewehr, aber Gabriel winkte ab. Er legte den Kopf schräg und lauschte der nächtlichen Sumpfmelodie, auf einen Laut konzentriert, den die anderen nicht wahrnahmen. Dann legte er die Hände trichterförmig an den Mund und stieß einen Vogelruf aus.

»*Quack*!«

Kurz darauf bekam er eine Antwort. »*Quack, quack*!«

»Wir sind da«, sagte er. Er führte seine Männer ein kleines Stück weit ins seichte Wasser, fand eine fast überspülte Landbrücke und folgte ihr zu einer Holzplattform, auf der sein Vater in der Nähe der Ruinen einer verfallenen Mission sein Lager aufgeschlagen hatte. Die Spanier hatte in ihrem Eifer, die einheimischen Catabaw zu bekehren, vor fast einhundert Jahren einen kleinen Missionsaußenposten hier errichtet. Anstatt gegen sie zu kämpfen, waren die Indianer einfach weggezogen. Alles, was jetzt noch von dem Gebäude übrig war, war eine moosbewachsene Mauer mit einem Rundbogen, wo einmal der Eingang gewesen war. In der Nähe ragten ein Kruzifix und eine Hand voll Grabsteine aus dem Wasser.

In dem Moment, da die frommen Kirchgänger aus Pembroke auf die schmutzigen, derben Männer aus dem Boar's Head stießen, war allen klar, dass es Schwierigkeiten geben würde. Benjamins Rekruten saßen um Lagerfeuer herum, tranken und würfelten. Sie waren schäbig gekleidet, unrasiert und bis an die Zähne bewaffnet. Sie empfingen die Neuankömmlinge mit feindseligen Blicken und spöttischem Gelächter.

Gabriel führte seine Männer an eine trockene Stelle etwas abseits von den anderen, und machte sich auf die Suche nach seinem Vater. Colonel Martin kniete an einem Feuer und war mit der Herstellung von Munition beschäftigt, wobei John Billings ihm aufmerksam zusah. Er schmolz eine Hand voll von Thomas' Spielzeugsoldaten in einem gusseisernen Topf und goss das Blei in eine spezielle Kugelform.

»Wie viele hast du zusammen bekommen?«, fragte er, als sein Sohn herankam.

»Siebenunddreißig.«

Als Gabriel die Spielzeugsoldaten sah, dachte er im ersten Moment, dass dies ein gerechter Tribut an seinen ermordeten Bruder sei, aber schon kurz darauf kamen ihm Zweifel. Er konnte sich denken, wie sein Vater die Kugeln einzusetzen gedachte, und hoffte, dass Benjamin nicht nur in den Krieg gezogen war, um Rache zu üben. Er beobachtete seinen Vater eine Weile schweigend. Billings nahm einen Schluck aus einer Flasche und bot sie dann auch Gabriel an.

Der junge Corporal lehnte ab. Er blickte hinüber zu den Trappern, Vagabunden und Hinterwäldlern aus dem Boar's

Head. »Das ist nicht die Art von Männern, die wir brauchen«, bemerkte er verächtlich.

Benjamin blickte flüchtig von seiner Arbeit auf. »Das ist genau die Art von Männern, die wir brauchen. Sie haben schon in einem ähnlichen Krieg gekämpft.« Die Form zischte, als er sie zum Abkühlen in einen Eimer Wasser tauchte.

Gabriel bedachte seinen Vater mit einem enttäuschten Blick, ehe er sich abwandte und davonging. Billings blickte ihm nach.

»Was ist mit mir?«, fragte er seinen alten Kampfgefährten. »Bin ich auch von *der Art*?«

»Nein, du bist von der Art, der diese Art ihren schlechten Ruf verdankt.«

Später in der Nacht, als es Zeit war, sich schlafen zu legen, breiteten Gabriel und seine Rekruten ihre Decken möglichst weit entfernt von den derben Männern seines Vaters aus. Es war ein langer und anstrengender Tag im Sattel gewesen, aber es fiel ihnen dennoch schwer, in dieser fremden Umgebung Schlaf zu finden. Sie nahmen jedes Rascheln im Gebüsch wahr, jedes Gurgeln in den umliegenden Tümpeln, und auch jede kleinste Phase völliger Stille. Als die Männer aus dem Boar's Head längst schnarchten, lagen Gabriels Gentlemen noch lange angespannt wach, stellten sich Jaguare vor, die durch das Geäst über ihnen schlichen, und Alligatoren, die durch das Schilf glitten.

Der Morgen brach ganz plötzlich an, als die Sonne den nächstgelegenen Hügelkamm überstieg und tausend kalte gelbe Strahlen durch die Bäume schickte. Dann brachen zehntausend Vögel in schrilles Rufen aus und segelten tief über das Wasser. An Schlafen war bald nicht mehr zu denken, nicht einmal für jene, die am Vorabend sturzbetrunken gewesen waren. Fluchend rieben die Männer sich die Augen, schlugen ihre Decken zurück und stolperten ans Wasser, um zu urinieren und Wasser für den Tee zu schöpfen.

Benjamin fiel als Erstem auf, dass Gabriel fort war. Er befragte die Rekruten aus Pembroke, aber keiner hatte ihn das Lager verlassen sehen.

»Dan Scott muss ihn begleitet haben«, bemerkte Reverend Oliver. »Und sie haben fast ihre ganze Ausrüstung mitgenommen. Ich hoffe, sie sind nicht desertiert.«

Benjamin war ganz sicher, dass dem nicht so war. Zum einen waren die ordentlich zusammengefalteten Fetzen von Gabriels Fahne noch da, der Old Glory, die er nach der Schlacht von Camden aus dem Dreck aufgelesen hatte, und die er niemals zurückgelassen hätte. Außerdem wusste er, dass Gabriel der Ruhmreichen Sache viel zu ergeben war, um seinen Posten aufzugeben, sogar unter erschwerten Bedingungen wie beispielsweise, seinem eigenen Vater unterstellt zu sein. Benjamin bückte sich, um die Flagge zu begutachten, und sah, dass sie stellenweise bereits mit einer eisernen Nähnadel und einem Faden, der von einem Webteppich stammte, geflickt worden war. Er versicherte den beunruhigten Männern, dass Gabriel bald zurück sein würde, und wandte sich anderen Dingen zu.

Kurz nachdem die Frühstücksfeuer entzündet worden waren, kehrten die beiden verschwundenen Soldaten auf die Insel zurück, und das in recht spektakulärer Manier. Ihre Pferde brachen urplötzlich im Galopp durch die dichte Vegetation und über die Landbrücke und preschten durch das Lager. Die Männer sprangen aus dem Sattel, noch bevor die Pferde zum Stehen gekommen waren, und hasteten zu Benjamin hinüber, der gerade Maisfladen über den Flammen röstete. Sie salutierten atemlos.

»Wo sind Sie gewesen, Corporal?«, fragte der Colonel, sichtlich verärgert über die unerlaubte Entfernung von der Truppe.

»Wir haben die Gegend ausgekundschaftet, Sir«, entgegnete Gabriel steif.

Benjamin bedachte ihn mit einem strafenden Blick, enthielt sich jedoch weiterer Kommentare. Die anderen Männer begannen, sich um sie zu scharen, und er wollte eine weitere Konfrontation vermeiden. Dan Scott war derart aufgeregt, dass es aussah, als hätten sich Feuerameisen in seine Hosen verirrt. »Also, lassen Sie hören«, sagte Benjamin. »Was haben Sie entdeckt?«

»Rotröcke!«, platzte Scott heraus und zeigte mit dem Hut in der Hand durch die Bäume.

»Ein Versorgungstross, Sir«, berichtete Gabriel beherrschter als sein Kamerad. »Etwa zwanzig Wagen, eskortiert von drei Dutzend Mann.«

Die Augen der von Benjamin rekrutierten Männer leuchteten auf. Das klang nach einer Gelegenheit, Rotröcke abzumurksen und sich gleichzeitig wertvolle Vorräte und Ausrüstungsgegenstände zu verschaffen. Sie machten keinen Hehl daraus, dass sie für einen Angriff waren. Niemand war erpichter auf einen Kampf als Villeneuve, der aber dennoch vortrat und der Begeisterung der Männer mit einem realistischen Lagebericht einen Dämpfer aufsetzte. Er wandte sich an Benjamin und zeigte auf den bunt zusammengewürfelten Haufen um sie herum.

»Die Männer müssen erst ausgebildet werden. Sie sind noch nicht bereit für einen Kampf gegen die Briten.«

Die Veteranen unter den Rekruten protestierten. Sie trauten dem Franzosen sowieso nicht über den Weg, und das, was er sagte, gefiel ihnen erst recht nicht. Benjamin musste sich eingestehen, dass Villeneuves Einwand durchaus gerechtfertigt war, aber er dachte trotzdem weiter über die Situation nach. Er nahm seine Maiskuchen aus der Pfanne und blickte zu Gabriel auf.

»Nur drei Dutzend Soldaten, sagen Sie?«

»Höchstens.«

Hierauf folgte ein Augenblick der Stille, bis Benjamin eine

Entscheidung fällte. Er wandte sich Villeneuve zu und sagte: »Major, sorgen Sie dafür, dass die Männer in einer halben Stunde aufbruchbereit sind.«

Rollins war so glücklich, dass er die Hände vor der Brust verschränkte und sich auf die Knie fallen ließ. »Ich danke dir, Herr im Himmel!«, rief er, und es war nur halb im Scherz gemeint. Immerhin war er des Geldes wegen mitgekommen, und dass sie so bald auf einen britischen Versorgungstross stießen, war ein ungeheurer Glücksfall.

Einige der Männer lachten über seinen Kniefall, darunter auch Billings, der ein krächzendes Gackern anstimmte. Die Laute, die er ausstieß, klangen so merkwürdig, so lächerlich, dass alle anderen mit einstimmten. Sogar Villeneuve konnte sich ein Lächeln nicht verbeißen. Es war ein Augenblick, der entscheidend dazu beitrug, die Differenzen zwischen den ordentlichen Bürgern und den derben Hinterwäldlern auszubügeln – zumindest vorübergehend. Als sie schließlich aufbrachen, fühlten die Männer sich zu einer Einheit verbunden.

Der Versorgungstross unterstand einem vielversprechenden jungen Offizier, Lieutenant Quartiermeister A.C. Crispin. Der Tross bestand aus dreiundzwanzig Wagen, siebenundvierzig Pferden, zwei Feldhaubitzen und zwei Hunden, das Ganze eskortiert von vierunddreißig Soldaten der Krone. Die meisten Wagen hatten Vorräte und Munition geladen, die mit Schiffen in den Hafen von Charles Town geliefert worden waren und jetzt über Land zum Fort Carolina und Cornwallis' anderen Festungen gebracht wurden.

Der Konvoi bewegte sich in nordöstliche Richtung und folgte einer Route, die durch einen besonders schönen Sumpfabschnitt führte. Die Straße war verlassen, breit und gut erhalten, sodass Lieutenant Crispin es sich erlaubte, die atemberaubende Schönheit der Natur um ihn herum zu bestaunen. Immer wieder lenkte er sein Pferd von der Straße fort, um einen besseren Blick auf die uralten Bäume zu haben, die das spiegelglatte Wasser reflektierte, oder um ein Blatt von einer besonders interessanten Pflanze zu pflücken. Crispin war Schriftsteller und wollte bei seiner Heimkehr einen langen romantischen Roman schreiben, der in Nordamerika spielte. Seine Ausflüge in den Wald gehörten zu seiner Recherche, und er notierte alles, was er sah, ordentlich in einem kleinen Buch.

Kurz nach seiner Rückkehr von einem dieser kleinen Abstecher blickte Crispin plötzlich auf, als er spürte, dass irgendetwas nicht stimmte. Die Wagen rumpelten an einer Stelle vorbei, an der ein Erdwall parallel zur Straße verlief. Er rief seinen Adjutanten zu: »Jemand soll sich diesen Wall von hinten ansehen.«

Nachdem er den Befehl weitergegeben hatte, lenkte der Offizier sein Pferd neben Crispins, um sich mit ihm zu besprechen. Kurz darauf wurden sie von einem Mann unterbrochen, der hinter einem Baum hervorkam und mit einem Kentucky-Gewehr auf sie zielte. Der erste Schuss traf Crispin mitten ins Herz und tötete ihn auf der Stelle. Der zweite Offizier starb nur Sekunden später.

Dann folgte ein wahrer Kugelhagel aus dem Dickicht rechts und links der Straße. Nachdem ihre beiden Offiziere tot waren, taten die Rotröcke sich schwer, in Position zu gehen. Und so versammelten sie sich alle in der Mitte der Straße und richteten ihre Waffen auf den unsichtbaren Feind.

»Präsentiert das Gewehr! Anlegen und feuern.«

Mit klopfendem Herzen und zitternden Fingern am Abzug warteten die Rotröcke darauf, wenigstens einen flüchtigen Blick auf ihre Angreifer zu erhaschen. Von irgendwo tief im Wald warf jemand einen Stock durch die Luft, und als der mit einem dumpfen Aufprall auf dem Boden aufschlug, feuerten die meisten Soldaten in ihrer Nervosität.

»Schnell nachladen!«, rief einer von ihnen.

Dieser Befehl war das Stichwort für die Männer aus Pembroke, in das Kampfgeschehen einzugreifen. Benjamin hatte sie hinter dem Erdwall postiert. Jetzt erklommen sie den kleinen Hügel, jagten dem Feind ein wohlgezielte Salve in den Rücken, und verteilten sich dann sofort. Als sie erkannten, dass sie umzingelt waren, gerieten viele der Offiziere in Panik und rannten blindlings davon, wurden jedoch von einer weiteren Salve niedergemäht.

Trotz ihrer Verluste blieben die Soldaten auf der Straße, wo sie ein leichtes Ziel boten. Sie waren im Laufe ihrer Ausbildung darauf gedrillt worden, auf eine ganz bestimmte Art und Weise zu kämpfen. Sie riefen den Männern zwischen den Bäumen zu, sie sollten sich zeigen und nicht verstecken wie die Feiglinge. Aber die Milizsoldaten blieben, wo sie waren, und die Briten bekamen sie nur zu sehen, wenn sie von einem Baum zum anderen hetzten oder das hohe Gras oben auf dem Wall bewegten. Es war ein temporeicher und chaotischer Kampfstil, den die Rotröcke einfach nicht verstanden. Es kam ihnen vor, als würden sie gegen Geister kämpfen.

Schließlich mussten sie einsehen, dass ihre Lage aussichtslos war, und so riefen sie einander zu, die Waffen wegzuwerfen und zu fliehen. Sie rannten die Straße hinunter, mussten jedoch bald feststellen, dass ihnen dieser Fluchtweg versperrt wurde.

Benjamin stand in der Mitte der Straße, hinter sich eine Abteilung, die sich aus seinen kampferfahrensten Männern zusammensetzte. Er zog eine der beiden Pistolen aus seinem Gürtel und führte den Angriff gegen die Briten an, dicht gefolgt von Villeneuve und Billings. Einige der Rotröcke machten kehrt und flüchteten in die entgegengesetzte Richtung, während die anderen ihre Bajonette senkten und sich dem Kampf stellten.

Brüllend stürmte Benjamin vor und erschoss einen Mann

mit der Pistole, bevor er mit dem Tomahawk einen weiteren niedermachte. Die Männer in seinem Gefolge zögerten nicht lange und verwickelten die Rotröcke in einen Nahkampf. Villeneuve erwies sich als herausragender Fechter und blutrünstiger Krieger. Er machte mit seinen Gegnern kurzen Prozess und stach noch einmal zu, nachdem sie gefallen waren, um auch ganz sicher zu gehen, dass sie auch wirklich tot waren. Billings wandte eine weniger direkte Methode an: Er blieb zurück, bis die Rotröcke mit seinen Kameraden beschäftigt waren, schlich sich dann von hinten an und erstach sie mit seinem riesigen Jagdmesser. Innerhalb kürzester Zeit war die Straße blutgetränkt, und fast alle Briten waren tot.

Die wenigen Überlebenden erkannten, dass ihre einzige Hoffnung darin bestand, sich zu ergeben, und begannen, die Waffen zu strecken. Aber sogar hierfür war es zu spät.

Benjamin hatte sich längst in den gleichen Blutrausch hineingesteigert wie bei Gabriels Rettung, und vor den entsetzten Blicken der braven Bürger von Pembroke schlachteten Benjamin, Villeneuve und Billings die unbewaffneten Überlebenden erbarmungslos ab. Sie hackten und hieben ihre Opfer mit grausiger Effizienz zu Tode – Benjamin mit seinem Tomahawk, Villeneuve mit dem Säbel und Billings mit seinem großen Messer.

»Aufhören!«, rief Reverend Oliver. »Um Himmels willen, hören Sie auf!«

Aber sie hörten erst auf, als der letzte gegnerische Soldat tot war.

Gabriel und sein Trupp anständiger Bürger schwiegen schockiert. Vierunddreißig Leichen lagen entlang der Straße verteilt, und in den widerlichen, süßlichen Blutgestank mischte sich beißender Pulvergeruch. Langsam kamen Occam und einige andere zwischen den Bäumen hervor. Rollins bückte sich und fing an, einen der Toten auf Beute hin zu durchsuchen.

»Haben Sie denn keinen Anstand?«, fragte der Reverend angewidert.

Rollins musterte den ergrauten Priester eisig und fuhr dann mit der Leichenfledderei fort. Sofern die Männer aus Pembroke den Unterschied zwischen sich und den Verbündeten aus dem Hinterland bisher nur erahnt hatten, wurde es ihnen nun erschreckend bewusst. Gabriel war zutiefst erschüttert von dem, was er gesehen hatte.

»Vater, diese Männer wollten sich ergeben.«

Benjamin, der noch über einer der verstümmelten Leichen stand, blickte auf den Tomahawk in seiner Hand, dann auf sein blutiges Hemd und schließlich auf seinen Sohn. Er reagierte sonderbar auf Gabriels Worte, als höre er sie aus großer Ferne.

»Sie wollten sich ergeben!«, wiederholte Gabriel zornig.

»Vielleicht«, entgegnete Villeneuve sarkastisch. »Aber das werden wir wohl nie genau wissen.«

»Das war Mord«, ereiferte sich Reverend Oliver.

»Nun, Reverend, es sind Rotröcke«, erklärte Billings. »Sie haben es nicht anders verdient.« Einige seiner Gefährten brummten zustimmend.

»Nein«, widersprach Gabriel laut. »Vater, begreifst du denn nicht? Das ist nicht besser als das, was Tavington und seine Dragoner auf Fresh Water angerichtet haben.« Die Worte holten den immer noch benommenen Benjamin weiter aus seiner Trance. »Das ist nicht recht«, fuhr Gabriel fort. »Das ist unserer unwürdig!«

Die ungehobelten Rekruten aus dem Hinterland lachten nur spöttisch. Sie betrachteten sich selbst nicht als Ehrenmänner, und der Beweis für ihre Gesetzlosigkeit lag blutig vor ihnen.

»Klar, wir sind die reinsten Engel«, höhnte Billings.

»Ruhe!«, rief Benjamin. »Er hat Recht. Ab sofort werden verwundete Briten und jene, die sich ergeben, verschont.«

»Zum Teufel mit Ihnen«, knurrte Villeneuve. »Der Brite Tamar hat keine solche Gnade gekannt, als er das Schiff verbrannt hat, auf dem meine Frau und meine Töchter waren! Sie haben die weiße Flagge gehisst, aber es hat ihnen nichts genutzt. Ich habe aus einigen hundert Metern Entfernung mit ansehen müssen, wie sie bei lebendigem Leib verbrannt sind. Ich werde so viele von diesen Schweinen töten, wie ich nur kann.«

Jetzt erst verstand Benjamin die Beweggründe Villeneuves, verstand, warum dieser mit solcher Inbrunst in einem Krieg so fern von seiner Heimat kämpfte. »Ich bedaure Ihren Verlust«, sagte er, »aber es bleibt bei meinem Befehl.«

»Zum Teufel mit Ihrem Mitgefühl«, zischte Villeneuve, vor Zorn hochrot im Gesicht. »Und wer sind Sie überhaupt, einen solchen Befehl auszugeben? Ich weiß, wer Sie sind, Benjamin Martin, ich weiß, was Sie meinen Landsleuten in Fort Wilderness angetan haben. Haben Sie *ihnen* Gnade gewährt?«

Benjamin ließ sich nicht aus der Ruhe bringen.

»Das hier ist eine Miliz und keine reguläre Armee«, entgegnete er. »Jeder hier kann kommen und gehen, wie es ihm beliebt. Aber solange er dabei ist, befolgt er auch meine Befehle. Jeder, der sich ihnen widersetzt, wird erschossen.« Den Tomahawk und den Säbel noch in der Hand, musterten der Colonel und der französische Major einander mit blitzenden Augen, und einen Moment sah es aus, als würden sie aufeinander losgehen. Aber Villeneuve blinzelte als Erster und gab nach. Er trat beiseite und säuberte seinen Säbel an der Uniformhose eines gefallenen Rotrocks.

»Wie Sie meinen«, sagte er, »es wird mir ein *Vergnügen* sein, verwundete britische Soldaten und alle, die sich ergeben, zu verschonen.« Dann fügte er jedoch noch hinzu: »Bis auf weiteres.«

Benjamin gab sich mit dieser Antwort zufrieden. Zwar

hegte er keine besondere Sympathie für Villeneuve, aber er begann zu erkennen, wie wertvoll er war. Er war clever, eigenständig und hatte eben bewiesen, dass er ein ebenso guter Kämpfer war wie jeder andere Mann der Einheit. Darüber hinaus konnten die Männer jeden Schliff brauchen, den er ihnen als Ausbilder geben konnte. Immerhin würde nicht jeder Kampf diesem Scharmützel aus dem Hinterhalt gleichen.

»Was ist mit euch anderen?«, fragte Benjamin. »Habe ich euer Wort?«

Die Männer bejahten und versprachen, sich künftig an geltendes Kriegsrecht zu halten und einen Feind, der sich ergab, zu verschonen. Nachdem dieser Punkt – zumindest vorübergehend – geklärt war, wandten die Männer ihre Aufmerksamkeit den Wagen zu, um zu sehen, welche Schätze ihnen da in die Hände gefallen waren.

Jack Moore, ein Mann mit nur noch wenigen schwarzen Zahnstümpfen und dünnem, fettigem Haar schlug die Segeltuchplane des hintersten Wagens zurück und jubelte, als er sah, dass der Wagen mit dem beladen war, was sie am dringendsten benötigten: Schießpulver, insgesamt achtzehn Fässer. Er lief zum nächsten Wagen und fand achtzehn weitere.

»Damit kommen wir zehn Jahre aus!«

Eine Inspektion der Wagenladungen ergab, dass sie fast alles beinhalteten, was eine Armee im Krieg benötigte. Es gab Kistenweise Zwieback und Weizenmehl, Zucker, geräucherten Schinken und Zunge, Krüge Ahornsirup, ganze Käselaibe aus Gloucester und Schokolade. Außerdem waren da Säcke grüner Tee, schwarzer Tee und Kaffeebohnen – der erste Kaffee, den sie seit Beginn des britischen Embargos zu sehen bekamen. Es gab Fischernetze, Angelhaken, gusseisernes Kochgeschirr, Besteck, darüber hinaus medizinische Instrumente wie spezielle Zangen zum Entfernen von Kugeln, Schädelbohrer und Sägen, Öle, Salben, Abführmittel und dünne Baumwollbandagen. Ein Wagen war beladen mit warmen Mänteln, Socken, Lederstiefeln, Provianttaschen und Patronenkisten mit clever ausgedachten Holzschachteln, in denen die Kugeln einzeln untergebracht waren. Sie fanden Wolldecken, Spitzhacken und Schaufeln, zwei große Fässer billigen Rum und eine Ausgabe des alljährlich erscheinenden Almanachs *Armer Richard,* aufgeschlagen auf der Seite, auf der Benjamin Franklins zehn Regeln für moralische Perfektion aufgelistet waren.

Erregtes Hundegebell machte die Männer schließlich auf den vordersten Wagen aufmerksam. Benjamin ging hinüber und stieß auf Billings, der an einem Stück Trockenfleisch nagte, das er in einer Kiste gefunden hatte. Zwei riesige Dänische Doggen bewachten den Wagen und bellten und knurrten, sobald ihm jemand zu nahe kam.

»Erschießt sie!«, rief Billings. »Erschießt die verdammten Köter!«

Rollins, der es kaum erwarten konnte, nachzusehen, was der Wagen geladen hatte, hob seine Pistole und zielte.

»Nimm die Pistole runter!«, befahl Benjamin.

Dan Scott zeigte auf die Hunde, die so groß waren wie Ponys. »Sie lassen niemanden an den Wagen ran.«

Benjamin musterte die Tiere eine Weile, ehe er Billings das Fleisch wegschnappte und es den Hunden hinhielt. Als er es auf den Boden warf, stürzten die Hunde sich gierig darauf. Benjamin befahl Moore und Ludwell, mehr Fleisch für die halb verhungerten Hunde zu bringen, und machte sich dann daran, die Ladung zu inspizieren. Die Männer erkannten bald, dass der Wagen nicht aus Charles Town kam wie der Rest des Konvois. Er war voll beladen mit kostbaren Gegenständen wie klappbaren Möbeln. Die Kisten selbst waren allesamt aus Teak und anderen teuren Holzarten gezimmert. Dan Scott brach eine Truhe mit Flaschen auf und las die Etiketten.

»Rum, französischer Champagner und Madeira.«

»Kein Wunder, dass der Wagen gut bewacht wurde«, bemerkte Billings, trat zum Wagen und fischte sich eine Flasche heraus. Gabriel öffnete derweil eine weitere Truhe, die gepuderte Perücken enthielt, allesamt perfekt frisiert und über Perückenständer in Kopfform drapiert.

»Was meinst du, was das alles wert ist?«, fragte Rollins, der gierig das Schloss der ersten von mehreren identischen Kisten aufbrach, in der Hoffnung auf einen kostbaren Inhalt. Zu seiner Enttäuschung enthielten sie jedoch nur Unterlagen und Bücher, die er ungeduldig wegwarf auf der Suche nach etwas, das er zu Geld machen konnte. Reverend Oliver hinter ihm hob eine Hand voll der losen Blätter auf und überflog den Text.

»Die persönliche Korrespondenz von Lord Cornwallis«, verkündete er gleich darauf.

Verblüfft hob Benjamin ebenfalls einige der Seiten hoch und überflog sie. Er tauschte einen erregten Blick mit dem Reverend, der die Bedeutung des Fundes sofort begriffen hatte. Hastig brachen sie die restlichen Kisten auf.

»Das sind seine Tagebücher, Briefe, Karten und Bücher«, stellte Reverend Oliver fest. Billings kam mit seiner Flasche zu ihnen herüber.

»Ich würde sagen, wir trinken den Wein, essen die Hunde und benutzen das Papier zum Polieren der Musketen.«

Der Reverend, der schon mehr als genug Barbarei gesehen hatte für diesen Tag, erkannte nicht, dass Billings nur scherzte. »Die Hunde essen?«, fragte er gepresst.

»O ja. So ein Hund schmeckt wirklich köstlich«, versicherte er dem Geistlichen.

»Grundgütiger!«

10. Kapitel

Nachdem sie die erbeuteten Güter nach Black Swamp gebracht hatte, verbrachte die erschöpfte, aber siegreiche Truppe einen ruhigen Abend an den Lagerfeuern. Gabriel hatte es sich in der Nähe des Torbogens der verfallenen spanischen Mission gemütlich gemacht und flickte mühsam seine zerfetzte Old Glory zusammen. Sein Vater hatte aus Cornwallis' Feldmobiliar ein Büro unter freiem Himmel eingerichtet. Er saß auf einem gepolsterten Stuhl, hatte die Stiefel auf einen Klapptisch gelegt, und las im Licht einer Laterne aufmerksam die Unterlagen des Lord General. Er war umgeben von einem Grammophon, einigen Ölgemälden und einer raffinierten klappbaren Kommode. Die Doggen, die ihn offenbar ins Herz geschlossen hatten, hockten hechelnd zu seinen Füßen und warteten geduldig, dass er seine Lektüre beiseite legte. Rollins hatte sich abseits ins Dunkel zurückgezogen, um seinen persönlichen Beuteanteil zu inspizieren, wobei er die Münzen und anderen Wertgegenstände, die er heute eingesammelt hatte, ordentlich sortierte.

Nicht weit von Gabriel entfernt stellte Villeneuve die Kisten der erbeuteten Waffen auf. Obgleich fast alle Männer irgendeine Schusswaffe von daheim mitgebracht hatten, waren hiervon zahlreiche uralt und reparaturbedürftig. Villeneuve begann, die Männer einzeln zu sich zu rufen, inspizierte ihre Waffen und gab eine Brown Bess, wie die britischen Musketen genannt wurden, an jeden aus, der eine neue Waffe brauchte. Occam gehörte ebenfalls zu denen, die keine eigene Waffe besaßen. Sein Beitrag am Hinterhalt dieses Morgens hatte sich darauf beschränkt, den Ast zu werfen und die Rotröcke dazu zu verleiten, eine Salve zu vergeuden, als das Wurfgeschoss knackend aufgeschlagen war. Villeneuve zögerte, ehe er ihm die Muskete überreichte.

»Weißt du, wie man damit umgeht?«, fragte er. Als Occam nicht antwortete, begann Villeneuve, ihm die Technik zu erklären. »Du ziehst den Hahn zurück, so, siehst du? Und dann ...«

»Ich weiß, wie man damit umgeht«, entgegnete Occam in seinem tiefen Bariton. »Ich habe für meinen Herrn gejagt, und jetzt wird von mir erwartet, für ihn zu sterben.«

Ein wenig aus dem Konzept gebracht, drückte der Major ihm die Muskete in die Hand. Dann begann er, ihn mit allerlei sonstiger Ausrüstung auszustatten, die er brauchen würde, wie einem Pulverhorn und einer Patronenschachtel. Dan Scott beobachtete das Ganze stirnrunzelnd.

»Ich halte nicht viel davon, Sklaven mit Musketen zu bewaffnen.«

Einige der anderen Männer grunzten und nickten zustimmend. Villeneuve ließ die Missbilligung kalt.

»Ihre Freiheitsliebe ist so blass wie Ihre Haut«, bemerkte er verächtlich.

Occam nahm seine Ausrüstung und steuerte das Quartier an, das er sich ein wenig abseits von den anderen eingerichtet hatte, aber Gabriel rief ihn an und bot ihm einen Platz an seinem Lagerfeuer an. Occam nahm das Angebot an und setzte sich zu ihm.

»Achte nicht auf sie«, sagte Gabriel. »Wenn wir diesen Krieg gewinnen, wird sich vieles ändern.«

Occam starrte eine Weile ins Feuer, ehe er antwortete. »Was wird sich ändern?«

Die Frage kam für Gabriel unvorbereitet, und er musste

erst gründlich nachdenken, ehe er antwortete. »Alle nennen dieses Land die Neue Welt«, begann er. »Aber das ist sie nicht. Sie ist genauso wie die alte. Aber uns bietet sich die Chance, hier eine neue Welt aufzubauen, eine Welt, in der Freiheit und Gerechtigkeit mehr als nur Worte sind. Eine Welt, in der alle Menschen im Angesicht Gottes gleich sind.«

»Gleich«, nahm Occam das Wort auf und lauschte seinem Klang. »Das klingt gut.« In der nächsten Stunde saßen die beiden Männer am Feuer und besprachen die Änderungen, die der Krieg ihrer Meinung nach bringen würde. Gabriel redete fast allein, erzählte von den Philosophen, die er gelesen hatte, und referierte über die Stärken und Schwächen der Kolonialwirtschaft. Occam verstand nur die Hälfte von dem, was er sagte, hörte ihm aber gerne zu. Es war die längste Unterhaltung, die der stille Mann seit Jahren geführt hatte, und je mehr Gabriel sprach, desto mehr nahm das, was aus Amerika werden konnte, in Occams Vorstellung Gestalt an.

Es war schon spät in der Nacht, als Benjamin schließlich seine Lektüre unterbrach. Gefolgt von den Hunden ging er zu einem der Lagerfeuer hinüber und setzte sich zu einer Gruppe seiner Männer.

»Und?«, fragte Billings. Benjamin nahm ihm die Flasche aus der Hand und trank einen Schluck. Dann stieß er einen langen, nachdenklichen Seufzer aus.

»Cornwallis ist ein militärisches Genie«, erklärte er. »Er versteht mehr vom Krieg, als wir je darüber wissen werden.«

»Das sind ja erbauliche Neuigkeiten«, bemerkte Billings sarkastisch.

»Seine Siege in Charles Town und Camden waren einfach perfekt vorbereitet, strategisch, taktisch und logistisch. Allerdings hat er auch eine Schwäche.« Er nahm noch einen Schluck aus der Flasche, während seine Männer ungeduldig darauf warteten, dass er fortfuhr. »Lord Cornwallis ist brillant. Seine Schwäche besteht darin, dass er das weiß.«

»Was meinen Sie damit?«, wollte Villeneuve wissen.

»Stolz«, entgegnete Benjamin. »Stolz ist seine größte Schwäche.« Die Männer starrten ins Feuer und dachten darüber nach. Villeneuve war alles andere als euphorisch.

»Mir persönlich wäre ja Dummheit lieber«, meinte er.

Benjamin lächelte. »Stolz wird reichen.«

In den folgenden Monaten behielt Benjamins bescheidene Streitmacht aus Bürgersoldaten ihr geheimes Lager in Black Swamp bei und unternahm in dieser Zeit häufig Ausfälle gegen die mächtigen Briten, wobei die Angriffe einander an Gewagtheit in nichts nachstanden. Sie setzten Benjamins indianische Taktik ein, um sich an den Feind heranzuschleichen, schlugen dann blitzschnell zu und waren ebenso schnell wieder untergetaucht. Die Kunde von ihren Überfällen verbreitete sich rasch, und ihr Ansehen wuchs. Schon bald wurde hinter vorgehaltener Hand auf jedem Dorfmarkt und in jedem ländlichen Gasthof der Gegend über den Geist und seine Männer geflüstert. Die einfachen Leute waren überrascht, als sie von einer Bande von Verrückten aus dem Hinterland hörten, die sich der königlichen Armee widersetzten, und richtiggehend schockiert waren sie davon, dass diese Wahnsinnigen offenbar mit ihren aberwitzigen Unternehmungen Erfolg hatten. Zum ersten Mal seit dem Fall von Charles Town wuchs bei den Patrioten wieder Hoffnung.

Benjamins Truppe brannte Brücken nieder, überfiel britische Gefängnisse und befreite patriotische Gefangene, nahm die britischen Festungen mit Scharfschützen unter Beschuss und machte den Rotröcken auch sonst das Leben schwer, wo sie nur konnte. Vor allem aber kaperten sie einen Versorgungstross nach dem anderen, sodass Cornwallis sich mit massiven logistischen Problemen konfrontiert sah und sogar einige seiner weiter abgelegenen Festungen aufgeben musste. Stück für Stück wurden die Engländer gezwungen, ihre Ziele zurückzustecken. Anstatt nordwärts zu marschieren, um General Washington zu bekämpfen, konzentrierten sie ihre Kräfte vor Ort, um die Versorgung ihrer Truppen in South Carolina zu gewährleisten.

Überall in der Kolonie tauchten Handzettel und Plakate auf, auf denen jedem, der die Miliz verriet, eine Belohnung versprochen wurde.

Die Königliche Armee
bietet eine
BELOHNUNG
für Hinweise, die zur
Ergreifung oder zum Tod des Rebellen
führen, der
der GEIST
genannt wird
unterzeichnet von Lord General Cornwallis,
auf Befehl König Georges III.

Dieser Aufruf erwies sich jedoch als weniger effektiv als die Briten sich erhofft hatten. Er bestätigte nur den Erfolg der South Carolina-Miliz und warb somit für die Sache der Patrioten. Die Zahl der Männer, die sich Benjamin anschlossen, wuchs stetig, bis ihm schließlich vierhundert Mann unterstanden und er gezwungenermaßen aufhören musste, neue Mitstreiter in das Basislager im Black Swamp zu holen.

Da die meisten Überfälle in der Dunkelheit stattfanden, gehörten die Vormittage weitgehend Villeneuve. Er arbeitete auf einem offenen Feld etwa zwei Meilen von ihrem Versteck entfernt und bemühte sich, die Männer auszubilden und in eine annehmbare Streitmacht zu verwandeln. Keine leichte Aufgabe. Am ersten Tag brauchte er allein eine halbe Stunde, bis sie in einer geraden Linie standen. Die Amerikaner waren nicht annähernd so gehorsam wie die Europäer, die er in der Vergangenheit ausgebildet hatte. Es widerstrebte ihnen, Befehle entgegenzunehmen, und sie stellten andauernd Fragen. Villeneuve kam so wie General von Steuben im Norden bald zu dem Schluss, dass die Methoden der Alten Welt ein wenig abgewandelt werden mussten, um bei den starrsinnigen Kolonisten zum gewünschten Erfolg zu führen. Er passte seinen Stil dieser Erkenntnis an und legte etwas von seiner diktatorischen Art ab. Er beriet sich häufiger mit den Männern und zwang sich, sich ihre Meinung anzuhören, wobei er sie allerdings nie vergessen ließ, wer der Boss war. Er war ein guter Ausbilder, und innerhalb von nur einem Monat hatte er ihnen eine vereinfachte, »demokratisierte« Version der britischen Fünfunddreißig-Punkte-Ausbildung vermittelt. Zu ihrer eigenen Überraschung begannen die Männer, an dem Drill Gefallen zu finden. Kämpfen zu lernen wie die Briten hob die Moral und das Selbstvertrauen von Greenhorns und Veteranen gleichermaßen.

Als der Frühling anbrach, fühlten sich die Milizsoldaten soweit, sich den Briten auf offenem Feld zu stellen, aber Benjamin wollte nichts davon hören. Er ahnte, dass der Tag kommen würde, da sie gezwungen sein würden, sich Cornwallis' Armee in einer offenen Schlacht zu stellen, hoffte aber, dass er sich irrte.

In diesen Monaten machte er es sich zur Gewohnheit, willkürlich und unangekündigt den Ortschaften und Dörfern um den Sumpf herum Besuche abzustatten. Begleitet von einer Hand voll seiner Männer suchte er ein Wirtshaus auf und kaufte mehrere Flaschen des besten Grogs. Er bezahlte immer in harter englischer Währung und hielt die Wirte bei Laune, indem er stets ein großzügiges Trinkgeld springen ließ. Diese Ausflüge waren jedoch keine Vergnügungstouren, sondern Teil der Kriegführung. Bewaffnet mit den Flaschen, die Benjamin erstanden hatte, schwärmten seine Männer aus und mischten sich unter die Einheimischen, mit denen sie ihren Schnaps teilten. Ein oder zwei Stunden wurde in den Wirtshäusern ausgelassen gelacht, wurden derbe Witze erzählt und machten sich kameradschaftliche Gefühle breit. Aber die Mitglieder der Miliz taten mehr als nur gute Laune zu verbreiten. Sie ließen in die feuchtfröhlichen Unterhaltungen Geschichten darüber einfließen, wie ein »Geist« sich in South Carolina erhoben hatte und den Rotröcken in der ganzen Kolonie das Leben schwer machte.

Liebe Miss Howard,

bereuen Sie, mir gestattet zu haben, Ihnen zu schreiben? Wenn ich richtig gezählt habe, ist das mein zehnter Brief, und ich fürchte, langsam zur Plage zu werden. Ich bete, dass Ihr Unwillen angesichts dieser Belästigung gemildert wird von den guten Neuigkeiten, die ich heute für all jene zu verkünden habe, die sich danach sehnen, Amerika als unabhängige Nation zu sehen. Noch haben die Engländer South Carolina in ihrer Gewalt, aber vor zwei Tagen haben wir einen weiteren ihrer Versorgungstrosse gekapert. Er war viel kleiner als der Erste, den ich Ihnen beschrieben habe, aber es war ein weiterer schwerer Schlag für die Briten. Wir fällten einen Baumstamm, der die Straße blockierte und sie so zum Halten zwang. Anfangs waren wir besorgt, weil der Schauplatz des Geschehens wenig Hindernisse oder Deckung bot, aber unser Anführer, der Geist, ließ uns zahlreiche Sträucher und Ranken abschneiden und als Deckung benutzen. Wir haben den Briten eine böse Überraschung bereitet, als wir plötzlich auf allen Seiten aufsprangen wie Dämonen aus der Hölle und sofort das Feuer eröffneten. Wir machten zahlreiche Gefangene, die wir jedoch mit einer

Nachricht an Cornwallis wieder laufen ließen: Sie sollten ihm den Dank des Geistes für seine laufende Unterstützung bestellen.

An den meisten Sonntagen gehe ich in die Kirche, um mir die Predigt anzuhören und die Männer dort davon zu überzeugen, sich uns anzuschließen. Gestern war ich in einem Ort, dessen Namen ich hier nicht nennen darf, und rekrutierte drei neue Soldaten. Auf jeden Mann, der zu Anfang dabei war, kommen inzwischen fünfzehn weitere.

Ich hoffe, Sie sind bei guter Gesundheit und guter Stimmung. Meine Hingabe für die Freiheit, die uns beiden so viel bedeutet, gibt mir Mut. Ich fürchte nicht um mein Leben, sondern bete nur, dass mir noch genug Zeit bleibt, um noch einmal nach Pembroke zu kommen.

Ihr Freund
G.M.

»Fertig, Mylord!«, verkündete der Schneider, als er in den luxuriösen Salon geeilt kam.

»Gott sei Dank!«, entgegnete der halb angekleidete Cornwallis ungeduldig. »Dann lassen Sie mal sehen.«

Sie befanden sich im Westflügel des Herrenhauses auf Middleton Place nordwestlich von Charles Town. Middleton Place, das als die größte Planatge South Carolinas galt, grenzte an den Ashley River. Das Backsteinhaus selbst war drei Stockwerke hoch und in einen elegant angelegten Park eingebettet. Der Herrensitz konnte sich mit den schönsten Häusern Englands messen, und als der wohlhabende Henry Middleton zu Ehren von Cornwallis' Eintreffen einen Ball veranstaltete, nahm der Lord General die Einladung sofort und gerne an, nicht wissend, dass Middleton als Whig-Sympathisant bekannt war. Cornwallis wurden drei Privatgemächer zur Verfügung gestellt sowie zwölf weitere Zimmer für die ranghöchsten Mitglieder seines Stabes.

Mit einem unsicheren Lächeln hielt der Schneider den Rock hoch, damit Cornwallis ihn begutachten konnte. »Ich habe hinten einen Abnäher gemacht und wunschgemäß breitere Epauletten angenäht. Ich habe sogar etwas Goldtresse aufgetrieben für die Manschetten.« Sicher war es nicht die eleganteste Galauniform, die ein britischer Offizier tragen konnte, aber in Anbetracht der Eile hatte der Schneider Beachtliches geleistet. Cornwallis rieb prüfend den Stoff zwischen den Fingern.

»Eine Pferdedecke«, stellte er fest.

Der Schneider erzitterte sichtlich.

Tavington fand die ganze Situation höchst amüsant. Wie ein Dirigent zur Musik, die bereits von unten heraufdrang, mit den Händen gestikulierend, trat er näher, um den Uniformrock ebenfalls zu begutachten. Er selbst trug seine beste Galauniform und war der Inbegriff des eleganten, formvollendeten militärischen Offiziers und Gentlemans. Das Haar hatte er sich mit Hilfe von Apfelpomade perfekt frisiert.

»Der Rock ist wirklich ziemlich gelungen, Mylord.«

»Eine hübsche Pferdedecke«, entgegnete Cornwallis, dem es gar nicht behagte, das Ding in feiner Gesellschaft tragen zu müssen. Er wandte sich an den Schneider und fuhr ihn zornig an: »Wo haben Sie diese Tressen her? Es sind nicht die richtigen.«

Der Mann stammelte wirres Zeug, bis der General von einem seiner Diener abgelenkt wurde, der kam, um seine Perücke nachzupudern.

Charles Cornwallis war der älteste Sohn einer angesehenen adeligen Familie. Sein Großvater war Baron gewesen, sein Vater Earl und sein Onkel Erzbischof von Canterbury. Seine Familie war nicht sonderlich vermögend, aber ihre gesellschaftlichen Kontakte waren Gold wert. Er hatte in der Vergangenheit bereits den wichtigsten Bällen und gesellschaftlichen Ereignissen beigewohnt. Er genoss solche Feierlichkeiten, und es lag ihm sehr daran, stets pünktlich zu erscheinen, und zwar perfekt gekleidet. Dieser Abend auf Middleton Place stellte eine demütigende Ausnahme dar.

Sein Zorn regte sich von neuem, als er wieder daran denken musste, weshalb er auf seine eigene Galauniform verzichten musste. Sie war zusammen mit zahlreichen anderen Wertgegenständen in die Hände der Aufständischen gefallen – zweifellos eine Horde ungewaschener, unkultivierter Heiden, die keine Verwendung dafür hatten. Genau genommen hatten seine Spione in den ländlichen Wirtshäusern ihn darüber informiert, dass die Uniformen sich im Besitz des Rebellenführers befanden, der sich selbst »Der Geist« nannte. Mit Widerwillen und Verachtung blickte er auf die Pferdedecke.

»Colonel Tavington«, fragte er zähneknirschend,. »Weshalb bin ich hier?«

»Zu einem Ball, Mylord. Soweit ich weiß, finden Sie derlei Vergnügungen amüsant.«

»Sie haben mich missverstanden, Sir. Ich frage Sie, warum ich nach all dieser Zeit auf Middleton Place bin, um an einem Ball in *South* Carolina teilzunehmen. Inzwischen sollte ich längst auf Bällen in *North* Carolina tanzen.« Er machte deutlich, dass er eine Antwort auf seine Frage erwartete.

Tavington schürzte die Lippen. »Liegt es vielleicht an unseren Versorgungslinien, Mylord?«

»Gut geraten, Colonel!«, bemerkte Cornwallis spöttisch, fuhr aber gleich darauf in ernstem Tonfall fort. »Erst der Diebstahl meines persönlichen Gepäcks«, sagte er eiskalt. »Darunter meine Tagebücher, auf die ich unzählige Stunden Arbeit verwandt habe. Dann stellt sich heraus, dass die Hälfte der Brücken zwischen hier und Charles Town abgebrannt wurden und nicht mehr passierbar sind. Colonel, wenn Sie nicht in der Lage sind, unsere Versorgungslinien gegen diese Miliz zu schützen, wie wollen Sie dann gegen die regulären Soldaten der Kolonisten bestehen? Oder gegen die Franzosen, wenn die eingetroffen sind?«

Tavingtons Züge verdüsterten sich. »Mylord, sie kämpfen anders als reguläre Truppen. Wir können sie nicht finden. Sie ziehen sich sofort nach dem Angriff wieder zurück, und es lässt sich einfach nicht vorhersagen, wann oder wo sie das nächste Mal zuschlagen werden.«

»Eine Miliz, Colonel, eine Bürgerwehr«, stieß Cornwallis verächtlich hervor. »Bauern mit Mistgabeln!«

»Sie sind mehr als das, Mylord. Ihr Anführer, dieser so genannte Geist, hat sie gut ausgebildet.«

Ein zweiter Diener erschien mit zwei Gläsern Branntwein auf einem Silbertablett. Cornwallis leerte das eine in einem Zug und schickte den Mann dann fort.

»Diesen Geist haben wir Ihnen zu verdanken.«

Tavington sah seinen Vorgesetzten verständnislos an. »Wie meinen Sie das, Sir?«

»Durch Ihre mangelnde Zurückhaltung. Ihre Brutalität hat ihm die Sympathien eingebracht, ohne die dieser Geist schon bald in der Versenkung verschwunden wäre. Und ich wäre inzwischen in North Carolina, wenn nicht gar in Virginia.«

»Mylord, ich ...«

»Genug!« Cornwallis schnitt ihm mit einem ungeduldigen Wink das Wort ab. »Ein großartiger Offizier sind Sie, besiegt von einer Märchengestalt!« Dann folgte ein Befehl. »Colonel, Sie werden meine Versorgungslinien sichern«, sagte er, jedes Wort besonders deutlich artikulierend.

Tavington, der vor Zorn bebte und sich gleichzeitig vor Scham wand, versuchte, eine demutsvolle Haltung einzunehmen. »Jawohl, Mylord.«

Cornwallis wandte sich mit herrischer Miene ab und betrachtete sich im Spiegel. »Also dann«, seufzte er, »geben Sie mir die Pferdedecke.«

Ein Diener nahm dem Schneider den Uniformrock ab und half Cornwallis hinein. Seine Lordschaft zog es vor, nicht weiter in den Spiegel zu schauen, um nicht das ganze Ausmaß seiner entwürdigenden Aufmachung zu sehen, und ging zur Tür. Aber anstatt sie zu öffnen, verharrte er einen Augenblick dort, eine Hand auf dem Knauf. Er blickte auf die Tressen an seinen Manschetten und dann auf die mit goldenen Litzen besetzten Vorhänge vor den Fenstern. Jetzt wusste er, wo der Schneider die goldene Verzierung her hatte: Etwa dreißig Zentimeter Tresse vom unteren Vorhangsaum fehlten, und es war klar, was aus ihnen geworden war. Cornwallis warf dem Schneider einen letzten vernichtenden Blick zu, ehe er auf den Flur hinaustrat.

Er hatte keine andere Wahl, als das Beste aus der Situation zu machen. Cornwallis beschloss, die Mängel seiner Garderobe durch Witz und Charme wett zu machen. Er straffte die Schultern und betrat den Ballsaal, wo das Fest bereits in vollem Gange war. Englische Offiziere und Tory-Gentlemen waren in angeregte Gespräche vertieft und unterhielten die reizenden Kolonialfrauen in ihren aufwändigen Roben. Ein kleines Orchester spielte, und livrierte Diener gingen umher und boten auf Tabletts Horsd'œuvres und Erfrischungen an. Einige der Gäste waren durch die großen Glastüren hinaus in den Garten gegangen und hatten einen kleinen grasbewachsenen Hügel mit Blick auf den Ashley River erklommen. Da der Ballsaal dank unzähliger Kerzen in helles Licht getaucht war, beschloss Cornwallis, nach draußen zu gehen, wo die Dunkelheit die Mängel seiner Uniform verdecken würde. Auf dem Weg zu den Terrassentüren entdeckte er im fahlen Mondlicht die Umrisse zweier britischer Lastschiffe, die Bristol und die York, die auf dem Fluss ankerten.

»O'Hara!«

Cornwallis' Stellvertreter entschuldigte sich bei seinen Gesprächspartnern und kam herbeigeeilt. »Euer Lordschaft, der Uniformrock ist wirklich ausgesprochen gelungen.«

Cornwallis ignorierte die unaufrichtige Schmeichelei. »Sieht aus, als wären unsere Versorgungsschiffe eingetroffen.«

»Das ist richtig, Euer Lordschaft.«

»Warum zum Teufel trage ich dann diese Lumpen?«

»Euer Lordschaft«, erklärte O'Hara, »Ihre Ersatzgarderobe befindet sich an Bord der York, aber Colonel Tavington hielt es für das Beste, erst unsere Waffen und die Munition auszuladen, die mit der Bristol gekommen sind. Sie werden in eben diesem Moment entladen.«

»Tavington hielt es für das Beste, sagten Sie?«, fragte Cornwallis und blickte aus zusammengekniffenen Augen auf den blendend aussehenden Colonel, der soeben den Saal betrat.

»Ja, Euer Lordschaft.«

In eben diesem Augenblick lösten sich ein Dutzend kleiner Boote mit Öllaternen am Bug von der Bristol und kam an Land. Das Herrenhaus von Middleton Place in einigen hundert Metern Entfernung thronte majestätisch oben auf einem terrassierten Hügel und war strahlend hell erleuchtet. Es war ein bezaubernder Anblick, aber die Stimmung auf dem Wasser war alles andere als friedlich. Nachdem alle Offiziere auf dem Ball waren, waren die Soldaten des britischen Heeres sich selbst überlassen und stritten sich über jede Kleinigkeit. So ging es auf den Decks laut und ungemütlich zu.

Im allgemeinen Durcheinander achtete niemand auf die York. Niemand an Bord der Bristol bemerkte, wie ein Boot voller Männer in englischen Uniformen und mit tief in die Stirn gezogenen Hüten, die ihre Gesichter verbargen, sich dem Schiff näherten. Sie kletterten an Bord, verluden mehrere Kisten und ruderten dann in die falsche Richtung davon. Die kleine Besatzung, die zur Bewachung der York an Bord geblieben war, schenkte den Männern keine Beachtung und ahnte auch nicht, dass diese eine kleine Überraschung an Bord zurückgelassen hatten.

Als die angeblichen Rotröcke, die sich unbefugt Zutritt zur York verschafft hatten, in sicherer Entfernung waren, zündeten sie eine Laterne an und brachen in schallendes Gelächter aus.

»Seht ihr«, sagte Benjamin und schob den Hut in den Nacken. »Mit der richtigen Verkleidung kann man sich alles erlauben.« Er saß vorn im Bug, stützte sich auf die Ellenbogen und blickte auf Villeneuve und Gabriel an den Rudern. Er musterte Villeneuve lange und eindringlich.

»Die Uniform steht Ihnen gut, Major«, sagte er schließlich grinsend. »Sie sollten öfter rot tragen.«

Villeneuve hob einen Arm an die Nase und schnupperte an dem Stoff. »Stinkt.«

»Das überrascht mich nicht«, entgegnete Benjamin. »Immerhin stammt sie von einem Toten.«

Lord Cornwallis gefiel der Teil der Festlichkeiten, der sich im Freien abspielte, besser. Das Licht war gedämpft, und die Fröhlichkeit der anderen Gäste stimmte ihn langsam milder. Der Gastgeber des Abends, Mr. Middleton, begrüßte ihn herzlich und machte ihn mit Mr. Simms bekannt, dem wohlhabenden, korpulenten Händler aus Beaufort, der einer der Tory-Führer im Provinzrat gewesen war. Cornwallis war schon länger daran interessiert gewesen, Simms kennen zu lernen, aber jetzt, da sie sich gegenüberstanden, fiel es ihm schwer, sich auf das Gespräch mit den Mann zu konzentrieren. Der Grund dafür war Mrs. Simms, die in den Augen des Lord General eine atemberaubende Schönheit war. Sie trug eine aufwendig frisierte Perücke und ein erlesenes Kleid mit einem gewagten Dekolleté, das einen großzügigen Blick auf ihren prallen Busen gestattete. Ihr Gesicht war dem damals in Europa modernen Stil gemäß weiß gepudert, und sie hatte sich einen winzigen Schönheitsfleck direkt über die Lippe gemalt. Es erregte seine erotische Fantasie, sich auszumalen, wie diese Frau wohl unter diesen zahlreichen Schichten geschmackvoller Verkleidung aussehen mochte.

Um ihr Mitgefühl zu erwecken, begann er, von einigen der zahlreichen Widrigkeiten zu berichten, die er erlitten hatte, seit er in Amerika eingetroffen war, um den Aufstand niederzuschlagen. Die Dame zeigte sich angemessen betrübt und war ganz besonders gerührt von seinem tragischen Verlust der Dänischen Doggen.

»Nein!«, rief sie aus und fächerte sich erregt Luft zu. »Diese Unmenschen haben Ihnen auch noch Ihre Hunde genommen?«

Cornwallis seufzte tief. »Wunderbare Tiere. Ein Geschenk Seiner Majestät, müssen Sie wissen. Und jetzt sind sie wahrscheinlich tot.«

»Gibt es denn keinen Anstand mehr in diesem Land?«, warf Mr. Simms ein.

Urplötzlich wurde ihre Unterhaltung von einem lauten Knall gestört. Die Ballgäste blickten alle zum Fluss hinüber, und vor ihren Augen erhellten gleich mehrere aufeinander folgende Explosionen die Nacht. Die York ging in Flammen auf, und die Fässer Schießpulver in ihrem Bauch explodierten in hoch in den sternklaren Himmel schießenden Stichflammen.

»Oh, ein Feuerwerk!«, rief Mrs. Simms entzückt. »Wie hübsch!«

Cornwallis' Züge verzerrten sich zu einer Maske des Entsetzens, als die York in die Luft flog und brennende Trümmer nach allen Seiten geschleudert wurden. Er wusste sofort, was geschehen war. Während Mr. Middletons Gäste der besseren Sicht wegen zum Balkon eilten, wandte Cornwallis sich um und warf Tavington einen zornsprühenden Blick zu.

11. Kapitel

An einem warmen Frühlingstag führte Benjamin etwa ein Viertel seiner Brigade nach Pembroke. Es war sechs Monate her, seit Gabriel hergekommen war, um Männer zu rekrutieren, und dem Ort war anzusehen, dass er ohne die Hälfte seiner erwachsenen männlichen Bürger hatte auskommen müssen. Viele der Felder lagen brach, die tiefen Furchen, die im Laufe des Winters in der unbefestigten Straße entstanden waren, waren nicht aufgefüllt worden, und Reverend Olivers kleines Häuschen war zur Hälfte von Ranken überwuchert. Die Kirchentüren standen offen, und drinnen befanden sich einige Leute, die nicht in Pembroke lebten.

Der Ausflug war seit längerem geplant gewesen, und Benjamin hatte seinen Männern erlaubt, ihre Familien zu informieren, damit diese hier zu ihnen stießen. John Billings Ehefrau Sarah und ihr sechsjähriger Sohn gehörten zu jenen, die gekommen waren. Jessica Scott war so aufgeregt, ihren Mann in die Stadt einreiten zu sehen, dass sie auf ihn zustürzte und sein Pferd umarmte, bis er endlich abgestiegen war und sie ihn in die Arme schließen konnte. Mr. Howard, der den Lärm ebenfalls gehört hatte, eilte aus seinem Haus und humpelte auf Krücken die Straße hinunter, so schnell er konnte. Hunde bellten, und Kinder rannten jubelnd umher, als Pembroke seine heimkehrenden Helden feierte.

Am Abend, als die Aufregung über die Heimkehr der Männer sich ein wenig gelegt hatte, kehrte Gabriel mit einem

Strauß Wiesenblumen von einem Spaziergang über die Felder zurück. Auf einem Schild im vorderen Fenster des Howard-Hauses stand, dass der Textilwarenladen geschlossen war, aber er sah Kerzenschein durch die Vorhänge schimmern, und so ging er zur Tür und lauschte eine Sekunde, ehe er anklopfte. Die Tür wurde fast sofort aufgerissen, und Gabriel sah sich wieder dem sanften Gesicht Peter Howards gegenüber. Er schien nicht überrascht von dem Besuch, machte aber auch keinen besonders glücklichen Eindruck. Er registrierte den Blumenstrauß in Gabriels Hand, die blank polierten Stiefel und das ordentlich gekämmte Haar. Der Grund für den Besuch des jungen Mannes war nur zu offensichtlich.

Gabriel konnte Anne an einem Sekretär sitzen sehen, wo sie offenbar mit der Buchhaltung des Familiengeschäfts beschäftigt war. Sie wirkte ein wenig verlegen, aber auch sehr erfreut, ihn zu sehen, und beendete ihre Arbeit sofort.

Ihr Vater stand wortlos in der Tür und wartete auf Gabriels Erklärung.

»Mr. Howard, ich bin gekommen, um Anne zu besuchen.«

Der ältere Herr hob das Hörrohr ans Ohr. »Wie?«

Gabriel wiederholte sein Anliegen, diesmal etwas lauter. »Ich bin gekommen, um Anne zu besuchen.«

Der alte Herr machte ein verdutztes Gesicht. »Was wollen Sie aussuchen? Der Laden ist geschlossen!«

Anne kam lachend an die Tür. »Vater, hör auf damit! Du hast ihn sehr wohl verstanden.« Sie bat Gabriel herein. Sie sagte, sie hätten ihn erwartet und rechneten damit, dass er zum Abendessen blieb.

Mr. Howard rührte sich nicht von der Stelle, versperrte weiter die Tür und ließ Gabriel noch einen Moment schmoren. Dann trat er beiseite und ließ ihn mit einem leisen Lächeln ein.

»Selbstverständlich können Sie sie besuchen.«

Das Abendmahl war nach Maßstäben der Howards bescheiden. Es gab Wildbraten, ganze Maiskolben und dazu gekochte Rüben. Aber für Gabriel, der seit Monaten keine ordentliche Mahlzeit mehr bekommen hatte, war es ein Festschmaus. Obgleich Mrs. Howard das letzte Mal mit ihm gesprochen hatte, als er noch ein Kind gewesen war, schloss sie den jungen Mann sofort ins Herz und sorgte dafür, dass er sich bei ihnen wie zu Hause fühlte. Mr. Howard versuchte, ernst und streng dreinzublicken, kam aber gegen seine eigene Frohnatur nicht an, und so dauerte es nicht lange, und er brachte alle am Tisch zum Lachen mit Geschichten aus der Zeit, da Gabriel und Anne als Kinder zusammen gespielt hatten. Nach der Fruchtpastete, die Mrs. Howard zum Dessert reichte, zogen sie sich in den Salon zurück, wo sie auf die ruhmreiche Sache der amerikanischen Freiheit zu sprechen kamen. Anne und Gabriel sprachen so leidenschaftlich und schnell, dass sogar Peter Howard, selbst ein geübter Rhetoriker, kaum mithalten konnte. Als die Uhr neun schlug, unterbrach Mrs. Howard ihre angeregte Unterhaltung und fragte Gabriel, ob er die Nacht mit Anne verbringen wolle. Plötzlich ganz schüchtern, grinste er und bejahte scheu. Nachdem auch Mr. Howard widerwillig zugestimmt hatte, entschuldigte seine Frau sich und ging nach oben, um das Bett zu machen.

Als Gabriel und Anne einige Minuten später ins Zimmer kamen, hatte Mrs. Howard den Schlafsack bereits auf dem Bett ausgebreitet, und ihre Nähutensilien lagen auf dem Nachttisch bereit. Sobald Gabriel in den Sack aus schwerem Segeltuch geschlüpft war, machte sie sich daran, diesen zuzunähen, bis nur noch Gabriels Kopf hervorschaute. Der Schlafsack war ursprünglich ein deutscher Brauch und war inzwischen in den Kolonien ein recht verbreiteter Bestandteil der Werbung. Er verschaffte jungen Paaren die Gelegenheit, miteinander intim zu sein, während er gleichzeitig eine Schwangerschaft wirkungsvoll verhinderte.

Während ihre Mutter noch mit Nähen beschäftigt war,

schlüpfte Anne in ihr Nachthemd und legte sich dann zu Gabriel ins Bett, wo sie ihre lebhafte Unterhaltung fortsetzten. Sie wollte alles über den Krieg wissen, auch Einzelheiten der Kämpfe.

»... aber wenn ihr die Rotröcke bei Singer's Ferry überfallen habt, wer hat dann das Warenlager in Starksboro ausgeraubt? Deine Männer können es nicht gewesen sein, da beide Aktionen in derselben Nacht stattgefunden haben.«

»Ich versichere dir, dass wir für beides verantwortlich sind«, entgegnete Gabriel stolz.

»Aber wir haben gehört, dass ihr eure Männer in drei Brigaden aufgeteilt habt.«

»Nein, wir halten frische Pferde im Abstand von mehreren Meilen bereit, reiten wie die Teufel und schaffen es so, bis zu drei Posten der Engländer in nur einer Nacht zu überfallen.«

Sie überlegte einen Moment und nickte dann anerkennend. »Die Briten müssen glauben, dass ihr viel zahlreicher seid, als es tatsächlich der Fall ist. Das muss sie verwirren.«

Annes Mutter arbeitete bei den letzten Stichen rund um den Halsausschnitt besonders sorgfältig. Als sie fertig war, testete sie die Naht, indem sie mehrmals kräftig daran zog, und sammelte dann ihre Nähsachen ein. Mr. Howard stand auf seine Krücken gestützt in der Tür und fühlte sich sichtlich unbehaglich.

»Du brauchst dir keine Sorgen zu machen, Vater«, sagte Anne.

»Ich weiß«, brummte Mr. Howard und blickte mit hochgezogenen Brauen auf Gabriel.

Anne blickte den Mann an ihrer Seite mitfühlend an und entschuldigte sich für seine etwas lächerliche Lage.

»Ach, ich finde, Schlafsäcke sind eine wunderbare Tradition«, log er, vor allem ihren Eltern zuliebe. »Mir macht das überhaupt nichts aus.«

Mr. Howard schnalzte skeptisch mit der Zunge.

»Raus jetzt, Peter«, schalt seine Ehefrau und scheuchte ihn aus dem Zimmer. Sie nahm eine der brennenden Kerzen vom Tisch und schenkte den jungen Leuten ein liebes Lächeln. »Halt ihn nicht die ganze Nacht wach, Anne, er muss morgen früh weiter. Wenn ihr etwas braucht, dein Vater und ich sind *gleich nebenan.*« Mit dieser sanften Warnung zog sie die Tür hinter sich zu. Als sie ihr eigenes Schlafzimmer betrat, sah sie, dass ihr Mann sein Hörrohr an die Wand hielt. Er wandte sich ihr mit einem leisen, gequälten Stöhnen zu.

»Sie ist noch so jung!«

»Ach was! Sie ist weit über das übliche Alter hinaus. Älter, als ich es war, als du in den Sack eingenäht wurdest.« Mr. Howards Augen weiteten sich bei der Erinnerung. »Aber keine Bange«, fügte sie hastig hinzu. »Ich kann besser nähen als meine Mutter.«

»Das will ich stark hoffen.«

»Tee?«, fragte Anne.

»Ja, bitte«, entgegnete Gabriel.

Er lag steif auf dem Rücken und wünschte, er hätte die Hände frei, als sie sich abwandte und nach dem Teetablett griff. Als sie einschenkte, kam ihm ein Gedanke.

»Da fällt mir etwas ein! Ich habe eine Ausgabe von Thomas Paines Streitschrift ›*Common Sense*‹ mitgebracht, in der Hoffnung, wir könnten gemeinsam ein wenig darin lesen.«

»Großartig. Ich gehe sie holen.«

»Das geht nicht. Ich meine, ich habe sie mit ins Bett genommen. Sie ist in meiner Jackentasche.«

»Vergessen, ja? Bis jetzt?«

Gabriel sah sie fragend an und wartete ab, wie sie reagieren würde. Als sie nur wortlos zurückstarrte, begann er, im Inneren des Sacks zu rumoren und schaffte es schließlich, die Seiten durch den engen Halsausschnitt zu schieben. »Ich habe einige meiner Lieblingspassagen markiert«, sagte er und zeigte so gut es ging mit der Nase. Anne hielt die verknitterten Seiten dicht an die Kerze und las die unterstrichenen Worte laut vor. Gabriel, der die Passagen auswendig kannte, sprach laut mit.

»Wir haben es in der Hand, noch einmal ganz von vorn anzufangen. Eine Situation wie die heutige hat es seit den Tagen Noahs nicht mehr gegeben. Die Geburt einer neuen Welt steht bevor, und eine Rasse von Menschen, möglicherweise so zahlreich wie die Bewohner ganz Europas, werden in einigen Monaten ihren Anteil an der Freiheit bekommen.« Sie blickte auf und nickte zustimmend. »Eine neue Welt erschaffen. So habe ich es bislang nicht gesehen, aber genau das tust du, nicht wahr?«

»Genau das tun *wir*«, entgegnete er voller Zuneigung.

»Dann lass uns darauf trinken!«, sagte sie und setzte ihm die Teetasse vorsichtig an die Lippen. »Auf die neue Welt!«

Gabriel hob den Kopf und nippte. Der Tee war köstlich. »Der Tee ist wirklich sehr gut.«

»Es freut mich, dass er dir schmeckt«, erwiderte sie und schenkte ihm ein warmes Lächeln.

Er ließ den Kopf auf das Kissen zurücksinken und blickte zu dem strahlenden Engel über ihm auf. Als er ebenfalls lächelte, sah Anne befriedigt, dass seine Zähne schwarz verfärbt waren von der Tinte, die sie in seinen Tee geschüttet hatte.

In den Monaten seines Dienstes in der Miliz hatte Reverend Oliver nichts so sehr vermisst wie die Bequemlichkeit seines eigenen Bettes. An manchem Morgen im Sumpf war er mit steifem Hals oder schmerzendem Rücken aufgewacht. Ein Mann seines Alters, hatte er wiederholt geklagt, habe das Recht auf ein weicheres Lager als den harten, kalten Erdboden. Aber nun kam ihm seine Matratze zu weich vor, so als wolle sie ihn verschlucken. Auch hatte er einigen seiner Kameraden aus anderen Orten Obdach gewährt. Fast ein Dutzend von ihnen hatten es sich auf dem Fußboden oder in Sesseln gemütlich gemacht, den Hut tief ins Gesicht gezogen, und sie alle schnarchten um die Wette, sodass in dem kleinen Cottage ein Lärm herrschte wie in einer Sägemühle. Bis zum Morgengrauen waren es noch einige Stunden, als der Reverend die Hoffnung, wieder einzuschlafen, endgültig aufgab. Auf Zehenspitzen schlich er an den schlafenden Männern vorbei, die Stiefel in der einen und den Mantel in der anderen Hand. Er schlenderte über die Straße zur Kirche, auf der Suche nach einem stillen Ort, an dem er ein wenig entspannen konnte. Als er das Gotteshaus betrat, sah er überrascht eine gebeugte Gestalt vor dem Altar knien.

Er blieb an der Tür stehen und blinzelte in die Dunkelheit, bis er erkannte, dass es sich um Benjamin Martin handelte, ein Mann, der immer nur sporadisch die Kirche besucht hatte und dann nach dem Tod seiner Frau überhaupt nicht mehr. Der Reverend überlegte, ob er eintreten sollte, beschloss jedoch dann, die Zuflucht Colonel Martin zu überlassen, der sie vermutlich nötiger hatte als er selbst. Immerhin trug der eine gewaltige Last der Verantwortung auf den Schultern. Trotz seiner Leistungen in den vergangenen Monaten rechneten nur sehr wenige kundige Beobachter damit, dass Benjamin mit seinen Aktionen gegen die Briten noch lange Erfolg haben würde. Aber wenn es ihm nicht gelang, die Briten im Süden zu halten, stand Washington eine sichere Niederlage bevor, und damit wäre das Schicksal der amerikanischen Unabhängigkeit besiegelt. Der Reverend wusste, dass dieses Kreuz schwer zu tragen sein musste, vor allem für einen Mann, der in seinem Leben schon schweres durchgemacht hatte.

Reverend Oliver sagte sich, dass ein Spaziergang vor Morgengrauen ihm gut tun würde, und folgte gemächlich der Straße in Richtung Ortsausgang. Schon nach hundert Metern stieß er jedoch auf ein einladendes Fleckchen Grün, dem er nicht widerstehen konnte. Er machte es sich im hohen Gras bequem und war kurz darauf fest eingeschlafen.

Einige Stunden später graute der Morgen über Pembroke. Dan Scott verließ sein Haus und steuerte die Kirche an, wo die Wagen für die Rückkehr zum Lager beladen wurden. Er war noch nicht weit gegangen, als er Occam vor der Schmiede stehen und auf einen Anschlag dort starren sah. Ludwell und einige andere Männer lungerten in der Nähe herum. Scott war sicher, dass Occam nicht lesen konnte, und wollte sich mit dem Sklaven einen Spass erlauben.

»Wo du schon da rumstehst«, rief er, »kannst du uns doch auch vorlesen, was da steht, oder?« Scott, von Beruf Küfer, hatte bislang nicht viel Kontakt mit Afrikanern gehabt, konnte sie jedoch nicht leiden. Er lachte über seinen eigenen Witz, aber die anderen Männer stimmten nicht ein.

»Ich kann nicht lesen«, entgegnete Occam.

»Ich auch nicht«, bemerkte Ludwell.

Scott, dessen fleischiges Gesicht frische Schnitte vom Rasieren aufwies, kam herüber und schüttelte den Kopf über die Ignoranz der anderen Männer. Er konnte selbst nicht besonders gut lesen, aber für den Anschlag reichte es. Stockend las er den anderen vor, was auf dem Plakat stand.

»Auf Befehl seiner Exzellenz General George Washington und des Kontinentalkongresses wird hiermit verfügt, dass allen Sklaven, die mindestens ein Jahr in der Kontinentalarmee oder einer der ihr angeschlossenen Milizen dienen, die Freiheit geschenkt wird und sie darüber hinaus mit fünf Shilling pro Monat Dienstzeit entlohnt werden.«

»Du kannst aber gut lesen«, meinte Ludwell.

Scott stemmte die Hände in die Seiten. »Hast du begriffen, was das heißt? Sie wollen sie freilassen. Nicht nur das, sie sollen auch noch Geld bekommen. Mir scheint, George Washington steht entweder das Wasser bis zum Hals, oder er ist verrückt geworden.« Er blickte Zustimmung heischend um sich, die erhoffte Reaktion bei seinen Kameraden blieb jedoch aus.

»Nur noch sechs Monate«, sagte Occam.

Angewidert wandte Scott sich ab, drehte sich nach ein paar Schritten jedoch noch einmal um. »Was zum Teufel wollt ihr Neger eigentlich mit der Freiheit anfangen, häh?«

Occam erwiderte seinen Blick fest. Er schien eine Antwort parat zu haben, behielt sie aber für sich.

Billings wühlte in einem der Wagen und hob schließlich einen Sack voller Andenken herunter, die er gesammelt hatte. Er trug sie dorthin, wo seine Frau und sein Sohn auf ihn warteten. Sie war eine unscheinbare Irin mit feuerrotem Haar, das unter einer weißen Baumwollhaube hervorlugte. Sie sprach nicht viel und lächelte nur selten, sodass sie auf Außenstehende arrogant wirkte, aber es war nicht zu übersehen, dass sie ihren schweren, ungeschlachten Ehemann aufrichtig liebte.

Der kurze Besuch bei ihr schien Billings gut getan zu haben. Sein Gang war beschwingter, und er hatte ein Lächeln auf den Lippen. Zum ersten Mal seit Wochen waren sämtliche Knöpfe an seiner Kleidung ordentlich geknöpft, seine Stiefel geschnürt, und er hatte sich sogar das lange, widerspenstige Haar gekämmt. Er kniete neben dem Jungen nieder und fischte eine Spielzeugpistole aus dem Sack. Sie war aus Holz, und Billings hatte sie selbst geschnitzt.

Der rothaarige Junge war begeistert und zielte sogleich auf die Stirn seines Vaters. »Peng!«

Billings lachte.

Mr. Howard, der gerade vorbeihumpelte, blieb stehen und

starrte in diese Richtung, als Billings unverwechselbares, ungewöhnliches Gelächter hörte, das er im ersten Moment für den Schmerzensschrei eines Tieres gehalten hatte. Als er seinen Weg fortsetzte, sah er Benjamin Martin auf sich zukommen, flankiert von den Dänischen Doggen mit den schweren baumelnden Lefzen.

»Guten Morgen, Colonel.«

»Guten Morgen, Ratsmitglied.«

»Haben Sie die Vorräte erhalten, die ich Ihren Männern mitgegeben habe?«

»Ja, das habe ich«, bestätigte Benjamin. »Deswegen wollte ich gerade zu Ihnen. Ich fürchte, ich kann Sie nicht bezahlen ...«

Howard winkte ab. »Sie zahlen, was Sie können und wann Sie können«, sagte er dröhnend. »Bis dahin betrachten Sie es als meinen kleinen Beitrag für die Sache.«

Benjamin dankte ihm mit einem Händedruck. »Sie sind ein guter Mann, Peter.«

»Besser als der Durchschnitt vielleicht«, entgegnete dieser augenzwinkernd. Auf seine Krücken gestützt, zeigte er über den Kirchenvorplatz hinweg auf Gabriel. »Der Bursche hat die Nacht bei uns verbracht, in einen Schlafsack eingenäht.«

Benjamin sah, wie Gabriel sich etwas abseits von den anderen sichtlich vertraut mit Anne unterhielt.

»Wenn Sie das nächste Mal vorbeikommen«, fuhr Howard schmunzelnd fort, »sollten wir uns vielleicht über die Mitgift unterhalten. Sie ist ganz vernarrt in ihn. Sie gerät immer ganz aus dem Häuschen, wenn ein Brief von ihm kommt.« Er beobachtete die jungen Leute eine Weile lächelnd und lachte dann schnaubend. »Er erinnert mich sehr an Sie ... bevor Sie alt und hässlich wurden!«

Benjamin betrachtete die beiden ebenfalls, wie aus weiter Ferne. »Nein, er ist nicht wie ich«, sagte er dann leise, beinahe flüsternd. »Er kommt nach seiner Mutter.« Die große Zärtlichkeit in seiner Stimme überraschte sein Gegenüber. »Meine jüngeren Kinder können sich natürlich kaum noch an sie erinnern, aber Gabriel ... sie hat ihn gut erzogen. Er ist jetzt schon ein besserer Mensch, als ich je werden könnte.«

Howard wurde unruhig. Die offene Gefühlsbezeugung machte ihn verlegen. Als Benjamin dies bemerkte, schüttelte er die melancholische Stimmung ab und schlug einen derberen Ton an.

»Was haben Sie eigentlich mit alt und hässlich gemeint? Wenn ich Sie mir so anschaue ... Wer im Glashaus sitzt, sollte nicht mit Steinen werfen, Sie verstehen?«

Howard drohte ihm mit der Faust, sofort bereit, seine Ehre zu verteidigen. Er schlug spaßeshalber nach Benjamin, verfehlte ihn aber, Die beiden Männer lachten und schüttelten sich erneut die Hand, ehe Benjamin sein Pferd sattelte. Schließlich steckte er zwei Finger in den Mund und pfiff durchdringend – für seine Männer das Signal zum Aufsitzen.

Während die anderen sich auf ihre Pferde schwangen, blickte Gabriel immer noch wie gebannt Anne in die Augen. Er legte ihr den Arm um die Taille und zog sie näher zu sich heran, um ihr einen Abschiedskuss zu geben. Als sie ihn gewähren ließ, beugte er sich vor und drückte ihr einen flüchtigen Kuss auf die Lippen. Dann ließ er die Hand sinken, in der Erwartung, dass sie zurücktreten würde, aber sie blieb, wo sie war, ihre Nasenspitze an seiner, und schaute ihm tief in die Augen. Sie küssten sich wieder, und diesmal war es ein richtiger Kuss, zärtlich und anhaltend.

Gabriel brach den Kuss ganz plötzlich ab, ließ die atemlose Anne stehen, rannte zu seinem Pferd und schwang sich mit einem geschmeidigen Satz in den Sattel. Er preschte davon und nahm seinen Platz an der Seite seines Vaters ein. Überglücklich grinste er wie ein Honigkuchenpferd und zeigte die von der Tinte geschwärzten Zähne. Während sein Vater ihn noch eigentümlich musterte, drehte Gabriel sich um und winkte Anne zu. Er sah sie zurückwinken, war jedoch bereits zu weit weg, um zu erkennen, dass sein Kuss schwarze Spuren auf ihren Lippen hinterlassen hatte.

12. Kapitel

Einen Tag nach ihrer Rückkehr ins Lager auf der Sumpfinsel entdeckten zwei von Benjamins Kundschaftern einen nur leicht bewaffneten kleinen britischen Versorgungstransport auf einer wenig benutzten Straße nach Süden. Nachdem er die Männer eingehend befragt hatte, beschloss Benjamin, loszureiten und sich persönlich ein Bild zu machen.

Im Vergleich zu dem Versorgungstross, den sie bei ihrem allerersten Einsatz erbeutet hatten, war dieser Transport, der nur zwei verdeckte Wagen zählte, ein kleiner Fisch. Cornwallis hatte aus den Partisanenangriffen der vergangenen Monate gelernt. Die Transporte schienen immer kleiner und besser bewacht. In dieser Hinsicht stellte dieser hier eine Ausnahme dar, da er nur von sechs Infanteristen und ihrem Sergeant eskortiert wurde. Benjamin entdeckte die Wagen von einer Hügelkuppe aus und beobachtete sie eine Weile durch die Linse seines Fernrohrs. Inzwischen war es brütend heiß, und die Rotröcke überquerten ein offenes sonniges Feld, liefen, ohne es zu ahnen, direkt auf den Geist zu. Der Sergeant an der Spitze war ein korpulenter Mann, dessen gerötetes Gesicht darauf hindeutete, wie sehr ihm die Temperaturen zu schaffen machten. Obgleich er sich unablässig Luft zufächerte und als Sonnenschutz ein Taschentuch über den Kopf gebreitet hatte, lief ihm der Schweiß in Strömen über das Gesicht. Auf beiden Seiten zeichneten sich unter den Achseln dunkle Flecken ab. Er sah aus wie eine gekochte Gans.

Benjamin beobachtete den Trupp lange. Vielleicht überlegte er, ob er überhaupt die Mühe an einem so heißen Tag wert war. Aber die Rotröcke machten ihm die Entscheidung leicht, da sie geradewegs auf die Stelle zusteuerten, an der er in aller Ruhe im Schatten wartete. Als der Sergeant um eine leichte Kurve in der Straße bog, sang er leise vor sich hin, obwohl er nach Luft rang.

In the spring of the year when the blood is too thick,
There is nothing so rare as a sassafras stick.
It cleans up the liver, it strengthens the heart,
And to the whole system new life does impart.
Sassafras, O, Sassafras! Thou are the stuff for me!
And in the spring I love to sing sweet sassafras of thee.

Erst als er nur noch zwanzig Schritte entfernt war, hob der Sergeant den Kopf, um einen Blick auf die Straße zu werfen. Als er die Bande grobschlächtiger, schwer bewaffneter Männer erblickte, stieß er einen Schrei aus und blieb wie angewurzelt stehen. Dann fasste er sich wieder, zückte seinen Säbel und hielt ihn hoch über den Kopf, woraufhin die Wagen hinter ihm ächzend zum Stehen kamen. Die Zahl der Angreifer überstieg jene der Briten im Verhältnis von etwa zwei zu eins.

Benjamin thronte reglos auf seinem Pferd in der Mitte der Straße. Er war von Gabriel und Villeneuve flankiert und hatte ein Dutzend Mann hinter sich, deren Waffen auf die nicht zu verfehlende breite Brust des Offiziers zielten. Benjamin sprach ihn in ruhigem, bestimmtem Tonfall an.

»Sergeant, diese Straße ist gesperrt. Diese Wagen werden beschlagnahmt und sind ab sofort Eigentum der Kontinentalarmee.«

Der Mann starrte einen Moment stumpfsinnig zurück, den Säbel erhoben wie eine Fahnenstange, als hätte die Hitze sein

Hirn angegriffen und ihn der Fähigkeit beraubt, zu antworten. Dann brüllte er aus vollem Hals den Männern hinter sich Befehle zu.

»Anlegen! Zweiergruppen bilden!«

Benjamin war verblüfft über den Entschluss des Offiziers, Widerstand zu leisten, und er fand seine Reaktion gleichermaßen mutig und dumm, wovon er sich jedoch nichts anmerken ließ. Genau genommen zeigte er keinerlei Reaktion. Er blieb auf seinem Pferd sitzen und ließ den englischen Soldaten geduldig Zeit, mit ihren Musketen nach vorn zu laufen und ihren Angriff vorzubereiten. Er warf einen fragenden Blick auf Villeneuve, der sich das sonderbare Verhalten des Feindes jedoch offensichtlich auch nicht erklären konnte. Er zuckte nur die Schultern und sagte auf Französisch: »Der Mann ist verrückt.« Als die Rotröcke ein einziges kompaktes Ziel bildeten, hob Benjamin die Finger an den Mund und pfiff.

Sofort erwachten das Dickicht und das hohe Gras auf beiden Seiten der Straße zum Leben. Fünfundfünfzig amerikanische Milizsoldaten kamen aus ihrer Deckung und zeigten sich. Ihre Waffen zielten auf die umzingelten englischen Soldaten. Der Arm des Sergeants ragte immer noch in die Luft, aber der Ausdruck auf seinem Gesicht war der reiner Panik. Benjamin versuchte, den Mann zur Vernunft zu bringen.

»Sergeant, es gibt keinen vernünftigen Grund, weshalb Sie und Ihre Männer sterben sollten. Wir geben uns mit den Wagen zufrieden und krümmen Ihnen kein Haar. Legen Sie nur die Waffen nieder und gehen Sie.«

Trotz seiner unübersehbaren Furcht gab der Offizier nicht nach. »Dies ist eine Straße der Krone«, entgegnete er laut. »Ich rate Ihnen und Ihren Männern, uns passieren zu lassen.«

»Sind Sie verrückt, Mann? Überdenken Sie Ihre Lage!«

Aber der tapfere Soldat ließ sich nicht umstimmen. »Legt an«, brüllte er, und seine Männer gehorchten.

Benjamin kam das Ganze plötzlich verdächtig vor. Ihm ging ein Licht auf, als er ein leises Grummeln hörte, anfangs kaum wahrnehmbar, aber stetig zunehmend. Seine Männer drehten die Köpfe, um zu sehen, was los war. Pferdehufe und zwar sehr viele, trommelten auf die harte Erde, und das Getrappel wurde mit jeder Sekunde lauter. Britische Kavallerie, die Grünen Dragoner, kamen hinter den Wagen die Straße heraufgeprescht. Dann tauchten ohne Vorwarnung weitere Reiter auf ihren Flanken auf und stürmten zwischen den Bäumen auf sie zu. Die Wagen selbst wackelten, als die Rotröcke, die sich unter den Planen versteckt gehalten hatten, diese zurückschlugen und mit schussbereiten Musketen herabsprangen. Ohne auf einen Befehl zu warten, flüchteten Benjamins Männer, die eben noch die Wagen umstellt hatten, in Richtung Wald, in der Hoffnung, ihre Pferde noch rechtzeitig zu erreichen.

»FEUER!«

Die britische Infanterie feuerte eine Salve auf Benjamins Männer ab. Dan Scott wurde an der Schulter getroffen und stürzte in hohem Bogen von seinem Pferd. Die Reiter um Benjamin herum erwiderten das Feuer und schossen hinter den Briten her, als diese kehrtmachten, um in Deckung zu gehen. Dann gaben die Männer ihren Pferden die Sporen und galoppierten davon, gerade als die Dragoner von drei Seiten die Straße erreichten. Benjamin warf einen Blick zurück und sah, wie die Dragoner knapp zwanzig seiner Männer, darunter Reverend Oliver und John Billings, den Weg abschnitten.

»Schneller!«, rief Benjamin, als er sah, dass Gabriel überlegte, kehrtzumachen, um seinen Kameraden zur Hilfe zu eilen. Sie blickten beide über die Schulter und sahen, dass Colonel Tavington sie jagte, an der Spitze eines fünfzig Mann starken Trupps. Die Patrioten holten alles aus ihren Pferden heraus und folgten Benjamin zurück in Richtung Sumpf.

Benjamin saß allein an seinem Feuer und starrte in die Flammen. Er war damit beschäftigt, weitere von Thomas' Spielzeugsoldaten in Kugeln zu gießen, aber er war nicht bei der Sache. Drückende Stille hatte sich über das Lager gesenkt. Jene, denen es gelungen war, noch rechtzeitig zu ihren Pferden zu rennen und zu fliehen, ließen lautlos ihre Wunden versorgen. Benjamins Armee, die den Tag mit grenzenlosem Optimismus begonnen hatte, war mit einem einzigen niederschmetternden Schlag zunichte gemacht worden. Gabriel kam herüber, setzte sich zu seinem Vater und sah zu, wie der vorsichtig heißes Blei in die Form goss.

»Ich wusste gar nicht, dass Thomas so viele von diesen Figuren hatte«, sagte er, bestrebt, die Stimmung zu heben.

Benjamin blickte nicht einmal auf. »Das sind die Letzten. Hast du genaue Zahlen?«

»Zweiundzwanzig Tote, achtzehn Verwundete, und zwanzig werden vermisst.«

Die Gussform zischte laut, als Benjamin sie in Wasser tauchte, und die beiden Männer schwiegen, bis die Form vollständig ausgekühlt war. Sie lauschten dem Quaken der Frösche, während in ihrem Inneren noch die Katastrophe des Nachmittages widerhallte. Nach einer Weile hörten sie Geschrei unter den Männern. Als der Streit sich nicht wieder legte, ging Benjamin hinüber, um nachzusehen, was los war.

Rollins und eine Hand voll der Männer aus dem Hinterland packten ihre Sachen, die sie achtlos in Provianttaschen stopften, während Villeneuve und einige andere eindringlich auf sie einredeten. Als er Benjamin kommen sah, sprach Rollins für sich und die anderen Männer seiner Gruppe.

»Ich habe genug«, rief er. »Ich habe fast jede Ausrüstung verloren, die wir hatten. Und ich habe nie einen Shilling dafür bekommen. Hätte ich eh nicht. Ich weiß gar nicht, was ich mir dabei gedacht habe, mitzumachen.« Rollins wartete auf eine Antwort, und als Benjamin schwieg, lud er sich mehrere Taschen auf die Schultern und ging zu seinem Pferd. Unmittelbar bevor er davonritt, drehte er sich um und spuckte Benjamin vor die Füße. Als die Männer fort waren, versuchte Villeneuve, den anderen Mut zu machen. Tatsächlich bot der kleine Haufen zerlumpter, entmutigter Amerikaner einen erbärmlichen Anblick.

»Bald bekommen wir Unterstützung. Meine Landsleute werden bald eintreffen. Die französische Armee in Kanada und Neuengland ...«

Ein schmutziger Mitstreiter in zerfledderter Kleidung schnitt ihm das Wort ab. »Zur Hölle mit Ihnen, und zur Hölle mit Ihrer verfluchten französischen Armee.«

Ein weiterer von den Rekruten aus dem Boar's Head mit einem ganz eigenen Sinn für Humor stimmte ihm spöttisch zu. »Genau. Wir brauchen Ihre französische Armee nicht, *Monsieur*. Wir haben Benjamin Martin auf unserer Seite, und wir alle wissen ja, was er mit Ihren Franzosen gemacht hat!«

Villeneuve knirschte mit den Zähnen, zog es jedoch vor, zu gehen, bevor er sich dazu hinreißen ließ, die Beherrschung zu verlieren. Benjamin tat es ihm gleich und kehrte zurück zu seinem Lagerfeuer, wo es noch einige Kugeln zu gießen gab. Er war noch nicht lange wieder dort, als Gabriel zu ihm kam und sich zu ihm herabbeugte.

»Vater, erzähl mir von Fort Wilderness.«

Benjamin Martin konnte auch großem Druck standhalten, und ihm machte nichts so leicht Angst. Aber er versteifte sich sichtlich, als er Gabriels Frage hörte, und stellte den Topf zurück auf das Feuer, als hätte er sich verbrannt. Er hatte fast sein halbes Leben versucht, diese Frage zu verdrängen und zu vermeiden. Und obgleich er in all dieser Zeit kein Wort zu diesem Thema hatte verlauten lassen, war kaum ein Tag vergangen, an dem die Erinnerung ihn nicht gequält hatte. Es war ein Fluch, den er auf sich geladen hatte.

»Deine Mutter hat mir die gleiche Frage gestellt, etwa um die Zeit, als du geboren wurdest. Ich war damals betrunken und so dumm, ihr zu antworten.« Er schüttelte den Kopf bei der Erinnerung. »Sofern du dich je gefragt hast, weshalb zwischen deiner Geburt und der von Thomas vier Jahre lagen, weißt du es jetzt. Ich habe sehr lange gebraucht, um ihre Achtung zurückzugewinnen.«

»Ich bin dein Sohn«, entgegnete Gabriel leise. »Wo immer du hinkommst, wirst du erkannt, und man gibt dir einen aus wegen dem, was in Fort Wilderness passiert ist. Fremde wissen mehr darüber als ich.« Benjamin schwieg lange und suchte nach einem Anfang. Der flackernde Feuerschein tanzte über die Furchen auf seinem Gesicht und ließ ihn älter aussehen als er war.

»Du musst wissen, dass wir uns damals noch als Engländer betrachteten. Ich war jung, etwa in deinem Alter. Die Franzosen hatten von Kanada bis runter nach Louisiana eine Reihe von Forts errichtet, um uns einzukreisen, und als sie anfingen, unsere Dörfer zu überfallen, zogen wir los, um sie zu stoppen.«

Benjamin verstummte und fuhr sich mit dem Ärmel über den Mund. Er wünschte, er hätte eine Flasche Schnaps zur Hand. Gabriel drängte ihn, fortzufahren.

»Die Franzosen und die Cherokee hatten überall entlang des Blue Ridge das Land unsicher gemacht. Englische Siedler wurden skalpiert und getötet, und die anderen flüchteten nach Fort Charles, das aber dann von den Franzosen eingenommen wurde. Als wir hinkamen, war die Festung verlassen. Nirgendwo ein französischer Soldat oder Cherokee. Sie waren eine Woche zuvor abgezogen. Was wir im Fort vorfanden, war ... schlimm.«

»Erzähl es mir.«

Benjamins Augen flackerten, als er die Szene wieder in allen Einzelheiten vor sich sah. »Es waren nur einige wenige englische Soldaten dabei, und die hatten noch Glück gehabt. Sie waren alle einen schnellen Tod gestorben. Aber die Siedler ... Männer und Frauen ... ihre Leichen lagen überall. Viele von ihnen waren lebendig verbrannt worden. Und die Kinder hatten sie ...« Er brach ab und wischte die Erinnerung mit einer entschlossenen Geste fort. »Wir brauchten zwei Tage, um sie zu begraben, und dann hefteten wir uns dem Feind an die Fersen. Die Fährte war kalt, und sie kamen zügig voran. Aber wir waren noch schneller und holten sie in Fort Wilderness ein.«

Wir ließen uns Zeit. Wir wollten, dass sie noch Schlimmeres durchmachten als diese bedauernswerten Siedler. Wir nahmen sie uns einen nach dem anderen vor und zwangen die anderen, zuzusehen. Es dauerte zwei Wochen, ehe sie alle tot waren. Alle außer zweien. Am schwersten war es bei den Jüngeren. Einige waren jünger als ich selbst, jünger, als du es jetzt bist. Aber wir folterten sie ebenso unerbittlich.

Als es vorbei war, stapelten wir die Köpfe auf einen Wagen, den die einzigen beiden Überlebenden zu den Franzosen nach Fort Ambercon fahren mussten. Augen, Finger und Zungen legten wir in Körbe, die wir den Asheulot hinuntertreiben ließen, damit die Cherokee sie fanden. Das war eine andere Zeit.« Er hob den Kopf und sah seinem Sohn in die Augen. »Und es vergeht kein Tag, an dem ich nicht die Rache Gottes fürchte für das, was ich getan habe.«

Gabriel musterte seinen Vater eine Weile eindringlich und schüttelte dann den Kopf.

»Und dafür laden dich Männer auf einen Drink ein?«

Benjamin nickte. Er wusste, dass Gabriel der Sohn seiner

Mutter war, und so erwartete er weder Mitgefühl noch spontane Vergebung. Er griff nach der Kugelform, öffnete sie und ließ die noch warmen Bleikugeln auf den Boden fallen. Gabriel wusste, was sein Vater mit diesen Kugeln vorhatte, und es gefiel ihm nicht. Bisher hatte er geschwiegen, aber jetzt trat er näher und hob einige auf.

»Thomas war nicht nur dein Sohn, sondern auch mein Bruder. Du wirst es vielleicht nicht glauben, aber ich wünsche mir Genugtuung ebenso sehr wie du, allerdings nicht auf Kosten der Sache. Dieser Konflikt ist wichtiger als persönliche Wunden. Die Zeit der Vergeltung wird kommen, aber bis dahin solltest du dich zusammenreißen.«

Benjamin musste lächeln bei diesem väterlichen Rat von seinem eigenen Sohn. Hinter seinen Worten hörte er laut und deutlich Elizabeths Stimme.

»Reiß dich zusammen«, wiederholte Benjamin und ließ den Blick über das fast verlassene Lager schweifen. »Das hat deine Mutter oft zu mir gesagt, vor allem, wenn ich betrunken oder wütend war.«

»Zu mir hat sie es gesagt, wenn ich auf Thomas herumgehackt habe. Reiß dich zusammen.« Benjamin hielt ihm die Hand hin, er wollte die Kugeln zurückhaben. Gabriel gab sie ihm.

»Er fehlt mir.«

»Mir auch.«

Beide Männer gaben sich die Schuld an Thomas' Tod. Die Erinnerung daran, wie er vor ihren Augen auf die Knie gefallen war, ließ sie beide nicht los. Aber jetzt schauten sie weiter zurück, dachten daran, wie er als Kind gewesen war, wie er aus Stöcken und alten Decken unten am Fluss Forts gebaut hatte, wie er mit drei Jahren beinahe an einer Krankheit gestorben war, die den Ärzten unbekannt war, wie er sich beharrlich geweigert hatte, zu essen, wenn die einzelnen Speisen auf seinem Teller vermischt waren. Zum ersten Mal seit über sechs Monaten dachten sie an Thomas, ohne sofort auch an Tavington zu denken.

Plötzlich gab es einen Tumult. Mehrere Männer sprangen auf und griffen nach ihren Gewehren. Benjamin häufte hastig Erde auf sein Feuer und lief dann in die Richtung, aus der der Lärm kam. Wie sich herausstellte, handelte es sich um Occam. Er rannte stolpernd durch den Sumpf, geschunden und erschöpft. Er trug einen Verwundeten auf dem Rücken. Bei dem Bewusstlosen handelte es sich um keinen anderen als Dan Scott, der zweimal von hinten angeschossen worden war, einmal in die Schulter und einmal in den Nacken.

Die Milizsoldaten sprangen ins Wasser und nahmen dem Afrikaner seine Last ab. Sofort sackte Occam kraftlos ins Wasser. Als die Männer ihn an Land trugen, sahen sie, dass seine Stirn geschwollen und blutverkrustet war. Nach einer Tasse Tee und einigen Schlucken Rum erzählte er ihnen die Geschichte seiner Flucht. Er und eine Gruppe von Kameraden waren von den Engländern umzingelt worden. Erst hatten sie sich ergeben, aber dann versucht, sich freizukämpfen. Bei diesem Kampf war Occam von einem Gewehrkolben getroffen worden und hatte das Bewusstsein verloren. Als er wieder zu sich gekommen war, war er bei den anderen, die die Briten in der Zwischenzeit gefangen genommen hatten. Anders als bei ihnen waren seine Handgelenke und Fußknöchel jedoch nicht gefesselt worden. Die Männer drängten ihn, zu fliehen, und das tat er. Im Kugelhagel gelang es ihm, im Wald unterzutauchen. Er lief lange geradeaus, machte jedoch dann in einem großen Bogen kehrt und kam gerade rechtzeitig, um zu sehen, wie Tavington von seiner erfolglosen Verfolgungsjagd zurückkehrte.

»Sie haben achtzehn von unseren Männern gefangen genommen«, berichtete er Benjamin. »Der Colonel der Grünen Dragoner hat versucht, sie dazu zu bringen, den Standort des Lagers zu verraten, aber sie haben dicht gehalten. Er sagte, sie würden nach Fort Carolina gebracht, um dort einer nach dem anderen gehängt zu werden, bis einer von ihnen uns andere verriete.«

»Achtzehn Mann.« Benjamin holte tief Luft und blickte in das Astgeflecht über sich. Es war eine dunkle Nacht, die dunkelste Nacht seit langem.

13. Kapitel

Jack Moore, John Billings, Reverend Oliver, Dickey Ludwell und vierzehn weitere freiwillige Mitglieder der Miliz von South Carolina saßen gebeugt in ihren engen Holzkäfigen und beobachteten mit grimmiger Faszination, wie eine Hand voll Rotröcke und Tory-Zivilisten gemeinsam letzte Hand an einen neu errichteten Galgen anlegten. Ein schwerer Sack Reis wurde mit einer Schlinge versehen und auf die Falltür gestellt. Auf ein Signal des befehlshabenden Sergeants hin riss einer der Zivilisten einen Hebel zurück, und der Reis fiel fast zwei Meter tief, ehe das Seil sich spannte und seinen Fall abrupt bremste.

»Gut gemacht, Jungs«, sagte der Sergeant. »Funktioniert einwandfrei.«

Einige der dem Tode geweihten Gefangenen applaudierten sarkastisch.

Die Käfige waren aus geraden Ästen gefertigt, die mit Schnur zusammengebunden waren, und nachdem die Gefangenen mehrere Stunden in ihnen eingepfercht waren, waren sie glitschig vom Blut der Verwundeten und stanken nach menschlichen Exkrementen. Billings ließ den Kopf an seinem steifen Hals kreisen und blickte zu Reverend Oliver hinüber.

»Mr. Prediger, haben Sie vielleicht einen Stift und Papier bei sich?«

»Ich habe einen Bleistift«, entgegnete der Reverend. »Und natürlich meine Bibel.«

»Könnten Sie einen Brief für mich schreiben? Ich würde mich gerne von meiner Frau und meinem Jungen verabschieden. Vielleicht ist in Ihrer Bibel ja ein Blatt, auf dem nicht ganz so heiliger Text steht.«

Der Reverend lächelte. »Das tue ich gern«, sagte er und blätterte in seiner Bibel. »Aber lasst uns erst beten.« Er schlug Psalm dreiundzwanzig auf und begann zu rezitieren, wohl wissend, dass es aller Wahrscheinlichkeit nach seine letzte Predigt werden würde. Die anderen Männer hörten ihm zu, und so bemerkten sie die Unruhe unter den Soldaten auf den Aussichtsposten entlang der Einfriedungsmauer nicht.

Ein Reiter in Zivilkleidung mit einer weißen Flagge näherte sich dem Fort Carolina. Der Mann trabte gemächlich über das offene Feld, flankiert von zwei riesigen Hunden. Zweihundert Meter hinter ihm führte ein jüngerer Mann eine kleine Herde gesattelter Pferde am Zügel. Wenige Minuten später hastete General O'Hara einen langen Flur hinunter, dass das Klappern seiner Stiefelabsätze laut von den Wänden hallte. Er klopfte kurz an die Tür zu Cornwallis' Privatgemächern, ehe er diese aufstieß und eintrat, ohne eine entsprechende Aufforderung abzuwarten.

»Großer Gott, Mann, wollen Sie mich umbringen!« Der General saß zurückgelehnt in einem Sessel und wurde gerade von einem Diener rasiert.

»Ich bitte vielmals um Verzeihung, Euer Lordschaft, aber am Tor ist ein Reiter, ein Zivilist. Er verlangt eine sofortige Audienz bei Ihnen.«

Cornwallis lehnte sich wieder zurück, schloss die Augen und bedeutete dem Diener, weiterzumachen. »Ich bin beschäftigt.«

»Euer Lordschaft, ich könnte mir denken, dass Ihr den Mann sprechen wollt. Er hat zwei Hunde bei sich: Dänische

Doggen.« Cornwallis setzte sich abrupt auf und schlug die Hand mit der Rasierklinge fort.

»Das ist ja hoch interessant. Ich möchte den Mann unverzüglich in meinem Büro sprechen.«

O'Hara salutierte, machte auf dem Absatz kehrt und eilte davon. Auf sein Signal hin wurde das Tor entriegelt und geöffnet. Einige der Gefangenen in ihren Holzkäfigen wandten den Kopf, um zu sehen, was vor sich ging, und Reverend Oliver, der spürte, dass er ihre Aufmerksamkeit verloren hatte, beendete seine Predigt eilig.

»Und abschließend, Herr, erbitten wir deinen Schutz in dieser unserer Stunde höchster Not. Wir erflehen deine Milde und bitten dich um die Gnade, in dein Reich einkehren zu dürfen, im Namen des Vaters, des Sohnes ...«

Als Billings sah, wer da durch das Tor ritt, beendete er das Gebet für den Priester.

»Und des Heiligen Geistes!«

Reverend Oliver ließ verdutzt die Bibel sinken, als Benjamin die Treppe zum Hauptquartier hinaufgeführt wurde.

»Amen.«

Benjamin und die Hunde folgten General O'Hara in das Haus der Dardens, durch ein geräumiges Foyer und eine breite, wunderschön geschnitzte Treppe hinauf, die in einem eleganten Bogen in den ersten Stock hinaufführte. Trotz der Umstände konnte Benjamin nicht widerstehen, am Handlauf des Geländers zu ziehen, um zu testen, ob es knarrte, und sich dann zu bücken und anerkennend mit der Hand über die Geländerstreben zu fahren. Das war wirklich eine hervorragende Arbeit. O'Hara führte ihn in einen großen, geschmackvoll eingerichteten Raum und deutete auf einen Stuhl.

»Lord General Cornwallis wird bald hier sein«, sagte er mit eisiger Verachtung, schürzte die Lippen und funkelte Benjamin geringschätzig an, bevor er die Türen hinter sich schloss.

Als er mit den Hunden allein war, gestattete Benjamin sich ein flüchtiges Lächeln. Er blickte sich in dem üppig ausgestatteten Raum um, der aussah wie ein Büro, in dem nicht wirklich gearbeitet wurde. Auf dem schweren, massiven Schreibtisch in der Mitte des Raumes lagen weder Papier noch irgendwelche Schreibutensilien, und auf den Sekretären drum herum lagen nur vereinzelte leere Blätter Papier. Spitzengardinen und schwere Samtvorhänge schmückten die Fenster, und der Lüster an der Decke schien aus massivem Silber zu sein. Die Bücherregale an den Wänden reichten vom Boden bis zur Decke, und dazwischen standen Vitrinen mit teuren Sammlerstücken. Aber der Gegenstand, der Benjamins Aufmerksamkeit erregte, war einer der schlichtesten: ein Schaukelstuhl schräg vor dem offenen Kamin. Neugierig ging er hinüber, um sich das Möbelstück genauer anzusehen. Er hob den Stuhl hoch und runzelte die Stirn. »Zu schwer.« Trotzdem war es ein schönes Stück. Er setzte sich und fing an zu schaukeln. Die Hunde kamen zu ihm und legten ihm die Köpfe auf den Schoß, unmittelbar bevor Cornwallis, O'Hara und eine Hand voll rangniederer Offiziere eintraten.

Der Lord General erstarrte förmlich, als er die Szene sah. Er war überglücklich, die Hunde wiederzuhaben, ärgerte sich jedoch über die Zuneigung, die sie offenbar für den ungehobelten Kerl hegten, der sie gebracht hatte. Er breitete die Arme aus und rief die Hunde zu sich.

»Jupiter! Mars!«

Die Hunde blickten von ihm zu einander und schließlich auf Benjamin. »Geht«, sagte der, woraufhin sie gehorsam durch den Raum trotteten und sich vom General in die Arme schließen ließen.

»Meine Jungs! Meine Jungs!«, rief er immer wieder gerührt und tätschelte die Hunde mit einem Überschwang, der in krassem Gegensatz zu der Zurückhaltung stand, die die Hunde ihm gegenüber an den Tag legten. »Ihr seht gut aus.

Habt ihr mich vermisst? Ja, ihr habt mir auch gefehlt. Willkommen zu Hause, Jungs!« Er richtete sich auf und wischte sich die Hände am Uniformrock ab. »Sie scheinen gut versorgt worden zu sein. Ich danke Ihnen sehr dafür, Mister ... Ich fürchte, ich kenne Ihren Namen nicht, Sir.«

»Ich bin Colonel der Kontinentalarmee«, entgegnete Benjamin. »Belassen wir es dabei.«

»Wie Sie meinen.« Cornwallis kam bis auf anderthalb Meter heran, seinen Hofstaat im Gefolge. »Ich halte es für der Situation angemessen, dass wir unser Gespräch als offizielle Verhandlung führen, was bedeutet, dass wir uns an die Regeln des professionellen Militärs halten sollten. Selbstverständlich brauchen wir uns nicht an alle Nebensächlichkeiten zu halten, aber ich möchte Ihnen doch darlegen ...«

Benjamin überraschte ihn. »Als die Partei, die dieses Gespräch initiiert hat, möchte ich beginnen. Es sei denn, Sie plädieren auf Geschädigtenstatus.«

Cornwallis zog die Brauen hoch und warf einen Blick auf seine Offiziere. »Höchst beeindruckend. Wie ich sehe, sind Sie mit den Modalitäten solcher Gespräche vertraut. Ja, ich plädiere auf Geschädigtenstatus.«

»Wie Sie meinen, Sir. Fahren Sie fort.«

»Erstens glaube ich, dass Sie sich widerrechtlich Dinge angeeignet haben, die mir gehören, darunter Kleidungsstücke, Perücken, Mobiliar, private Papiere sowie diverse andere persönliche Gegenstände nicht-militärischer Natur. Diese Dinge hätte ich gerne zurück. Besonders ist mir an meinen Tagebüchern gelegen, an denen ich viele Stunden gesessen habe und für die Sie sicher keine Verwendung haben.«

»Ich werde baldmöglichst die Rückgabe veranlassen.«

Cornwallis war angenehm überrascht. Er hatte sich innerlich gewappnet für ein oder zwei unangenehme Stunden Lösegeldverhandlungen und fand nun dieses Angebot, ihm seine persönliche Habe zurückzugeben, verwirrend.

»Ich danke Ihnen.«

»Bitte nehmen Sie meine Entschuldigung dafür an, dass ich Ihnen Ihren persönlichen Besitz nicht schon früher habe zukommen lassen.«

»Entschuldigung angenommen«, entgegnete der Lord General beeindruckt. »Kommen wir jetzt zum nächsten Punkt – die zielgerichteten Angriffe auf Offiziere bei Ihren Überfällen. Ich sehe, dass Sie ein kultivierter Mann sind, und somit werden Sie sicher verstehen, dass man in der zivilisierten Kriegführung Offizieren in der Schlacht kein unangemessenes Maß feindseliger Aufmerksamkeit widmen sollte.«

»Genau«, pflichtete O'Hara ihm bei.

»Und was genau betrachten Sie als unangemessenes Maß an feindseliger Aufmerksamkeit?«

Cornwallis schnalzte missbilligend mit der Zunge. »Kommen Sie, Colonel. Stellen Sie sich das heillose Chaos vor, das entstehen würde, wenn zwei führungslose Armeen aufeinander stießen. Es muss Gentlemen geben, die die Befehlsgewalt innehaben, vernünftige Männer, die Führungseigenschaften besitzen und in der Lage sind, ihre Leute nötigenfalls zu zügeln.«

»Um sie davon abzuhalten, Zivilisten abzuschlachten, darunter Frauen und Kinder?«, fragte Benjamin eisig.

»Das ist ein Thema für sich, das wir gerne ...«

»Für mich gehört das zusammen«, fiel Benjamin ihm ins Wort. Ohne die Stimme zu erheben, machte er deutlich, dass er nicht die Absicht hatte, etwas an seiner Strategie zu ändern, sich zuerst die Offiziere vorzunehmen. Cornwallis versuchte, ihm die Schwierigkeiten auf seiner Seite zu vermitteln, Rebellen von Zivilisten zu unterscheiden. Er vertrat alles in allem den Standpunkt, dass es bei einem Aufstand wie diesem im Grunde keine wahren Zivilisten gab, sondern nur Soldaten. Unter diesen Umständen seien Fehler unvermeidlich.

Benjamin zeigte sich von Cornwallis' Argumenten unbeeindruckt. »So lange Ihre Soldaten sich an Zivilisten vergreifen, werde ich den Befehl aufrechterhalten, bei jeder Kampfhandlung als Erstes Ihre Offiziere zu erschießen.« Dann fügte er hinzu: »Und meine Männer sind hervorragende Schützen.«

Cornwallis seufzte. »Wie Sie meinen. Gehen wir zum nächsten Punkt über. Dem ...«

»Gefangenenaustausch.«

»Sir?«

»Dem Gefangenenaustausch. Sie haben achtzehn meiner Männer in Ihrer Gewalt. Ich will sie zurückhaben.«

O'Hara beugte sich hastig vor und flüsterte dem General einen Rat zu, ehe er wieder einen Schritt zurücktrat. Cornwallis strich sich mit einer Hand über das Kinn und gab vor, nachzudenken. »Lassen Sie mal sehen. Ich habe hier achtzehn zum Tode verurteilte gewöhnliche Kriminelle, aber keine Kriegsgefangenen.« Er kehrte die vorausgegangene Diskussion um, indem er die Soldaten zu Zivilisten erklärte.

»Wenn das Ihr Standpunkt ist«, entgegnete Benjamin, »dann werden achtzehn Ihrer Offiziere sterben. Neunzehn, wenn Sie mich zusammen mit meinen Männern hängen.«

»Was für Offiziere? Wovon reden Sie da?«

Benjamin trat an das nächste Fenster nach Süden und sah hinaus. In einiger Entfernung war ein bewaldeter Hügel zu sehen. Er winkte Cornwallis herbei und griff gleichzeitig in seine Brusttasche. Die misstrauischen, wachsamen rangniederen Offiziere, die fürchteten, er könnte nach einer Pistole greifen, umringten ihn sogleich mit gezückten Säbeln. Benjamin erstarrte, den Blick auf die rasiermesserscharfen Klingen geheftet, und zog dann ganz langsam ein Fernrohr aus der Tasche. Cornwallis zog das kleine Teleskop auseinander und trat ans Fenster.

Benjamin zeigte auf den fernen Hügel. »Zwischen den

Bäumen befindet sich eine Schneise. Ein kleines Stück unterhalb der Kuppe, links von dem dunkleren Kiefernwäldchen.«

Trotz des morgendlichen Nebels konnte Cornwallis eine Reihe gefesselter Offiziere in roten Uniformen ausmachen, von denen einige knieten und andere mit dem Rücken an Bäume gelehnt standen. Sie wurden von schäbig gekleideten amerikanischen, mit Musketen bewaffneten Bürgerwehrlern bewacht. Der Anblick brachte Cornwallis' Blut in Wallung.

»Ich will ihre Namen, Ränge und Posten wissen.«

Benjamin zuckte die Achseln. »Sie haben sich als weniger kooperativ erwiesen, als ich es mir gewünscht hätte. Sie haben sich geweigert, mir ihre Namen zu nennen. Die Ränge sind: neun Lieutenants, fünf Captains, drei Majors und ein fetter Colonel, der mich einen ›unverschämten Kerl‹ genannt hat. Und was ihre Posten anbelangt, haben wir sie uns gestern Nacht hier und dort geschnappt.«

»Ich habe mich geirrt. Sie sind kein Gentleman.«

»General, wenn Sie Ihr Benehmen als Maßstab für Anstand ansetzen, betrachte ich das als Kompliment«, entgegnete Benjamin beißend. »Und jetzt lassen Sie meine Männer frei.« Die Männer funkelten einander wütend an, und Cornwallis musste an sich halten, um Benjamin nicht mit dem Handrücken in das impertinente Gesicht zu schlagen.

»General O'Hara«, sagte der Lord General schließlich, ohne den Blick abzuwenden. »Veranlassen Sie alles Notwendige für den Gefangenenaustausch.«

Benjamin zuckte nicht mit der Wimper. »Ich danke Ihnen, General. Ich bin sicher, Ihre Offiziere werden es Ihnen ebenfalls danken.« Er salutierte vor Cornwallis, der den militärischen Gruß nicht erwiderte, und steuerte dann die Tür an. Die zwei Doggen wollten ihm folgen, aber Cornwallis rief sie streng zurück.

»Jupiter! Mars! Bei Fuß!«

Die Hunde gehorchten widerwillig. Sie winselten, als Benjamin den langen Flur hinunterging, und blickten ihm immer noch nach, als er vom oberen Treppenabsatz aus einen Blick zurückwarf. Draußen hatte O'Hara inzwischen seinen Männern befohlen, die Gefangenen aus den Käfigen zu holen, und Gabriel war mit den Pferden bis dicht ans Tor gekommen. Er wechselte ein paar Worte mit O'Hara, und die beiden Männer einigten sich auf eine Vorgehensweise. Die Offiziere sollten innerhalb einer Stunde übergeben werden. Einige der Milizsoldaten jubelten, als sie Benjamin aus dem Haus kommen sahen. Er nickte ihnen zu und stieg lächelnd die Steintreppe hinunter. Aber nach wenigen Schritten gefror das Lächeln auf seinen Lippen, als das Donnern von Hufen die Ankunft der Grünen Dragoner ankündigte.

Tavington preschte durch das Tor, brachte in den Steigbügeln stehend sein Pferd zum Stehen und blickte sich verwirrt um. Es war offensichtlich, dass irgendeine Art Zeremonie vonstatten ging. Eine Kompanie Infanteristen hatte sich in der Nähe des Hauptquartiers aufgestellt, als würde hoher Besuch erwartet. Die Rebellen, die er erst am Vortag gefangen genommen hatte, wurden aus ihren Pferchen geholt und zum Tor gebracht. Er bemerkte Benjamin nicht, der von ihm abgewandt nur wenige Meter entfernt stand. Tavington machte ein grimmiges Gesicht und galoppierte durch das Spalier aus Infanteristen zu O'Hara. Er sprang aus dem Sattel und drückte dem nächststehenden Soldaten die Zügel in die Hand.

»Was hat das alles zu bedeuten?«

»Beherrschen Sie sich, Colonel«, entgegnete O'Hara, seinem Blick ausweichend. »Es handelt sich um einen Gefangenenaustausch. Er hat achtzehn von unseren Männern.« Er zeigte auf Benjamin, der mit dem Rücken zu ihnen am Haupttor stand.

»Was? Wer ist er?«

O'Hara schenkte ihm ein boshaftes Lächeln. »Er ist militärischer Befehlshaber. Und ich glaube, es handelt sich um Ihren berühmt-berüchtigten Geist.«

Tavington klappte vor Verblüffung die Kinnlade herunter. Er blickte zu dem Mann hinüber, auf den O'Hara gezeigt hatte. Er wirkte überraschend normal. Mittelgroß, mittelmäßig gekleidet und offenbar unbewaffnet, hätte es sich um einen x-beliebigen amerikanischen Zivilisten handeln können. Tavington fasste sofort einen Entschluss. Er zog seine Pistole und ging schnurstracks auf Benjamin zu.

»Stecken Sie diese Pistole weg!«, brüllte O'Hara. »Der Mann ist unter weißer Flagge als Unterhändler hergekommen und hat offizielle Verhandlungen mit Seiner Lordschaft geführt. Er genießt Immunität.«

Tavington wirbelte herum. »Das ist Wahnsinn! Haben Sie ernsthaft vor, ihn gehen zu lassen?«

»Wenn Sie diesem Mann auch nur ein Haar krümmen, Colonel, verurteilen Sie damit achtzehn von unseren Offizieren zum Tode.«

Tavington zeigte vage mit der Pistole auf das feindliche Umland jenseits des Palisadenzauns. »Achtzehn Mann? Ist das alles? Sie wollen ihm wegen achtzehn Mann die Freiheit schenken? Begreifen Sie denn nicht, dass er allein in den vergangenen zwei Monaten ebenso viele unserer Offiziere getötet hat?«

»Sie brauchen den Befehl nicht gutzuheißen, von Ihnen wird lediglich erwartet, ihn zu befolgen. Wenn Sie den Mann anrühren, lasse ich Sie in Ketten legen«, drohte O'Hara. »Ganz egal, was er in der Vergangenheit getan hat oder in der Zukunft möglicherweise noch tun wird, er hat hier im Fort keinerlei Aggressionen gezeigt und ist somit nach geltendem Kriegsrecht unantastbar.«

Das brachte Tavington auf eine Idee. »Keinerlei Aggressionen, sagen Sie?« Er marschierte an den zwei Reihen Rotröcken vorbei zum Tor, als Benjamin dieses gerade passierte.

»Sie da!«

Benjamin versteifte sich, als er die Stimme hörte, und hätte beinahe nach dem Messer unter seinem Rock gegriffen. Mehrere seiner Männer befanden sich bereits außerhalb des Forts und stiegen steif auf ihre Pferde, aber eine Hand voll, darunter Reverend Oliver und Billings, befanden sich noch auf dem Hof.

»Ah, ich kenne Sie«, sagte Tavington, als er Benjamins Gesicht sah. »Auf dieser Farm. Sie haben die verwundeten Rebellen verarztet.«

Als sie sich gegenüberstanden, fühlte Benjamin, wie ihm seine Selbstbeherrschung entglitt und der Killerinstinkt sich in ihm regte.

»Und dann war da noch dieser Junge, dieser dumme kleine Junge.« Tavington kam noch näher und fragte mit gespielter Sorge: »Ist er gestorben?« Er war nur noch eine Armeslänge entfernt, nah genug, ihn zu töten, bevor irgendjemand eingreifen konnte. Zu Fuß wirkte er nicht ganz so beeindruckend wie zu Pferde, aber trotzdem war er athletisch gebaut und sah aus, als verstünde er sich aufs Kämpfen. Benjamin schlug das Herz bis zum Hals bei der Erinnerung an Thomas, wie er von Tavingtons Kugel getroffen zusammengebrochen war. *Reiß dich zusammen*, ermahnte er sich, *reiß dich zusammen.*

»Seine Pflicht zu tun kann manchmal eine sehr hässliche Sache sein«, reizte Tavington ihn weiter. »Aber es gibt auch Lichtblicke wie jenen Tag auf Ihrer Farm.«

Die beiden Männer standen jetzt so dicht voreinander, dass ihre Stiefelspitzen sich beinahe berührten. Benjamin beugte sich noch weiter vor, bis seine Lippen nur noch Zentimeter von Tavingtons Ohr entfernt waren, und flüsterte ihm ein Versprechen zu.

»Noch bevor dieser Krieg vorüber ist, werde ich Sie töten.«

»Warum warten?«

Benjamin wäre der Aufforderung nur zu gerne gefolgt, trat jedoch wortlos zurück, machte kehrt und trat durch das Tor. Als er aufgesessen war, blickte er zurück und sah Tavington noch an derselben Stelle stehen und ihn mit ausgebreiteten Armen verhöhnen, während die Torflügel sich langsam schlossen. Benjamin hob die Finger an den Mund und gab einen schrillen Pfiff von sich, ehe er sein Pferd wendete und davonpreschte, ohne noch einmal zurückzublicken.

Die Doggen kamen aus dem Haus gestürzt und jagten über den Exerzierplatz. Sie rannten an Tavington vorbei und schlüpften hintereinander durch das Tor, unmittelbar bevor dieses zufiel.

»Haltet sie auf! Haltet die Hunde auf!«, brüllte Cornwallis von einem der oberen Fenster aus. »Mars! Jupiter!« Alle unten auf dem Platz blickten zu ihm auf, nicht jedoch die Hunde. Sie hetzten hinter Benjamin her, bis sie dessen Pferd eingeholt hatten, und ihr Verrat an ihrem früheren Herrn war Salz in der Wunde, die Benjamin Cornwallis' Stolz bereits zugefügt hatte. Zuerst hatte Benjamin ihn mit unzivilisierten Taktiken zu einem Gefangenenaustausch gezwungen, und dann besaß er auch noch die Frechheit, sich mit einem persönlichen Geschenk König Georges davonzumachen. Wutschnaubend wandte er sich vom Fenster ab und brüllte jeden an, der das Pech hatte, zur falschen Zeit am falschen Ort zu sein. Der Tag entwickelte sich zunehmend zur Geduldprobe, und noch war es nicht vorbei.

Wie vereinbart führte O'Hara eine Stunde später eine Kolonne von Männern in die Mitte des Felds zwischen Fort Carolina und dem Hügel, auf dem die britischen Offiziere festgehalten wurden. Ein Trommler gab das Signal, und sie wartete darauf, dass die Offiziere zwischen den Bäumen hervorkamen.

Als niemand kam, ritten sie näher heran und erkannten,

dass sie hereingelegt worden waren. Die englischen »Offiziere«, die Cornwallis durch das Fernglas gesehen hatte, befanden sich noch exakt an derselben Stelle, unbewacht und unangetastet. Das einzige Problem war, dass es sich gar nicht um echte Offiziere handelte, sondern lediglich um Vogelscheuchen in roter Uniform.

Als O'Hara später am Nachmittag hochrot im Gesicht eine der Strohpuppen auf Cornwallis' Schreibtisch knallte, bekam der Lord General einen Tobsuchtsanfall. Er fluchte und trat seinen Schreibtischsessel quer durch den Raum. Kurz darauf verwandelte sich sein Zorn jedoch in kalte Berechnung. Er hob seinen Sessel auf, brachte ihn zurück an seinen Platz und setzte sich mit der äußerlichen Ruhe eines Schachspielers. Er trommelte einen Augenblick mit den Fingern gegen seine Lippen und fällte dann eine Entscheidung.

»Holen Sie mir Tavington her.«

Am Spätnachmittag, als die Sonne sich dem Horizont zuneigte, schien es, als werde sie von den spitzen Palisadenpfählen der Fortbefestigung aufgespießt. Als Tavington und Bordon nach ihrer Unterredung mit Cornwallis dessen Büro verließen, wirkten sie entschlossen und zielstrebig. Zügigen Schrittes überquerten sie den Exerzierplatz und steuerten schnurstracks die Unterkünfte der Dragoner an, ein lang gestrecktes, schmales Gebäude mit nur wenigen Fenstern und Feldbetten an den Wänden. Die Männer in der Baracke säuberten ihre Waffen, lasen oder spielten Karten. Vor den beiden Offizieren teilten sie sich wie das Rote Meer. Tavington blieb vor Wilkins stehen, der gerade seine Stiefel bürstete.

»Captain, ich habe eine Frage an Sie bezüglich einer Ihrer Nachbarn.«

»Bitte.«

»Sieben Meilen von Wakefield entfernt befindet sich auf einem Hügel eine mittelgroße, inzwischen zerstörte Plantage.

Sie liegt östlich des Black Swamp, an einem Nebenarm des Santee River. Wer hat dort gelebt?«

Wilkins überlegte einen Moment und orientierte sich in Gedanken. »Gab es dort ein weißes Haus auf einem Hügel, unter einer alten Eiche?«

»Das klingt, als wäre es das Richtige.«

»Benjamin Martin.« Er blickte neugierig auf Bordon. »Weshalb?«

»Er ist unser Geist«, entgegnete Bordon.

»Benjamin Martin?«, rief Wilkins ungläubig aus. »Ich war mit ihm zusammen im Rat. Sind Sie sicher? Er ist ein anständiger Mann. Er hat nichts für den Krieg übrig, hat sich dagegen ausgesprochen.«

»Oh, ich bin sicher, ganz sicher«, entgegnete Tavington. »Was können Sie mir über ihn erzählen?«

»Alles«, erwiderte Wilkins achselzuckend und hielt den Stiefel hoch, den er gerade polierte. »Bis hin zu seiner Schuhgröße. Was wollen Sie denn wissen?«

Tavington setzte sich auf das Nebenbett, ein befriedigtes Lächeln auf dem hochnäsigen Gesicht. »Erzählen Sie mir etwas über seine Familie. Ich habe mehrere Kinder gesehen, aber was ist mit seiner Ehefrau?«

»Elizabeth Putnam. Ich habe sie in meiner Jugend sehr gut gekannt. Eine feine Frau. Leider ist sie vor einigen Jahren gestorben.«

»So ein Pech«, bemerkte Tavington. »Und die Kinder? Was glauben Sie, wo er sie hingeschickt haben könnte? Hat er Familie in der Gegend?«

Wilkins zögerte. Als junger Mann hatte er der drei Jahre älteren Elizabeth Putnam den Hof gemacht und war eifersüchtig auf Benjamin Martin gewesen, als der sie ihm vor der Nase weggeschnappt hatte. Später, als Ratsmitglieder, waren sie in fast jeder Angelegenheit konträrer Ansicht gewesen. Sie waren nie Freunde gewesen, aber er respektierte Benjamin als Mann mit Prinzipien. Er hatte Tavington oft genug in Aktion gesehen, um zu wissen, dass er nicht zimperlich mit den Kindern umspringen würde.

Die beiden Offiziere und einige der Dragoner warteten auf seine Antwort.

Tavington legte Wilkins eine Hand auf das Knie. »Ich erinnere mich noch gut an unsere erste Begegnung. Damals habe ich Ihnen eine Frage gestellt. Ich fragte Sie, weshalb ich einem Mann trauen sollte, der bereit ist, gegen seine Nachbarn Krieg zu führen. Erinnern Sie sich an das, was Sie mir geantwortet haben?«

Wilkins nickte, sagte aber immer noch nichts.

»Sie sagten, jeder, der sich gegen England stelle, hätte es verdient, den Tod eines Verräters zu sterben. Also, Captain, wo finde ich diese Kinder?«

»Seine Frau hatte eine Schwester, Charlotte. Sie besitzt eine Plantage flussaufwärts von seiner am Santee gelegen.«

»Großartig«, sagte Tavington mit einem grimmigen Lächeln und tätschelte Wilkins den Schenkel. Dann stand er auf und verkündete, dass die Grünen Dragoner noch in dieser Nacht losreiten würden.

14. Kapitel

Der Krieg hatte Charlotte Seltons Leben auf den Kopf gestellt. Sie war eine hübsche Witwe gewesen, die nicht gewusst hatte, was sie mit ihrem vielen Geld und ihrer Zeit anfangen sollte. Sie hatte in Charles Town umgeben von Freunden und Verwandten ein behütetes Dasein gehabt. Sie war viel gereist, hatte am Morgen die Zeitung gelesen und abends vor dem Schlafengehen französische Romane. Sie sehnte sich nach Kindern, und einige Monate, bevor sie Charles Town verlassen hatte, hatte sie Freunde gebeten, sie mit ledigen Gentlemen bekannt zu machen.

Und dann, von einem Tag auf den anderen, hatte sie nicht eins, sondern gleich fünf Kinder gehabt. Und auch wenn Matthew und die anderen Hausangestellten halfen, war es keine leichte Aufgabe, sie zu versorgen – zumal sie bei ihrer Ankunft auf Drakespar völlig verstört gewesen waren. Nathan und Samuel, die älteren Jungen, hatten sich in ihr Schneckenhaus verkrochen und kamen nachts weinend von schlimmen Albträumen in ihr Zimmer. Margaret tat ihr Bestes, um sich nützlich zu machen, aber ihre Nerven waren aufs Äußerste gespannt, sodass sie fast ständig mit ihren Geschwistern schimpfte. Keins der Kinder durfte sich weit vom Haus entfernen, und wenn unerwartet Besucher vorbeischauten, mussten die Martins auf ihre Zimmer gehen und so lange dort bleiben, bis der Gast wieder fort war. Charlotte entmutigte jeden Besucher nach Kräften, um ihn von weiteren Visiten abzuhalten. Je weniger Leute wussten, wo sich die Kinder von Colonel Benjamin Martin aufhielten, desto besser.

Als aus Tagen Wochen und Monate wurden, stellte sich ein neuer Rhythmus ein, und die Furcht, die die Kinder anfangs so belastet hatte, ließ nach. Der Krieg ging weiter, aber in ihrer ländlichen Umgebung war von den Unruhen nichts zu spüren. Schließlich stellte Charlotte einen Lehrer ein, der ihre Nichten und Neffen einmal die Woche unterrichtete, und an den Samstagen veranstaltete sie Tanzabende. Als der Frühling kam, beschwatzten die Kinder Matthew, ihnen beim Bau eines recht großen Baumhauses in einer der Eichen hinter dem Pferdestall zu helfen. Ihr Leben verlief wieder einigermaßen normal und unbeschwert.

Nathan war auf einem Stuhl auf dem oberen Balkon eingeschlafen, eine Decke über den Knien und ein Gewehr quer über dem Schoß, als ihn plötzlich ganz leichte Vibrationen und ein leises Grummeln weckten. Er erkannte sofort, dass eine Abteilung Grüne Dragoner nahte. Gleich darauf sah er durch die Bäume hindurch den Schein von zwei Dutzend Fackeln. Sie kamen rasch näher.

Die Kerzen in Charlottes Schlafzimmer waren fast abgebrannt. Sie war in einem Sessel eingeschlafen und auf ihrer Brust ruhte ein aufgeschlagenes Buch, als Nathan hereinstürzte und sie wachrüttelte.

»Die Dragoner kommen.«

Sie war sofort hellwach und aufgesprungen. Sie wies Nathan an, die Jungen runterzubringen, während sie die Mädchen holte, und sie stürzten beide laut rufend davon.

»Margaret! Schnell!«, rief Charlotte, als sie in das Zimmer platzte und sich Susan schnappte. »Rasch!«

Innerhalb von Sekunden waren sie die Treppe hinunter, aber die Dragoner waren bereits da. Sie standen draußen vor dem Haus und riefen laut. Mehrere von ihnen saßen ab und näherten sich mit ihren Fackeln dem Haus. Charlotte zog die Kinder um eine Ecke und einen Flur hinunter, unmittelbar bevor die Dragoner die Vordertür aufbrachen.

Tavington trat durch die Türöffnung, in der einen Hand einen Säbel, in der anderen eine Pechfackel. Ein halbes Dutzend Männer stürmte hinter ihm ins Haus und begann, seinen Anweisungen folgend die Zimmer zu durchsuchen. Einen Augenblick später trat auch Wilkins ein, dem anzusehen war, dass er sich ganz und gar nicht wohl fühlte in seiner Haut.

Nathan lief voran ins Esszimmer, und als Charlotte den Raum ebenfalls erreichte, hatte er bereits des Türen eines Wandschranks aufgerissen, hinter denen sich ein Zugang für Dienstboten befand, über den die Speisen über eine Art Leiter direkt von der darunter liegenden Küche heraufgeschafft werden konnten. Samuel war bereits mit den Füßen voran in dem Wandschrank verschwunden und kletterte behände hinab. William folgte, dann Margaret. Als die kleine Susan sich sträubte, stieg Charlotte selbst in den Schacht und bedeutete Nathan, ihm Susan herunterzureichen.

Gleich hinter der Tür waren Schritte und Männerstimmen zu hören. Nathan blieb keine Zeit mehr, ebenfalls in den Schacht zu steigen. Er reichte seine Schwester hinunter und schloss die Türen. Als die Esszimmertür aufgestoßen wurde, duckte er sich unter den Tisch, der nach dem Essen am Vorabend nicht abgeräumt worden war und auf dem noch ein Tischtuch lag, das bis halb auf den Boden reichte. Zwei Paar Stiefel betraten den Raum. Einer der Männer kam geradewegs auf den Tisch zu. Nathan wurde ganz schwindelig vor Angst, als er Tavingtons Stimme erkannte.

»Hier drin waren sie nicht. Die Teller sind kalt. Sehen Sie sich das Zeichen auf dem Porzellan an, Wilkins. Ein Freund meines Vaters stellt es her, in Liverpool, wo ich herkomme. Jedenfalls kein billiges Geschirr.« Ein weiteres Paar Stiefel polterte herein.

»Oben ist niemand, Sir!«

»Dann suchen Sie sie, Mann! Weit können sie nicht sein. Die Männer sollen die Außengebäude und den Wald absuchen.«

Unten in der dunklen Küche drängten Charlotte und die Kinder sich dicht zusammen und starrten an die Decke, durch die Tavingtons Schritte zu hören waren. Sie hielten die Luft an und warteten darauf, dass die Geräusche von oben ihnen verrieten, dass Nathan entdeckt worden war. Aber die Stiefel entfernten sich, ohne dass es dazu gekommen wäre. Gleich darauf wurde die Schranktür geöffnet, und Nathan kletterte leise zu ihnen herunter. Noch ehe er unten angelangt war, drang flackernder Fackelschein durch die hohen schmalen Fenster, als sich draußen zwei Dragoner der Rückseite des Hauses näherten. Sie rüttelten an der Tür, dem einzigen Ausweg aus der Küche. Das Rütteln verwandelte sich in ein Krachen, als die Soldaten versuchten, die Tür einzutreten. Als die Tür schließlich nachgab, zog Charlotte die Kinder mit sich auf den Lärm zu. Sie versteckten sich inmitten aufgetürmter Wintervorräte gleich neben der Treppe. Als die Soldaten hereinkamen, trennten sie sich und machten sich an die Durchsuchung der angrenzenden Vorratsräume und Sklavenunterkünfte unter dem Haus.

Charlotte holte tief Luft und stand auf. Sich trotz ihrer panischen Angst zur Ruhe zwingend, trug sie Susan die Treppe hinauf und hinaus in die fast mondlose Nacht. Die Kinder folgten ihr lautlos dichtauf.

»Hierher«, flüsterte Nathan und zeigte auf die Hecke, die am Haus entlang wuchs.

»Nein, hier entlang«, widersprach Charlotte und führte sie hinaus in den Garten. Auf beiden Seiten waren britische Fackeln zu sehen, aber sie war überzeugt, dass ihre einzige Hoffnung darin bestand, möglichst weit vom Haus wegzukommen. Sie hasteten zu einer Reihe von Kamelienstäuchern etwa fünfzig Meter entfernt und gingen hinter den Büschen in Deckung.

»Das ist der Mann, der Thomas getötet hat«, sagte Nathan und zeigte auf einen der Dragoner. Die anderen blickten in die angegebene Richtung, und obgleich das Gesicht des Mannes nicht deutlich zu sehen war, erkannten sie ihn eindeutig an seiner barschen, befehlenden Stimme. Er trat hinaus auf die vordere Veranda und befahl seinen Männern, einige der Sklaven zu holen, um sie zu verhören. Als Charlotte sich nach einem Fluchtweg umschaute, sah sie, wie sich von hinten drei Männer anschlichen.

»Tante Charlotte?«, rief eine Stimme leise. Es war Gabriel, zusammen mit Occam und dessem neuen Freund Dan Scott. Als die Kinder ihn freudig begrüßen wollten, gebot Gabriel ihnen durch eine ausholende Handbewegung zu schweigen. Er und die anderen hielten die Köpfe gehoben und beobachteten den britischen Suchtrupp, machten aber keine Anstalten, sich vom Haus zu entfernen.

Tavington befahl, das Haus und die Nebengebäude niederzubrennen, und die Männer verstreuten sich, um den Befehl auszuführen. Kurz darauf wurden Tavington mehrere Sklaven vorgeführt. Sie waren aus dem Schlaf gerissen worden und nur halb bekleidet. Zuerst brüllte Tavington sie als Gruppe an, konzentrierte seine Fragen aber bald auf Matthew, der in einem teuren Hausmantel erschienen war, den Charlotte ihm geschenkt hatte. Tavington stellte ihm eine Reihe von Fragen, auf die er immer wieder dieselbe Antwort bekam: »Ich weiß es nicht, Sir.«

Tavington entging der herausfordernde Tonfall Matthews nicht, und die Haltung des Schwarzen gefiel ihm gar nicht. Er zückte seine Pistole und schoss ihm mitten ins Gesicht. Der Butler war sofort tot. Dann begann der Anführer der Grünen Dragoner, den nächsten Sklaven zu befragen. Charlotte schrie lautlos auf, als sie sah, wie Matthew zusammenbrach.

Zwei Soldaten erschienen an der nächstgelegenen Hausecke und hielten ihre Fackeln an die Wand, bis das Holz Feuer gefangen hatte, ehe sie weitergingen. Je heller das Feuer wurde, desto sichtbarer wurden die Gesichter der Kinder in ihrem Versteck.

Samuel liefen Tränen über die Wangen. »Gabriel, wo ist Vater?«

Gabriel, Occam und Scott bedeuteten ihm alle gleichzeitig mit einer knappen Handbewegung, keinen Laut von sich zu geben. Von dort, wo Tavington immer noch die Sklaven befragte, fiel ein weiterer Schuss.

Dann peitschte ein Dritter hinter ihnen. Es war ein Gewehrschuss, und die Dragoner blickten alle in seine Richtung. Und da sahen sie Benjamin Martin auf seinem steigenden Pferd, erhellt vom flackernden Licht der brennenden Gebäude. Er feuerte eine Pistole in die Luft ab und rief Tavingtons Namen. Einige Dragoner in seiner Nähe wirbelten herum und feuerten, verfehlten den Reiter jedoch.

Im nächsten Moment war er fort, und unter den englischen Soldaten brach Verwirrung aus. Tavington brüllte lautstark über den Lärm hinweg.

»Zu den Pferden!«

Das war das Signal, auf das Gabriel gewartet hatte. Er bedeutete Charlotte und den Kindern aufzustehen und raunte ihnen zu: »Kommt, wir müssen uns beeilen.«

Charlotte warf einen letzten verstohlenen Blick auf Matthews Leichnam, als sie vom brennenden Haus wegliefen und in die Dunkelheit eintauchten.

Tavington und seine Männer jagten Benjamin hinterher und folgten seiner Spur einige hundert Meter weit in den nächsten Wald, wo die Fährte ganz plötzlich abbrach. Die Dragoner schwärmten aus und suchten fast bis zum Morgengrauen, ohne den geringsten Hinweis darauf zu finden, in welche Richtung der Geist sich gewandt haben mochte.

Es war bereits weit nach Mittag, als die Dragoner erschöpft von ihrem langen Ritt und vom Staub der roten Erde South Carolinas bedeckt ins Fort zurückkehrten. Sie begaben sich sofort in ihre Unterkünfte und schliefen, kaum dass sie sich auf ihre Feldbetten hatten fallen lassen. Gegen Abend schickte Cornwallis nach Tavington.

Als er sich noch feucht von einem Bad und in einer sauberen Uniform im Hauptquartier einfand, um seinem Vorgesetzten Bericht zu erstatten, traf er den Lord General im Bankettsaal an, am Kopfende einer eleganten, für eine Person gedeckten Tafel. Auf dem Tisch stand ein Tablett mit einem knusprigen Braten, und auch von allem anderen war genug für fünf Männer da. Cornwallis forderte Tavington auf, einzutreten und ihm beim Essen zuzusehen. Sie hatten sich gerade zwei Minuten unterhalten, als Cornwallis die flache Hand auf den Tisch niedersausen ließ und dabei sein Weinglas umwarf.

»Der Mann muss gefunden und gehängt werden! Er hat mich persönlich beleidigt, und er hat die Krone beleidigt! Ich behandle ihn ehrenhaft, und er vergilt es mir mit Verrat. Er ist der Hauptverantwortliche dafür, dass wir immer noch in diesem Höllenloch von einer Kolonie namens South Carolina festsitzen!«

Ein Diener kam herein, um den verschütteten Wein aufzuwischen, und schenkte Cornwallis ein neues Glas ein.

Tavington stand mit auf dem Rücken verschränkten Händen da und nickte zustimmend.

»Ziemlich gerissen für einen Bauern mit einer Mistgabel.«

»Ihre Inkompetenz schadet unserer Kampagne und meinem Ruf. Ich will, dass Sie diesen Mann finden und mir bringen, was auch immer dazu nötig ist, bevor mein guter Name noch weiter in den Dreck gezogen wird. Ich hoffe, Sie wissen, was ich meine, ohne dass ich es aussprechen muss.«

Tavington verstand sehr wohl. Cornwallis wollte ihm endlich freie Hand lassen und ihn den Krieg so führen lassen, wie er geführt werden musste. Das war Cornwallis' Eingeständnis, dass er Unrecht gehabt hatte, und Tavington erkannte sofort die Gelegenheit, die sich ihm bot. Er trat dichter an den Tisch heran, näher, als es sich für einen rangniederen Offizier geziemte.

»Wie Sie wissen, Euer Lordschaft, führen er und seine Männer einen Partisanenkrieg und tauchen nach jedem Überfall wieder unter. Und in der lokalen Bevölkerung gibt es viele, die mit ihnen sympathisieren. Sie schützen ihn, sein Versteck, seine Familie und die Familien seiner Männer. Um uns die Kooperation dieser Leute zu sichern und sie dazu zu bringen, uns bei der Ergreifung dieses gerissenen Geistes zu helfen, könnten Methoden erforderlich sein, die man als ... brutal bezeichnen könnte.«

Cornwallis' Miene deutete darauf hin, dass er bereit war, auch auf solche unfeinen Methoden zurückzugreifen, aber er sagte nichts.

Tavington wurde mutiger. Er nahm das leere Glas, das Cornwallis zuvor verschüttet hatte, wischte es mit einer Serviette sauber und hielt es dem Lord General hin, damit der ihm Wein einschenkte. Cornwallis starrte ihn lange wortlos an, ehe er sich erhob und zur Anrichte hinüberging, um die Flasche zu holen.

Tavington fuhr fort.

»Ich würde es bedauern, wenn Ihr guter Ruf in irgendeiner Weise von meinen Taten beschmutzt würde, vor allem von solchen, die man als brutal bezeichnen könnte. Aber es gibt Mittel und Wege, Sie aus allem herauszuhalten. Wege, die Ihnen den Sieg bringen würden, ohne Ihren guten Namen zu schädigen.«

»Sprechen Sie weiter«, forderte Cornwallis ihn auf und schenkte ihm Wein ein.

»Euer Lordschaft, ich werde alles Notwendige tun, um unseren Sieg zu sichern, und ich werde hierfür die ganze Last der Verantwortung auf mich nehmen. Wenn meine Methoden in Frage gestellt werden – und dies wird unvermeidbar sein – werden Sie behaupten, Sie hätten sie nie genehmigt, Sie hätten sie mir sogar ausdrücklich verboten. Ich werde dem nicht widersprechen, sondern den Vorwurf hinnehmen. Wenn ich das tue, kann ich natürlich nicht als Ehrenmann nach England zurückkehren, und was sollte dann aus mir werden?«

Cornwallis rieb sich nachdenklich mit den Fingern der einen Hand die Handfläche der zweiten. Das war ein verlockendes Angebot, den eigenen Ruf zu opfern für den eines anderen. Je länger er darüber nachdachte, desto überzeugter war er, dass dies die Lösung ihrer beider Probleme war. Der Name Tavington war nicht mehr das, was er noch vor einer Generation gewesen war. Ohne militärische Ehre würden sich dem jungen Offizier bei seiner Heimkehr wenig Perspektiven bieten. Und je länger sie in South Carolina festsaßen, desto größer wurde die Möglichkeit, dass es gar keinen Sieg geben würde.

»Sie müssten inzwischen wissen«, begann Cornwallis vorsichtig, »dass sich meiner Ansicht nach, wenn dieser Krieg erst vorüber ist, hier in den Kolonien eine neue und mächtige Aristokratie aus Grundbesitzern etablieren wird.«

»Ich habe Sie davon reden hören«, entgegnete Tavington lächelnd. Es schien, als hätten er und der Lord General bereits eine Vereinbarung getroffen. Er setzte sich auf einen freien Stuhl und nippte an seinem Wein. »Aber ich hätte nichts dagegen, es mir noch einmal anzuhören. Erzählen Sie mir doch besonders von Ohio.«

Gabriel hielt sich genau an die Befehle seines Vaters. Von der Plantage aus flüchtete er in Nelson's Ferry über den Santee, fand die Pferde, die dort bereitgestellt worden waren, und führte Charlotte und die Kinder am Yaboo Swamp vorbei zu einem Anwesen, das einer älteren Witwe gehörte, Mrs. Dorothy James. Zornig, dass man sie mitten in der Nacht aus dem Bett holte, kam die alte Dame fluchend wie ein Seemann an die Tür und drohte, Gabriel mit der gusseisernen Bratpfanne, die sie in der Hand hielt, eins überzuziehen. Ihre Laune hob sich jedoch schlagartig, als sie den Namen Benjamin Martin hörte, und sie ließ die Familie rasch herein. Gabriel und seine Männer trennten sich und ritten in die umliegenden Orte, um den Vormarsch der englischen Truppen zu beobachten. Sie warteten eine ganze Woche, ehe sie – wieder zu nachtschlafender Zeit – mit einem Pferdewagen zurückkehrten und die Kinder abholten. Sie fuhren zügig nach Süden in Richtung Küste und mieden dabei größere Straßen.

Sie befanden sich weit hinter dem letzten britischen Außenposten, als der Wagen bei Morgengrauen des folgenden Tages im Sumpf stecken blieb und sie ihren Weg zu Fuß fortsetzen mussten. Es wurde ein unerträglich heißer, feuchter Tag. Sie folgten einer unbefestigten Straße, die auf beiden Seiten von üppiger Vegetation gesäumt wurde, bis sie ans Meer gelangten.

Sie verließen den Wald am Fuß einer Salzwasserlagune, einem lang gezogenen klaren Wasserbecken, wo die Wellen über eine schmale Sandbank geschwappt waren. Vom Wasser her wehte eine kühle Brise, und nach mehreren Stunden unerträglicher Hitze, tiefhängender Äste und dorniger Sträucher kam ihnen dieses Fleckchen Erde paradiesisch vor. Die Kinder stürzten sich ins Wasser, plantschten ausgelassen und wateten über die Lagune zur Sandbank, die fünfzehn Zentimeter hoch mit allerlei Muscheln bewachsen war.

Wenig später stießen sie auf einen erstaunlichen Ort. Auf einer Lichtung am Ufer der Lagune befanden sich einige

Gras- und Holzhütten, die aussahen, als stammten sie geradewegs aus Afrika. Es entpuppte sich als ein ganzes lebendiges Dorf mitten im Nichts, durch Meilen unwegsamen Geländes vom Rest der Welt abgeschnitten. Männer in Holzbooten fischten mit Netzen, Frauen hängten Fische zum Trocknen auf und kehrten mit Feuerholz aus dem Wald zurück, während die Kinder zwischen den primitiven Behausungen umhersprangen.

Einer nach dem anderen bemerkten die Dorfbewohner den Neuankömmling Occam und fragten sich, warum er sieben Weiße mitgebracht hatte.

Es handelte sich um ein Gullah-Dorf, eins von mehreren entlang der Küste, allesamt bewohnt von freigelassenen und entlaufenen Sklaven. Das Dorf war eine kleine Welt für sich mit seiner eigenen Sprache, Musik und Architektur, von der weißen Bevölkerung der Kolonie unverstanden und offiziell ignoriert, was den Bewohnern nur recht war.

Als die Martin-Kinder zögernd näher kamen, stieß eine dunkelhäutige Frau in weiten Kleidern, die sich ein buntes Tuch um das Haar geschlungen hatte, einen Freudenschrei aus und rannte wild gestikulierend auf sie zu.

»O meine Kinder! Meine Süßen!«

William erkannte sie als Erster.

»Abigale?«

Sie war es tatsächlich, auch wenn sie sehr verändert aussah. Sie liefen ihr entgegen und riefen ihren Namen, und nach tränenreichen Umarmungen stellte sie sie den anderen vor.

Als die Dorfbewohner Gabriels Geschichte hörten, war ihnen sofort klar, in welcher Gefahr Charlotte und die Kinder schwebten, und sie boten ihnen an, zu bleiben. In der Lagune hatten sich bislang keine englischen Truppen blicken lassen, und es war auch nicht damit zu rechnen, dass das so bald der Fall sein würde. Die Entscheidung, die Familie zu verstecken, war mit gewissen Gefahren verbunden, aber viele von ihnen hatten von Benjamin Martin gehört und wussten, wie er zur Sklaverei stand.

Abigale zeigte Charlotte und den Kindern ihr neues Zuhause, eine Einzimmer-Hütte mit einem Fußboden aus gestampfter Erde. Die Wände bestanden aus einer Kombination von Stämmen junger Bäume und Treibholz. Das Dach war mit Palmwedeln gedeckt.

»Es ist nicht viel, ich weiß, sicher nicht das, was Sie gewohnt sind«, erklärte sie Charlotte. »Aber Sie können mit mir hier wohnen, bis wir Ihnen ein oder zwei eigene Hütten gebaut haben.« Charlotte war gerührt von dieser großherzigen Geste.

»Es ist wunderbar, Abigale. Danke.«

An diesem Abend, als die Kinder Arme voll Dünengras als Schlafunterlage in die Hütte schleppten, saß Abigale zusammen mit Charlotte und Gabriel an einem verlöschenden Feuer.

»Die Rotröcke haben uns alle nach Winnsboro gebracht«, erzählte sie. »Mehrere Tage hielten sie uns auf einem Feld fest und gaben uns kaum etwas zu essen. Dann sortierten sie die jüngeren Männer aus, und die wurden dann zwangsrekrutiert. Vater und ich wurden zur Arbeit in der Küche eingeteilt, in ihrem Hauptquartier in der Walnut Street, und dort blieben wir eine ganze Weile, bis die Stadt angegriffen wurde. Der Beschuss dauerte vom Morgen bis zum Abend. Ich hörte sie sagen, es wären General Sumter und seine Patrioten. Am nächsten Tag warfen sie mich raus. Sie sagten, es gäbe nicht genug zu essen. Ich wusste nicht, wo ich hin sollte, und so machte ich mich auf den Weg hierher. Bevor ich ging, suchte ich noch einige Tage in Winnsboro nach meinem Vater, aber vergeblich.«

»Wie heißt dein Vater?«, fragte Charlotte.

»Abner«, entgegnete Gabriel für Abigale.

»So Gott will, wirst du wieder mit deinem Vater vereint werden«, meinte Charlotte.

Abigale lächelte gezwungen und versuchte, daran zu glauben. Dann ging sie in die Hütte, um den Kindern zu helfen. Gabriel wandte sich an Charlotte.

»Sie werden die Suche nach dir und den Kindern nicht aufgeben. Mein Vater würde sofort die Waffen strecken und sich im Austausch gegen seine Kinder stellen.«

»Hier sind wir sicher. Es ist genauso, wie dein Vater gesagt hat: das perfekte Versteck.« Sie verstummte, ließ den Blick über das Dorf schweifen und lauschte dem Rauschen des Meeres. »Übrigens, wie geht es ihm?«

Gabriel horchte in sich hinein, um ihr ehrlich zu antworten. »Ich weiß es nicht«, gab er schließlich zu, »ich bin sein Sohn.« Als er jemanden hinter sich spürte, drehte er den Kopf und sah Susan, die ihn aus großen Augen musterte.

»Wo ist Vater?«, fragte sie.

Gabriels Kinnlade klappte herunter. Es war das erste Mal, dass er sie sprechen hörte. »Susan?«

Charlotte lachte. »Sie spricht schon seit Monaten.«

»Ist das wahr?«, fragte er seine Schwester. »Du kannst sprechen? Warum hast du dann heute den ganzen Tag keinen Ton von dir gegeben?«

»Ich habe nicht behauptet, dass sie eine Plaudertasche ist«, stellte Charlotte richtig. »Normalerweise spricht sie nur dann, wenn sie etwas Wichtiges zu sagen hat.«

»Wo ist Vater?«, fragte Susan noch einmal. »Warum ist er weggegangen?« Sie trat dichter ans Feuer, die Puppe an sich gedrückt, die Charlotte ihr ein Jahr zuvor geschenkt hatte.

Gabriel beugte sich immer noch verblüfft vor und gab sein Bestes, ihr die Lage zu erklären. »Susan, er wollte nicht, dass diese Männer dich finden. Er hat sie weggelockt, damit du in Sicherheit bist.«

Sie schüttelte den Kopf, unzufrieden mit dieser Antwort.

»Er wird kommen und dich besuchen, sobald er kann.«

»Das ist mir gleich«, sagte sie. »Ich hasse ihn.«

»Du hasst ihn nicht«, widersprach Gabriel. Er kniete sich vor sie und legte ihr die Hände auf die schmalen Schultern. »Er hat dich sehr lieb. Wir alle haben dich sehr lieb.«

»Ich hasse ihn«, beharrte sie trotzig, mit hängenden Armen dastehend. »Ich hasse ihn, und ich hoffe, dass er nie mehr zurückkommt.«

Tavington lag auf der Seite im hohen Gras, genoss den spektakulären Sonnenuntergang und rupfte geistesabwesend die Blüten von einer Hand voll Feldblumen. Eine Gruppe seiner Offiziere stand ganz in der Nähe und wartete auf seine Befehle. Hinter ihnen befand sich ein Farmhaus, ein unansehnliches, windschiefes Gebäude, dessen Hof von Unkraut überwuchert war. Ein paar der Dragoner hatten das Haus betreten.

»Sehen Sie sich diesen Sonnenuntergang an, Gentlemen! Wirklich außergewöhnlich. Eines Sonetts würdig. Wilkins, Sie können sich glücklich schätzen, dass Sie hier aufwachsen durften.« Er zeigte auf die Felder und Bäume um sie herum. »Hier wächst einfach alles!«

»Das stimmt«, bestätigte Wilkins. »Es gefällt mir hier.«

In eben diesem Moment ertönte vom Haus her ein unmenschlicher Schrei, der die friedliche Stille des Abends abrupt zunichte machte. Tavington legte den Kopf schräg und lauschte analytisch, so wie Komponist einem Pianisten lauschen mag, der mit dem Rücken zu ihm spielt. Was er hörte, gefiel ihm nicht. Er stand auf und steuerte das Haus an.

Die Feldblumen noch in der Hand, stieg er auf seinem Weg zu Bordon über zwei Leichen hinweg.

»Was ist passiert?«

»Es tut mir leid, Sir«, entgegnete Bordon schulterzuckend,

noch über den Mann gebeugt, der an den Tisch gefesselt war. »Er ist tot.«

Tavington seufzte. »Haben Sie etwas aus ihm herausbekommen?« Bordon schüttelte den Kopf. »Da kann man nichts machen. Dann versuchen wir es eben noch mal. Bringt den Letzten rein.« Captain Wilkins, der ebenfalls hinzugekommen war, ließ den Blick durch den Raum schweifen und fühlte, wie sich ihm der Magen umdrehte. Er machte hastig kehrt und stürzte nach draußen, als die Dragoner Rollins hereinschleiften, der noch eine seiner Proviantaschen über der Schulter trug. Bordon durchtrennte die Fesseln mit einem Messer und stieß den Toten vom Stuhl. Mit einem dumpfen Aufprall schlug die Leiche auf dem Boden auf. Er leerte die Packtasche auf den Tisch. Sie enthielt Gold- und Silbermünzen, zerknitterte Geldscheine, britische Gürtelschnallen, Knöpfe, Ringe und allerlei kleinere Wertsachen.

»Dieser Mann ist ein Rebell und Dieb.«

Rollins starrte aus einem Auge zu ihm auf und bleckte die Zähne.

»Ich bin kein Dieb, sondern Patriot.«

Bordon nahm das kleine Messer, mit dem er vorhin die Fesseln von Rollins totem Kameraden durchtrennt hatte, um dem Amerikaner Manieren beizubringen, aber Tavington hielt ihn zurück. Er trat an den Tisch und schob die gestohlenen Schätze nachdenklich durch das Blut, das sich dort gesammelt hatte, ehe er sich an Rollins wandte.

»Sie haben hier ein kleines Vermögen. Was würden Sie sagen ist das alles wert?«

Rollins beabsichtigte nicht, irgendwelche Fragen zu beantworten, und schwieg.

»Guter Mann, Sie machen mir einen recht intelligenten Eindruck. Und Sie scheinen ein Mann zu sein, der den Wert des Geldes kennt. Ich will Ihnen ein Angebot machen: Ich würde Ihnen dreimal so viel zahlen, wie hier auf dem Tisch liegt, wenn Sie Loyalist wären. Helfen Sie mir.« Dann zeigte er auf die Leichen im Raum. »Tun Sie sich selbst einen Gefallen. Sagen Sie mir, wo ich Benjamin Martin und seine Leute finde.«

Rollins schien über das Angebot nachzudenken. Sein Gesicht war zerschunden von den Schlägen, mit denen er bereits traktiert worden war, und er blickte aus dem einen Auge, das nicht zugeschwollen war, zu Tavington auf.

Tavington klopfte auf eine der Taschen an seinem Gürtel. »Ich habe genug Goldmünzen bei mir, um jede vernünftige Forderung zu erfüllen. Reden Sie, Mann. Nennen Sie Ihren Preis.«

Rollins schüttelte den Kopf. Er war nicht sicher, welchen Preis er gefordert hätte für den Verrat an Benjamin Martin, aber er wusste, dass egal wie viel er auch verlangte, er tot sein würde, ehe die Dragoner fortritten. Er sammelte den Speichel in seinem Mund und spuckte Tavington mitten ins Gesicht.

»Behalten Sie Ihr Geld und tun Sie, was Sie nicht lassen können.«

Tavington wischte sich mit einem Taschentuch das Gesicht sauber. »Das werde ich, darauf können Sie wetten. Und zwar mit ganz besonderem Vergnügen.«

Benjamin saß mit den Füßen im Wasser am Rand seines Insellagers und rasierte sich mit einer scharfen Klinge und einem Klappspiegel, den er unter Cornwallis' persönlicher Habe gefunden hatte, als Billings zu ihm kam und sich neben ihn hockte.

»Du rasierst dich zu viel. Neben dir sehen wir anderen schlecht aus.«

»Natürlich seht ihr schlecht aus. Ist doch nicht meine Schuld, dass ihr hässlich auf die Welt gekommen seid.«

Billings lächelte und zeigte ans andere Ende der Insel. »Sie sind zurück. Occam, Scott und dein Junge.«

»Gabriel?« Benjamin warf Klinge und Spiegel neben sich ins Gras, zog die Stiefel über die nassen Füße und wischte sich im Laufen die Rasiercreme aus dem Gesicht. Mrs. James hatte ihm eine verschlüsselte Nachricht geschickt, in der stand, dass Charlotte und die Kinder ihr Haus sicher und wohlbehalten verlassen hatten, aber das lag nun schon zwei Wochen zurück, und Benjamin hatte angefangen, sich zu sorgen. Er hatte nächtelang wach gelegen und sich ausgemalt, was seinen Kindern alles passiert sein konnte.

Er grüßte Gabriel wie ein Colonel einen niederen Offizier grüßt und verlangte einen Rapport. Als er hörte, dass seine fünf Jüngsten in Sicherheit und wieder in Abigales Obhut waren, legte er die militärische Haltung ab, umarmte seinen Sohn und dankte ihm von Herzen. Er hatte hundert Fragen, und Gabriel gab sein Bestes, sie alle zu beantworten. Er schilderte die Flucht von Charlottes Plantage, seine erste nächtliche Begegnung mit Mrs. James und das exotische Gullah-Dorf und berichtete von den britischen Außenposten, die sie unterwegs gesehen hatten.

»Ach!« Gabriel schlug sich an die Stirn. »Das Wichtigste habe ich dir noch gar nicht erzählt. Du wirst es nicht glauben.«

Benjamin runzelte sorgenvoll die Stirn, und seine Augen verengten sich zu schmalen Schlitzen. »Was ist passiert?«

»Es geht um Susan. Sie spricht.«

»Nein!«

»Doch!«

Diese Nachricht hatte Benjamin nicht erwartet. »Sie spricht? Meine kleine Susan spricht?«

»In vollständigen Sätzen«, versicherte ihm Gabriel. »So als hätte sie schon immer gesprochen.«

Benjamin lächelte, wenn auch ein wenig traurig. »Es tut

mir leid, dass ich nicht dabei war, als sie ihr erstes Wort gesagt hat. Hat sie etwas über mich gesagt?«

»Natürlich, sie ... also, ja. Ja, das hat sie tatsächlich.«

»Braves Mädchen. Sag es mir. Sag mir alles, was sie gesagt hat, Wort für Wort.«

Gabriel zögerte, als müsse er erst nachdenken. »Also, sie hat gesagt ...«

»Komm schon, Junge, raus damit.«

»Sie sagte, sie hätte dich lieb. Sie hat gesagt, dass sie dich vermisst und versteht, weshalb du nicht bei ihr sein kannst. Und dass sie es kaum erwarten kann, dich wieder zu sehen.« Lügen fiel Gabriel schwer, und auch jetzt machte er sich deswegen große Vorwürfe. Aber es war unnötig, seinen Vater noch mehr zu belasten, und das Strahlen auf Benjamins Gesicht sagte ihm, dass seine Entscheidung richtig gewesen war.

»Das hat sie gesagt? Heiland, das hat sie alles gesagt?«

Gabriel nickte.

»Ist das nicht großartig? Ich habe so wunderbare Kinder wie euch gar nicht verdient.«

Reverend Oliver kam den Sumpfpfad heraufgaloppiert und brachte sein schaumbedecktes Pferd neben ihnen zum Stehen. Ihm war auf den ersten Blick anzusehen, dass er keine gute Nachrichten brachte. Er wandte sich an Benjamin, ohne abzusitzen.

»Tavington besitzt eine Liste unserer Leute. Er zieht von einem Haus zum anderen, brennt unsere Häuser nieder und tötet jeden, der Widerstand leistet. Rollins, Cameron und einige andere sind bereits tot.«

»Wo?«, fragte Benjamin knapp.

»Bislang waren es sieben Häuser am Santee.«

Kaum hatte der Reverend fertig gesprochen, schnappte Billings sich seine Muskete und rannte zu seinem Pferd. Sein Heim war nicht weit vom Santee entfernt, und seine Frau und sein Junge waren ohne Schutz. Er fragte gar nicht erst, ob die anderen Männer im Lager ihn begleiten würden. Ob mit oder ohne Unterstützung, er musste zu seiner Farm, ehe Tavington dort auftauchte.

Er preschte in halsbrecherischem Tempo davon, und Benjamin und die anderen brauchten eine Stunde, um ihn einzuholen. Anstatt den ganzen Weg bis nach Nathan's Ferry zu reiten, versuchten sie, den Fluss in Höhe einer zerstörten Brücke zu überqueren, die sie vor Monaten abgebrannt hatten. Zwei der Pferde wurden von der Strömung fortgerissen, und ihre Reiter wurden ohne Zögern zurückgelassen. Mit Billings an der Spitze ritten sie noch eine weitere halbe Stunde volles Tempo und jagten in einer dicht gedrängten Horde über die Straßen, ohne einen Gedanken daran zu verschwenden, dass sie unterwegs auf eine Patrouille Rotröcke stoßen konnten.

»Es ist nicht mehr weit«, reif Billings. Gleich darauf bemerkte er den Rauch über den Bäumen.

Der Himmel war grau und bedrohlich. Von der Küste wehte ein kräftiger Wind, stark genug, um die Ahornblätter von den Bäumen zu reißen, die auf dem Boden einen dicken Teppich bildeten. Als sie eine Lichtung erreichten, sahen sie, was von Billings' kleiner Farm übrig war: Das Haus war bis auf die Grundmauern abgebrannt. Die Scheune stand noch, aber seine Kühe waren weg, und das Hühnerhaus war niedergerissen worden. Sie ritten näher, konnten aber nirgendwo ein Lebenszeichen von seiner Familie entdecken.

Es dauerte jedoch nicht lange, bis Billings sie gefunden hatte. Sie lagen zwischen zwei Bäumen, zwischen denen Wäsche zum Trocknen aufgehängt war, halb begraben unter Ahornblättern. Er sprang aus dem Sattel und rannte zu ihnen. Er warf sich neben seine Frau und seinen Sohn auf die Knie. Zuerst schien es, als wage er nicht, sie anzufassen, und sc beugte er sich nur über sie und rief ihre Namen. Als sie darauf nicht reagierten, packte er sie bei den Schultern und versuchte, sie durch heftiges Schütteln ins Leben zurückzuholen. Seine Frau trug ein einfaches weißes Kleid, und die Haube über ihrem roten Haar war blutdurchtränkt. Der Junge, der einen abgewetzten grünen Anzug trug, hatte offensichtlich mit seiner Spielzeugpistole gespielt, die neben ihm lag. Benjamins Männer wahrten respektvolle Distanz und wandten den Blick von der ergreifenden Szene ab, als Billings anfing zu schreien und zu weinen. Nichts deutete auf einen Kampf hin, und es gab auch keine Spuren dafür, dass die Opfer gefoltert worden waren, um ihnen Informationen zu entlocken. Nur ein Schuss in den Kopf.

Billings taumelte zurück zu seinen Kameraden, schluchzend und verwirrt. Er drehte sich im Kreis, als hätte er etwas verloren. Seine Bewegungen waren unnatürlich, als wäre er eine Marionette, deren Fäden von einem betrunkenen Puppenspieler gezogen wurden. Er zog eine Pistole aus dem Gürtel und hieb mit ihr auf unsichtbare Feinde ein. Reverend Oliver stieg von seinem Pferd und ging zu ihm hin, um ihn zu trösten.

»Dies ist nicht die Zeit für Rache, John. Das ist eine Zeit der Trauer.« Er breitete die Arme aus, um den Mann zu umarmen, aber Billings' ruckartige, heftige Bewegungen hinderten ihn daran.

Billings liefen Tränen über das grobe, unrasierte Gesicht, als er die Pistole hob, an seine Schläfe hielt und den Hahn spannte.

»NEIN!«, brüllte Villeneuve.

Aber Billings drückte ab und jagte sich eine Kugel in den Kopf.

Reverend Oliver wich voller Entsetzen zurück, während die anderen wie erstarrt auf ihren Pferden sitzen blieben, zu geschockt, um sich zu rühren, und dem Nachhall des Schusses lauschten. Dann war alles still, abgesehen vom Rascheln des trockenen Laubes auf dem Boden und der Wäsche, die auf der Leine flatterte. Es dauerte lange, ehe Benjamin die Kraft fand, das Wort an seine Truppe zu richten.

»Fünf Tage Urlaub für jeden«, sagte er ruhig. »Anschließend treffen wir uns wieder auf der Insel. Wer nicht zurückkommt, wird nicht als Feigling gelten, und man wird ihm auch keine mangelnde Loyalität vorwerfen. Geht jetzt. Kümmert euch um eure Familien.«

Nach allem, was passiert war, war es den Männern unmöglich, sich in die Augen zu sehen. Wortlos wendeten sie ihre Pferde und ritten in verschiedene Richtungen davon. Als alle bis auf Villeneuve und Gabriel fort waren, stieg Benjamin von seinem Pferd und machte sich auf die Suche nach einer Schaufel.

15. Kapitel

Charlotte und die Kinder gewöhnten sich rasch ein in der abgeschiedenen Welt des Gullah-Dorfes. Mit Hilfe der anderen bauten sie sich neben Abigales Hütte eine solide Unterkunft aus einem Ast- und Grasgeflecht, und nebenbei übernahm jeder von ihnen seinen Anteil an den täglichen Pflichten. Nathan, Samuel und Margaret lernten, mit Speeren zu fischen und mit Fangnetzen umzugehen, während die jüngeren Kinder Körbe flochten, Feuerholz sammelten und beim Kochen halfen.

Eines Spätnachmittags saßen Charlotte, Abigale und Margaret in einem einfachen Pavillon, der aus einem fadenscheinigen Baumwolltuch bestand, das zwischen mehreren Stangen gespannt war und Schutz vor der gleißenden Sonne bot. Sie waren damit beschäftigt, mit einer Machete die Fasern aus Palmwedeln herauszulösen und diese zu einem Seil zu flechten. Charlotte unterhielt sie mit einer Erzählung einer Reise nach England, die sie als kleines Mädchen unternommen hatte, als Margaret plötzlich innehielt und in Richtung Strand schaute. Zwei Reiter mit zwei riesigen Hunden im Gefolge galoppierten auf sie zu. Margaret erkannte sie, lange bevor sie ihre Gesichter ausmachen konnte, legte ihre Arbeit beiseite und rannte ihnen entgegen.

»Vater! Gabriel!« Die anderen Kinder hörten sie und kamen aus allen Richtungen herbeigelaufen.

Benjamin sprang geschmeidig von seinem Pferd, hob Margaret in die Höhe und schloss sie dann ganz fest in die Arme. Die anderen Kinder warfen sich so stürmisch auf ihn, dass er in den Sand fiel, und sie alle wälzten sich quietschend vor Vergnügen mit ihrem Vater auf dem Boden. Benjamin lachte und rang mit ihnen, bis Charlotte und Abigale hinzukamen, um ihn zu befreien. Die Hunde bellten und rannten aufgeregt im Kreis um sie herum, als Nathan als Erster auf Gabriel zustürmte, dem es bald nicht besser erging als seinem Vater.

»Mein Gott, die sind ja riesig geworden!«, rief Benjamin aus. »Womit hast du sie nur gefüttert!«

Charlotte erinnerte sich an die Worte und lächelte. »Das macht die gute Abstammung väterlicherseits.«

Trotz der allgemeinen Aufregung bemerkte Benjamin bald, dass jemand fehlte. Er blickte sich suchend nach Susan um und sah sie schließlich etwa zwanzig Schritte entfernt stehen. Sie musterte ihn mit ernster Miene. Sie war ein bildhübsches Mädchen und wurde ihrer Mutter immer ähnlicher. Benjamin liebte alle seine Kinder von Herzen, aber Susan hatte er in all den Monaten, die er von ihnen getrennt gewesen war, am meisten vermisst. Er konnte es kaum erwarten, sie sprechen zu hören, und ging auf sie zu, blieb jedoch abrupt stehen, als er sah, wie das Mädchen vor ihm zurückwich.

Er ließ sich auf ein Knie fallen und breitete einladend die Arme aus. »O Susan, wie habe ich dich vermisst.«

Sie musterte ihn kalt und drückte ihre Lieblingspuppe fester an sich. Dann machte sie kehrt und rannte davon, um gleich darauf zwischen den Hütten zu verschwinden. Benjamin warf Charlotte einen fragenden Blick zu.

»Hab Geduld mit ihr, Benjamin. Sie hat eine schwere Zeit hinter sich. Das haben wir alle.« Dann fügte sie hinzu: »Ich freue mich sehr, dich wieder zu sehen.« Sie lächelten sich an, ehe sie aufeinander zugingen. Aber anstatt sich zu umarmen, wonach sie sich beide sehnten, drückten sie einander nur schüchtern die Hand. Die Berührung ihrer Haut raubte Benjamin schier den Atem. Peinlich berührt von dieser plötzlichen Gefühlswallung lenkte er ab, indem er seine Aufmerksamkeit wieder auf die Kinder richtete. Sie jagten am anderen Ende der Lagune hinter Gabriel und den Hunden her. Benjamin lief ihnen nach, sah sich hierbei jedoch mehrmals nach Charlotte um.

Er sah sie immer noch an, als sie am Abend um die Feuer herum saßen und den Fang des Tages verspeisten. Er sah sie an, als sie zusammen mit den Kindern in die Hütte gingen, um ihre Betten zu machen, und er betrachtete sie weiter, als die anderen nach und nach einschliefen und die letzten Feuer draußen erstarben. Und sie erwiderte seine Blicke die ganze Zeit, auch als es viel zu dunkel war, um noch etwas sehen zu können.

Am nächsten Morgen war Benjamin bester Laune. Eine der Dorfältesten, eine Frau etwa in seinem Alter mit tiefschwarzer Haut und unnatürlich langem Hals führte ihn herum. Sie hatte Dutzende winziger Narben an Stirn und Wangen, eine Art Schmuck, wie ihn Benjamin noch nie gesehen hatte. Obgleich sie nur ihre afrikanische Muttersprache sprach und kein Wort Englisch, lachten sie beide viel, und es gelang ihr, ihm zu vermitteln, wie das Dorf organisiert war und sich selbst versorgte.

Gleich nach dem Frühstück ritt Gabriel nach Pembroke, um Anne einen Besuch abzustatten, und kehrte erst am darauf folgenden Nachmittag zurück. Er kam gerade rechtzeitig, um an der Ziellinie eines Meilenlaufs unter den Dorfkindern zu stehen. Zur allgemeinen Überraschung – sie selbst ausgenommen – überrundete Margaret ihre sämtlichen Brüder und schlug sogar einige der älteren Dorfjungen. Nathan behauptete, sie hätte abgekürzt und wollte sich in seinen Schmollwinkel zurückziehen, aber Benjamin holte ihn zurück und befahl ihm, seiner Schwester zu gratulieren und ihr die Hand zu schütteln.

Die ganze Familie spazierte hinunter zur Lagune, und Nathan schlug sofort einen Wettbewerb im Speerfischen vor. Benjamin sah Susan allein neben einem kleinen Boot sitzen, das an Land gezogen worden war. Er nutzte die Gelegenheit, sich zu ihr zu setzen. Er nahm einen Apfel aus seiner Jackentasche, rieb ihn an seinem Hemd ab und schnitt dann mit seinem Jagdmesser eine Scheibe ab. Susan hielt derweil ihre Puppe an sich gedrückt und blickte still aufs Wasser.

»Lecker, der Apfel«, sagte Benjamin kauend. »Sehr lecker, sehr süß.« Er schnitt noch ein Stück ab und bot es ihr auf der breiten Klinge an.

Sie warf einen hungrigen Blick auf das Obst. Sie wollte es haben, wollte aber nicht auf seinen Trick hereinfallen.

»Er schmeckt köstlich«, bekräftigte er.

Sie gab nach und nahm das Geschenk an. Sie wollte das Apfelstück eben in den Mund stecken, als ihr etwas auffiel. Ein braunes Bröckchen an der Messerklinge hatte sich durch den Saft zu einem roten Tropfen verflüssigt. Susan blickte auf das lange Messer, warf dann den Apfel in den Sand und ging davon.

Benjamin seufzte. Zu spät erkannte er, dass an Griff und Klinge des Messers eingetrocknetes Blut haftete. Er ging zum Wasser hinunter und säuberte es. Als er fertig war, sah er, dass Gabriel dort saß, wo eben noch Susan gesessen hatte.

»Was hat dich verändert, Vater?«

»Bist du sicher, dass ich mich verändert habe?« Benjamin kam zurück zum Boot, setzte sich in den Sand und schnitt sich eine weitere Scheibe des Apfels ab.

»Ja, ich bin sicher«, entgegnete Gabriel. »Du bist anders als die Männer, die du von früher kennst. Was hat diesen Wandel bewirkt?«

»Das ist leicht zu beantworten«, entgegnete Benjamin lächelnd. »Deine Mutter.«

Gabriel blickte über das blaue Wasser der Lagune und nickte wissend. »Eine Frau kann zweifellos eine seltsame Wirkung auf einen Mann haben.«

»Da hast du Recht«, erinnerte Benjamin sich lächelnd. »Manchmal brauchte deine Mutter mich nur anzusehen, und mir war, als bekäme ich keine Luft mehr.«

»Das Gefühl kenne ich«, pflichtete Gabriel ihm bei. Benjamin warf dem Jungen einen verstohlenen Blick zu. Er sprach so merkwürdig wie ein weiser alter Mann. Er schnitt noch ein Stück Apfel ab, während sein Sohn nach den richtigen Worten suchte, um das auszudrücken, was er sagen musste.

»Vater ... du hast einmal gesagt ... du sagtest, wenn ich einmal eine eigene Familie hätte, würde ich verstehen. Also, du hattest Recht.«

Benjamin musterte ihn aufmerksam. »Junge, versuchst du, mir etwas zu sagen?«

Gabriel setzte erneut zu Erklärungen an, bemerkte aber dann das listige Lächeln auf Benjamins Lippen. Er hatte sehr gut verstanden. Mehr noch, er freute sich über die Neuigkeit.

»Gratuliere«, sagte Benjamin, schnitt ein Stück Apfel ab und reichte es seinem Sohn. »Apfel?«

»Sehr gern.«

Später am Nachmittag traf Familie Howard ein, in einem wunderschönen Wagen mit hohen Seitenwänden und gepolsterten Sitzen. Anne saß vorn bei ihrem Vater, während Mrs. Howard auf einem Haufen Kissen hinten saß. Reverend Oliver trabte auf seinem Pferd hinter ihnen her, wie üblich bewaffnet mit einem Gewehr und seiner Bibel.

Alle versammelten sich zur Trauungszeremonie unter dem Palmwedeldach eines nach allen Seiten hin offenen Pavillons. Unter dem Dach standen dicht an dicht dreißig unterschiedliche Stühle, und es waren in aller Eile Blumengirlanden geflochten worden, um die vier nackten Stützpfeiler zu schmücken. Die Gullahs hatten sich dem feierlichen Anlass entsprechend in ihre leuchtendsten Farben gehüllt und strahlten in kräftigen Orange-, Gelb- und Grüntönen wie Paradiesvögel. Bester Laune strömten sie aus ihren Hütten und brachten Amulette, geschnitzte Holzfiguren und andere magische Gegenstände mit, die sie um den Altar herum auf den Boden legten.

Als Anne aus der kleinen Hütte trat, in der sie sich zurechtgemacht hatte, jubelte und applaudierte das ganze Dorf. Sie hatte nie hübscher ausgesehen. Sie trug einen Kranz aus winzigen weißen Blumen im Haar und ein langes weißes Kleid mit einem Hauch von patriotischem Blau. Mit einem eng anliegenden Kollier aus weißer Spitze um den Hals und einem Cape um die Schultern näherte sie sich barfuß den versammelten Hochzeitsgästen. Gabriel stand in einem weißen Hemd und cremefarbenen Jackett vor dem Altar und trat nervös von einem Fuß auf den anderen.

Als sie schließlich voreinander standen, trat Reverend Oliver zwischen sie und führte durch die Zeremonie. Die beiden jungen Leute waren so sehr in den Anblick des anderen vertieft, dass sie seine Anwesenheit gar nicht wahrzunehmen schienen.

»Liebe Gäste«, begann der Reverend und legte die aufgeschlagene Bibel auf einen Palmstumpf. »Wir haben uns heute im Angesicht Gottes hier versammelt, weil dieser Mann und diese Frau in den heiligen Stand der Ehe treten möchten.« Er verstummte und wandte sich dem afrikanischen Priester an seiner Seite zu. Der Mann war alt und fast blind, hatte jedoch eine tiefe, kraftvolle Stimme. Er übersetzte Olivers Worte in die Gullah-Sprache, für all jene unter den Anwesenden, die kein Englisch sprachen.

»Anne«, fragte der Reverend, »willst du diesen jungen Mann, Gabriel Martin, zu deinem Manne nehmen? Willst du ihn lieben, ehren und ihm die Treue halten, bis dass der Tod euch scheidet?«

»Ja, ich will.«

»Und du, Gabriel, willst du diese Frau, Anne Howard, zur Frau nehmen? Willst du sie lieben, ehren und ihr die Treue halten, bis dass der Tod euch scheidet?«

»Ja, ich will.«

Benjamin tauschte einen Blick mit Charlotte, ihnen beiden gingen die Worte des Pfarrers unter die Haut. Reverend Oliver hob feierlich die Hände.

»Dann erkläre ich euch mit der mir von Seiner Majestät König George verliehenen ...« Er brach ab, als ihm bewusst wurde, dass die Worte eine völlig andere Bedeutung angenommen hatten, seit er sie das letzte Mal gesprochen hatte. Einige der Umstehenden kicherten, als sie seinen Fauxpas erkannten. »... mit der Kraft unseres gemeinsamen Glaubens in unseren Herrn hiermit zu Mann und Frau.«

Die Feier war eine bunte Mischung aus afrikanischen und amerikanischen Bräuchen. Die Männer aus dem Dorf holten Trommeln und handgeschnitzte Flöten hervor und spielten mitreißende rhythmische Stammeslieder. Später spielte ein Freigelassener mit einer Fidel irische Volkstänze, die er auf einer Plantage gelernt hatte, begleitet von seiner Frau auf einer pfeifenden Ziehharmonika. Alle tanzten ausgelassen, und sogar der alte Mr. Howard mischte sich unter die Tanzenden und versuchte sich einbeinig in afrikanischen Tänzen. Ein Schwein wurde geschlachtet und über offenem Feuer geröstet, es gab würzigen Fruchtpunsch für die Kinder und Palmwein für die Erwachsenen. Gabriel tanzte mit Susan, Abigale tanzte mit Mrs. Howard, und William tanzte mit einem Dorfmädchen, das doppelt so groß war wie er selbst. Als die Party auf dem Höhepunkt war, riss Anne sich lang genug von ihrem frisch gebackenen Ehemann los, um ein paar Worte mit ihrem Schwiegervater zu wechseln.

»Du willst mich also zum Großvater machen?«, fragte Benjamin, begeistert von dieser Aussicht.

Anne blickte schüchtern zu Boden. »Es tut mir leid, dass wir dir nicht früher Bescheid gegeben haben.«

Benjamin lachte. »Es kam wirklich etwas plötzlich, aber ich verstehe das sehr gut. Du sollst wissen, wie sehr ich mich für euch beide freue. Ich habe da etwas, das ich dir geben möchte.« Er griff in seine Hosentasche und holte eine Kette heraus. »Die hat Gabriels Mutter gehört. Ich habe sie all die Jahre bei mir getragen und auf diesen Augenblick gewartet. Ich denke, sie wäre stolz, wenn du sie tragen würdest.«

»Sie ist wunderschön«, sagte Anne und musterte das Schmuckstück aufmerksam. Es handelte sich um ein schön graviertes Medaillon von der Größe einer Shillingmünze an einer silbernen Kette.

»Ich weiß nicht, ob du die Details in diesem Licht erkennen kannst«, sagte Benjamin, trat hinter sie und zeigte auf die Vorderseite des Medaillons. »Das ist eine kleine Karte des Nachthimmels, und das hier in der Mitte ist der Polarstern, der einzige Fixstern am Himmel.«

Sie drehte sich um, damit Benjamin ihr die Kette umlegen konnte. Dann legte sie eine Hand auf ihre Brust.

»Ich fühle mich geehrt«, sagte sie, sichtlich bewegt von der Bedeutung dieses Geschenks. Dann kam plötzlich Gabriel von hinten herbeigetanzt und fasste Anne bei den Hüften.

»Darf ich?«, fragte er seinen Vater.

»Wenn es sein muss.«

»Es muss«, entgegnete Gabriel und zog seine Frau zurück mitten ins Geschehen. Wieder allein, betrachtete Benjamin das bunte Treiben und nickte befriedigt.

»Gut gemacht«, sagte er laut. »Sehr gut.« Während er zusah, wie sein Sohn und seine neue Tochter strahlend um das Freudenfeuer herumtanzten, vertiefte er sich in seine eigenen Gedanken und hielt bald Ausschau nach Charlotte. Sie saß ganz allein am Strand.

»Darf ich mich zu dir setzen?«, fragte er, als er bei ihr war.

Sie klopfte auf den Sand neben sich. »Das ist ein freies Land. Oder zumindest wird es irgendwann eins sein.«

Sie saßen eine Weile schweigend da und beobachteten die Wellen, die sich am Strand brachen. Es war eine schöne, klare Nacht, und als Charlotte zu ihm herüberschaute, sah sie, dass er in den Nachthimmel starrte. Wie so oft war sein Blick auf den Polarstern geheftet. Sie versteifte sich und seufzte traurig.

»Was ist?«, fragte er.

»Ich bin nicht meine Schwester.«

Benjamin verstand nicht recht, was sie meinte. »Das weiß ich.«

»Wirklich?«

Er dachte kurz nach, ehe er antwortete. »Ja.«

Charlotte wartete. »Und?«

»Und was?«

Sie verdrehte ungeduldig die Augen, sichtlich verärgert über die Begriffsstutzigkeit der Männer.

»Oh!«, sagte Benjamin, als ihm schließlich ein Licht aufging. Er beugte sich zu ihr und küsste sie leicht auf die Lippen. »Wie ist das? Besser?«

Charlotte zuckte die Schultern. Sie brauchte noch mehr eindeutige Zuneigungsbekundungen, ehe sie sich ein Urteil bilden konnte. Benjamin küsste sie erneut, ebenso zärtlich wie bei dem ersten Mal, dann jedoch immer leidenschaftlicher.

Viel zu bald war es Zeit, in den Sumpf zurückzukehren. Benjamin schnallte seine Packtaschen an den Sattel und ging dann zu den Howards hinüber, um ihnen zu helfen, ihre letzten Gepäckstücke auf den Wagen zu laden. Als auch das erledigt war, trat er vor die Kinder, die sich ernst und schweigend versammelt hatten. Er kniete nieder und rief eins nach dem anderen auf ein paar Worte zu sich. Er umarmte sie und drückte ihnen einen Kuss auf die Stirn, ehe er sie wegschickte, achtete jedoch darauf, nicht das ganze Ausmaß seiner Gefühle zu zeigen. Ihm war wohl bewusst, dass er sie möglicherweise nie wieder sehen würde, wollte aber nicht, dass sie diese Furcht spürten. Susan kam als Letzte zu ihm. Sie stand halb verdeckt hinter den Röcken ihrer Tante, als er sie zu sich winkte. Widerstrebend folgte sie der Aufforderung. Sie hatte die Schönheit ihrer Mutter und die Sturheit ihres Vaters geerbt und hatte während seines Aufenthaltes im Dorf kein Wort mit ihm gesprochen.

»Nur ein kleines Auf Wiedersehen?«, bat er. »Nur diese zwei Worte? Das ist alles, was ich hören möchte. Nur Auf Wiedersehen.«

Sie stand mit hängenden Armen da und rührte sich auch nicht, als er sie umarmte und an sich drückte.

Gabriel und Anne standen weit abseits von den anderen, eng aneinandergelehnt. Es fiel ihnen schwer, sich nach diesem viel zu kurzen Honigmond schon wieder zu trennen. Mr. Howard humpelte auf seinem Holzbein und den Krücken zu ihnen, schob sie auseinander und verkündete, dass es Zeit sei zu gehen. Er führte sie zurück dorthin, wo die anderen sich versammelt hatten.

Benjamin stand vor Charlotte, drehte nervös seinen Hut in den Händen und suchte nach Worten. Es war ein schwieriger Moment, umso mehr, als die Kinder sie mit Argusaugen beobachteten. Sogar Charlotte, die gewöhnlich so gelassen und direkt war, tat sich schwer, die richtigen Worte zu finden. Sie traten aufeinander zu und umarmten sich erst leicht, Keuschheit vortäuschend. Margaret erkannte jedoch, dass da mehr war und flüsterte ihrer neuen Schwester Anne etwas ins Ohr. Und da beugte Benjamin sich plötzlich vor und küsste Charlotte mitten auf den Mund.

»Oooo«, riefen die Kinder und tauschten verdutzte Blicke, um sich zu vergewissern, dass sie auch richtig gesehen hatten. Ehe sie jedoch dazu kamen, irgendwelche Bemerkungen zu machen, trat Benjamin verlegen zurück und stieg in den Sattel. William fragte, wann er zurückkommen werde.

»Eher, als du denkst«, entgegnete Benjamin mit gespielter Strenge. »Und dann heißt es für euch alle wieder Farmarbeit.« Eine der Doggen bellte zustimmend.

William gab sich mit dieser Antwort jedoch nicht zufrieden. »Du versprichst, dass du zurückkommst?«

Das war eine Frage, auf die Benjamin nicht antworten wollte, aber er schenkte dem Jungen ein so zuversichtliches Grinsen, dass William überzeugt war, er würde sie in zwei bis vier Wochen holen.

»Heyaahh!« Mr. Howard ließ die Zügel auf die Pferderücken klatschen, und der Wagen setzte sich ächzend in Bewegung. Benjamin warf noch einen letzten traurigen Blick auf die schweigende Susan, ehe er sein Pferd wendete. Abigale legte Charlotte eine Hand auf die Schulter, als die Männer davonritten. Aber noch bevor sie außer Hörweite waren, rief Susan ihnen nach.

»Papa!« Sie rannte los, erst zögernd, dann schneller und schneller. »Papa! Geh nicht. Ich werde auch sprechen.«

Benjamin zügelte sein Pferd und sah, wie Susan ihm nachjagte. Er sprang aus dem Sattel und lief ihr entgegen.

»Bitte, Papa, ich sage alles, was du willst. Alles. Bitte, Papa, bitte geh nicht weg.«

Er schloss das schluchzende Mädchen in die Arme, bedeckte ihr Gesicht mit Küssen und kämpfte gegen die eigenen Tränen an, bis Charlotte bei ihnen war, um Susan zurückzubringen. Benjamin hielt das Mädchen auf Armeslänge von sich und blickte in ihre flehenden Augen.

»Ich komme zurück, Kleines. Ich verspreche, dass ich zurückkomme.« Beinahe erstickte er an seinen Worten. Nach einer letzten Umarmung übergab er sie ihrer Tante. Dann schwang er sich schweren Herzens in den Sattel, gab seinem Pferd die Sporen und ritt davon, ohne noch einen Blick zurückzuwerfen.

16. Kapitel

Über dem Black Swamp lag dichter Nebel, der gespenstisch zwischen den Zypressen waberte. Benjamin ritt vorsichtig voraus, dicht gefolgt von Gabriel und Reverend Oliver. Sie überquerten die Landbrücke und blickten über das verlassene Lager, das sie erst eine Woche zuvor verlassen hatten. Der Sumpf hatte bereits begonnen, die Insel zurückzuerobern, indem er Unkraut und Ranken sprießen ließ. Als sie absaßen, tauchte Dan Scott aus dem milchigen Dunst auf, um sie zu empfangen. Offenbar war er allein.

»Nur wir vier?«, fragte Gabriel.

»Ziemlich mager«, meinte sein Vater.

Scott sah ausgeruht und gut genährt aus nach seinem Aufenthalt in Pembroke, aber auch ein wenig entmutigt von den neuesten Entwicklungen. »John Raskin war vor etwa einer Stunde hier«, sagte er. »Aber er hat nicht viel gesagt. Er hat einen Blick auf das Lager geworfen und ist dann wieder abgehauen. Wenigstens wären wir mit ihm fünf gewesen.«

Fünf wäre schon etwas völlig anderes gewesen, stimmten die anderen zu.

Sie entzündeten aus feuchtem Holz ein zischendes Feuer, an dem sie sich mit grimmigen Mienen wärmten. Reverend Oliver versuchte, eine Unterhaltung in Gang zu bringen, indem er Scott erzählte, dass Gabriel seine Nachbarin Anne Howard geheiratet hatte. Scott gratulierte mit Handschlag, aber das war alles. Sie verfielen wieder in Schweigen und warteten, wie viele der anderen sich noch einfinden würden.

Langsam trafen sie ein, tauchten allein oder zu zweit aus dem Nebel auf, einige zu Pferd, andere zu Fuß. Ludwell und Moore hatten ihren gesamten Urlaub im Boar's Head verbracht und ihr Geld versoffen. Sie hatten laut damit geprahlt, dass sie zur Geisterbrigade gehörten, und die schauerliche Geschichte erzählt, die sich auf John Billings' Farm ereignet hatte. Sie kehrten an der Spitze einer Gruppe von dreißig Mann zurück, die teils aus Veteranen, teils aus neuen Rekruten bestand. Am meisten überraschte Benjamin, dass Occam zurückgekehrt war. Als er allein den Sumpfpfad heraufkam, stand Benjamin auf, um ihn zu begrüßen. Scott, der am Feuer saß, fragte Occam, ob er noch bei Verstand wäre.

»Du könntest schon weit weg sein. Warum bist du zurückgekommen?«

»Sind noch zwei Monate, ehe das Jahr rum ist«, entgegnete Occam.

Benjamin nickte und schüttelte dem Schwarzen die Hand.

Die Männer packten ihre Sachen aus und begannen, das Lager wieder einzurichten. Benjamin ging zwischen ihnen umher, stellte sich den Neuen vor und hieß die anderen willkommen, sprach allen Mut zu und erteilte hier und da einen Ratschlag. Das war für ihn eine willkommene Gelegenheit, sich ein Bild von der Stimmung unter seinen Männern zu machen, und er war erfreut von dem, was er feststellte. Sie waren ernst, aber in ihren Überzeugungen unerschütterlich geblieben. Sie wussten, was Tavingtons Dragoner mit Rollins, Billings und den anderen gemacht hatten, aber diese Gräuel hatten sie nicht einschüchtern können. Vielmehr hatten sie sie noch mehr in ihrer Entschlossenheit bestärkt, die Briten aus den Kolonien zu verjagen. Mehr denn je waren sie eine amerikanische Armee, die für die Amerikanische Sache kämpfte.

Und doch hatte Benjamin erst das Gefühl, dass seine Partisanenbrigade wieder vollständig war, als ein Nichtamerikaner ins Lager ritt: Major Jean Villeneuve. Benjamin ging zu ihm, um ihn zu begrüßen.

»Auf die Franzosen ist Verlass.«

»Ja, auf Franzosen ist Verlass«, bestätigte Villeneuve beim Absteigen. »Wo sonst bekomme ich schon die Gelegenheit, Engländer zu töten? Vielleicht sogar ein paar verwundete, wenn Sie gerade nicht hinsehen, Colonel.«

Als der Wagen sich Pembroke näherte, war die Familie Howard erschöpft von der langen Fahrt, aber auch glücklich. Der Ausflug war ein voller Erfolg gewesen. Die Hochzeit selbst war ungewöhnlich gewesen, völlig anders als sie es sich hätten vorstellen können, aber ein unvergessliches und bedeutungsvolles Ereignis. Mr. Howards Kopf nickte zur Melodie der Räder auf der unbefestigten Straße, in Gedanken hörte er noch die afrikanischen Tanztrommeln. Mrs. Howard schlief auf dem Rücksitz, aber Anne war noch hellwach und strotzte vor Energie. Sie schmiedete Pläne für ihr gemeinsames Leben mit Gabriel, während sie die Schönheit der Landschaft in sich aufsaugte. Alles, was sie sah, erinnerte sie an ihn. Sie vermisste ihn bereits schmerzlich, obwohl sie erst wenige Stunden getrennt waren. Endlich tauchte der Kirchturm über den Baumwipfeln auf, und nur wenige Minuten später fuhren sie um die letzte Biegung in die Stadt.

Die Grünen Dragoner erwarteten sie bereits.

Die Straßen waren verlassen, und die Türen sämtlicher Häuser, einschließlich des ihren, standen offen. Ein halbes Dutzend berittener Dragoner näherte sich der Kutsche. Mr. Howard erkannte einen der Männer und rief ihn mit Namen an. Es war Captain Wilkins, einer seiner Amtskollegen aus dem Provinzrat und ebenfalls Bürger von Berkeley County.

Wilkins erwiderte den Gruß, indem er sich an den Hut tippte, und sprach dann ruhig und höflich mit ihnen.

»Alle wurden gebeten, sich in der Kirche zu versammeln.« Er sah den besorgten Blick, den Anne und ihre Eltern wechselten, und versuchte, sie zu beruhigen. »Colonel Tavington möchte das Wort an die ganze Gemeinde richten.« Er forderte sie mit einer einladenden Handbewegung auf, ihm zu folgen, und setzte sich in Richtung Kirche in Bewegung. Mr. Howard fühlte sich unbehaglich, sah jedoch keine andere Möglichkeit, als zu gehorchen. Er ließ die Zügel auf die Pferderücken klatschen, und die Pferde zogen an.

Nirgendwo waren Nachbarn zu sehen, nur Dragoner und englische Infanteristen. An der Kirche wartete Tavington, noch im Sattel, und beobachtete, wie Wilkins den Howards vom Wagen half und sie hineinbegleitete.

Drinnen drängten sich sämtliche Dorfbewohner. Die Howards blickten fragend auf die Gesichter um sie herum, aber ihre Nachbarn waren offenbar ebenso verwirrt wie sie selbst. Mr. Howard war außer sich vor Empörung und humpelte auf die Soldaten zu, die die Tür bewachten.

»Mit welchem Recht werden wir hier fest gehalten?«, herrschte er sie an. Noch ehe sie antworten konnten, humpelte er eilig beiseite, um Tavington Platz zu machen, der auf seinem Pferd durch das Kirchenportal geritten kam.

»Dieser Ort hat Benjamin Martin und seine Rebellen unterstützt«, sagte er laut. »Ich will wissen, wo sie jetzt sind. Wenn Sie es mir sagen, wird Ihnen Ihr Verrat vergeben.«

Die Dorfbewohner antworteten mit verächtlichem Schweigen. Mr. Howard stand dicht neben dem Pferd, sein Blick mit einer Strenge, die Tavingtons in nichts nachstand, auf die Einwohner von Pembroke gerichtet. Wortlos rief er sie auf, standhaft zu bleiben und nichts zu verraten. Die Mehrheit der Dorfbewohner unterstützten die Sache der Patrioten, aber man konnte sie wahrlich nicht als politische Radikale bezeichnen. Sie meisterten den Alltag und ignorierten den Krieg, so gut es ging, wobei sie inständig wünschten, er würde endlich zu Ende gehen, damit wieder Normalität einkehrte. Vielen von ihnen war es gleich, wer den Krieg gewann, aber sie alle kannten und respektierten Benjamin Martin und hatten nicht die Absicht, ihn zu verraten. Nur ein Mann, Mr. Hardwick, sah aus, als würde er möglicherweise den Mund aufmachen. Die Menschen um ihn herum bemerkten seine Unentschlossenheit und warfen ihm warnende Blicke zu.

Tavington wartete, dass jemand sich zu Wort meldete. Als niemand sprach, seufzte er. »Also gut.« Er gab Befehl, auch die Seitentür der Kirche zu verriegeln.

»Nein«, rief Hardwick in Panik. Er trat vor und zeigte auf Mr. Howard. »Dieser Mann liefert Benjamin und seinen Männern Vorräte.«

»Still!«, zischte Howard.

»Er bringt sie in den Black Swamp.«

»Sie verfluchter Idiot!«

»In den Sumpf«, fuhr Hardwick fort. »Zur Ruine der alten spanischen Mission.«

Tavington hob beide Hände gen Himmel und lächelte dankbar. Er hatte gewusst, dass er irgendwann jemanden finden würde, der bereit war, Benjamin ans Messer zu liefern. Das einzig Erstaunliche war im Prinzip, dass es so lange gedauert hatte.

»Herzlichen Dank«, sagte er zu den versammelten Dorfbewohnern, bevor er sein Pferd hinauslenkte und den Wachen befahl, das Portal hinter ihm zu verriegeln. Hardwick stürzte vor.

»Aber Sie sagten doch, man würde uns vergeben!«

»Das mag ja auch sein«, entgegnete Tavington mit einem warmen Lächeln. »Aber das müssen Sie mit Gott abmachen.«

Die Türen fielen krachend ins Schloss, und Hardwick blieb allein bei seinen zornigen Nachbarn zurück. Die Rotröcke verschlossen das Portal mit einem dicken Sparren und ignorierten die Rufe der Dorfbewohner, die ihre Freilassung verlangten.

»Machen Sie auf! Machen Sie die Tür auf!«

»Das ist nicht recht!«, brüllte Mr. Howard.

Dann wurden die Fensterläden von außen verschlossen und verriegelt. Anne verspürte einen schmerzhaften Stich im Unterleib und krümmte sich. Ihre Mutter führte sie von der aufgebrachten Menge fort und setzte sich mit ihr auf eine der Kirchenbänke.

Draußen brachte Wilkins sein Pferd neben Tavington zum Stehen und deutete auf eine Gruppe Dragoner mit brennenden Fackeln.

»Wir sind soweit, mit dem Abbrennen des Dorfes zu beginnen, Colonel.«

»Abbrennen des Dorfes?« Offenbar hatte Wilkins seine Absichten nicht durchschaut. »Wir werden nicht den Ort niederbrennen, Wilkins, sondern die Kirche.«

Wilkins war entsetzt. »Sir, das ist unehrenhaft«, sagte er, laut genug, dass die anderen Männer ihn hören konnten. Jene, die die Fackeln hielten, verfolgten das Gespräch aufmerksam, in der Hoffnung, dass sie nicht gezwungen sein würden, den unmenschlichen Befehl auszuführen.

»Captain Wilkins, sagten Sie nicht selbst, dass jene, die sich gegen England stellen, es verdient hätten, den Tod von Verrätern zu sterben?«

Wilkins rang mit sich. Er erinnerte sich, das tatsächlich gesagt zu haben, aber er hätte sich niemals eine Situation wie diese vorstellen können. Es war eine Sache, feindliche Soldaten zu foltern und zu töten, aber es war etwas völlig anderes, ein ganzes Dorf zu ermorden. Sein erster Gedanke war der, den Befehl zu verweigern und einfach davonzureiten, aber dann überlegte er, ob er nicht etwas tun konnte, um die in der Kirche eingesperrten Menschen zu retten. Er blickte sich um und sah, dass die Dragoner auf seine Reaktion warteten. Tavington sah seinen Zwiespalt und musterte ihn mit dem sonderbaren Blick, den er seinen Opfern vorbehielt.

Schließlich gab Wilkins sich geschlagen. Er riss einem der Dragoner die Fackel aus der Hand und schleuderte sie oben auf das Dach. Die anderen folgten seinem Beispiel. Sie hielten die Fackeln an das Holz, bis es Feuer fing, dann warfen sie sie auf das Dach oder durch die hohen Fenster.

Panische Schreie erhoben sich im Inneren des Gotteshauses. Die Männer bildeten gemeinsam einen menschlichen Rammbock und warfen sich wiederholt gegen die Türen, aber der Sparren hielt stand. Das alte Holz brannte wie Zunder. Schon bald brannten die Seitenwände lichterloh, und schwarzer Rauch, der einem schier den Atem raubte, erfüllte die Luft.

Als Mr. Howard erkannte, dass alles verloren war, entfernte er sich von den Türen und setzte sich zu seiner Frau und Tochter. Die drei schlossen die Augen und klammerten sich aneinander, während die anderen Dorfbewohner allerlei verzweifelte Fluchtversuche unternahmen.

Tavington blieb lange genug, um sicher sein zu können, dass keiner entkam. Als die Schreie nach und nach erstarben, wandte er sich Wilkins zu und versuchte, ihm klarzumachen, worauf es ankam.

»Ehrenhaft ist das Ziel, nicht der Weg dorthin.« Er deutete auf das brennende Gebäude. »Das hier wird irgendwann vergessen sein.« Dann riss er an den Zügeln, wendete sein Pferd und galoppierte davon.

Wilkins blieb zurück und fragte sich, was er da getan hatte.

Meine liebste Ehefrau,

ich bin ganz trunken vor Glück darüber, dein Ehemann zu sein, aber gleichzeitig auch todunglücklich, dich nicht hier bei mir zu haben. Gestern Abend habe ich mich auf dem kalten Erdboden schlafen gelegt und von dem Tag geträumt, da wir gemeinsam mit unserem Kind ein Haus für uns bauen werden. Bei unserer Rückkehr in unser geheimes Lager waren wir froh, die vertrauten Gesichter unserer Kameraden zu sehen sowie jene der neuen Rekruten, die sich uns zwischenzeitlich angeschlossen haben. In unserer Abwesenheit haben die tierischen Sumpfbewohner sich an unseren Vorräten gütlich getan, und der Rest ist verdorben. Also lautet die oberste Priorität, unsere Vorräte aufzustocken, da ja allgemein bekannt ist, dass eine Armee mit leerem Magen nicht viel zustande bringt. Mein Vater hat mich mit Unschuldsmiene gefragt, was ich davon halten würde, nach Pembroke zu reiten und die Sachen abzuholen, die dein lieber Vater für uns gehortet hat. Meine Antwort war ein Jubelschrei, der so laut war, alle Männer im Lager aufmerken zu lassen. Ich hätte es nie für möglich gehalten, jemals wieder so glücklich zu sein wie vor zwei Tagen bei unserer Hochzeit, aber die Aussicht, dich morgen wieder zu sehen, erfüllt mich mit überschäumender Freude. Ich bin ganz verrückt vor Sehnsucht nach dir, und dieser Brief ist nur ein Zeichen meines Wahns, da ich ihn dir morgen früh persönlich überreichen und dir den Inhalt verraten werde, ehe du dazu kommst, ihn zu lesen. Noch eins. Ich habe mir ein paar schöne Namen für das Kind überlegt, aber die verrate ich erst, wenn ich bei dir bin. Hoffentlich wird es bald Morgen!

Dein wahnsinniger, dich von ganzem Herzen liebender Ehemann.
G.

Benjamin und seine Männer ritten etwas außerhalb von Pembroke aus dem Wald. Sie runzelten besorgt die Stirn, als sie vor sich eine dünne Rauchsäule hoch in den Himmel aufsteigen sahen. Sie gaben ihren Pferden die Sporen und preschten ins Dorf. Die Straßen waren verlassen, und von der Kirche war nur noch ein schwelender Haufen verkohltes Holz übrig. Die meisten Männer folgten Reverend Oliver, der schreiend auf die geschwärzte Ruine seiner geliebten Kirche zurannte, aber Gabriel galoppierte stattdessen zum Haus der Howards. Er sprang aus dem Sattel, lief ins Haus und sah in jedem Zimmer nach.

»Anne? Anne!«

Benjamin folgte Reverend Oliver zur Kirche. Sie stiegen durch die dicke Ascheschicht und den noch heißen Schutt und entdeckten inmitten der Trümmer die verkohlten Leichen. Der Reverend bekam weiche Knie und musste sich an Benjamin anlehnen, um nicht zusammenzubrechen. Die Toten lagen überall um sie herum, kaum noch als Menschen zu erkennen. Viele waren vollständig verbrannt, und die verkohlten Leichen der anderen boten einen grausigen Anblick. Dan Scott sank auf dem Platz vor dem Gotteshaus auf die Knie und rief schluchzend nach seiner Frau. Reverend Oliver musste sich übergeben, und zwei der Männer stützten ihn.

Benjamin entdeckte etwas auf dem Boden, dort, wo die Bänke gestanden hatten. Er langte in die Asche und hob eine geschwärzte Silberkette auf, an der ein Medaillon baumelte. Es war die Kette, die er Anne geschenkt hatte. Seine Hand schloss sich um das Medaillon mit dem Polarstern, und als er aufblickte, sah er das verkohlte, zerstörte Kruzifix hinter dem, was vom Altar übrig war. Er wandte sich ab und verließ die Kirche, als Gabriel gerade vom Haus der Howards herbeigelaufen kam.

»Anne?«

Benjamin winkte Ludwell und einen der anderen Männer heran. Sie packten Gabriel und hielten ihn davon ab, näher an die Kirche heranzugehen.

»Geh nicht da rein«, sagte Benjamin.

»Nein«, schrie Gabriel. »Nein!«

»Geh nicht da rein«, wiederholte sein Vater. Er öffnete die Hand und zeigte seinem Sohn das geschwärzte Medaillon. Gabriel starrte ungläubig auf das Schmuckstück und taumelte unter der plötzlichen Last der unerträglichen Qual, die sich auf ihn herabsenkte. Er blickte verzweifelt um sich, anfangs noch unfähig, seinen Verlust zu begreifen. Benjamin trat zu ihm hin, legte in einer rauen väterlichen Umarmung beide Arme um ihn und versuchte, ihn zu halten und zu stützen, aber Gabriel wand sich und riss sich schließlich los. Außer sich vor Schmerz, stolperte er davon. Benjamin, hilflos in seiner Ohnmacht, blieb im Schatten der Kirchenruine stehen und blickte ihm nach. Nach einer Weile des Schweigens wandte er sich seinen Männern zu.

»Wir brauchen Spitzhacken und Schaufeln, um die Gräber auszuheben.«

Später am Nachmittag hob Benjamin zusammen mit Dan Scott und einigen weiteren Männern auf dem kleinen Friedhof in der Nähe der Kirche Gruben für die Toten aus. Es war ein warmer Tag, und der rote Lehmboden war steinhart, sodass den Männern der Schweiß in Strömen über Gesicht und Oberkörper lief. Er hörte ganz in der Nähe einen Tumult, hielt in seiner Arbeit inne und stützte sich einen Moment auf seine Schaufel, um zu verschnaufen. Villeneuve schwenkte die Arme und brüllte eine Hand voll Männer auf dem Dorfplatz an. Er stellte ihnen eine Frage, die Benjamin nicht verstehen konnte, und sie antworteten und zeigten die Straße hinunter nach Süden.

Villeneuve ließ sie stehen, und aus der Hast, mit der auf Benjamin zueilte, war zu schließen, dass es Ärger gab.

Noch bevor der Franzose bei ihm war, erriet Benjamin, was geschehen war. Er warf seine Schaufel fort, stieg aus dem frisch ausgehobenen Grab und lief zu seinem Pferd.

Tavington hatte das Gros seiner Dragoner zum Fort vorausgeschickt, während er selbst sich Zeit ließ, die zauberhafte Landschaft zu genießen. Er und ein kleiner Trupp seiner Grünen Dragoner erfreuten sich an der friedlichen Stille des Nachmittags, während sie ihre Pferde an einem kleinen Bach tränkten. Insekten summten durch die Luft, und man hörte Vogelgezwitscher. Die Dragoner, von denen einige die Stiefel ausgezogen hatten, saßen am Wasser, unterhielten sich und ruhten sich aus.

Tavington lag entspannt im Gras, als er plötzlich spürte, dass etwas nicht stimmte. Er stand auf, legte den Kopf schräg und lauschte, bis er nahendes Hufgetrappel hörte. Er blickte den nächstgelegenen Berghang hinauf und sah eine Gruppe von Patrioten über die Kuppe auf sein Lager zupreschen.

»Zu den Waffen!«

Gabriel, Reverend Oliver und eine Hand voll anderer feuerten ihre erste Salve noch vom Pferderücken aus ab. Sie stürmten in mörderischem Tempo auf die Dragoner zu und blieben im Sattel, bis sie längst in Reichweite der feindlichen Musketen waren. Gabriel saß als Erster ab und sprintete wie von Furien gehetzt mit großem Vorsprung vor seinem Sturmtrupp den Hang hinunter. Viele der Dragoner hatten sich die amerikanische Taktik abgeschaut, hinter Bäumen Schutz zu suchen und aus der Deckung heraus zu feuern. Gabriel ignorierte die Bleikugeln, die pfeifend an ihm vorbeiflogen, und stürmte weiter. Erst in etwa fünfzig Schritten Entfernung machte er Halt, legte an und feuerte, wobei er einen der Dragoner in die Brust traf.

Der Kampf war ebenso heftig wie chaotisch. Erschreckte

Pferde gingen durch, und einige von ihnen liefen in das Gewehrfeuer beider Parteien hinein. Auf beiden Seiten riefen Männer ihren Kameraden beim Schießen Befehle zu, luden nach, so schnell es ging und feuerten erneut. Bald wurde die Sicht vom schwarzen Pulverrauch der Waffen getrübt.

Einer der englischen Offiziere trat mit einer Pistole in der Hand aus den Rauchschwaden und erschoss einen Patrioten aus nächster Nähe. Gabriel erkannte Tavingtons Stellvertreter Bordon. Er feuerte eine Kugel ab, die Bordon den Schädel sprengte, und der Offizier sackte leblos in sich zusammen. Die Patrioten setzten ihren Sturm auf den Feind fort.

Tavington verteidigte sich geschickt. Mit dem Säbel in der einen und der Pistole in der anderen Hand stand er mitten auf einer Lichtung, kämpfte und rief seinen Männern dabei ermutigende Worte zu. Ein Patriot griff ihn an und holte mit dem Gewehrkolben aus, um ihm den Schädel zu zertrümmern, aber Tavington wich dem Hieb aus und fügte dem vorbeistürzenden Mann eine tödliche Wunde mit dem Säbel zu. Als ein zweiter Angreifer ihn herausforderte, stoppte Tavington den Mann mit einer Säbelfinte und erschoss ihn dann mit seiner Pistole.

Kugeln flogen durch die Luft und machten Männer auf beiden Seiten nieder. Gabriel und Reverend Oliver standen dicht beieinander und schossen, was das Zeug hielt. Als ein Dragoner näher kam und sich auf die Knie fallen ließ, um sie aufs Korn zu nehmen, streckte der Reverend ihn mit einer Kugel nieder. Der Mann ging schreiend mit einer tödlichen Verwundung zu Boden.

Tavington wandte sich dem Geräusch zu und sah Reverend Oliver inmitten einer neuen Rauchwolke stehen. Die Schusswaffen beider Männer waren leer. Ohne sich aus den Augen zu lassen, luden sie nach, so schnell sie konnten. Ganz aufeinander konzentriert, war das Ganze ein Wettrennen zwischen ihnen, ein Geschicklichkeitstest, den nur einer von ihnen überleben würde. Tavington ging mit Selbstbewusstsein und kaltblütiger Effizienz vor, bis er erkannte, dass der Geistliche ebenso schnell war wie er. Plötzlich zitterte seine Hand, und er verschüttete die Patrone Schießpulver. Hastig griff er nach einer zweiten Patrone, erkannte jedoch, dass er das Wettrennen verloren hatte.

Reverend Oliver legte an, hörte aber dann, wie Gabriel ein oder zwei Schritte hinter ihm von einem Dragoner mit dem Säbel attackiert wurde. Er wirbelte herum, sah, dass Gabriels Gewehr ihm aus der Hand geschlagen worden war und er zur Verteidigung nur über ein langes Messer verfügte. Der Reverend trat hinter den Dragoner und versetzte ihm einen gewaltigen Hieb auf den Nacken, sodass er nach vorn in Gabriels Klinge taumelte.

Sofort wandte er sich wieder Tavington zu, aber es war zu spät. Er fühlte, wie die Kugel vorn am Bauch ein- und im Rücken wieder austrat. Ein kaltes Brennen strahlte von der Wunde aus. Als die Kälte sich über die Brust bis in seinen Kopf ausbreitete, wusste er, dass er sterben würde. Seine Knie gaben nach, und er fiel vornüber. Unter Aufbietung seiner letzten Kräfte warf er das Gewehr hinter sich, in der Hoffnung, dass Gabriel es benutzen würde.

Und das tat er. Tavington war ein leichtes Ziel. Zu tapfer oder zu dumm, um zu flüchten, blieb er stehen, um sein Gewehr nachzuladen. Gabriel fing Reverend Olivers Gewehr aus der Luft auf und drückte ab. Der Schuss verfehlte sein eigentliches Ziel um mehrere Zentimeter, traf Tavington aber in den Oberarm und riss ihn zu Boden.

Gabriel zögerte nicht. Er stürmte den Hang hinunter, um sein Werk zu vollenden. Unterwegs bückte er sich und hob im Laufen einen Säbel vom Boden auf. Tavington lag auf der Seite, wand sich und stöhnte vor Schmerzen. Er übertrieb die Schwere seiner Verletzung. In der letzten Sekunde rollte er sich blitzschnell herum und stieß seinen Säbel nach oben, sodass die Spitze unterhalb von Gabriels Rippen eindrang und sich bis ins Herz bohrte.

Gabriel schnappte nach Luft und verhielt sich völlig ruhig, wobei er überlegte, wie er sich von der Klinge befreien sollte, die ihn aufgespießt hatte. Aber Tavington packte das Heft mit beiden Händen und drehte die Klinge in der Wunde.

Auf der Hügelkuppe tauchten weitere amerikanische Reiter auf.

Benjamin Martin an der Spitze von fünfzig seiner Männer blickte den Hang hinunter und sah überall Leichen. Nur zwei Männer lebten noch, und der eine von ihnen stand über den anderen gebeugt. Trotz der großen Entfernung erkannte er Tavington und Gabriel. Entsetzt galoppierte er in halsbrecherischem Tempo auf die beiden Männer zu.

Als Gabriel ins Gras sank, rannte Tavington zu einem Pferd, das reiterlos ganz in der Nähe stand, und schwang sich in den Sattel. Er grub dem Tier die Sporen in die Flanken und jagte über den Bach und den gegenüberliegenden Hang hinauf. Er warf einen Blick über die Schulter, in der Erwartung, verfolgt zu werden, sah aber dann, wie Benjamin und seine Männer die Pferde zügelten, als sie bei Gabriel angelangten. Das war ein unglaubliches Glück, und Tavington wusste es zu nutzen, indem er rasch zwischen den Bäumen oben auf der Hügelkuppe verschwand.

Von seelischen Qualen übermannt, saß Benjamin schwerfällig ab und stolperte dorthin, wo Gabriel in seinem eigenen Blut lag. So wie er es bei Thomas getan hatte, nahm er den Jungen in die Arme und hielt ihn fest. Gabriels Augen waren noch geöffnet, erstarrt in einem Ausdruck der Überraschung, aber das meiste Licht in ihnen war bereits erloschen.

»Vater ... es tut mir leid.«

»Pst. Nicht sprechen, Sohn. Du kommst wieder auf die Beine.«

»Es ... es tut mir leid ... Ich ...« Benjamin riss mit einer

Hand Gabriels Uniformrock auf und presste den Handballen auf die Wunde in einem verzweifelten Versuch, die Blutung zum Stillstand zu bringen.

»Nicht reden, nicht reden. Du wirst leben, hörst du mich? Ich werde dich gesund pflegen.«

Gabriel nickte, aber seine Kräfte schwanden rasch. Benjamin konnte förmlich fühlen, wie er in seinen Armen wegstarb. Er gab seine Bemühungen auf, die Blutung stoppen zu wollen, und konzentrierte sich stattdessen darauf, seinem Jungen Trost zuzusprechen. Jegliche Zurückhaltung und Selbstkontrolle waren von ihm abgefallen. Er streichelte mit beiden Händen das Gesicht des Jungen, strich ihm das Haar aus dem Gesicht und drückte die Wange an seine.

»Es tut mir leid, Vater«, flüsterte Gabriel erneut, wobei er zunehmend nach Luft rang. »Es tut mir leid wegen Thomas.«

»O Sohn«, entgegnete Benjamin mit bebender Stimme. »Das war nicht deine Schuld, sondern meine.« Tränen stiegen ihm in die Augen, aber als er fühlte, dass es mit Gabriel zu Ende ging, wollte er nicht, dass sie das Letzte waren, was er sah, und so zwang er sich zu einem Lächeln zum Abschied.

Gabriel war tot.

Benjamin hielt ihn weiter in den Armen und wiegte ihn, so wie er es getan hatte, als der Junge auf die Welt gekommen war. Er fühlte, wie eine seltsame Empfindung, eine Art Taubheit, sich in seinem Körper ausbreitete wie Schlangengift. Es war das Leben, das ihn verließ, so wie es seinen Sohn verlassen hatte. Er fühlte sich erdrückt von der Last des Verlustes und seiner eigenen Schuld. Er wusste, dass letztlich er Schuld hatte an Gabriels Tod. Das war der Fluch, den er noch vor der Geburt des Jungen auf sich geladen hatte. Er hatte ihn so viele Jahre verdrängt, dass er beinahe selbst davon überzeugt gewesen war, dass der Fluch sich verflüchtigt hatte. Aber nun hatte er ihn gefunden und ließ ihn büßen.

Seine Männer scharten sich um ihren trauernden Anführer. So standen sie einige Minuten da, als sie von jenseits des Horizontes ein leises Grollen hörten. Es näherte sich ihnen langsam, bis sie erkannten, dass es sich um militärischen Trommelschlag handelte.

Ein schmaler blauer Streif tauchte am Horizont auf, als eine Armee über eine ferne Hügelkuppe und ins Tal hinabmarschierte. Es waren reguläre Kontinentalsoldaten, die zu Tausenden ins Tal strömten, während weitere Tausende von ihnen über den Hügel kamen. Sie breiteten sich wie ein blauer Teppich über das grüne Tal aus, und Benjamins Patrioten schwenkten zum Gruß ihre Hüte.

Benjamin sah auf und schaute die Soldaten einen Moment regungslos an, ehe er sich wieder Gabriel zuwandte.

17. Kapitel

Die Kontinentalarmee schlug ihr Lager in dieser Nacht in der Krümmung zwischen den Flüssen Broad River und Pacolet auf. Eine dünne Wolkendecke fing das Mondlicht ein und verstärkte es, und ein blauer Schimmer fiel auf die Zeltwände.

Männer aus dreizehn verschiedenen Kolonien waren hier versammelt, eine Mischung aus Kontinentalsoldaten und Milizsoldaten. Einige schliefen in Zelten, während andere sich auf dem Erdboden niederlegten und ihre Provianttaschen als Kopfkissen benutzten. Hunderte kleiner Feuer brannten, und über dem ganzen Lager lag angespannte Stille. Sie wussten, dass die Engländer ganz in der Nähe waren und ihnen ihre Anwesenheit bekannt war.

Zwei Stunden vor Tagesanbruch ritt General Harry Burwell durch das Lager, bis er den Lagerplatz der Miliz von South Carolina gefunden hatte. Zwei Männer saßen an einem Feuer und spielten melancholische Melodien auf einer Flöte und einer Violine.

»Wo ist Colonel Martins Zelt?«

Die Männer zeigten auf die größte Eiche, die Burwell je gesehen hatte, einen steinalten Baum mit unglaublich dicken Ästen, die wie einladend ausgebreitete Arme parallel zum Boden verliefen. Als er näher heranritt und absaß, kam Jean Villeneuve zu ihm. Im Dämmerlicht sahen die Männer die tiefen Furchen, die Anspannung und Erschöpfung in das Gesicht des anderen gegraben hatten. Burwell war gekommen, als er gehört hatte, dass Gabriel tot war und Benjamin aus dem Kriegsdienst ausgeschieden war. Ohne dass Burwell erst fragen musste, nickte Villeneuve und bestätigte ihm, dass das Gerücht stimmte.

Sie hatten einander viele Monate nicht mehr gesehen, aber ihr Wiedersehen verlief dennoch sehr nüchtern. Sie sagten sich düster Guten Morgen, dann ging Villeneuve voran und trat unter das tiefhängende Geäst des Baumes. Einige Schritte von Benjamins Zelt entfernt machte er Halt und bedeutete dem General, allein weiterzugehen. Mit einem Nicken wünschte er dem Offizier viel Glück.

Im Inneren des Zeltes brannte eine einzelne Kerze. Benjamin Martin saß auf einem Klappstuhl. Seine Kleidung war verknittert und schmutzig, und er starrte, das Kinn auf die Hände gestützt, auf seinen toten Sohn. Er hatte Gabriels Leichnam gewaschen, ihm das Haar gekämmt und eine Decke über ihn gebreitet, unter der nur das Gesicht hervorschaute. Die Haut war bereits gräulich verfärbt und zusammengeschrumpft.

Burwell hatte Gabriel in die schwierigen zwei Jahren, die sie gemeinsam im Norden unter Washington gedient hatten, ins Herz geschlossen. Ein Auge auf den jungen Mann zu halten, so wie er es seinerzeit Benjamin versprochen hatte, war nie zu einer Last geworden, wie er insgeheim befürchtet hatte. Tatsächlich hatten Gabriels Intelligenz und unerschütterliche Loyalität ihn zu einem wertvollen Mitstreiter gemacht, und innerhalb weniger Monate war er zu dem Adjutanten geworden, dem der General am meisten vertraute. Jetzt betrachtete Burwell den Leichnam jedoch emotionslos.

»Ich helfe Ihnen, ihn zu begraben.«

»Nein«, entgegnete Benjamin mit ruhiger, krächzender Stimme, die klang, als wäre er selbst und nicht sein Sohn gestorben.

Burwell wandte sich ihm zu. »Wie viele Männer haben wir sterben sehen?«

»Ich habe nur zwei sterben sehen«, entgegnete Benjamin. »Gabriel und Thomas. Sie befanden sich in meiner Obhut, und ich habe sie sterben lassen.« Offensichtlich gab er sich die Schuld am Tod seiner Söhne.

Als Freund ging Burwell Benjamins Zustand nahe, aber als General, der vor einer entscheidenden Schlacht stand, wollte er nichts davon wissen. »Meine Frau in Alexandria erwartet mein Kind, mein erstes. Ich kämpfe für dieses Kind.«

Benjamin entgegnete nichts darauf.

»Benjamin, nichts wird Ihre Söhne je ersetzen können, aber wenn Sie mit uns kommen, können Sie wenigstens rechtfertigen, dass sie sich für die Sache geopfert haben.«

Immer noch nichts.

»Benjamin, wir haben endlich eine Chance! Wir haben Cornwallis aus Fort Carolina verjagt und zur Flucht in Richtung Chesapeake gezwungen. Er ist uns zahlenmäßig immer noch überlegen, aber Nathaniel Greene und Dan Morgan aus Virginia sind hier. Wenn wir diese nächste Schlacht für uns entscheiden können, rückt der endgültige Sieg in diesem Krieg in greifbare Nähe.«

»Gehen Sie und holen Sie sich Ihren Sieg. Ich bin unwichtig.«

»Da irren Sie«, entgegnete Burwell und versuchte ein letztes Mal, Benjamin die Augen zu öffnen. »Sie sind Ihren Männern wichtig, und es gibt noch andere Menschen, denen Sie sehr viel bedeuten. Ihre Siege und Verluste werden von mehr Menschen geteilt, als Sie ahnen. Bleiben Sie bei uns, Benjamin. Reißen Sie sich zusammen!«

Er wusste, dass dieser Satz eine Art Verpflichtung für Benjamin war, ein Leitspruch, den er sich seit seiner Verwandlung während seiner ersten schwierigen Jahre mit Elizabeth immer wieder vorgebetet hatte. Er sollte ihn ständig daran erinnern, dass er niemals wieder zu dem Mann werden durfte, der er früher gewesen war. Burwell hoffte, diese Worte würden Benjamin helfen, seine Depression zu überwinden.

Benjamin hob den Kopf und sah Burwell in die Augen. Sich zusammenreißen? Die Bedeutung dieser Worte hatte sich irgendwie verändert, und jetzt, da er sie nach langer Zeit wieder hörte, klangen sie in seinen Ohren hohl. Kraftlos schüttelte er den Kopf.

»Ich habe mich lange genug zusammengerissen.«

Es gab nichts mehr zu sagen oder zu tun. Burwell trat zu ihm und legte seinem Freund eine Weile die Hand auf die Schulter. Stumm wünschte er ihm alles Gute. Dann wandte er sich ab und verließ das Zelt.

Occam, Ludwell, Dan Scott und die anderen hatten sich zu Villeneuve ans Feuer gesellt und warteten ungeduldig, ob Burwell das gelingen würde, woran sie gescheitert waren. Aber als Burwell zu ihnen kam, war ihm anzusehen, dass es auch ihm nicht gelungen war, die Laune des niedergeschmetterten Anführers zu heben.

»Ihr Männer kommt mit mir«, sagte der General knapp, stieg auf sein Pferd und ritt davon.

Zwei Stunden später hatte das große patriotische Heer das Lager abgebrochen und war losmarschiert. Benjamin war allein inmitten eines weiten Feldes noch schwelender Lagerfeuer zurückgeblieben. Er trat aus seinem Zelt, zog seine Uniformjacke aus und hob am Fuß der riesigen Eiche ein Grab aus. Nachdem er Gabriel bestattet hatte, kniete er nieder und betete lange, bat um Erlösung des Jungen und flüsterte dann einige letzte Abschiedsworte.

Als er aufblickte, graute der Morgen. Am östlichen Horizont schimmerte ein blasser Streifen Gelb, während der Himmel über ihm noch dunkel und voller Sterne war. Er begann, sein Zelt abzubrechen, beschloss jedoch dann, es zurückzulassen. Dort, wo er hinwollte, würde er es nicht brauchen. Er schlüpfte in seinen Uniformrock und trug Gabriels Proviant-tasche zu seinem Pferd. Als er die Satteltaschen packte und sich zum Aufbruch bereitmachte, fiel ihm etwas auf, das aus der Provianttasche hervorlugte – ein weißer Stern auf blauem Untergrund. Es war die Old Glory, auf deren Instandsetzung Gabriel so viele Stunden verwandt hatte. Er hatte die Fahne zerfetzt und schmutzig nach der katastrophalen Schlacht von Camden gefunden, und ein entmutigter Soldat hatte ihm geraten, sie liegen zu lassen. »Es ist eine verlorene Sache«, hatte der Mann gesagt. Aber Gabriel hatte sich geweigert, das zu glauben.

Benjamin zog eine Ecke der Fahne aus der Provianttasche und fuhr mit den Fingern über den Stoff. Er blickte auf die Sterne in seiner Hand und dann durch das Astgewirr in den Sternenhimmel. Aus jahrelanger Gewohnheit heraus ortete er den Polarstern. Es kam ihm vor, als hätte er noch nie so hell, so eindringlich gestrahlt.

Schwerfällig und imposant marschierte das Patriotenheer unter Befehl von General Greene aus Rhode Island über die wenig benutzte Straße durch ein mit verdorrtem Gras bewachsenes Feld. Das Laub der Bäume in der Ferne schimmerte in leuchtenden Herbstfarben, kräftigen Gelb- und Rottönen. Das Tausende Mann starke Heer bewegte sich fast lautlos fort. Einige der Männer waren zu Pferd, andere fuhren in Wagen mit, aber die große Mehrheit war zu Fuß. Sie marschierten in Dreier- oder Viererreihen, in einer Linie, die sich über Meilen erstreckte.

Angeführt wurde die Prozession von einer gemischten Einheit. Burwells blauuniformierte Soldaten marschierten Seite an Seite mit den rauen Zivilisten, die im vergangenen Jahr unter Benjamin Martin gedient hatten. Normalerweise verachteten die regulären Soldaten die Milizsoldaten, aber

Burwells Truppen wussten, was die ergrauten Veteranen aus dem Sumpf geleistet hatten, und waren stolz, sie bei sich zu haben. Villeneuve ritt neben Burwell an der Spitze und führte sie an.

Gegen zwei Uhr am Nachmittag ließ Burwell den Blick nach Osten schweifen und bemerkte eine Bewegung hinter einem niedrigen Grat, der parallel zur Straße verlief. Es war eine amerikanische Fahne, eine Old Glory, die ein Reiter bei sich trug. Villeneuve entdeckte sie ebenfalls und lächelte, als er Gabriels fast vollständig geflickte Fahne erkannte, die nur noch einen losen Stoffstreifen aufwies, der im Wind flatterte.

Als Colonel Benjamin Martin oben auf dem Grat auftauchte, erhoben die Männer, die unter ihm gekämpft hatten, als Erste die Stimmen, froh, ihn wiederzuhaben. Er war der Anführer, den sie kannten und dem sie vertrauten, der einzige Mann, dem sie in die Schlacht folgen wollten. Aber sie waren nicht die einzigen, die ihm zujubelten. Die gesamte Armee rief *huzzah* und schwenkte die Hüte. Benjamin ermutigte sie, indem er ihre Reihen entlangpreschte, dabei die Fahne hochhielt und sie zu noch lauterem Jubel animierte.

»*Huzzah, huzzah*!«, brüllten sie, so laut, dass die Erde unter ihren Füßen erzitterte.

Als Benjamin die Spitze erreichte, machten Burwell und Villeneuve ihm auf der Straße Platz und nickten ihm soldatisch zu.

Das Heer setzte seinen Weg fort, jedoch mit neuem Schwung.

Cornwallis war in Bewegung, aber nicht auf der Flucht. Sein langsamer Rückzug quer durch South Carolina war ein taktisches Manöver. Trotz seiner schweren Artillerie hätte Cornwallis die Patrioten leicht abhängen können, wenn er das gewollt hätte. Stattdessen behielt er ganz bewusst ein gemächliches Tempo bei, blieb immer knapp außer Reichweite des Feindes und lockte diesen immer weiter, während er seine weit verstreuten Streitkräfte zusammenzog und darauf wartete, dass er einen geeigneten Ort fand, um kehrtzumachen und zu kämpfen.

Einige Tage, nachdem Benjamin sich dem Marsch der Patrioten angeschlossen hatte, fand Cornwallis ein sehr akzeptables Schlachtfeld. Es handelte sich um einen Ort namens Cowpens, der nach den Viehkoppeln benannt war, die einmal dort gewesen waren. Das Gelände war zwar nicht ganz so eben, wie er es gern gehabt hätte, aber es bot ein weites offenes Feld, das umgeben war von natürlichen Hindernissen – genau die Art von Terrain, das er für eine geordnete Schlacht im europäischen Stil brauchte.

Bei Sonnenuntergang, als seine Männer gerade das Nachtlager aufschlugen, war Cornwallis guter Stimmung. Wie gewöhnlich tadellos gekleidet in seinem mit reichlich Gold behängtem roten Uniformrock, stand er in seinem geräumigen Kommandozelt, umgeben von seinem Offiziersstab. Er hatte eine Reihe topographischer Karten auf einem Klapptisch ausgebreitet und schien sehr zufrieden mit dem, was sie darstellten. Alles fügte sich perfekt zusammen.

Als General O'Hara eintrat und den letzten Geheimbericht vortrug, hob sich die Laune des Lords noch mehr. Die Amerikaner hatten genau das getan, was er erwartet hatte. Sie waren ihm nach Cowpens gefolgt und so in die Falle getappt. Er trommelte mit den Fingern eine kleine Melodie auf den Tisch und richtete dann das Wort an seine Offiziere.

»Gentlemen, unser kleines Katz-und-Maus-Spiel mit den Kolonisten ist vorüber. Mit dem Broad River im Rücken und den offenen Feldern auf beiden Flanken, gibt es für sie keine Fluchtmöglichkeit. Ich habe sie genau dort, wo ich sie haben wollte. Sie sind müde, hungrig sowie zahlen- und waffenmäßig unterlegen. Morgen werden wir sie endlich vernichten.«

Er lächelte siegessicher und hörte in Gedanken bereits das Geläut der vielen Hundert Londoner Kirchenglocken, die ihm zu Ehren erklingen würden, wenn er im Triumph heimkehrte. »Wir greifen bei Morgengrauen an«, sagte er knapp. »Ihre Männer sollen sich bereithalten.« Die Offiziere applaudierten ob der Schläue des Lords und beglückwünschten ihn im Voraus, ehe sie vor Selbstbewusstsein strotzend einer nach dem anderen das Zelt verließen.

Cornwallis folgte ihnen in den frischen Abend hinaus und schlenderte in Richtung Feldlazarett. Er trat geduckt durch den Zelteingang und ging zu Tavington hinüber, der sichtlich mitgenommen nur halb bekleidet auf einem Behandlungstisch saß und seine Wunde von einem der Ärzte behandeln ließ. Sein Haar hatte sich aus dem Pferdeschwanz gelöst und fiel ihm ungekämmt auf die Schultern. Das Hemd hing aus der Hose und wies an der Einschussstelle einen hässlichen Blutfleck auf. Cornwallis stellte sich schweigend dazu und sah, wie Tavington vor Schmerz das Gesicht verzog, als der Arzt die Wunde mit Alkohol desinfizierte. Er wartete eine Weile, ehe er sich mit einem Räuspern bemerkbar machte.

»Man wird Sie morgen vermissen, Colonel«, sagte Cornwallis mit vor Ironie triefender Stimme.

Tavington wandte sich ihm mit hochgezogenen Brauen zu. »*Vermissen*, Euer Lordschaft?«

»Ihre Verwundung.«

»Das ist nichts, Sir!« Wie um zu beweisen, wie fit er war, schlug er die Hand des Arztes fort und sprang auf die Füße. »Ich stehe zu Diensten.«

»Gut«, entgegnete Cornwallis mit einem kalten Lächeln. »Aber denken Sie dran, dass Sie meinem Befehl unterstehen. Ich stehe vor dem bedeutendsten Sieg meiner Laufbahn. Enttäuschen Sie mich nicht.«

»Sie enttäuschen?« Tavington fühlte sich in seiner Ehre gekränkt und trat einen Schritt auf seinen Vorgesetzten zu.

»Immerhin haben meine Bemühungen in nicht unerheblichem Maße dazu beigetragen, dass Sie heute so kurz vor diesem Triumph stehen.«

Cornwallis zuckte die Schultern. »Ich werde Ihnen einen kleinen Beitrag nicht absprechen, auch wenn es Ihnen nicht gelungen ist, mir den Geist zu bringen.«

Tavington ließ den Kopf hängen. »Bis jetzt.«

»Die berühmtesten Generäle der Geschichte hatten alle Untergebene, die meinten, sie selbst hätten die Kriege gewonnen. Aber dies ist *mein* Sieg.« Er trat drohend dicht vor Tavington und musterte ihn kalt. »Ich werde keinen weiteren Ihrer verfrühten Angriffe aus krankhaftem Ehrgeiz hinnehmen. Sie warten meinen Befehl ab, Colonel, haben Sie mich verstanden?«

»Jawohl, Sir«, entgegnete Tavington gehorsam.

Zufrieden mit dieser Antwort wandte Cornwallis sich zum Gehen, konnte sich aber eine letzte Bemerkung nicht verkneifen. »Wenn nicht«, sagte er über seine Schulter, »können Sie Ihren Traum von Ohio begraben.«

Weniger als fünf Meilen entfernt fand zeitgleich eine zweite Stabsbesprechung statt. Nach einem anstrengenden Tagesmarsch hatte das patriotische Heer an einem Ort Halt gemacht, der einmal eine große Plantage gewesen war. Oben auf dem nächsten Hügel stand ein völlig ausgebranntes Herrenhaus. Als die Dämmerung anbrach, begannen die Männer, Feuer zu entzünden und sich um diese herum zu versammeln, wobei reguläre Soldaten und Angehörige der Miliz für sich blieben.

General Greene, der Oberbefehlshaber der Armee, berief in einem zu den Seiten hin offenen Zelt eine Strategiebesprechung ein, an der eine Hand voll Männer teilnahmen, denen er am meisten vertraute. Seine Kundschaftertrupps waren mit entmutigenden neuen Informationen über Umfang und Position der feindlichen Armee zurückgekehrt.

Zwölf Offiziere waren geladen, darunter Benjamin Martin, Harry Burwell, Jean Villeneuve, General Daniel Morgen und der Befehlshaber der Kavallerie, William Washington.

Nathaniel Greene war ein ordentlich rasierter Mann von fünfundvierzig Jahren mit schütterem Haar und scharfem Verstand. Er war Quäker, jedoch von der Society of Friends verstoßen worden, weil er bewaffneten Widerstand gegen England geleistet hatte. Bis 1775 hatte Greene noch keinen Schimmer von Kriegführung gehabt, aber innerhalb eines Jahres hatte er sich so ziemlich alles einverleibt, was es zu diesem Thema zu wissen gab. Beeindruckt hatte George Washington ihn zum Brigadegeneral gemacht. Im darauf folgenden Jahr war er erneut befördert worden, und nach einigem Drängen Washingtons und des Kongresses hatte er schließlich den schwierigen Posten des Generalquartiermeisters übernommen, und es war ihm tatsächlich gelungen, Gelder und Vorräte aufzutreiben, dort, wo seine Vorgänger gescheitert waren. Er war beliebt bei seinen Untergebenen und galt bei den Briten als ebenso ernst zu nehmender Gegner wie General Washington persönlich.

»Unglücklicherweise, Gentlemen«, begann Greene düster, »scheint es, als hätte Cornwallis uns in die Falle gelockt. Er ist uns nicht nur zahlenmäßig überlegen, hinzu kommt, dass mehr als die Hälfte unserer Streitmacht aus unzuverlässigen Milizsoldaten besteht.« Während die anderen Männer ernst nickten, meldete sich Benjamin zu Wort, um zu widersprechen.

»Sie unterschätzen unsere Miliz«, sagte er. »Sie alle.«

»Sie haben sicher Wunder bei Ihren Männern bewirkt, Colonel Martin«, gestand Greene ihm zu, »aber wir haben immer wieder erlebt, wie die Reihen unserer Milizsoldaten ausgefallen sind. In Kips Bay, in Princeton ...«

»... in Camden.«

»... und Brandywine.«

Benjamin ließ sich davon nicht beeindrucken. »Die Briten haben dies ebenfalls gesehen«, bemerkte er. »Cornwallis' persönlichen Briefen war zu entnehmen, dass er keinerlei Respekt vor der Miliz hat. Nicht den geringsten.«

»Worauf wollen Sie hinaus, Ben?«, fragte Burwell stirnrunzelnd.

»Ich würde vorschlagen, dass wir uns das zunutze machen.«

Greenes Interesse war geweckt. Er wollte wissen, ob Benjamin nur ganz allgemein sprach, oder ob er eine konkrete Strategie im Sinn habe. Villeneuve und Burwell lächelten bei dieser Frage. Sie kannten Benjamin gut genug, um zu wissen, dass er aller Wahrscheinlichkeit nach bereits einen vollständigen Schlachtplan ersonnen hatte. Ihre Vermutung erwies sich als richtig.

Es war ein gewagter Plan, der bei den anderen Offizieren auf mehr als nur leise Skepsis stieß. Dan Morgen schüttelte den Kopf und meinte, dass der Plan seiner Ansicht nach nicht funktionieren würde. Letztlich stimmten jedoch alle Benjamins Vorschlag zu, da niemand eine bessere Alternative anzubieten hatte. Einstimmig beschlossen sie, einen Versuch zu wagen.

Gleich im Anschluss an die Besprechung ging Benjamin von Lagerfeuer zu Lagerfeuer und sprach jeweils nur mit einer Hand voll seiner Männer. Er war schon den halben Abend dabei, als Villeneuve, der gerade die Stiefel wienerte, die er am folgenden Tag tragen wollte, sah, wie er sich ganz in der Nähe zu einigen Männern setzte. Er stellte die Stiefel beiseite und gesellte sich zu ihnen.

»... mir ist wohl bewusst, dass ihr alle schon sehr große Opfer gebracht habt«, hörte er Benjamin sagen. »Ich möchte ja auch nur, dass die Miliz *zwei* Salven abfeuert.« Die Männer waren aus Maryland und hatten bereits in einigen Scharmützeln gekämpft.

»Ich weiß nicht«, meinte einer von ihnen. »Es kann viel passieren in der Zeit, die man braucht, um nachzuladen und einen zweiten Schuss abzufeuern.«

»Vor allem, wenn man es mit englischen Soldaten zu tun hat«, pflichtete ihm ein zweiter Mann bei.

»Und genau deshalb bitte ich auch nicht um drei Salven«, entgegnete Benjamin. Er blieb noch eine Weile sitzen und erklärte ihnen einige Einzelheiten des Plans, ehe er sie verließ, damit sie in Ruhe über seine Bitte nachdenken konnten. Villeneuve beobachtete, wie er sogleich das nächste Lagerfeuer ansteuerte, wo er sich einer neuen Gruppe von Männern vorstellte und mit ihnen das gleiche Gespräch führte.

Es war schon weit nach Mitternacht, als Benjamin schließlich erschöpft zu seinen eigenen Männern zurückkehrte und sich schlafen legte. Sobald sein Kopf auf der Provianttasche ruhte, war er auch schon eingeschlafen.

18. Kapitel

Der nächste Morgen begann wie jeder andere. Ein rosiger Schimmer tauchte am östlichen Horizont auf und tauchte die feuergeschwärzten Backsteine der Hausruine oben auf dem Hügel in weiches Licht. Das amerikanische Lager zu Füßen des Hangs erwachte langsam zum Leben. Erste Vögel zwitscherten in den fernen Bäumen, verstummten jedoch abrupt beim Klang der britischen Signaltrommeln.

General Greene und eine Hand voll seiner Offiziere ritten hinauf zur Hügelkuppe und machten vor der Freitreppe des alten Landsitzes Halt, zwischen den Marmorsäulen, die einst das Dach gestützt hatten. Durch ihre Fernrohre hindurch blickten sie über das Feld vor ihnen und sahen in einigen Meilen Entfernung, wie die Briten sich bereitmachten.

Benjamin nutzte die letzten ruhigen Augenblicke vor dem Sturm, um sich einer letzten noch unerledigten persönlichen Angelegenheit zu widmen. Er lenkte sein Pferd auf ein freies Feld abseits der Zelte, und machte im hohen Gras eine Fläche für ein Feuer frei. Als es brannte, kramte er in seinen Satteltaschen, bis er etwas fand, das er für diesen Augenblick aufgespart hatte: den letzten von Thomas' Spielzeugsoldaten. Das kleine Männchen war mit einer Pike bewaffnet und war patriotenblau angemalt. Benjamin schmolz ihn zusammen mit einem langen Eisenlöffel ein und goss anschließend die heiße Flüssigkeit in die Form.

Das Blei reichte gerade für eine Kugel.

Er tauchte die Form zum Abkühlen in einen kleinen Eimer Wasser, knipste den Gusszapfen ab und verstaute die Kugel in einer bestimmten Tasche vorn an seinem Waffengurt. Er musste sie sofort zur Hand haben, falls er im Schlachtgetümmel Tavington entdeckte.

Als das getan war, wandte er sich einer schwierigeren Aufgabe zu. Er holte Stift und Papier aus Gabriels Provianttasche und setzte sich hin, um einen Abschiedsbrief an Charlotte und seine Kinder zu schreiben. Er starrte einige Minuten auf das leere Blatt Papier und suchte nach den richtigen Worten, erkannte aber bald, dass es keine schonende Art gab, das zu formulieren, was er zu sagen hatte, und so schrieb er einfach. Als er fertig war, faltete er das Blatt zusammen, ohne den Brief vorher noch einmal durchzulesen, und verschnürte ihn. Auf die Vorderseite schrieb er: *An die Familie von Colonel B. Martin, S. Carolina.*

Als er ins Lager zurückkehrte, sah er verdutzt eine große, recht auffällige französische Flagge vor Villeneuves Zeit wehen. Die blau-weiß-rote Fahne war mit einer goldenen Lilie verziert und mit den Worten *per mare et terre* bestickt. Kurz darauf trat Villeneuve in einer umwerfenden weißen Kampfuniform aus seinem Zelt. Der Uniformrock war fein gearbeitet und mit Goldknöpfen, blauen Epauletten und Revers in gleicher Farbe geschmückt. Dazu trug er einen weißen Plastron um den Hals, und an den Handgelenken waren die gerüschten Manschetten seines Hemdes zu sehen. Vervollständigt wurde seine Aufmachung von einem riesigen schwarzen Hut, dessen Krempe vorn und hinten hochgesteckt war.

Benjamin, der nur ein schlichtes Baumwollhemd unter einer Lederweste trug, fand, dass Villeneuve aussah wie ein Mann, der zum Tee geladen war und nicht wie jemand, der gleich in die Schlacht ziehen würde. Als der stämmige Major bemerkte, dass Benjamin ihn anstarrte, reckte er herausfordernd das Kinn.

»Wenn ich sterbe«, erklärte er, »dann wenigstens gut gekleidet.«

Die amerikanischen Trommler gaben das Signal zum Sammeln. Die Kontinentalsoldaten aus den verschiedenen Kolonien begaben sich in ihre jeweiligen Formationen und marschierten in disziplinierten Verbänden hinter ihren Kompaniefahnen den Hügel hinauf. Die Milizsoldaten folgten ihnen in beliebiger Ordnung, einige in Grüppchen, die sich angeregt unterhielten, andere schweigend und für sich allein. Berittene Sergeants galoppierten oben auf der Hügelkuppe auf und ab, riefen Befehle und brachten die Männer in Position.

Benjamin und Villeneuve lenkten ihre Pferde in die Mitte der sich sammelnden Armee und blickten über das weite Feld auf die britischen Stellungen. Der Feind bot einen beeindruckenden und furchteinflößenden Anblick. Die Engländer waren in zwanzig Reihen tiefen Bataillonen aufmarschiert und bildeten eine solide Mauer aus roten Uniformröcken, die fast über die ganze Breite der riesigen Freifläche reichte. In den Lücken zwischen den Männern befanden sich durch Erdwälle geschützte Geschützstellungen.

Während die Milizsoldaten noch herbeiströmten und ihre Positionen einnahmen, kam Burwell herbeigeritten, eine schwarze Kavalleriemütze mit Rosshaarbesatz auf dem Kopf. Sein Blick fiel auf eine Gruppe von Milizsoldaten aus Virginia, die sich hinter einem großen roten Banner aufgestellt hatten, das mit einer schwarzen Klapperschlange bestickt war sowie mit dem Motto *Don't Tread On Me*. Selbst gebürtiger Virginier, machte Burwell Halt, um den Männern einige Worte der Ermutigung mit auf den Weg zu geben, ehe er zu Benjamin und Villeneuve stieß. Die drei Männer nickten einander grüßend zu, ehe sie sich wieder mit grimmiger Miene dem Schlachtfeld zuwandten. Die erste Welle Rotröcke hatte sich in Bewegung gesetzt und marschierte auf sie zu.

»Gott sei mit euch«, sagte Burwell zu den beiden anderen.

»Und mit Ihnen«, entgegnete Benjamin. Er griff in seine Jackentasche und holte ein gefaltetes, verschnürtes Blatt Papier heraus. »Harry, würden Sie das meinen Kindern zukommen lassen?«

Burwell starrte den Brief an, ohne ihn an sich zu nehmen. Er konnte sich denken, was drin stand, und ihn entgegenzunehmen würde bedeuten, Benjamins Tod anzunehmen. Er musterte Benjamin eine Weile eindringlich und versuchte, seine Absichten zu ergründen, ehe er den Brief widerstrebend nahm und in einer Tasche seines Uniformrocks unterbrachte. Als er davonritt, stiegen Benjamin und Villeneuve aus dem Sattel und nahmen ihre Positionen unter ihren Männern ein.

Die Milizsoldaten verharrten düster und schweigend, während die Rotröcke immer weiter vorrückten. Dan Scott und Occam fanden sich zufällig nebeneinander wieder. Den Blick auf den nahenden Feind gerichtet, zuckte Scotts Gesicht unkontrolliert in einer Mischung aus Hass und Furcht. Obgleich er es einerseits kaum erwarten konnte, den Engländern heimzuzahlen, was sie seiner Familie angetan hatten, wollte ein anderer Teil von ihm am liebsten kehrtmachen und davonlaufen. Er blickte die Reihe auf und ab und fragte sich, wie viele Amerikaner bis zum Nachmittag wohl tot sein würden, als ihm plötzlich ein Gedanke kam.

»Es ist übrigens Oktober«, sagte er.

»Ich weiß«, erwiderte Occam mit seiner tiefen, rauen Stimme.

»Das sind inzwischen mehr als zwölf Monate. Du bist ein freier Mann.«

»Ich bin aus freien Stücken hier«, sagte Occam und blickte Scott in die Augen, von einem freien Mann zum anderen. Und da schämte Scott sich plötzlich dafür, wie er sich in der Vergangenheit dem Afrikaner gegenüber verhalten hatte.

»Ich fühle mich geehrt, dass du bei uns bist«, sagte er. »Geehrt.«

Die Worte bedeuteten Occam sehr viel, aber sein Gesicht blieb ausdruckslos.

Dann, viel zu früh, wie es den Männern schien, wurde ein Ruf die Reihen hinunter weitergegeben, und die Trommler gaben den Takt für den Vormarsch vor. Villeneuve, der weder Muskete noch Gewehr bei sich trug, trat vor die Milizlinie und hob den Säbel hoch in die Luft. Er wartete auf ein Zeichen von Benjamin, um den Befehl an seine Männer weiterzugeben, aber Benjamin überraschte ihn, indem er den Befehl persönlich rief.

»Vorwärts!«

Wie ein schwerfälliges Schiff, das sich von seinem Ankerplatz am Kai löst, setzten die eintausend Mann der Miliz sich in zwei ungleichmäßigen Reihen in Bewegung und marschierten einem Feind entgegen, der fast doppelt so viele Soldaten zählte wie ihr eigenes Heer. Villeneuve führte sie den Hang hinunter, wobei er einen übertriebenen Marschschritt vorgab, um den Männern, die ihm folgten, zu helfen, im Takt zu bleiben, aber es war eine vergebliche Geste. Während die Kontinentalsoldaten rechts und links Takt und Formation beibehielten, taten die Bürgersoldaten in der Mitte sich mit beidem schwer und gaben nach den ersten fünfzig Metern auf, es überhaupt versuchen zu wollen. Sie sahen nicht ein, was es für einen Sinn machen sollte, im Gleichschritt zu gehen, Hauptsache, sie kamen dorthin, wo sie hinwollten. Benjamins Plan gemäß gingen sie langsamer als üblich.

Benjamin hielt den Blick auf den wild entschlossenen Franzosen einen halben Schritt vor ihm gerichtet und musterte ihn von Kopf bis Fuß. Er wusste, dass die Wahrscheinlichkeit groß war, dass Villeneuve an diesem Morgen sterben würde, weit fort von der Heimat.

»Wie alt waren Ihre Töchter?«, fragte Benjamin.

Villeneuve hatte ihm bis dahin zu verstehen gegeben, dass seine Familie tabu war. Er wandte den Kopf und warf Benjamin einen ärgerlichen Blick zu. Er wollte schon erwidern, dass ihn das nichts anginge und er sich um seine eigenen Angelegenheiten kümmern solle, als ihm zu seiner eigenen Überraschung bewusst wurde, dass er gewillt war, die Frage zu beantworten.

»Ich hatte zwei Töchter. Violette war zwölf und Pauline zehn.« Nach ein paar Schritten fügte er hinzu: »Sie hatten beide grüne Augen.«

»Sie waren sicher sehr hübsch.«

»Ja«, brummte Villeneuve. »Das waren sie.«

Auf der gegenüberliegenden Seite des Schlachtfeldes thronte Cornwallis auf seinem Pferd, umgeben von seinen Fahnen, seinen Offizieren und einer Leibgarde von sechshundert Infanteriereservisten. Wie gewöhnlich war er äußerst elegant gekleidet. Er war eine halbe Stunde früher als sonst aufgestanden, um sich von seinen Kammerdienern das Haar waschen und pudern zu lassen. Seine Seitenlocken ringelten sich ordentlich über den Ohren, und er trug einen neuen Hut mit einem drei Zentimeter breiten goldenen Band. Ihm war bewusst, dass dies ein historischer Moment war, und er bedauerte nur, dass keine prominenten hochrangigen Persönlichkeiten anwesend waren, um Zeugen seines Triumphes zu werden. O'Hara zu seiner Rechten, beobachtete er ungeduldig das Feld durch ein Fernrohr. Er konnte kaum erwarten, dass es endlich losging.

Als er sah, wie die Amerikaner vorrückten, befahl er sofort, die Kanonen abzufeuern. Beim ersten Geschoss handelte es sich um eine explodierende Kugel, die eine beeindruckende Entfernung zurücklegte. Sie segelte, einen Feuerschweif hinter sich herziehend, hoch über die Köpfe der Amerikaner hinweg und krachte in die obersten Steine der Hausruine. Eine Sekunde später explodierte das Geschoss, und weitere Backsteine und Trümmer stürzten zu Boden. Obgleich kein Amerikaner getroffen wurde, war das ein unheilvoller Anfang.

»Träume ich, oder formieren sich da wahrhaftig Milizsoldaten im Zentrum«, sagte Cornwallis.

O'Hara zog eilig sein eigenes Fernrohr auseinander und hob es ans Auge. Es stimmte. Auf beiden Seiten der vorrückenden Truppen befanden sich kompakte Kontingente von Kontinentalsoldaten, aber die Mitte wurde von ungleichmäßigen, nur zwei Mann starken Reihen verteidigt.

Die beiden Generäle tauschten einen entzückten und auch leicht verwunderten Blick und fragten sich, was um alles in der Welt in die Amerikaner gefahren sein mochte. Selbstverständlich war der Flankenschutz von größer Wichtigkeit, aber doch nicht zu Lasten der Mitte! Das war ein krasser Verstoß aller Regeln militärischer Strategie, ganz zu schweigen von einem eklatanten Mangel an gesundem Menschenverstand. Nachdem er in der Vergangenheit bereits wiederholt von den Amerikanern ausgetrickst worden war, argwöhnte Cornwallis sofort, dass es sich um irgendeine Falle handelte, schloss diese Möglichkeit jedoch gleich wieder aus. Cowpens war kein überwucherter Sumpf und auch kein dichter Wald, in dem die Amerikaner irgendwelche hinterhältigen Tricks anwenden konnten. Genau aus diesem Grund hatte er ja diesen Ort gewählt.

Er teilte O'Hara mit, dass das Kanonenfeuer sich auf die amerikanische Mitte konzentrieren solle, und befahl den Einsatz von Explosivgeschossen. Die waren zwar auf offenem Feld weniger wirkungsvoll als Kanonenkugeln, aber der Lärm und die Explosionen sorgten in der Regel für Panik. Cornwallis rechnete sich gute Chancen aus, ihre Reihen auseinander zu brechen, noch bevor die Infanterie einen einzigen Schuss abgefeuert hatte.

Als die Granaten überall einschlugen, begannen die Bürgerwehrler hinter Benjamin und Villeneuve zu fluchen und zu beten. Sie wurden etwas langsamer, aber keiner von ihnen ergriff die Flucht. Die Erde war von vorangegangenen Regenfällen so weich, dass sie die Wucht der Explosionen ein wenig dämpfte. Die Geschosse gruben sich, dort, wo sie aufschlugen, in die Erde, und explodierten an derselben Stelle.

Sie hatten erst einige hundert Meter zurückgelegt, als Benjamin seinen Männern befahl, Halt zu machen, obwohl die englische Frontlinie noch weit außer Reichweite war. Cornwallis sah hierin nichts Ungewöhnliches und schrieb den plötzlichen Stopp der natürlichen Feigheit der Miliz angesichts des Geschützfeuers zu.

Mehrere Minuten lang warteten Benjamins Männer in angespanntem Schweigen, während die Briten im Gleichschritt drohend immer näher rückten. Als sie näher kamen, bemerkten sie in den Rängen der Rotröcke eine große Zahl von Afrikanern, Sklaven wie Freigelassene, die von den Königstreuen zwangsrekrutiert worden waren. Dann konnten sie auch die Offiziere von den einfachen Soldaten unterscheiden. Und schließlich war der Feind so nah, dass einzelne Gesichter auszumachen waren.

»Präsentiert das Gewehr!«, brüllte Villeneuve, und die Amerikaner hoben die Gewehre. Die Rotröcke befanden sich in Schussweite, marschierten jedoch weiter, bis die Amerikaner das Weiße ihrer Augen sehen konnten. Als sie noch siebzig Schritte entfernt waren, legten sie an, erhielten jedoch den Befehl, noch zu warten. Der kommandierende Offizier war ein gut aussehender Captain, groß und schmal, mit einer gepuderten Perücke unter seinem Hut. Er wirkte völlig gelassen und zuversichtlich. Er führte seine Männer bis auf sechzig Schritte an die Patrioten heran, dann fünfzig, vierzig.

»Haaalt!«, rief er schließlich, und kaum dass er ausgesprochen hatte, erteilte Benjamin seinerseits den Befehl zum Anlegen.

»Legt an!« Seine eintausend Mann gehorchten sofort. Die Männer in der zweiten Reihe stützten ihre Läufe auf den Schultern der Kameraden vor ihnen auf, um besser zielen zu können. Die Rotröcke starrten ungerührt zurück. Als sie erkannten, dass die Amerikaner die erste Salve abfeuern würden, stemmten sie die Füße fest auf den Boden und erwarteten sie so geduldig wie eine Reihe von Thomas' Spielzeugsoldaten. Villeneuve hob den Säbel, und er und Benjamin brüllten im Chor: »Feuer!«

Die Milizsoldaten feuerten und wandten die Gesichter ab, um sich vor der Stichflamme von der Pfanne zu schützen. Ihre Gewehre spien Rauch und Feuer und jagten eine Salve Bleikugeln in die vorderste Reihe der Rotröcke, die auf einen Schlag fast zweihundert Mann niedermähte. Als das Knallen verhallte, wehte Rauch über die freie Fläche zwischen den beiden Armeen und versperrte ihnen teilweise die Sicht. Würgend vom beißenden Geruch des Schießpulvers, begannen die Patrioten mit dem Nachladen, noch bevor Villeneuve den Befehl hierzu erteilt hatte.

Der britische Captain stand noch. In aller Seelenruhe wartete er, bis die Männer aus der zweiten Reihe ihre gefallenen Kameraden ersetzt hatten, ehe er den Befehl gab: »Präsentiert das Gewehr!«

Benjamin hatte seit den Anfangstagen des Krieges gegen Franzosen und Indianer in keiner vergleichbaren Schlacht mehr gekämpft, und jetzt wusste er auch wieder, warum. Es kostete ihn große Anstrengung, sich zu konzentrieren und das Zittern seiner Hände zu unterdrücken, während er die erforderlichen Handgriffe des Nachladens ausführte. Allerdings konnte er den Lärm um sich herum nicht ausblenden. Die britischen Sergeants schrien, die Verwundeten brüllten, und die Trommeln gaben die Order des Captains an die Männer weiter außen weiter.

»Legt an!«, rief der feindliche Captain.

Benjamin wusste, dass er in wenigen Augenblicken vielleicht tot sein würde, und er war dem, was jeden Moment kommen würde, hilflos ausgeliefert. Es war ein reines Vabanquespiel. Er hob während des Nachladens nur einmal den Kopf, um sich davon zu überzeugen, dass die Reihen noch intakt waren. Sie waren es, kein Mann war desertiert. Das würde sich aber gleich ändern.

»Feuer!«

Die englischen Musketen knallten und sandten einen Bleihagel in die patriotischen Reihen. Einige Kugeln flogen sirrend an ihren Ohren vorbei oder bohrten sich in die Erde zu ihren Füßen, aber viele andere trafen ihr Ziel. Von allen Seiten war das widerliche Geräusch zu hören, das die Kugeln machten, wenn sie in Fleisch eindrangen. Die Wucht der Geschosse ließ einige der Getroffenen hintenüber auf ihre Kameraden fallen, während andere dort zusammensackten, wo sie standen. Blut und Stofffetzen flogen durch die Luft. Entlang der patriotischen Frontlinie wurden die Männer wie von einer riesigen Sense niedergemäht.

Die Milizsoldaten, sogar die Veteranen, blickten sich hektisch um, entsetzt vom Ausmaß des Gemetzels. Einige erstarrten in Panik, während andere zurückwichen und dann kehrtmachten, um die Flucht zu ergreifen. Das war der Augenblick, von dem Benjamin gewusst hatte, dass er kommen würde.

»Position halten!«, brüllte er. »Position halten!«

»Position halten!«, stimmte Villeneuve mit ein. Die beiden Offiziere riefen den Befehl wieder und wieder, bis die Männer um sie herum ihn aufnahmen. Schon bald darauf brüllte jeder Freiwillige auf dem Feld den Befehl, einschließlich derer, die wegliefen. »Position halten! Position halten!«

Die Generäle Greene und Cornwallis, die von gegenüberliegenden Seiten des Schlachtfeldes aus das Geschehen verfolgten, waren beeindruckt, als sie sahen, wie die meisten der fliehenden Milizsoldaten Halt machten und in die Schlacht zurückkehrten. Wenn Rotröcke oder Kontinentalsoldaten desertierten, wurden sie von Offizieren in den hinteren Reihen erschossen, aber den Milizsoldaten stand es frei, das Kampfgeschehen jederzeit zu verlassen. In diesem Augenblick wurde beiden Befehlshabern klar, dass es sich hier um keine gewöhnliche Miliz handelte.

Zu dem gleichen Schluss kam auch Tavington. Er und seine Grünen Dragoner beobachteten die Eröffnungszüge der Schlacht von einer nahe gelegenen Hügelkuppe aus. Sie hielten sich hinter einigen Zuckerahornbäumen und Eichen versteckt, deren Laub in kräftigen Herbstfarben leuchtete. Ihre Pferde tänzelten bei jeder Geschützdetonation nervös und schnaubten unruhig. Tavington konnte es kaum erwarten, in das Geschehen einzugreifen, aber Cornwallis' eindringliche Warnung klang ihm noch in den Ohren. Er war keine zweihundert Meter von dort entfernt, wo die New Yorker Continentals auf eine Division Rotröcke gestoßen war, aber der erbitterte Kampf zwischen diesen beiden Kontingenten interessierte ihn nicht weiter. Seine Aufmerksamkeit wurde völlig von der bemerkenswerten Schlacht in der Mitte in Anspruch genommen. Wie Cornwallis war auch er verblüfft gewesen von der Dummheit der amerikanischen Entscheidung, für die Hauptschlacht, die im Zentrum ausgetragen werden würde, Freiwillige einzusetzen. Umso überraschter war er jetzt, als er sah, dass die Männer tatsächlich standhielten.

Er verfolgte das Geschehen durch ein Fernrohr und machte bald einen Mann in französischer Uniform aus, der mutig auf dem freien Feld zwischen den beiden Armeen stand, seinen Säbel schwenkte und Anweisungen brüllte. Das leuchtende Weiß seiner Uniform machte den Mann zu einem leichten Ziel. Und gleich neben ihm stand jemand, den Tavington sofort erkannte. Benjamin Martin. Der berühmt-berüchtigte

Geist, der ihm so viele Monate lang immer wieder entkommen war und ihn zum Gespött gemacht hatte, stand, ohne jeden Schutz vor ihm abgesehen von seiner eigenen schwachen Miliz.

Tavingtons Hass und seine Killerinstinkte flammten auf. Er steckte das Fernrohr ein und zückte seinen Säbel.

»Bereitmachen zum Angriff!«, rief er zur Überraschung seiner Männer. Captain Wilkins war an seiner Seite.

»Sir, wir haben noch keinen entsprechenden Befehl erhalten.«

Tavington nahm den Einwand gar nicht wahr, für ihn zählte nur noch eins.

»ATTACKE!«

Die Dragoner preschten hinter einer Kompanie der eigenen Infanterie, die gerade einen weiten Bogen um die New Yorker Brigade schlug, um diese von der Flanke her anzugreifen. In seiner Hast hätte Tavington sie beinahe umgeritten, als er in gestrecktem Galopp den Hang hinunterjagte, auf dem kürzesten Weg zu seinem Todfeind.

Cornwallis hatte gehofft, dass die gegnerische Mitte nach der ersten Salve auseinander brechen würde. Er war enttäuscht, wenn auch nicht übermäßig frustriert, als das nicht geschah. Eine zweite Salve seitens der Patrioten würde ihn einige Infanteristen mehr kosten, aber das war ein vergleichsweise geringfügiges Problem. Aber dann sah er die Dragoner angreifen, obgleich er noch keinen entsprechenden Befehl erteilt hatte, und sein Zorn loderte auf.

»Dieser verfluchte Tavington«, rief er erbost. »Zum Teufel mit dem Kerl!«

Mit seinem Sieg in Cowpens wollte Cornwallis den amerikanischen Widerstand endgültig brechen und seinen Platz unter den englischen militärischen Helden der Geschichte einnehmen. Er nahm an, dass Tavington ihrer Vereinbarung zum Trotz darauf aus war, ihm den Ruhm zu stehlen, um selbst

Unsterblichkeit zu erlangen. Cornwallis war nicht gewillt, dies zuzulassen.

Als Benjamin aufblickte und die Dragoner heranpreschen sah, war er nicht wirklich überrascht. Er hatte Tavington schon in Camden zu früh angreifen sehen und hatte in den erbeuteten Tagebüchern gelesen, wie erbost Cornwallis darüber gewesen war. Aber überrascht oder nicht, die britische leichte Kavallerie bot einen furchterregenden Anblick. Er warf einen Blick hinter sich und schätzte die Entfernung bis zur Hausruine auf dem Hügel ab. Nicht alle seiner Männer waren mit Nachladen fertig, aber die Zeit reichte nicht. Die Dragoner waren nur noch etwa tausend Meter entfernt.

»Legt an! Legt an!«, rief Benjamin, und gleich darauf: »Feuer!«

Die zweite Salve der Amerikaner riss wieder Löcher in die feindlichen Reihen, wenn auch diesmal deutlich weniger. Die Männer hatten zu hastig geladen und zu unsauber gezielt. Fast sofort waren auch die Rotröcke mit Nachladen fertig und bereit, das Feuer zu erwidern.

»RÜCKZUG!«, brüllte Benjamin und führte seine Männer vom Schlachtfeld. Noch ehe die Trommler den Befehl hatten weitergeben können, hatte die gesamte Miliz kehrtgemacht und suchte das Weite. Schreiend rannten sie davon, so schnell sie konnten. Die Rotröcke feuerten und trafen einige der flüchtenden Amerikaner in den Rücken.

»Befehl zum Bajonettangriff«, rief Cornwallis O'Hara zu, während er den Angriff von Tavingtons Reitern verfolgte. »Wir wollen doch mal sehen, wer den Ruhm für diesen Sieg einheimst.«

Das britische Trommlerkorps trommelte den Befehl, und innerhalb von Sekunden hatten die Rotröcke in der vordersten Linie die Waffen gesenkt und sich in eine stachelige Mauer verwandelt. Sie stürmten mit einem ohrenbetäubenden Gebrüll vorwärts und setzten den Amerikanern nach. Auf den äußeren Flügeln stießen Briten auf amerikanische Kontinentalsoldaten, die erbitterten Widerstand leisteten, aber die Mitte brach vollständig zusammen, und die Rotröcke strömten zu Hunderten in die Bresche. Die Infanterie bildete eine so kompakte Front, dass sie den Dragonern den Weg versperrte und sie so daran hinderte, die fliehenden Amerikaner einzuholen.

»Gratulation, Euer Lordschaft!«, jubelte O'Hara, als er das Ergebnis des Manövers sah. Der frühe Einsatz der Bajonette – wenn er auch nicht dem ursprünglichen Plan entsprochen hatte –, hatte Tavingtons Angriff wirkungsvoll ein Ende gemacht.

Aber Cornwallis war noch nicht fertig. Nachdem er erst mit diesem neuen Kurs begonnen hatte, war er entschlossen, ihn auch konsequent durchzuziehen.

»Infanteriereserve in die Mitte«, befahl er fast beiläufig. General O'Hara war überrascht von diesem Befehl und zögerte, ihn weiterzugeben.

»Aber, Euer Lordschaft«, gab er zu bedenken, »Sie haben das Feld doch bereits für sich erobert.«

»Richtig, und jetzt geben wir ihnen den Rest. Schicken Sie das gesamte Bataillon über den Hügel. Sie sollen sie zermalmen. Heute nimmt der Krieg endgültig ein Ende.«

O'Hara hielt es diese Entscheidung für unklug, zumal sie nicht sehen konnten, was sich möglicherweise noch hinter der gegenüberliegenden Hügelkuppe verbarg, aber Cornwallis wollte nichts hören. Kurz darauf marschierte ein weiterer Trupp von mehreren Hundert Mann im Eilschritt auf die Front zu.

Ganz außer Atem von dem langen Lauf machte Benjamin oben auf dem Hügel Halt und warf einen Blick zurück. Eine gewaltige Zahl von britischen Infanteristen stürmte den Hang hinauf und holte rasch auf. Einige der älteren Milizsoldaten und die Verwundeten wurden von den Stahlklingen des Feindes niedergemacht. Die Dragoner begannen, durch

Lücken hindurchzuschießen und sich nach vorn durchzukämpfen.

»Schneller!«, rief Benjamin und trieb seine Männer zur Eile an. Als sie über die Kuppe hinweg waren und den Hügel auf der anderen Seite hinabliefen, sahen sie ein Kontingent von fünfhundert Mann vor sich – Burwells Kontinentalarmee. Diese Streitmacht war in Reserve gehalten worden und stand mit geladenen Musketen bereit.

Als die Briten in wilder Verfolgungsjagd über die Kuppe stürmten, erkannte Tavington sofort, dass sie in eine Falle getappt waren. Er riss an den Zügeln und versuchte hektisch, den Sturmangriff zu stoppen, aber es war zu spät: Der Schwung der Rotröcke trug sie hinunter in das kleine Tal.

Benjamins Männer hetzten auf die Kontinentalsoldaten zu und warfen sich zu Boden, damit Burwells Männer ungestört die Rotröcke aufs Korn nehmen konnten. Der General ließ seinen Säbel herabsausen und rief: »Feuer!«

Ein heftiger Kugelhagel ging auf die feindliche Infanterie nieder und machte viele von ihnen nieder. Gleichzeitig feuerten Kanonen und Mörser, die auf den Flanken verborgen waren und ließen mit ihren Detonationen die Luft erzittern. Eisenkugeln segelten durch die Luft und schossen anschließend über den Boden, mitten durch die britischen Reihen, rissen die Männer in Stücke und schlugen den Pferden die Beine unter dem Körper weg.

Trotz des allgemeinen Durcheinanders stürmten viele der Rotröcke weiter vor, während andere kehrtmachten und flüchteten. Burwells zweite Reihe trat vor und feuerte eine zweite tödliche Salve ab. Ehe der Rauch sich verzogen hatte, sprangen Benjamins Männer, die die Zeit genutzt hatten, um nachzuladen, vom Boden auf und nahmen den Feind ihrerseits unter Beschuss. Ihr Feuer konzentrierte sich auf die verhassten Dragoner, von denen sie manch einen aus dem Sattel holten.

Trotz ihrer schweren Verluste waren die Rotröcke den Patrioten zahlenmäßig immer noch ebenbürtig. Ehe sie sich neu formieren konnten, rannte Benjamin vor seine Männer und brüllte: »Nachladen!«

Er stürmte vorwärts, und ehe seine Männer Zeit hatten, über die Gefahr nachzudenken, folgten sie ihm. Frischen Mutes gingen sie zum Angriff über und stiegen hierbei über die Leichen der Gefallenen hinweg.

Benjamin steuerte geradewegs auf einen englischen Soldaten mit einem Union Jack zu. Er senkte eine Schulter und rammte den Mann mit aller Kraft, sodass dieser unsanft zu Boden ging. Einem zweiten Soldaten versetzte er einen Hieb mit der Muskete, die er wie ein Breitschwert schwang. Villeneuve hielt sich immer in seiner Nähe und schlug und hackte sich einen Weg durch die feindlichen Reihen. Ohne eigene Bajonette und mit nur geringer Nahkampferfahrung stürzten sich Benjamins Männer ins Getümmel und kämpften mit einer Raserei, die den Feind überraschte und ihm Furcht einflößte.

Der Infanteriecaptain hielt stand und kämpfte mit seinem Säbel. Benjamin zückte eine Pistole und erschoss ihn, um dann an ihm vorbeizulaufen, als der Captain auf die Knie sank, eine Hand in die Brust gekrallt.

Burwells Männer schlossen ihre Reihen und stürmten mit gesenkten Bajonetten geschlossen durch das Chaos hügelaufwärts. Occam und Dan Scott rannten neben den regulären Soldaten her und luden im Laufen nach. Hierbei wurden sie von zwei Rotröcken angegriffen. Occam streckte seinen Angreifer mit einem verheerenden Schlag auf den Kopf nieder. Als er sich umdrehte, um Scott zu helfen, sah er sich einem Schwarzen in englischer Uniform gegenüber. Es war Joshua, einer von Benjamins Freigelassenen, ein Mann, den Occam noch nie gesehen hatte. Einen Augenblick standen sie Lauf an Lauf da, umgeben vom Schlachtgetümmel, keiner von beiden gewillt, den anderen zu erschießen. Ihre Hautfarbe gemahnte sie, dass das nicht ihr Krieg war. Als sie ihre Waffen leicht senkten, schoss einer der Bürgerwehrler, der Occam zur Hilfe kommen wollte, Joshua mit seiner Pistole in den Bauch. Joshua sank auf die Knie, während der Schütze Occam mit sich fortzog.

Hinter ihren Bajonetten waren Burwells Männer eine unaufhaltsame Macht. Sie marschierten zielstrebig durch das Gewühl, machten hier und da kurz Halt, um Milizsoldaten zu helfen, wo sie konnten, aber ihr Hauptaugenmerk galt der Hügelkuppe. Einmal dort angelangt, würden sie die Rotröcke eingekesselt haben und konnten sie aus verschiedenen Richtungen gleichzeitig angreifen.

Unglücklicherweise erreichten sie die Rückseite des alten Herrenhauses in eben dem Augenblick, da Cornwallis' Reserveinfanterie die Front erreichte. Mehrere hundert Mann stark, kamen sie auf beiden Seiten des Gebäudes hervor und bildeten eilig eine Schusslinie. Die beiden Armeen standen sich in einem Abstand von nur zwanzig Schritten gegenüber.

Die Kontinentalsoldaten waren geschockt. Ihre Waffen waren nicht geladen, und es gab auch keine Möglichkeit zum Rückzug. Es war nicht einmal Zeit, nachzuladen. Burwell stand mit grimmiger Miene an der Seite seiner Männer, als die britischen Musketen sich senkten und feuerten.

Der Schaden, den sie anrichteten, war verheerend. Die Salve aus einer so kurzen Entfernung zerfetzte die feindlichen Soldaten förmlich. Dutzende wurden getötet und noch viel mehr verwundet. Sobald Rauch und Lärm der Salve nachließen, gab Burwell den Befehl zum Angriff. Er konnte jenseits der Ruine noch zwei weitere vollständige Reihen Rotröcke sehen. Seine Männer waren zahlenmäßig weit unterlegen, aber in Anbetracht der Umstände schien ein Angriff ihre einzige Chance zu sein. Die beiden Armeen warfen sich mit ihren rasiermesserscharfen Bajonetten aufeinander.

Mit ohrenbetäubendem Geschrei und klirrenden Klingen begannen sie, einander mit Hieben und Stichen niederzumetzeln.

Als die Milizsoldaten im Kampf gegen die Dragoner und die erste Woge Rotröcke die Oberhand gewonnen hatten, eilten sie den Hang hinauf, um die regulären Soldaten zu unterstützen. Aber die frischen britischen Truppen kämpften erbittert, und die Kommandeure jenseits des Herrenhauses schickten stetig Verstärkung nach.

Bald zeichnete sich ein deutlicher Vorteil für die Briten ab.

Benjamin kämpfte noch beim Hauptkörper der Miliz, als er Tavington erblickte. Der Colonel saß noch auf seinem Pferd und verteidigte sich ganz in seiner Nähe geschickt mit dem gebogenen Säbel. Benjamin bahnte sich sogleich einen Weg auf ihn zu und zückte im Gehen seine Pistole und die Tavington zugedachte Spezialkugel. Völlig auf sein Ziel fixiert, nahm er den Rotrock, der sich ihm in den Weg stellte und mit dem Bajonett nach ihm hieb, kaum wahr. Benjamin duckte sich gerade noch rechtzeitig, zerschmetterte dem Mann mit einem kraftvollen Kinnhaken den Kiefer und setzte seinen Weg fort.

»Colonel!« Villeneuves Stimme erhob sich über den Gefechtslärm und erregte Benjamins Aufmerksamkeit. Er blickte sich um. Villeneuve zeigte mit dem Säbel auf die Ruine. »Die Reihen lösen sich auf!«

Benjamin erkannte, dass er Recht hatte. Sowohl Kontinentalsoldaten als auch Milizsoldaten ergriffen die Flucht angesichts des überlegenen Feindes. Einen kurzen Augenblick stand Benjamin unschlüssig da. Tavington war nur fünfzig Meter entfernt. Aber wenn die Männer jetzt aufgaben, würde die Schlacht und möglicherweise der ganze Krieg verloren sein. Nach einem letzten Blick auf seinen Todfeind wandte Benjamin sich ab und stieg den Hang hinauf.

»NEIN!«, rief er den zurückweichenden Männern zu.

»NEIN!« Er breitete die Arme weit aus, als könnte er so die Flut aufhalten, aber die Männer rannten einfach an ihm vorbei. »NEIN!«

Einer der regulären Soldaten kam mit einer Old Glory auf ihn zu. Benjamin griff zu und riss ihm die Fahne aus den Händen. Dann stieg er weiter bergan, immer gegen den Strom, und rief weiter: »NEIN! NEIN!«

Von überall blickten die Männer herüber und sahen die Old Glory, die sich den Hügel hinaufbewegte. Der Anblick machte den Patrioten neuen Mut. Jene, die davonliefen, hielten an, blickten zögernd zu Benjamin hinüber und machten dann kehrt, um sich ihm anzuschließen. Benjamin pflügte durch die Rotröcke, ohne sich um die Gefahren um ihn herum zu scheren. Er ging unbeirrt immer weiter, bis er den Garten der Ruine erreichte und sich die Marmorstufen hinaufkämpfte, wo die Masse der feindlichen Soldaten am dichtesten war. Mit der Fahnenstange als einziger Waffe kämpfte er sich durch die brodelnde Menge und überließ den Feind jenen Patrioten, die ihm folgten. Als er den oberen Treppenabsatz erreicht hatte, packte er mit der freien Hand einen Rotrock bei den über der Brust gekreuzten weißen Schärpen und stieß ihn unsanft fort.

Bewacht von Villeneuve, baute er sich zwischen den steinernen Säulen auf und schwenkte die Flagge. Der Anblick ihrer Fahne und Benjamins Mut bewogen die Männer zu einer neuen Offensive. Mit lautem Gebrüll und erhobenen Waffen stürmten sie den Hügel hinauf und schafften es tatsächlich, die englische Infanterie zu bezwingen. Innerhalb weniger Minuten war das kleine Tal wieder in ihrer Gewalt.

Cornwallis und sein Gefolge konnten nichts von der Schlacht sehen, die jenseits der Hügelkuppe tobte. Trozdem waren sie zuversichtlich, dass die britischen Signalflaggen ihnen bald den Sieg übermitteln würden. Als sie stattdessen sahen, wie die amerikanische Fahne frech auf den Treppen der Ruine geschwenkt wurde, waren sie entsetzt. Cornwallis hatte, kurz nachdem seine Männer über die Kuppe verschwunden waren, feindliches Geschützfeuer gehört, war jedoch sicher gewesen, dass die Zahl seiner Männer ausreichen würde, jedes Hindernis zu überwinden. Zum ersten Mal kamen ihm Zweifel am Ausgang der Schlacht.

Die Situation spitzte sich noch weiter zu, als die Patrioten vorstürmten und sich auf den Rest seiner Reservisten stürzten. Der Angriff kam so unerwartet und unvermittelt, dass seine Männer gar nicht erst dazu kamen, ihre Waffen abzufeuern. Beunruhigt griff Cornwallis zu verzweifelten Mitteln.

»Die Artillerie soll sich auf ihre Mitte konzentrieren. Drängt sie zurück!«

O'Hara erbleichte. Der Befehl bedeutete, dass sie nicht nur auf den Feind feuern würden, sondern auch auf ihre eigenen Leute. Er wies Cornwallis darauf hin, der jedoch an seinem Befehl festhielt. Der Befehl wurde weitergegeben, brachte aber nicht viel. Die Amerikaner fochten wie Racheengel, fielen über die Reservisten her und hackten sie in Stücke, ehe die Kanonen auch nur ihre erste Salve abfeuern konnten. Die Reihen der Rotröcke brachen innerhalb kürzester Zeit auseinander, und die Soldaten machten kehrt und flüchteten über das Feld.

»Euer Lordschaft«, bemerkte O'Hara. »Wenn wir herumschwenken und uns neu formieren, gelingt es uns vielleicht ihre Flanke zu schlagen.«

»Sie träumen, General«, entgegnete Cornwallis zutiefst entmutigt. Obwohl sich die Schlacht noch einige Minuten lang in kleineren Scharmützeln fortsetzte, war deutlich, dass der Ausgang bereits feststand.

Benjamin stand mit der Fahne immer noch bei der Ruine und ermutigte die Patrioten, als er in seinem Rücken ein Pferd wiehern hörte. Er wandte den Kopf und entdeckte in einiger Entfernung Tavington. Der Colonel hatte eine Hand voll englischer Deserteure versammelt und führte sie zurück in den Kampf. Er vergaß die Soldaten jedoch schlagartig, als er Benjamin bemerkte.

Als die hasserfüllten Blicke der beiden Männer sich trafen, rückten Hitze und Gefechtslärm in den Hintergrund. Nichts zählte mehr außer ihrer persönlichen Abrechnung.

Benjamin packte die Fahnenstange mit beiden Händen und ging auf den Mörder seiner beiden Söhne zu. Tavington gab seinem Pferd die Sporen und hob den Säbel. Sie jagten aufeinander zu, vorangetrieben von gegenseitiger Mordlust. Kurz vor dem Zusammenprall holte Tavington mit dem Schwertarm aus, um Schwung zu holen für den tödlichen Hieb. Aber während er noch ausholte, schlug Benjamin einen Haken dicht vor dem Pferd und rammte dann ein Ende der Fahnenstange in den Boden. Er hielt das spitze obere Ende der Stange hoch, sodass sie sich tief in die Brust des Pferdes bohrte. Die Stange brach entzwei, als das tödlich verwundete Pferd mit einem gequälten Aufschrei zu Boden ging. Tavington segelte durch die Luft und landete unsanft in etwa fünfzehn Metern Entfernung. Während er sich benommen und leicht desorientiert aufrappelte, lud Benjamin seine Pistole mit der Tavington zugedachten Kugel. Nachdem er seinen Säbel aufgehoben hatte, kam Tavington auf Benjamin zu, um ihn zu töten, blieb jedoch abrupt stehen, als er die auf seine Brust gerichtete Pistolenmündung sah.

Benjamin zielte sehr sorgfältig auf Tavingtons Herz, bevor er abdrückte, aber im selben Augenblick explodierte dicht hinter ihm ein Geschoss, sodass sein Arm im letzten Moment zur Seite zuckte, und der Schuss sein Ziel verfehlte.

Die Kugel bohrte sich in Tavingtons Bizeps, und Blut spritzte auf. Während von der Explosion aufgeworfene Erdbrocken auf ihn herabprasselten, sah Benjamin, dass Tavington noch auf den Beinen war. Er blickte auf seine Wunde, als wäre es nicht mehr als ein geringfügiges Ärgernis. Dann kam er auf Benjamin zu, seine Augen lodernd vor Hass, und schwenkte dabei drohend den Säbel.

Benjamin duckte sich unter dem ersten Hieb hinweg und warf sich gleichzeitig nach vorn. Er rammte Tavington den Kopf in den Bauch und brachte den Colonel zu Fall. Sofort nagelte sein Stiefel Tavingtons Handgelenk am Boden fest, und er schwang die Pistole wie einen Hammer.

Tavington rollte geschmeidig zur Seite, sodass der Schlag ihn zwischen die Schulterblätter traf. Er versuchte, Benjamins Fuß zu packen, war jedoch nicht schnell genug. Benjamin trat ihn mit solcher Kraft ins Gesicht, dass sein Kopf ruckartig zurückschnellte und seine Lippe aufplatzte. Tavington versuchte dennoch aufzustehen, aber Benjamin trat ihn einmal mit aller Kraft in den Bauch und anschließend erneut ins Gesicht. Die Wucht des Trittes reichte aus, um Tavington ein Stück in die Luft zu heben und erneut von den Beinen zu reißen, sodass er rücklings im Staub landete.

Benjamin zog den Cherokee-Tomahawk aus seinem Waffengurt. Bevor er ihn jedoch benutzen konnte, hörte er, wie sich ihm von hinten ein Reiter näherte. Er wirbelte herum und hatte seinen Nachbarn, Captain James Wilkins vor sich, der mit einer Pistole aus nächster Nähe auf ihn zielte.

Die beiden Männer erstarrten.

»Erschießen Sie ihn, Wilkins!«, rief Tavington, ein wenig undeutlich wegen seiner geschwollenen Lippen. Sein Mund war voller Blut und abgebrochener Zähne. Wilkins starrte am Lauf seiner Waffe entlang auf Benjamin. »TÖTEN SIE IHN!«, brüllte Tavington.

Aber Wilkins zögerte. Er und Benjamin waren seit langem politische Gegner, aber er hatte seinen Nachbarn immer als einen anständigen und respektablen Mann betrachtet, was man nicht von Tavington behaupten konnte, den er als brutalen Schlächter betrachtete. Nach einem langen, verächtlichen

Blick auf seinen Vorgesetzten ließ er die Pistole sinken, riss sein Pferd herum und ritt davon.

Tavington sprang auf und griff wieder an, hieb mit erstaunlicher Geschwindigkeit und Kraft auf Benjamin ein, der Tavingtons Säbelhiebe mit der Klinge seines Tomahawks abwehrte.

Als Tavington strauchelte, konnte Benjamin sich einen Vorteil verschaffen und drängte seinen Gegner mit einer raschen Folge von Axthieben zurück. Während die Schlacht um sie herum weitertobte, lieferten sich die beiden Männer einen erbitterten Kampf, bei dem mal der eine, mal der andere die Oberhand gewann. Obwohl Tavington über die bessere Waffe verfügte, waren sie ebenbürtige Gegner.

Letztlich gewann Tavington jedoch die Überhand. Als ihre Klingen sich erneut kreuzten, gelang es dem Engländer zuerst, sich aus der Pattsituation zu befreien, und er schlug Benjamin das Heft seines Säbels ins Gesicht. Indem er dieselbe Bewegung fließend weiterführte, gelang es ihm außerdem, Benjamin eine tiefe Fleischwunde am linken Arm zuzufügen.

Als der schmerzgepeinigt zurückwich, kniete Tavington nieder und hob, ohne den Säbel loszulassen, ein Bajonett vom Boden auf. Er hielt es in der linken Hand und versuchte, es drohend zu schwenken, aber offenbar schränkte die Schussverletzung ihn doch in seinen Bewegungen ein.

Schweratmend und schweißgebadet konterte Benjamin, indem er sein Jagdmesser mit der langen Klinge zog und jetzt beide Waffen gleichzeitig einsetzte. Die beiden Männer gingen erneut aufeinander los und lieferten sich einen erbitterten Nahkampf. Aber der Tomahawk erwies sich als weniger nützlich als der Säbel, und je länger sie rangen, desto deutlicher kristallisierte sich Tavingtons Vorteil heraus.

Die Spitze seiner Klinge verletzte Benjamin mehrfach an Armen und Beinen, und schließlich gelang es Tavington dann, weit auszuholen und Benjamin tiefe Schnittwunden auf der Rückseite beider Beine zuzufügen. Als Benjamin strauchelte und stürzte, führte Tavington einen weiteren kraftvollen Hieb aus, der dem Patrioten die Axt aus der Hand schlug.

Nur noch mit seinem Jagdmesser bewaffnet, war Benjamins Lage verzweifelt. Zwar gelang es ihm, noch einige Säbelhiebe abzuwehren, aber er wusste, dass es nur eine Frage der Zeit war, bis er endgültig unterlag. Seine einzige Hoffnung bestand darin, näher an seinen Gegner heranzukommen und diesen zu entwaffnen. Als er sich mühsam aufrappelte und angriff, spießte Tavington ihn mit dem Bajonett auf, dessen Spitze sich in Benjamins Bauch bohrte und am Rücken wieder austrat.

Benjamin krümmte sich vor Schmerz, und seine Hände fielen kraftlos herab. Als er aufblickte, sah er, dass Tavington lächelte, befriedigt von seiner eigenen Geschicklichkeit und Schläue. Offenbar war sein Arm nicht so schwer verletzt wie er seinen Feind hatte glauben lassen.

Benjamin torkelte zurück und versuchte, sich in Sicherheit zu bringen, aber schon nach wenigen Schritten versagten seine Beine ihm den Dienst. Er sank zu Boden und blickte auf den Fersen sitzend über das Schlachtfeld. Ohne eine Geste der Selbstverteidigung beobachtete er, wie seine Kameraden die Rotröcke über das Feld jagten. Eine Old Glory wehte an ihm vorbei, und er hörte das Jubeln seiner Männer, die der Fahne folgten.

Benjamins Blick fiel auf eine englische Muskete mit aufgestecktem Bajonett ganz in der Nähe und kroch unter Schmerzen hinüber, um die Waffe aufzuheben. Die Bajonettklinge in seinem Bauch schnitt bei jeder Bewegung tiefer in seine Eingeweide. Nicht willens, aufzugeben, solange noch ein Funke Leben in ihm steckte, mobilisierte er seine letzten Kraftreserven und stand auf. Tavington, der ihn bereits als tot abgeschrieben hatte, verfolgte seine Bemühungen scheinbar belustigt. Er trat auf ihn zu und schwang wieder den Säbel, aber diesmal spielte er nur mit seinem Gegner. Als Benjamin die Muskete vor sich hielt, um den Hieb abzuwehren, reagierte Tavington blitzschnell, sprang vor und schlug mit der Klinge hinten auf die Bajonettspitze, die aus Benjamins Rücken ragte.

Wie ein glühender Blitz jagte der Schmerz durch Benjamins Körper und wölbte seinen Rücken, bis sein Gesicht himmelwärts gewandt war. Er riss die Arme seitlich hoch, wirbelte herum und sackte erneut zusammen. Seine Glieder erschlafften im Sturz, aber irgendwie gelang es ihm, die Muskete fest zu halten. Er hörte, wie Tavington sich ihm von hinten näherte, um ihm den Todesstoß zu versetzen.

»Sie wollten mich noch vor Kriegsende töten, ja?«, sagte er, sich auf Benjamins Drohung in Fort Carolina beziehend. Er schnaubte verächtlich. »Es scheint, als wären Sie doch nicht der bessere Mann.«

Benjamin, der auf dem Boden kniete wie ein zum Tode Verurteilter auf dem Schafott, verhielt sich völlig still, die Muskete quer über den Knien. Er konnte fühlen, wie Tavington zum entscheidenden Hieb ansetzte, und er wusste, dass jeden Augenblick die Klinge auf seinen Hals zufliegen würde, aber er unternahm keinen Versuch, das Unausweichliche abzuwenden.

Als er jedoch die Klinge durch die Luft sirren hörte, duckte er sich erstaunlich schnell zur Seite, hob gleichzeitig die Muskete und drehte den Oberkörper zurück. Er rammte Tavington das Bajonett in den Unterbauch und stieß es mit aller ihm noch verbliebenen Kraft durch ihn hindurch. Tavingtons verquollenes Gesicht drückte ungläubiges Staunen aus.

»Sie haben Recht«, knurrte Benjamin, stand schwankend auf und zog sich mit einem Grunzen das Bajonett aus dem Bauch. »Meine Söhne waren die besseren Menschen. Besser als wir beide.«

Er hielt Tavington die Spitze des bluttriefenden Bajonetts an die Kehle und starrte in seine eisblauen Augen. Sie beide waren blut- und dreckverschmiert und geschwächt von ihren schweren Verletzungen. Aber Benjamin hatte von ihnen beiden die bessere Konstitution. Er bohrte die Klinge in Tavingtons Luftröhre und führte sie gleich darauf ruckartig zur Seite. Er stand über seinen Todfeind gebeugt und blickte dem Ungeheuer in die Augen, bis der letzte Funke von Leben in ihnen erloschen war.

Als er sich schließlich unsicheren Schrittes entfernte, war Tavington tot, obwohl er noch stand. Er war über der Muskete zusammengesackt, die ihn aufrecht hielt. Benjamin ließ ihn so zurück, weil ihm diese Art zu sterben unwürdig erschien, ein grausames Ende für einen grausamen Unmenschen.

Benommen und kaum noch in der Lage, sich auf den Beinen zu halten, drehte Benjamin sich um und ließ den Blick über das Schlachtfeld schweifen. Die britische Infanterie flüchtete inzwischen geschlossen, rannte zurück in die Richtung, aus der sie gekommen war, wobei die Rotröcke sich im Laufen ihrer Waffen entledigten. Cornwallis und sein Gefolge hatten die Flaggen eingeholt und einen hastigen Rückzug angetreten. Benjamin blickte ihnen nach und sagte sich, dass es an der Zeit war, heimzukehren.

19. Kapitel

Villeneuve hatte Benjamin auf halbem Weg zwischen dem ausgebrannten Herrenhaus und dem Lager der Patrioten gefunden. Der Colonel hatte versucht, das Feld aus eigener Kraft zu verlassen, und tatsächlich die halbe Strecke geschafft, ehe er zusammengebrochen war. Die Ärzte, die ihn untersucht hatten, rechneten nicht damit, dass er den Sonnenaufgang noch erlebte. Tavingtons Bajonett hatte zu großen Schaden an den inneren Organen angerichtet. Als Benjamin am nächsten Morgen die Augen aufschlug, standen Dutzende von Besuchern Schlange, um ihm die letzte Ehre zu erweisen. Dickey Ludwell und Jack Moore waren die Ersten, die eintraten. Benjamin lag flach auf dem Rücken, zwei Kissen unter dem Kopf. Er schien völlig klar zu sein, aber die Ärzte hatten sie gewarnt, dass der Schein trog.

In dem Augenblick, da sie sich, ihre Hüte in den Händen, unter der Zeltbahn am Eingang duckten, wusste Benjamin, dass etwas nicht stimmte. Das erkannte er nicht nur an ihren bekümmerten Mienen und daran, dass sie die Köpfe hängen ließen, sondern vor allem daran, dass beide Männer gebadet hatten, frisch rasiert waren und sich sogar das Haar gekämmt hatten. Es konnte kein Zufall sein, dass die beiden aussahen, als würden sie auf eine Hochzeit oder eine Begräbnis gehen. Er verlangte eine Erklärung.

»Hat man es Ihnen denn nicht gesagt?« Moore blickte nervös auf Ludwell.

»Was gesagt?«

Ludwell sank feierlich auf ein Knie. »Sie sind schwer verwundet worden, Colonel Martin. Es heißt, Sie würden, na ja, dass Sie es möglicherweise nicht schaffen.« Es schmerzte, diese Nachricht zu überbringen, und Ludwells Züge verrieten, wie sehr ihn Benjamins Zustand bedrückte. Tatsächlich war er so erschüttert vom Schicksal seines Kommandeurs, dass er aufschluchzte. Moore hinter ihm wandte sich ab und wischte sich mit dem Ärmel die Tränen aus den Augen.

»Ach was, so ein Quatsch!«

Die beiden Männer starrten ihn verdutzt an. »Wie bitte?«

»Ihr habt schon richtig gehört. Ich sagte Quatsch. Es geht mir ganz gut. Feldärzte sind Quacksalber.«

»Er zeigte großen Mut im Angesicht des Sensenmannes«, sagte Moore, als lese er von einem Grabstein ab.

»Jack, ich meine es ernst. Ich komme wieder auf die Beine.« Um ihnen zu beweisen, dass er Recht hatte, setzte Benjamin sich unter großen, fast unerträglichen Schmerzen auf. »Seht ihr?«

Sie waren immer noch skeptisch, als Burwell hereinkam. Er war ebenso düsterer und melancholischer Stimmung wie die beiden anderen. Er war verblüfft, als er seinen alten Freund sitzend vorfand.

»Harry, diese beiden Männer hier behaupten, ich würde sterben. Ich sage, sie irren sich. Ich würde gerne Ihre Meinung dazu hören.«

Ein Lächeln stahl sich über Burwells versteinertes Gesicht. Er hatte Benjamin immer beim Wort genommen und war nie enttäuscht worden. »Ich wette zehn Kronen, dass Sie in weniger als zwei Wochen wieder auf den Beinen sind, Colonel.« Benjamin bat Moore und Ludwell, ihn einen Moment mit seinem alten Freund allein zu lassen, und die beiden Männer gingen hinaus, eher verwirrt als ermutigt von dem, was sie gesehen hatten.

»Ich glaube, Sie sollten sich besser wieder hinlegen, Ben. Es sieht aus, als täte es sehr weh.« Die Decke war heruntergerutscht, und der blutige Verband um Benjamins Bauch schimmerte durch sein Hemd.

»Ich scheide aus, Harry. Ich habe getan, weshalb ich hergekommen bin. Jetzt würde ich gerne zu meiner Familie zurück.«

»Ich kann Sie nicht gehen lassen, Ben. Cornwallis verfügt immer noch über eine Armee, und er wird den Rest seiner Truppen zusammenziehen. Wir brauchen Sie noch.«

Greene schmiedete bereits Pläne, sich Cornwallis an die Fersen zu heften und ihm endgültig den Garaus zu machen. Benjamin sollte in einem Monat oder sobald er dazu in der Lage war, mit seinen Milizsoldaten nachkommen. Als Benjamin rundweg ablehnte, griff Burwell zu einer List. »Also gut, ich nehme Ihren Austritt an, aber nur unter einer Bedingung.«

»Und die wäre?«

»Sie verfassen den Austritt schriftlich und übergeben mir das Schreiben persönlich.«

»Einverstanden«, entgegnete Benjamin. Jemand hatte Gabriels Provianttaschen zusammen mit seiner restlichen Ausrüstung am Fuß des Bettes niedergelegt. »In der Tasche finden Sie Papier und etwas zu schreiben. Reichen Sie mir doch bitte beides rüber.«

Burwell rührte sich nicht von der Stelle, sondern schüttelte nur den Kopf.

»Wie soll ich dann dieses Schrieben aufsetzen?«, entgegnete Benjamin unwillig, bis er den hinterlistigen Blick bemerkte, mit dem Burwell ihn musterte.

»Und denken Sie dran, Benjamin, Sie müssen mir das Schreiben persönlich überreichen. Und jetzt legen Sie sich hin und ruhen sich aus.« Er machte auf dem Absatz kehrt und ging hinaus. Benjamin rief ihm nach, er solle stehen bleiben und zurückkommen, aber Burwell ignorierte ihn.

Kaum hatte Benjamin sich auf sein Lager zurücksinken lassen, trat Dan Scott durch den Zelteingang, die Augen ganz gerötet vom Weinen. Benjamin ließ ihn gar nicht zu Wort kommen, als er ihm sein Mitgefühl aussprechen wollte, sondern forderte ihn gleich auf, ihm etwas zu Schreiben zu geben.

Burwell durchquerte derweil sehr zufrieden mit sich, weil er Benjamin fürs Erste ausgetrickst hatte, das Lager und betrat sein Hauptquartier, wo er bereits von seinem Stab erwartet wurde, der wie gewöhnlich verschiedene Angelegenheiten mit ihm besprechen wollte, die seiner sofortigen Aufmerksamkeit bedurften. Es ging um Reparaturen an den Kanonen, Gesuche von englischen Offizieren, die in der Schlacht gefangen genommen worden waren, und einen erbosten Farmer aus der Gegend, der eine Entschädigung für eine Kuh und neun Hühner verlangte, die ihm angeblich von Kontinentalsoldaten gestohlen worden waren. Der Colonel war noch mit diesen Fragen beschäftigt, als er etwas sah, das ihn erstarren ließ.

Benjamin Martin stand auf Occams starken Arm gestützt am Eingang seines Zeltes. Er hatte seine Kündigung auf ein Blatt Papier gekritzelt und war gekommen, um sie persönlich zu überreichen. Da er um die Schwere von Benjamins Verwundungen wusste, war Burwell schier fassungslos. Er erkannte, dass Benjamin fest entschlossen war, und eilte zu ihm hin, um den Brief entgegenzunehmen. Trotzdem drängte er den Anführer der Bürgerwehr, es sich noch einmal zu überlegen.

»Lassen Sie sich einen Monat Zeit. Besuchen Sie Ihre Familie. Ich behalte dieses Schreiben hier, und wenn Sie in sechs Wochen nicht wieder zu uns gestoßen sind, werde ich Ihren Rücktritt offiziell anerkennen.«

Hiermit erklärte Benjamin sich einverstanden.

Weniger als zehn Tage später traf er in St. Helena ein und

fuhr hinten in einem Pferdewagen liegend in das Gullah-Dorf ein. Seine Wunden schmerzten noch, aber die Reise hatte ihm dennoch nicht allzu sehr zugesetzt. Seine Kinder zügelten ihre Euphorie und umarmten ihn sehr vorsichtig zur Begrüßung. Die Art, in der er die Arme um Charlotte legte, machte deutlich, wie sehr er sie vermisst hatte. Sie alle waren überglücklich, ihn zu sehen, erkundigten sich jedoch gleich nach Gabriel. Benjamin forderte sie alle auf, sich zu setzen, und erzählte ihnen dann, was passiert war. Anschließend verwandte er eine ganze Woche darauf, sie zu trösten.

In dieser Woche setzte Charlotte mehrmals an, ihm etwas mitzuteilen, überlegte es sich aber jedes Mal anders und schwieg. Beim dritten Mal saßen sie auf abends auf einer Bank draußen vor ihrer Hütte.

»Was ist es denn, was du mir sagen willst?«

Charlotte lächelte geheimnisvoll und wechselte das Thema. »Ich glaube, du fängst schon an, deinen Entschluss zu bereuen. Ich glaube, du möchtest zurück in den Krieg.« Benjamin musterte sie überrascht, beunruhigt, dass sie seine geheimsten Gedanken so mühelos lesen konnte wie es früher ihre Schwester gekonnt hatte.

»Ich bin nur in den Krieg gezogen, um ein Auge auf Gabriel zu haben. Und ein Teil von mir ...«

»Und ein Teil von dir wollte den Mann töten, der deinen Sohn getötet hatte.«

»Ja.«

»Und? Hast du es getan?«

Benjamin nickte. Er hatte Tavington getötet, so wie es von Anfang an seine Absicht gewesen war, und er hatte die Tat genauso ausgeführt, wie er es sich ausgemalt hatte: aus nächster Nähe und Auge in Auge. Aber es hatte ihm weniger Befriedigung verschafft, als er erwartet hatte. »Ich glaube, ich habe mich an dem angesteckt, wovon Gabriel und Anne befallen waren.«

»Patriotismus?«

Er nickte wieder. »Ich frage mich immer wieder, was sie wollen würden, das ich tue.«

»Sie würden wollen, dass du deine Pflicht tust.«

Sie verfielen beide eine Weile in Schweigen, starrten hinaus auf die Lagune und beobachteten, wie das Mondlicht über das Wasser wanderte, während sie darüber nachgrübelten, worin in der gegenwärtigen Situation seine Pflicht bestand.

»Ich glaube an diese Sache«, sagte Benjamin schließlich.

»Dann musst du gehen.«

Als Benjamin am darauf folgenden Tag mit seinen Kindern sprach, entschied Margaret als Erste. Sie wollte, dass die Briten aus dem Land gejagt und über den Atlantik zurück nach England geschickt wurden, wo sie hingehörten. Nathan, Samuel und William steckten in einer vertraulichen Beratung die Köpfe zusammen und kamen überein, dass es der beste Weg wäre, das Andenken ihrer beiden Brüder zu ehren. Susan widerstrebte es, ihren Vater wieder ziehen zu lassen, und verlangte von ihm, einen Eid zu schwören, dass er gesund zurückkehren würde. Nachdem er das getan hatte, nickte sie, womit seine Rückkehr an die Front einstimmig beschlossen war.

Er ritt nach Norden, stieß zum patriotischen Heer und übernahm wieder sein altes Kommando. Burwell hatte ihm sechs Wochen eingeräumt, aber er war bereits nach dreien zurück. Gemeinsam mit der Kontinentalarmee begann die Miliz von South Carolina, Cornwallis bei jeder Gelegenheit zum Kampf zu zwingen.

Knapp fünf Monate später ritten zwei von Benjamins Männern in das Gullah-Dorf, um seiner Familie einen Brief und einige kleine Geschenke zu überbringen. Charlotte war inzwischen unübersehbar schwanger. Sie war sich während Benjamins letztem Aufenthalt im Dorf nicht ganz sicher gewesen und hatte deshalb, obwohl die Versuchung groß gewesen war, beschlossen, ihm nichts zu sagen. Sie versammelte die Kinder am Strand, und sie setzten sich in einem Kreis in den Sand, um zuzuhören, wie sie ihnen den Brief vorlas.

Geliebte Familie,

es ist inzwischen mehrere Monate her, seit ich euch das letzte Mal gesehen habe. Es tut mir leid, dass ich so lange nicht geschrieben habe, aber ich hatte bisher keine Möglichkeit, Post an euren Aufenthaltsort zu befördern. Der Umstand, dass ich es mir heute leisten kann, diese beiden Männer zu entbehren, um euch diesen Brief zukommen zu lassen, ist ein Zeichen für die Fortschritte, die wir gemacht haben. In den letzten Monaten haben wir die Engländer überall dort, wo sie versuchten, Halt zu machen, um sich zu sammeln, in Scharmützel verwickelt und weitergetrieben. Schließlich ist Lord General Cornwallis mit seiner Armee aus den Carolinas geflüchtet. So Gott will, werden wir ihn hier niemals wieder sehen. Er ist nach Norden gezogen, nach Virginia, und hat sich dort in Yorktown verschanzt. Wir waren überrascht vom Ausmaß seiner Befestigungen, als wir nur wenige Tage nach ihm vor Ort eintrafen. Er hat mehrere Schanzen um die Stadt herum errichten und Schützengräben an der Quelle des Wormley River ausheben lassen. Unseren Schätzungen nach verfügt er über fünfundsechzig Kanonen. Ihn zum jetzigen Zeitpunkt anzugreifen, kommt für uns nicht infrage, sodass die ganze Angelegenheit zum Geduldspiel wird. Cornwallis hat an Sir Henry Clinton appelliert, die britische Marine ins Feld zu führen, und darüber hinaus mehrere tausend Mann Verstärkung aus New York angefordert. Wenn sie bald eintreffen, wird Virginia ihnen ganz sicher in die Hände fallen, und damit wären unsere Opfer der vergangenen Monate vergeblich gewesen. Wir Amerikaner warten derweil ungeduldig auf die Ankunft General Washingtons, der den Norden verlassen hat und mit dem Gros seiner Armee nach Süden marschiert. Aber auch wenn er vor Clinton eintrifft, schätze ich unsere Chancen, vom Feind eine Kapitulation zu erzwingen, als minimal ein. Die Franzosen sind unsere einzige Hoffnung. Admiral de Grasse verspricht seit Monaten, mit einer Flotte in den Chesapeake einzufahren, aber noch ist weit und breit nichts von ihm zu sehen. Werden sie noch rechtzeitig hier sein? Werden sie genügend Truppen und Schiffe mitbringen? Werden sie überhaupt kommen? Das sind nur einige Fragen, die wir uns tagtäglich stellen.

Ich habe mein Versprechen an euch nicht vergessen, und wenn alles gut geht, rechne ich damit, euch bald wieder zu sehen. Bis dahin betet für mich, vor allem aber für unsere Sache.

Euer euch liebender Vater
Benjamin M.

Nur drei Tage, nachdem er diesen Brief abgeschickt hatte, führte Benjamin seine South Carolina-Miliz auf einem Geländemarsch auf den höchsten Hügel oberhalb von Yorktown. Villeneuve, Occam und Scott gehörten dem Trupp ebenfalls an. Als sie oben auf der Kuppe anlangten und sich umwandten, wurden sie mit einem überwältigenden Ausblick belohnt. Siebentausend französische Soldaten waren eingetroffen, einige über Land und andere per Schiff, und hatten sich den Amerikanern angeschlossen, deren Heer nun insgesamt neuntausend Mann zählte. Die Fahnen beider Nationen wehten in großer Zahl Seite an Seite. Die Zelte waren in einem weiten Halbkreis um die Stadt herum aufgestellt worden und reichten auf beiden Seiten bis an den Fluss. Comte de Rochambeaus Armee war zu Washingtons Truppen gestoßen auf deren zügigem Marsch nach Süden, während Admiral de Grasse weitere Soldaten an Bord seiner Kriegsflotte hergebracht hatte, deren Schiffe eine Barrikade quer über den Fluss bildeten und Cornwallis' Versorgungsweg abschnitten.

Schon kurz nach ihrer Ankunft hatten die Kanonen der Alliierten den Feind unter Beschuss genommen und die Befestigungen der Briten unerbittlich bombardiert, was sie immer noch taten, als Benjamin und seine Männer von ihrem Aussichtspunkt aus ins Tal blickten.

»*Vive la France*«, sagte Benjamin, die Aussicht in sich aufsaugend.

Villeneuve lächelte und ergänzte leise: »*Vive la liberté*.«

Cornwallis' Situation verschlechterte sich in den folgenden Tagen drastisch. Die Vorräte seiner Armee beschränkten sich auf fauliges Fleisch und madigen Zwieback, und inzwischen war unter ihnen ein Fieber ausgebrochen. Sie schlachteten ihre Pferde, um sie zu verzehren, und warfen die Gerippe in den Fluss. Und die ganze Zeit über behielten die Alliierten eine stetige Bombardierung mit den zweiundneunzig Kanonen ihres Arsenals bei und feuerten jeden Tag mehr als eintausend Schuss auf die belagerte Stadt. Die Briten erwiderten das Feuer, so gut sie konnten, aber langsam ging ihnen die Munition aus.

Inzwischen dauerte die Belagerung seit mehreren Tagen an.

Von seinem beschädigten Hauptquartier aus blickte Cornwallis auf das zerschmetterte Schanzwerk und die dezimierten, geschwächten Soldaten und fragte sich wieder einmal, wie lange sie noch würden durchhalten können. Auch wenn es seinen Kurieren gelang, durch die feindlichen Reihen zu schlüpfen, würde es, bis sie New York erreicht hatten, zu spät sein. O'Hara trat zu ihm ans Fenster und wiederholte, was er schon seit Tagen sagte.

»Euer Lordschaft, ich flehe Sie an, Sie müssen die Kapitulation befehlen.«

»Wie konnte es so weit kommen?«, entgegnete Cornwallis bitter. »Eine Armee von Zivilisten, Bauern ... es wird alles anders werden. Es *hat* sich alles verändert.«

Am selben Nachmittag bewachte die South Carolina-Miliz eine der vorderen Geschützstellungen. Die Männer blieben in Deckung, hielten aber die Augen offen. Alle paar Minuten tauchte ein Rotrock hinter dem feindlichen Schanzwerk auf und feuerte aus seiner Muskete auf die Kanoniere, und jedes Mal erwiderten Benjamins Männer das Feuer. Unter den Männern weiter unten an der Straße entstand ein Tumult, und eine Gruppe amerikanischer Offiziere kam auf sie zu galoppiert.

»Er ist es«, rief einer der Soldaten. »Es ist Washington.« Sämtliche Patrioten, Milizsoldaten und Kontinentalsoldaten gleichermaßen, hielten in dem, was sie gerade taten, inne und kamen herüber, um einen Blick auf den Mann zu werfen, der die Hoffnung auf die Freiheit Amerikas verkörperte. Er war auf den ersten Blick an seiner blau-gelben Kommandeursuniform zu erkennen sowie an dem großen Hut auf seinem Kopf. Er strahlte eine Ernsthaftigkeit und soldatische Anmut in seinen Bewegungen aus, die ihn von den Offizieren um ihn herum abhoben. Die Straße befand sich in Reichweite britischer Heckenschützen, aber er wirkte völlig gelassen und ignorierte die Gefahr.

Als er dort ankam, wo das Banner der South Carolina-Miliz neben Benjamins Old Glory flatterte, saß er ab und trat vor Colonel Benjamin Martin. Washington, der furchtbar schlechte Zähne hatte, mahlte gewohnheitsmäßig mit den Kiefern, während die beiden Männer einander aufmerksam musterten. Nach einer Weile schüttelte Benjamin den Kopf und lächelte.

»Sie sind grau geworden.«

»Ich habe mir das graue Haar verdient«, entgegnete Washington. »Ich wollte es mir nicht nehmen lassen, Sie und Ihre South Carolina-Miliz persönlich zu grüßen. Dieses Land verdankt Ihnen sehr viel.« Die Männer strahlten vor Stolz, als sie das hörten.

»Danke«, antwortete Benjamin im Namen seiner gesamten Truppe.

»Tut mir leid, was mit Ihrem Sohn passiert ist«, bemerkte Washington, den Blick auf das von den Briten besetzte Territorium gerichtet.

»Ich habe vor etwas mehr als einem Jahr noch einen zweiten verloren, Thomas. Er war erst fünfzehn.« Eine Kanone wurde abgefeuert, und die Luft erzitterte von der gewaltigen Detonation.

»Ich habe weder Söhne noch Töchter, die ich verlieren könnte«, sagte der General. »Ich verliere die Söhne anderer.« Er ließ den Blick über die Tausenden von Soldaten schweifen, die Yorktown belagerten, wohl wissend, dass jeder Einzelne von ihnen irgendjemandes Sohn, Bruder, Vater oder Ehemann war. Er seufzte unter der Last der Verantwortung, verzog jedoch dann die Lippen zu einem schiefen Lächeln. »Das Leben war leichter, als wir nur für unser eigenes Leben verantwortlich waren.«

Benjamin nickte zustimmend und drehte dann ruckartig den Kopf zur Seite, als er aus der Richtung der englischen Stellungen ein ungewohntes Geräusch hörte. Washington und alle anderen sahen in dieselbe Richtung.

Eine kleine einsame Gestalt tauchte oben auf dem britischen Schanzwerk auf, ein Trommler von höchstens vierzehn Jahren. Benjamin konnte sehen, wie er eine Schamade schlug, die jedoch beim anhaltenden Bombardierungslärm nicht zu hören war. Kurz darauf trat ein britischer Offizier ein wenig zögerlich ins Freie, stieg zu dem Trommler hoch und hob eine weiße Fahne. Als er begann, diese zu schwenken, bemerkten ihn die Artillerieeinheiten und stellten das Feuer nach und nach ein.

Ein Dröhnen ersetzte das andere. Als die Kanonen verstummten, brachen die Franzosen und Amerikaner in ohrenbetäubenden Jubel aus. Es fing ganz langsam mit einigen wenigen Männern an, aber als ihnen die volle Bedeutung der Kapitulation aufging, fielen alle ein, bis schließlich alle sechzehntausend Mann gleichzeitig durcheinanderriefen. Sie warfen ihre Hüte in die Luft und fielen sich in die Arme, lachten und wirbelten einander in einem wilden Tanz herum. Das Jubelgeschrei war so laut, dass auch Farmer in zehn Meilen Entfernung sofort wussten, dass Cornwallis aufgegeben hatte.

Und sie hatten alles Recht der Welt, ein solches Spektakel zu veranstalten. Es war ein höchst unsicherer Sieg, so unwahrscheinlich wie jener Davids über Goliath. Schlecht ausgebildet und ausgerüstet sowie in der Regel zahlenmäßig unterlegen, hatte das patriotische Heer die mächtigste Nation der Erde besiegt.

Washington, der seine grenzenlose Befriedigung nur mit einem dünnen Lächeln kundtat, schüttelte Benjamin die Hand, versuchte jedoch gar nicht erst, sich über den Lärm hinweg Gehör zu verschaffen. Außerdem verstanden und achteten die beiden Männer einander zu gut, als dass sie vieler Worte bedurft hätten. Washington hastete zurück zu seinem Pferd und preschte an seinen Offizieren vorbei in gestrecktem Galopp in Richtung seines Hauptquartiers.

Die Einzelheiten der Kapitulation wurden so rasch als möglich entschieden. Washington war bewusst, dass jede verstreichende Stunde Sir Henry Clinton die Chance bot, doch noch auf dem Wasserweg einzutreffen und die Belagerung zu brechen. Nachdem alles geregelt war, wurde für den folgenden Nachmittag eine feierliche Zeremonie angesetzt. Zehntausende Zivilisten, viel zahlreicher als das Heer der Alliierten, strömten von allen Seiten herbei, um diesem historischen Moment beizuwohnen.

Mittags, nur zwei Stunden vor Beginn der offiziellen Kapitulation, hatte Benjamin seine Satteltaschen gepackt und war aufbruchbereit. Er unterhielt sich noch eine Weile mit den Männern, die unter ihm gedient hatten und erzählte ihnen von seiner Absicht, nach Hause zurückzukehren und seine Farm wieder aufzubauen. Er lud sie alle ein, ihn und seine Familie zu besuchen, und versprach jedem, der kam, eine reichhaltige Mahlzeit und eine gute Flasche Wein.

Als er zu seinem Pferd zurückging, warteten dort noch zwei Männer, die ihm alles Gute wünschen wollten: Villeneuve und Burwell. Burwell hielt den Brief in der Hand, den Benjamin am Morgen der Schlacht von Cowpens verfasst hatte.

»Der Krieg ist aus«, sagte er. »Ich schätze, das hier hat sich erledigt.«

Benjamin erkannte den Abschiedsbrief an seine Kinder.

»Danke«, sagte er, nahm den Brief an sich und schüttelte seinem Freund die Hand. »Und was haben Sie jetzt vor, Harry?«

»Ich gehe heim und fange noch einmal ganz von vorne an.«

»Gibt es Neuigkeiten von dem Kind, das Sie erwartet haben?«

Er war sichtlich erfreut, dass Benjamin sich daran erinnerte. »Meine Frau hat vor drei Wochen einen Sohn geboren.«

»Gratuliere, Harry, das sind wirklich wundervolle Neuigkeiten. Und haben Sie schon einen Namen ausgesucht?«

»Wir haben ihn Gabriel genannt.«

Benjamin fühlte sich geehrt und war tief gerührt von dieser Geste.

»Ein guter Name für einen Farmer«, bemerkte Villeneuve. Er trat mit kämpferisch vorgerecktem Kinn vor und hielt Benjamin die Hand hin. Benjamin ergriff sie, aber in diesem Augenblick überlegten die beiden Männer es sich anders und umarmten sich stattdessen. Anschließend rückten sie voneinander ab und sahen sich in die Augen. Wie bei ihren Nationen hatte sich auch die Beziehung zwischen ihnen von Misstrauen und Feindseligkeit zu Vertrauen und Zuneigung gewandelt. Nachdem sie so viele Monate so eng zusammengearbeitet hatten, fiel der Abschied schwer. Es war sinnlos, den Augenblick unnötig in die Länge zu ziehen.

Benjamin saß auf und ritt davon.

Als er das Gullah-Dorf bei St. Helena erreichte, staunte er beim Anblick seiner Kinder. Sie schienen doppelt so groß geworden zu sein in den wenigen Monaten, die er fort gewesen war. Aber noch verblüffter war er von Charlottes veränderter Erscheinung. Sie war inzwischen im achten Monat schwanger, und da sie so schmal gebaut war, sah es aus, als bekäme sie Zwillinge oder gar Drillinge. Er hielt sie lange in den Armen, ehe er sich hinkniete und zärtlich mit den Händen über ihren dicken Bauch strich.

Er hatte vorgehabt, baldmöglichst nach Fresh Water zurückzukehren und sich an den Wiederaufbau zu machen, da es dort so viel zu tun gab. Er würde Monate brauchen, um seiner Familie ein neues Haus zu bauen, und Jahre, bis der Farmbetrieb wieder so lief wie früher. Aber dann blieben sie doch, bis das Kind geboren war. Es war ein kleines Mädchen, das sie Rose nannten. Bis Mutter und Kind soweit waren, dass man ihnen die Reise zumuten konnte, war es später Frühling. Die Kinder nahmen mit einem lachenden und einem weinenden Auge Abschied von der Lagune. Sie freuten sich darauf, heimzukehren und den magischen Ort aus ihrer Erinnerung wiederaufleben zu lassen, ließen jedoch zahlreiche neue Freunde zurück. Sie hatten die Gullah-Sprache gelernt sowie verschiedene Fertigkeiten wie Körbe aus Schilf zu flechten und mit dem Speer zu fischen, von denen sie wussten, dass sie sie im Laufe der Zeit wieder verlernen würden. Es wurde manche Träne vergossen, als der Wagen eines Morgens davonfuhr.

Die Heimfahrt kam vor allem Benjamin unerträglich lang vor. Er war sehr einsilbig, während er den klapprigen alten Wagen heimwärts lenkte. In Gedanken war er mit den Entwürfen für das neue Haus beschäftigt und organisierte bereits die verschiedenen Dinge, die vor der nächsten Regenzeit erledigt werden mussten. Nathan und Samuel hatten sich zu kräftigen jungen Männern entwickelt, aber Benjamin fragte sich trotzdem, wie sie zu dritt alle anfallenden Arbeiten bewältigen sollten.

Es war später Nachmittag, als sie die letzte Wegbiegung passierten und die Backsteinpfeiler sahen, die die Grundstücksgrenze markierten. Die Brombeerranken hatten den Zaun völlig überwuchert, und der Wald hatte nach dem Feuer eine silbrig-graue Färbung angenommen. Als sie weiterfuhren, sah Benjamin beunruhigt, dass jemand mit dem Bau eines zweistöckigen Hauses auf seinem Grund und Boden begonnen hatte. Das Holzgerüst war schon mehr als halb fertig und aus den Fundamenten des abgebrannten Hauses errichtet worden. Er nahm an, dass ein Nachbar dahintersteckte, der angenommen hatte, er sei im Krieg gefallen. Er ließ die Zügel auf den Pferderücken klatschen, um dem dreisten Eindringling schnellstmöglich die schlechte Nachricht zu überbringen, dass er noch sehr lebendig war.

Als sie näher kamen, erkannte er die einzelnen Männer, die am Bau des Hauses arbeiteten: Dan Scott, Occam, Dickey Ludwell, Jack Moore, Villeneuve und eine Hand voll anderer. Sie hatten eine große Anzahl von Bäumen gefällt und zu Balken verarbeitet und neben dem Haus eine improvisierte Sägemühle aufgebaut. Wie schon das vorherige Haus, war das neue Gebäude in traditioneller Bauweise geplant, und das Gerüst machte einen soliden Eindruck.

Benjamin brachte den Wagen im Garten vor der alten Eiche zum Stehen und ging, gefolgt von seiner Familie, zu dem Neubau hinüber. Occam war gerade herausgekommen, um einen neuen Balken zu holen. Benjamin, der vor Rührung kein Wort herausbrachte, machte eine fragende Handgeste.

»Gabriel hat einmal gesagt, wenn wir den Krieg gewinnen würden, würden wir eine neue Welt aufbauen. Wir haben uns gedacht, wir fangen gleich hier damit an.«

Villeneuve winkte ihm kurz zu, um sich dann wieder seiner Arbeit zu widmen und weiterzuhämmern. Dan Scott im Obergeschoss legte eine kurze Pause ein und nickte der Familie zu.

Benjamin war überwältigt. Er suchte verzweifelt nach Worten, um den Männern, die für ihn wie Brüder waren, seine Dankbarkeit auszusprechen, aber seine Gefühle waren stärker und reichten tiefer, als dass er sie in Worte hätte kleiden können.

»Eine neue Welt?«, sagte er und krempelte die Hemdsärmel auf. »Klingt gut. Dann an die Arbeit.«

Gleich zwei psychopathische Serienkiller halten die Welt in Atem: Gary Soneji, seit seiner frühsten Kindheit fasziniert von »Jahrhundertverbrechen«, die er durch Intelligenz und Raffinesse noch zu übertreffen versucht, und der geheimnisvolle »Mr. Smith«, ein skrupelloser Mörder, dessen blutige Spur sich ohne erkennbares Muster durch Europa und die USA zieht. Beide Killer sehen in Alex Cross, Polizeipsychologe in Washington, DC, mit Sinn für Familie, Freunde und Musik, den einzig adäquaten Gegner in ihrem tödlichen Katz-und-Maus-Spiel. Und so beginnt Alex Cross' gefährlichster Fall, vor allem als Soneji schwört, ihn und seine Familie zu töten ...

»Die Story gleicht einer Fahrt mit einer Achterbahn, deren Bremsen versagen!«

Chicago Tribune

»Garantie: Spannung bis zur letzten Seite.«

Kölner Express

ISBN 3-404-14342-6

BASTEI LÜBBE

Ein großer Abenteuerroman über eine stürmische Liebesgeschichte zur Zeit der Napoleonischen Kriege.

Auf der Suche nach ihrem unbekannten Vater reist die selbstbewußte Regal Hayes von Boston nach London. Auf einer Abendgesellschaft begegnet sie dort dem dänischen Kapitän Jorge Jorgensen. Er platzt unangemeldet herein und zieht durch seine mächtige Statur und seinen überwältigenden Charme sofort alle Aufmerksamkeit auf sich. Doch Jorgensen interessiert sich nur für Regal, und eine stürmische Liebesgeschichte beginnt.
Der ruhelose Seefahrer bestimmt fortan das Leben der schönen jungen Frau. Für Jorgensen wird Regal zur Spionin in seinem Kampf gegen Englands Flotte, und damit ist plötzlich nicht nur ihr Seelenheil, sondern auch ihr Leben in Gefahr ...

ISBN 3-404-14293-4

BASTEI
LÜBBE

Zwei Männer, grundverschieden und doch gleich: Der eine, Lubji Hoch, entstammt einer armen Familie osteuropäischer Juden. Er dient sich in der britischen Armee unter falschem Namen zum Offizier hoch und beginnt im Nachkriegs-Berlin mit dem Aufbau einer Zeitung.
Der andere, Keith Townsend, Sohn eines Zeitungsbesitzers in Melbourne, ausgebildet in Oxford, steigt in wenigen Jahren zum bedeutendsten Verleger Australiens auf. Doch seine Träume gehen weit darüber hinaus.
Es ist nur eine Frage der Zeit, bis sich die Kreise dieser beiden Männer schneiden werden. Jeder von ihnen hat das Ziel, das größte Medienimperium der Welt zu besitzen. Nur einer von ihnen wird überleben...

ISBN 3-404-14263-2

BASTEI
LÜBBE